KB262770

한국 현대시의 탐색

한국 현대시의 탐색

박 종 석 지음

도서출판 **역락**

문학이란 무엇인가를 몸살하면서 내 생애를 문학의 언어로 가꾸어 왔다. 시인들의 시를 통해서, 혹은 비평가들의 비평서를 통해서, 시를 연구하면서 가진 하나의 관점들을 비평의 언어로 빚을 때마다 회의와 좌절 속에서 보냈다. 회의와 좌절 속에서 보냈다는 이유는, 문학에 대한 내 생애의 몸살이 과연 한국시문학사의 한 정점을 밝히는 고뇌였는지를 자신할 수 없기 때문이다.

작가들이 고뇌하면서 치열한 삶을 언어로 형상화했는지를 깨달았을 때마다, 비평가들의 정신적 방황과 선학에 대한 저항과 선도적인 시론을 주창한 것을 눈치챘을 때마다, 이들 모두에게 나는 찬사를 보냄과 동시에 나의 부족함과 어리석음을 한탄해 왔다. 그럼에도 불구하고 부족한 식견과 어리석음을 표현한 나의 문학적 갈망을 하나의 언어로 엮고자 한다. 이는 이제껏 문학에 대한 나의 열망을 한 단락짓고, 좀더 비상할 채비를 하고 싶은 나의 몸부림이다. 이 몸부림이 활자 홍수 시대에 어리석은 짓이 아니길 바라면서 시에 대한 나의 몸짓과 열망의 언어를 책으로 묶어 세상에 내놓는다.

제 I 부는 현대시를 비평의 방법으로 접근하였다. 시를 이해하는 방법은 여러 가지이지만 그 시의 특징을 밝히는 것은 시인의 독특한 시세계를 밝히는 적확한 방법론일 것이다. 그래서 제 I 부의 시인들의 시는 필자의 이와 같은 관점에서 분석하였다.

백석은 월북이라는 시대적 이데올로기에 묶였던 1930년대 서정시인이었다. 이제 백석은 한국시사에서 김소월의 위치에 같이 놓인 중요한 시인으로 평가하고 있는 실정이다. 여기에 필자는 백석 시의 문체 미학적 방법론으로 그의 시세계를 밝히고자 하였다.

「깃발」로 유명한 유치환은 자아 성찰의 세계를 적나라하게 펼친 시인이기에 화자론(話者論)의 관점에서 시세계를 살펴보았다. 유치환은 일제하 한국시사에서 여성화자 중심과 대를 이루는 남성화자의 시세계를 보여 주었다.

김수영은 1950년대 모더니즘의 기수로 알려져 있다. 기존 연구자들은 그의 시사적인 평가를 신화적 위치로 고정시켰다. 이 점을 필자는 주목하였다. 그래서 시인의 시세계를 열린 체계라는 롤랑 바르트의 관점에서 미셸 푸코의 성, 권력, 엘리티즘의 관점에서 검토하였다.

1980년대에 시와 시론가로 활발한 활동을 하고 있는 이승훈의 시를 시의 특징인 언어적 관점에 천착하여 그의 시세계를 검토하였다.

신경림은 농민의 가락과 삶을 농도 짙게 시로 승화시킨 시인이다. 필자는 이 시인의 시를 현실의 삶을 부정화와 긍정화라는 이중의 틀로 분석하였다.

현대시 가운데 설화를 시로 수용하는 경우가 많다. 이는 현대시와 설화라는 관계에서 검토의 필요성이 있다. 그래서 이 가운데 무속의 대표인 바리데기의 이야기를 시로 변형하여 현실적 삶을 조망한 강은교의 시를 검토하였다.

그리고 1990년대 우리 사회에 성 담론의 문제로 파문을 일으킨 마광수의 시를 정신분석학의 방법론으로 접근하였고, 사물의 냉철함을 시로 보여 준 정현종의 시를 사물과 성의 관계라는 입장에서 분석하였다.

제Ⅱ부는 현대시를 바라보는 나의 관점을 비평적 언어로 구성하였다. 제Ⅰ부와는 달리 필자의 비평적 관점이 앞선 평문들이다.

이용악은 백석과 마찬가지로 월북 시인이다. 한국시사에서 일제 시대에 대륙 체험의 비극을 보여 준 대표적 시인이다. 그리고 이한직은 30년의 시력에도 불과 20여 편의 시를 남긴 시인이다. 긴 시력과 짧은 시편에 나타난 그의 시세계에 주목하였다. 그리고 당대의 주목할 만한 시인으로 차한수, 신진, 김종경, 정일근, 안도현 등의 대표작과 신진 여류 시인

책머리에

으로 김선우의 시를 주목하였다.

제Ⅲ부는 시와 시론의 상관 관계를 어떻게 볼 것인가에 대한 필자의 생각을 적었다. 오늘날은 표절과 모방의 문제가 문화 전반에 걸친 현상이기 때문에 이에 대한 검토 작업이 진행되어야 할 것 같았다. 더구나 문학 현상에도 이와 같은 뚜렷한 징후들이 짙게 나타나고 있다. 그래서 이에 대한 문제점을 시와 시론의 관계에서 검토하였다. 그리고 김춘수의 「꽃」을 패러디한 오규원, 장정일, 장경린, 최상호의 시를 현대시론과 고전시론의 한 방법론인 패러디와 용사(用事)의 접목으로 검토하였다.

그리고 현대시가 갖고 있는 난해성 문제를 짚어 보았다. 그래서 현대시의 난해성 문제를 찾고자 현대시인 가운데 주목할 만한 이수복, 함형수, 김춘수, 김소월의 시작을 선택하여 직유, 은유, 논리의 세 영역으로 접근하여 보았다.

한국시사에서 중요하게 다루어진 모더니즘에 대한 연장선에서 21세기 모더니즘 시의 한 전망을 조심스럽게 기술하였다. 또 현대시에 나타난 소외의 문제를 검토하면서 인접학문과의 관계를 고민해 보았다.

-蔚山 無鄕山房에서-
2001년 9월에 필자 씀.

차 례

차 례

Ⅲ부 - 시와 시론의 간극

I부 — 시의 방법적 미학과 시세계

자연, 그리고 혈연의 합일(合一)

백석론

Ⅰ. 머리말

1930년대는 식민지 암흑의 시대였다. 이러한 굴곡의 역사 앞에서 끈질기게 시정신으로 대항해 왔던 많은 문인들이 있었다. 그러나 해방 이후, 분단 이데올로기에 의해 이들 문인들의 올바른 평가가 이루어지지 못했다. 가령 한국 시문학의 발전에 커다란 기여를 한 백석(白石, 1912~1995)[1]을 위시하여 임화·이용악·오장환·유진오[2]와 김기림·정지용 등이 이에 속한다. 그럼에도 불구하고 이들은 한국시문학사에서 다소 소외되어 왔다. 이 때문에 우리들은 '한국문학사의 절름발이'라는 아픈 상처를 안고 있는 것이다. 불구화된 한국시문학사의 새로운 정립을 위해서라

---

1) 일제 시대 정지용에 버금가는 토속적인 서정시로 명성을 날렸던 민족 시인 백석(본명: 백기행). 1963년을 전후해 북한에서 사망한 것으로 추정됐을 뿐 미스터리로 남아 있던 백석의 북한에서의 행적이 처음으로 공개됐다. 90년대 중반부터 중국과 일본을 돌며 백석의 행적을 취재했던 소설가 송준 씨(39세)는 백석의 미망인 이윤희 씨(생존 76세)와 장남 화제 씨가 1999년 2월 중국 조선족을 통해 보내온 서신과 말년의 백석 사진 두 점을 최근 공개했다. 이에 따르면 백석은 1963년 북한 협동 농장에서 51세로 사망한 것으로 국내에 알려진 것과는 달리, 압록강 인근인 양강도 삼수군에서 농사일을 하면서 문학도들을 양성하다가 1995년 1월 83세의 나이로 세상을 떠난 것으로 밝혀졌다.(《동아일보》, 2001년 5월 1일).
2) 구중서, 「오장환론」外, 《시문학》, 1989. 6. 67~109쪽.

도 미해금된 작가들3)에 대한 빠른 해금과 이들 문학에 대한 연구가 병행되어야 할 것이다.

분단 상황 속에 '월북문인'이라 명명되어진 백석은 민족사 비극에 월남하지 못하고 재북해 있었다. 그러한 이유로 그가 지닌 독특한 문학성과 관련 없이 몰락의 길을 걸어야했던 것이다. 따라서 한국시문학사의 올바른 복원의 한 단초로써 백석은 연구되어야 할 필요성이 제기되는 것이다.

질적·양적으로 괄목할 만한 성장을 가져 온 1930년대 시문학사에 한 몫을 담당했던 백석에 대한 부분적 연구도 한국시문학사에 제자리 찾기에 큰 기여를 했다고 보아진다. 이제까지 연구되어진 백석에 대한 논의를 간략하게 살펴보자.

1930년대 시작활동을 했던 박용철은 백석의 시집 『사슴』에 대해 "향토적 정서가 적절히 形象化되고 있다"4)고 지적하였다. 이와 달리 오장환은 "詩를 쓰는데 그저 곳간에 볏섬 쌓듯이 그저 구겨넣는데 지나지 않는다"5)고 혹평하였다. 이처럼 이들은 서로 상이한 견해를 적고 있다. 그리고 해금 이후, 80년대 백석에 대한 연구는 고형진·김명인·김영민·박태일·이동순·이숭원·정한숙·최두석 제씨의 연구가 활발했다.6) 이들

---

3) 권영민, 「문학사의 총체성 회복과 월북문인」, 《문학과 사상》, 1988. 6.(월북문인이라고 지칭되어 온 문인들이 100여 명에 이른다).

4) 박용철, 「白石詩集 「사슴」評」, 『박용철 전집』(평론집, 1977. 9. 인쇄본), 121~124쪽.

5) 최두석 편, 『오장환 전집』(2), 홍문각, 1987, 122쪽.

6) 고형진, 『백석시 연구』, 고려대대학원 석사학위논문, 1983.
   김명인, 「매몰된 문학의 제자리 찾기」, 창작과 비평(봄호), 1988, 350~359쪽.
   김영민, 「백석시의 특질 연구」, 《현대문학》, 1989. 3, 332~346쪽.
   박태일, 『1940년대 전후 한국시에 나타난 공간인식의 문제』, 부산대대학원 석사학위논문, 1984.
   이동순, 「민족시인 白石의 주체적 정신」, 창작사, 1987, 165~178쪽.
   이숭원, 「白石詩의 전개와 그 정신사적 의미」, 《시문학》, 1987. 7, 39~51쪽.
   ______, 「30년대 후반기시의 한 고찰 -白石의 경우」, 국어국문학(90호), 1983, 461~481쪽.
   정한숙, 『현대한국문학사』, 고려대출판부, 1982, 175쪽.
   최두석, 『1930년대 시의 표현에 관한 고찰』, 서울대대학원 석사학위논문, 1982.

에 대한 전반적인 논의를 몇 가지로 간추리면 다음과 같다.

첫째, 시 내용에 있어서 독특한 토속성·향토성을 담고 있다. 이러한 정조는 크게 3가지로 나타난다. ①자신의 어릴 적 생활 반경과 연관된 지명을 소재로 하여 시를 쓰는 일이며, ②일가친척과 이웃들과의 공동체적 생활 체험을 소재로 하여 시를 쓰는 일이고, ③샤머니즘적 요소 등에 대한 기억을 살려 시를 쓰는 일이다.7)

둘째, 시 표현 형식에 있어서 산문적 모더니즘적인 면8)과 설화성(narrative poetry)으로 모아진다.9)

셋째, 시어에 있어서 평안도 방언들이 직설적으로 꾸밈없이 작품에 쓰여졌다.10) 이러한 방언 구사에 대해 이동순은 민족주체성 확보라는 의미에서 민족 시인이라 일컫는다.

백석에 대한 기존의 연구는 크게 이미지에 의존하거나 은유·상징에 의한 비유법으로 그의 시세계를 밝혔다. 그래서 새로운 연구 방법- 문체론적 접근-으로 기존 연구에 덧보태고자 하는 것이 본고의 의도이다. 특히 시의 적용이 까다로운 문체론적 접근 방법11)을 시도함에 백석의 시 작품 94편(이동순 편, 『백석시전집』, 창작사, 1987)을 대상으로 삼고자 한다.12) 우선 백석의 시 작품 분석의 적용을 위한 단계로서 문체의 개념과 구체적 연구 방법을 살피겠다.

---

7) 김명인, 앞의 책, 337쪽.
8) 최두석 편, 앞의 책, 122쪽.
　고형진, 앞의 책, 41쪽.
　김윤식·김현, 『한국문학사』, 민음사, 1973, 217~219쪽.
9) 최두석 편, 앞의 책, 102~120쪽에서 서사(敍事)라고 하지만 같은 의미로 쓰였다.
10) 박용철, 「白石詩集-「사슴」評」, 앞의 책, 104~105쪽.
11) 시의 문체론 연구는 주로 「色彩 image」에 관한 연구가 몇 편 있을 정도이다. 이도 따지고 보면 비유법에 한한 것이다. 그러나 이우영, 『한국시의 언어학적 특성에 관한 연구』(세종대대학원 박사학위논문, 1987)는 시의 문체적 접근을 시도하고 있지만 구체적 작품에 나타난 주제나 작가의 사상적 접근은 시도하지 않았다.
12) 김재용의 『백석전집』(실천문학사, 1997)은 백석 문학에 대한 다양한 자료를 모았기 때문에 그의 문학 세계의 전반을 이해하는데 참고가 된다. 또한 김자야의 『내 사랑 백석』(문학동네, 1995)은 백석의 삶의 열정을 이해하는데 귀중한 자료가 된다.

Ⅱ. 문체의 개념 및 연구 방법

기로(P. Guiraud)는 "언어학적 문학적 현상에 대해 문체론이 자기의 권리를 주장할 수 없는 것은 거의 없다"13)라고 하였다. 이는 언어로 표현된 문학 현상에 대해서 문체론의 다양한 접근이 가능하다는 의미다. 즉 문학과 문체론의 불가분 관계가 있다는 의미이기도 하다. 그러나 문학의 어떤 부분과 문체론이 구체적으로 관련이 있는지 아직 정립되지 못했다. 그래서 고대 희랍·로마에서부터 출발한 문체론의 성격이 중세·근세·현대 이후에 오면서도 아직 정립하지 못하였다는 것을 의미한다. 다만 문체론의 학문적 성격은 크게 3가지 갈래로 나누어져 있는 상태다. 문체론이 지니는 학문적 성격은 언어 과학의 한 하위 과학으로 보는 경우와 문체를 작가의 개성·기교·세계관·작품의 주제와 관련시켜 문학 비평으로 보는 경우, 혹은 문체를 개인의 특성과 관련해 심리적 연구 자료로 분석하려는 심리학의 한 영역으로 보려는 경우가 있다. 이러한 학문의 영역 때문에 문체론이 지니는 영역이 복잡 다양하여 개념 정의 또한 문체론자에 따라 다름이 많다.

이희승 편 《국어대사전》에서는 문체에 대한 정의를 글의 체재(體裁), 작가의 사상이나 개성이 문장의 시구나 묘사 등에 나타나 있는 전체의 특색이라 하였다.14) 이태준은 훌륭한 문장의 표현이 문체에 중요한 의미를 지닌다고 하였다.

> 문체란, 문장의 體裁다. 문장은 그 문장을 구성할 단어들의 뜻만으로 표현의 전부가 아니라, 그 문체도 훌륭히 표현의 한 몫을 담당한다. 문장의 구성 여하는 곧 문장의 體裁 여하요, 문장의 體裁 여하는 곧 문자의 표현 여하가 되는 것이다.15)

---

13) 박갑수, 『문체론의 이론과 실제』, 세운문화사, 1977, 12쪽.
14) 이희승 편 《국어대사전》에서는 3항목으로 나누어 놓고 있다. 위의 한 항목 외에
　　①문자의 양식-國語體, 文語體, 論文體, 書翰體, 敍事體 등.
　　②한문의 양식-論辯, 序跋, 奏議, 碑誌, 雜記 등.

인용에서 보듯이 이태준은 문장의 표현보다 그러한 표현을 통해 작가의 사상과 개성에 강조점을 두었다. 그리고 이인모는 다음과 같이 정의하고 있다.

> 문체란 작가의 미적 이상에 적합하여 개성이 잘 반영된 일정한 구조의 문장이다[16]

이인모 역시 작가의 개성과 사상이 반영되는 것에 초점을 두었다. 문체에 대한 종합적인 견해는 엔쿠이스트(N·E·Enkuist)가 6가지로 유형화한 것을 참고로 하면 문체론 연구에 유용하다.[17] 이는 의사 소통 과정(communication process)과 진술(statement)의 방법에 따라 분류하였는데, 그 가운데 '표준에서의 일탈로서의 문체'를 정의하면서 벨란더(E·Wellander)의 말을 인용하고 있다.

> 언어학적 의미에서, 문체란 흔히 일반 용법과는 분명히 대조되는 모든 특수한 용법을 의미한다. 좀 더 자세하게 문체는 다소간에 평범한 것과 구별되는 주제, 또는 주제의 성격, 표현의 목적, 독자의 자질 및 작자의 성격에 의해 동기지어 지는 주제를 나타내는 방법으로 한정지어질 수 있다.[18]

문체란 결국 언어적 표현이며, 이러한 표현이 문장의 구조로서, 작가의 사상이나 개성을 뚜렷이 나타내는 것이라 할 수 있다. 즉 미적 대상으로서 언어를 뚜렷이 나타내는 것이다. 시는 언어적 표현을 통해서만 가능

---

15) 이태준, 「제8강 문체에 대하여」, 『문장강화』, 창작과 비평사, 1988, 247쪽.
16) 이인모, 『문체론』, 선명문화사, 1973, 53쪽.
17) 박갑수, 앞의 책, 20~24쪽.
　　①첨가로서의 문체 ②선택으로서의 문체 ③개성적인 특성의 셋트로서의 문체 ④표준에서 일탈로서의 문체 ⑤집합적인 특성의 셋트로서의 문체 ⑥문장보다 광범한 자료 면에서 언급할 수 있는 언어 실체 사이의 관계로서의 문체.
18) 박갑수, 앞의 책, 23쪽 재인용.

하다. 따라서 시인이 선택해 구사하는 시어는 그의 사상 및 개성의 미적 표현이라고 할 수 있다. 따라서 이의 검토는 곧, 시인의 시적 주제, 나아가 사상의 기저를 파악해 낼 수 있는 것이다.

본고는 백석시에 나타난 뚜렷한 문체적 특징을 고찰하고자 한다. 이러한 고찰은 백석 시인이 그의 시에서 선택(choice)한 표현의 음운적 · 어휘적 · 통사적인 것을 대상으로 삼는다.[19] 그래서 백석시의 세계에 다가가는데, 종래의 연구에 시도되지 않았던 백석시의 어사적(語辭的) 용법을 중심으로 삼았다. 그리고 어사 용법의 함축적이며, 환기적인 효과를 드러내는 선택된 시어를 통계학에 의존하였다.

기로(P. Guiraud)와 울만(S. Ullmann)은 문체론이 통계 분석에 적당한 기여를 한다고 주장한다. 특히 울만(S. Ullmann)은 통계 분석의 유용함을 크게 3가지로 들고 있는데, 그 중 셋째의 의미가 크게 부각된다. 즉 "수량적 자료는 어떤 경우, 놀라운 요소를 제시할 수 있으며, 이리하여 美學的 해석의 중요한 문제를 제기 할 수도 있다."[20]는 점을 주목할 필요성이 있다. 이는 문체론에 있어 통계학의 중요성을 언급한 것이다. 따라서 본고는 시가 언어적 특성에 관한 표현이며, 언어 예술인 만큼 표현의 통계학적 접근 방법으로 백석시의 독특한 함축적 · 환기적인 시세계를 밝히고자 한다.

---

19) 이인모, 앞의 책, 53쪽.

20) S. Ullmann, 『Language and style』, Oxford, Black well, 1966(박갑수, 앞의 책, 32쪽 재인용).
   첫째, 문체의 통계적인 분석은 때때로 순수하게 문학적 문체의 해명에 기여할 수 있다.
   둘째, 통계학은 특별한 장치의 빈도에 대한 조야적 표현, 곧 주어진 작품에 있어서 그의 비중을 제공함에 또한, 이바지할 수 있다.

Ⅲ. 백석시의 문체 분석

백석시의 문체론의 특성은 크게 3가지가 두드러졌다. 우선 시어 표현의 어휘론 관점에서 현재시제를 나타내는 현재종결법이 많다는 것과 비유법에서 은유(metaphor)보다는 직유(simile)가 절대적으로 사용되었다는 점이다. 또한 시어 표현의 품사론 관점에서 조사의 경우, 그의 독특한 미적 특징을 지니고 있다는 점이다. 더불어 백석시의 방언(토착어)이 대다수 시어 표현에 쓰였음을 주지하여 방언 시어가 지니는 환기적인 효과를 보조적으로 활용하였다.

1. 현재종결법

백석시 94편을 대상으로 서술형 종결사를 조사하였다. 이는 한 문장에서 시제를 나타내는 것은 문중의 연결사가 아니라 문미의 종결사에 있다는 언어일반적 원리에 따른 것이다. 따라서 현재를 나타내는 서술형 종결사는 동사의 경우 '~는(ㄴ)다'를 기본형으로 삼았고, 형용사·지정사의 경우는 '~다'로 삼았다. 과거를 나타내는 서술형 종결사는 과거진행형 '~고 있었다'와 과거완료형 '~있었다'를 함께 묶었다. 또한 미래를 나타내는 종결사의 경우 '~ㄹ 것이다'를 기본형으로 정했다. 이러한 원칙 하에 백석 시에 나타난 서술형 종결법의 시제를 과거시제·현재시제·미래시제로 나누어 통계 분석하였다. 조사 결과 방대함으로 다만 통계표로만 나타내면 다음과 같다.

시제 품사 계	과　거			현　재			미　래		
	동사	형용사	지정사	동사	형용사	지정사	동사	형용사	지정사
소계	90	22	2	143	59	49	6	3	·
합계	114			251			9		

　이들의 비율을 따져본다면, 30%(과거시제) : 67%(현재시제) : 2%
(미래시제)로 현재를 나타내는 시제가 과거를 나타내는 시제의 2배이며,
미래시제에 대해선 30배 가량이나 된다.

　현재의 시제를 나타내는 것은, 어떤 사실에 대해 독자에게 그 상세한
내용을 깨우쳐 알리고자 설명할 때 쓰이는 문미(文尾)이다.21) 현재 시제
는 곧, 현실에 대한 인식을 생동감있게 표현하려는 데 있는 것이다. 이러
한 시제의 특성을 류태수는 「가즈랑집」에서 한 마을의 일가친척의 제삿
날, 설날이나 대보름 전야 어린 시절, 마을 전설의 삽화를 때로는 사설
조22)로 때로는 간결한 이미지로 한 마을을 재구성하고 있다고 밝혔
다.23) 백석의 시작품 상당수가 음식물이나 풍속적·샤머니즘적인 면에
있어서 어린 날을 회상하는 듯한 설명의 느낌을 강하게 받는 것도 현재시
제가 갖는 설화성의 문체 특성이라 할 수 있다. 특히 시어 구사에 있어서
동사 시제가 많다는 것은 '무엇이 어찌한다'라는 동사가 지니는 설화성과
도 깊은 관련을 맺고 있음을 알 수 있다. 이러한 설화성은 백석시의 소재
열거의 취향에서도 확인할 수 있다.

　　白狗屯의 눈 녹이는 밭 가운데 땅 풀리는 밭 가운데
　　촌부자 老王하고 같이 서서
　　밭최둑에 즘부러진 땅버들의 버들개지 피여나는 데서
　　볕을 장글장글 따사롭고 바람은 솔솔 보드라운데
　　나는 땅임자 老王한테 석상디기 밭을 <u>얻는다</u>

　　老王은 집에 말과 <u>나귀</u>며 <u>오리</u>에 <u>닭</u>도 우을거리고

---

21) 이인모, 앞의 책, 222쪽.
22) 최두석, 앞의 책, 102~120쪽.
　　필자가 백석시를 감상해 본 결과, 사설조의 대표작으로 「가즈랑집」, 「넘언집 범 같은
　　노큰마니」, 「귀농」 등이 있고, 간결한 이미지의 시로는 「나루」, 「바다」, 연작시 「山
　　中吟」 가운데 「山宿」, 「響樂」, 「夜半」, 「白木華」 등이 있다.
23) 류태수, 「1940년대 전후의 시정신과 그 형상화」, 관악어문(4집), 서울대 국어국문
　　　학과, 1979.

고방엔 그득히 감자에 콩곡석도 들여 쌓이고
老王은 채매도 힘이 들고 하루종일 白鈴鳥 소리나 들으려고
밭은 오늘 나한테 주는 것이고
나는 이제 귀치 않은 測量도 文書도 싫어 나고
낮에는 마음놓고 낮잠도 한잠 자고 싶어서
아전노릇을 그만두고 밭을 老王한데 얻는 것이다

날은 챙챙 좋기도 좋은데
눈도 녹으며 술렁거리고 버들도 잎트며 수선거리고
저 한쪽 마을에는 닭 개 즘생도 들떠들도
또 아이어른 행길에 뜨락에 사람도 웅성웅성 홍성거려
나는 가슴이 이 무슨 흥에 벅찬오며
이 봄에는 이 밭에 감자 강냉이 수박에 오이며
당콩에 마눌과 파도 심그리라 생각한다

①수박이 열면 수박을 먹으며 팔며
②감자가 앉으면 감자를 먹으며 팔며
③까막까치나 두더지 돝벌기가 와서 먹으면 대로 두어두고
④도적이 조금 걷아가도 걷어가는 대로 두어두고
　아, 老王, 나는 이렇게 생각한노라
　나는 老王을 보고 웃어 말한다

이리하여 老王은 밭을 주어 마음이 한가하고
나는 밭을 얻어 마음이 편안하고
디퍽디퍽 눈을 밟으며 터벅터벅 흙도 덮으며
사슬사슬 햇볕은 목덜미에 간지로워서
⑤老王은 팔짱을 끼고 이랑을 걸어
⑥나는 뒤짐을 지고 고랑을 걸어
　밭을 나와 밭둑을 돌아 도랑을 건너 행길을 돌아
　지붕에 바람벽에 울바주에 볕살 쇠리쇠리한 마을을 가르치며
⑦老王은 나귀를 타고 앞에 가고
⑧나는 노새를 타고 뒤에 따르고

마을끝 蟲王廟에 蟲王을 찾아뵈려 <u>가는 길이다</u>
士神廟에 士神도 찾아뵈려 <u>가는 길이다</u>(밑줄:필자)
- 「歸農」

  시어 소재의 열거가 상당히 두드려 질뿐 아니라 현재시제가 갖는 서사·설화적 문체임을 알 수 있다. 농사의 풍년을 기원하는 풍속의 묘사와 농촌의 풍경을 동적 이미지로 잘 표현한 작품이다. 또한 집의 외부적 공간에서 말·나귀·오리·닭과 외부적 공간의 감자·콩곡석의 합일공간의 묘사와 ①과②, ③과④, ⑤와⑥, ⑦과⑧의 운율적인 반복은 백석시의 문체 특성인 설화성을 한층 돋보이게 하고 있다.

  백석시에 나타난 과거시제는 미래시제 비해 15배나 된다. 과거를 회상하는 종결사인 과거시제는 백석 시세계의 문체적 특성을 나타낸다. 과거를 회상하는 과거시제는 작품 속에서 크게 두 성향으로 나타난다. 즉 방랑적인 삶의 체험 또는 기행의 체험 속에서 고향 의식을 드러내는 작품들과 자신의 기행에서 느낀 정경과 객수 등을 담고 있는 작품들로 나누어 볼 수 있다.24) 특히 「北方에서-鄭玄雄에게-」라는 시는 잃어버린 조국의 향수를 타관에서 느낀 아픔을 표현한 작품이다. 먼 타국에서 과거사에 대한 회고적 정서에 치우쳐 진취적·미래지향적인 역동적 이미지는 찾아볼 수가 없다. 그저 현실의 암담함을 방관하는 듯하다. 이는 향수·고향 상실감으로 나아가는 과거시제의 문체 특성에서도 알 수 있다.

  미래시제가 극소수에 불과함을 볼 때 백석시가 혁신적·미래지향적이지 못하다고 할 수 있다. 이것은 그가 갖고 있는 시의 한계라기보다는 그만큼 현실의 치열한 삶을 노래했다는 반증이다.

---

24) 고형진, 앞의 책, 17쪽.
  이런 류의 작품은 다수가 있다. 필자가 살펴본 바로는 다음과 같다.
  「南行詩抄-1·2·3·4」, 「咸州詩抄-北·노루·古寺·膳友辭·山谷」, 「西行詩抄-1·2·3·4」, 「禪明村」, 「여우난골」, 「女僧」, 「夏沓」, 「고방」, 「酒幕」, 「山谷」 등.

2. 직유법

시에 있어서 시어는 유기적 구조를 이루고 있다. 즉 시에 있어서 관념이나 추상으로만 쓰여져 개별의 의미를 지니는 것이 아니라 문맥 의미(contextual meaning)로 재구성되는 것을 말한다. 이러한 문맥 의미의 재구성을 통해서 시인 특유의 시적 묘사법(poetic diction)을 알 수 있는 것이다. 단순히 시어의 장식적인 것이 아니라 시에 있어서 본질적인 시적 묘사로 은유와 직유가 대표적이라 할 수 있다. 이러한 시적 묘사인 비유를 분석한다는 것은 시의 주제를 도출해 내는 한 방법이다.

백석시의 직유와 은유를 분석한 결과 은유는 극소수이며, 직유는 절대 다수를 차지했다. 따라서 직유법을 백석시의 문체 특성으로 삼았다. 어떤 한 사물을 다른 사물과 비교한다는 것은 한 사물에 대한 비교적 구체화 · 구상화한다는 의도이다. 구체화 · 구상화의 이미지를 통해서 독자에게 정서적 환기력을 심어 주고자 한 것이 비유의 의도이고 보면, 직유법은 비유 중에서 가장 명료하면서도 초보적인 방법으로 알려져 있다.25) 직유법은 신선하면서도 독자들이 알기 쉽게 표현되는 것이 특징이다. 이러한 직유법은 결국 시각적 이미지를 통해서 가능하기 때문에 백석은 이를 백분 활용한 시인이라고 볼 수 있다. 백석시 작품을 대상으로 직유법을 살펴본 결과, 총 109개가 쓰여졌다. 이들 시어를 품사별로 사용된 것을 살펴보면, 관형사 : 부사 : 조사는 49 : 24 : 36으로 나타난다. 이들 모두가 시각적 이미지로 사용되었는데, 몇 작품의 예를 들면 다음과 같다.

①여인숙이 다래나무지팽이와 같이 많다 - 「山地」
②승냥이가 개울물 흐르듯 울다 - 「山地」
③아 아즈내인데 病人은 미역 냄새 나는 덧문을 달고 버러지같이 누었다
  - 「柿崎의 바다」
④아이들은 쪽재비같이 먼길을 돌아왔다 - 「旋門村」
⑤묵은 초가지붕박이/ 또 하나 달같이 하이얗게 빛난다- 「흰 밤」

---

25) 「시의 난해성과 비유법」 참고.

⑥해빛이 초롱불같이 희맑은 데 -「咸南 道安」
⑦실 같은 봄비 속을 타는 듯한 녀름볕 속을 지나서 들쿠레한 구시월 갈
  바람 속을 지나서 -「국수」
⑧내 오줌빛은 이슬같이 새말갛기도 샛맑았다는 것이다 -「童尿賦」
⑨무슨 물새처럼 악악 소리를 지르는 뼈뼈 파리한 사람은 -「澡塘에서」
⑩손잔등이 밭고랑처럼 몹시도 터졌다 -「澡塘에서」

위의 직유법은 시각적 이미지로 혈연·동물·식물을 통해서 구체화하면서 우리들에게 상당히 친근감을 내면화시켰다.26) 이러한 시각적 이미지의 풍부성은 백석시에 나타난 의태어와 의성어의 빈번한 사용과 깊은 관련이 있다. 특히 백석이 의성어보다 의태어를 많이 사용하였다. 몇 가지 예를 들면, 〈얼굴에 별자국이 송송난〉, 〈어정어정 따러간다〉, 〈해는 둥둥 높고〉, 〈북쪽재비들이 씨굴씨굴 모여서는〉, 〈고방 시렁에 채국채국 얹어 둔〉, 〈비벌이한 옷을 부숭부숭 말려 입고〉, 〈별은 쇠리쇠리한 마을을 가리치며〉, 〈두 다리가 푸둥푸둥하니〉, 〈시벌건 조둘채댕기르 뼈두루하니 해 꽂고〉, 〈번들번들하는 노리개〉 등이 그의 시에서 발견된다.27)

고형진는 백석시에 나타난 방언을 감각적 방언이라 밝혀 놓았는데, 이러한 방언에 집중된 시각적 이미지를 김기림은 향토주의와 명료하게 구분되는 모더니티(morderntiy)라고 언급하였고, 김영민은 묘사성이라 규정했다. 이처럼 백석시에 나타난 직유법의 시각적 이미지는 서구의 이미지를 수용함과 동시에 방언에 집중·구체화된 것이다. 특히 그의 시에 표현된 방언의 집중·구체화는 한국적 전통성을 고수하려는 그의 정신적 일면으로 이해될 수 있을 것이다.

---

26) 필자는 백석시 94편을 대상으로 혈연·동물·식물로 나타내는 시어를 조사하여 보았다.
    혈연(463), 동물(288), 식물(189)의 계는 940이다.
27) 김영민, 앞의 책, 340쪽.

3. 특수조사 「도」와 「와/ 과」[28]

　백석시에서 조사가 특이하게 쓰였다. 이를 문체의 특성으로 삼아 백석
의 시세계에 접근하고자 한다. 이에 관련한 작품을 살펴보면 다음과 같다.

　　　·「도」의 경우···「모닥불」/「연자간」/「白樺」
　　　·「와」의 경우···「木具」
　　　·「과」의 경우···「古寺」/「木具」

　이외에도 특이하게 쓰인 조사를 살펴보면,

　　　·「에」의 경우···「탕약」/「넘언집 범 같은 노큰마니」
　　　·「혼합·생략」의 경우···「여우난골 族」/「가즈랑집」/「修羅」/「통
　　　　　　　영」/「夜雨小懷」/「北方에서」/「歸農」/「澡塘에서」

와 같이 나타난다.
　백석시의 특수조사에 나타난 문학적 환기력을 「모닥불」에서 살펴보자.

　　새끼오리도 헌신짝도 소똥도 갓신창도 개나빠디도 너울짝도 짚검
　　불도 가락잎도 머리카락도 막내꼬치도 기와장도 닭
　　의 짖도 개터럭도 타는 모닥불

　　재당도 초시도 長門늙은이도 더부살이 아이도 새사위도 갓사둔도
　　나그네도 주인도 할아버지도 손자도 붓장사도 땜쟁이도 큰개도
　　강아지도 모두 모닥불을 쪼인다

---

28) 김승곤(「국어조사의 직능고」, 국어국문13(58~61), 국어국문학회. 1972, 118쪽)
　　은 격조사 가운데 (1)비교적 조사···와 / 과, 보다, 처럼, 만(크), 같이, (2)공동
　　격 조사···와 / 과, 하고로 분류하였다. 그러나 여기서는 필자가 문체론적 관점에
　　서 「도」와 「와/ 과」를 특수조사로 명명하겠다.

26 I부 - 시의 방법적 미학과 시세계

모닥불은 어려서 우리 할아버지가 어미아비 없는 서러운 아이로
불상하니도 모둥발이가 된 슬픈 역사가 있다(밑줄: 필자)
- 「모닥불」

이 시는 하나의 단어를 꾸미는 여럿의 관형절이 특수조사 「도」로 연결
되었다. 특수조사 「도」의 경우는 「또한·역시」의 문맥의미를 지님과 동
시에 정서적 환기력은 〈함께한다〉의 의미를 내포하고 있다.29) 프로메테
우스가 던진 인류의 삶의 장소인 〈모닥불〉, 그 〈모닥불〉에서 가족으로부
터 민족까지 식물·동물·무생물까지 어울려 사는 공동체 삶의 장소를
그리고 있다. 공동체 삶의 장소인 〈모닥불〉에는 우리의 슬픈 역사가 자리
해 있음을 강하게 인식하고 있다. 이를 보여 준 「絶望」은 다음과 같다.

北關에 계집은 튼튼하다
北關에 계집은 아름답다
아름답고 튼튼한 계집은 있어서
흰 저고리에 붉은 길동을 달어
검정치마에 받쳐입은 것은
나의 꼭 하나 즐거운 꿈이였드니
어늬 아츰 계집은
머리에 무거운 동이를 이고
손에 어린것의 손을 끌고
가펴러운 언덕길을
숨이 차서 올라갔다

---

29) 김승곤, 앞의 책, 123~127쪽.

조사	기본적 의미	문맥적 의미	정서적 의미
도	역시, 또한	역시, 또한	역시, 또한
와/ 과	공동, 연결	공동,비교,연결	*

· 쇠드랑볕:쇠스랑 형태의 창살로 들어와 실내의 바닥에 비치는 햇살.
· 말쿠지:①벽에 옷 같은 것을 걸기위헤 박아 놓은 큰 못 ②말뚝.
· 열두데석님:열두帝釋, 무당이 섬기는 가신제의 여러 신들.
· 몽둥발이 : 몽둥발이, 딸려 붙었던 것이 다 떨어지고 몸뚱이만 남은 물건.

　나는 한종일 서러웠다

　　　－「絶望」

　이 시는 백석이 살았던 1930년대의 현실에서 느낀 삶의 깊이와 넓이를 인식하여 시화한 작품이다. 아름답고 튼튼한 흰 저고리에 검정치마를 받쳐입은 우리들. 이러한 우리의 모습이 어느 날 "가파러운 언덕길을 숨이 차게" 올라가는 시대에 처했던 것이다. 이는 바로 백석 시인이 처한 현실이기도 하다. 무거운 동이의 가파른 언덕길을 누구보다 절감한 것이다. 위협과 불안에 흔들리는 시대적 상황 속에서 우리의 토속적인 삶을 구원하려는 노력을 시화했던 것이다. 이러한 슬픈 역사를 극복하려는 힘을 시인은 공동체에서 찾으려했던 것이다. 이러한 삶의 공동체를 특수조사 「도」의 시어를 통해 그리고 있음을 주목할 필요가 있는 것이다.

　그러나 역사적 아픔을 공동체적 삶의 질서로 회복함으로써 극복하려는 데는 한계가 있다. 백석의 시 전반에 걸쳐 나타나는 시적 환기력은 대체로 향수에서 일체감·공동체감을 찾을 뿐이지, 미래를 지향하려는 뚜렷한 지향점을 제시하지 못하는 데 나타난다. 이러한 극복을 혈연·동물·식물의 합일을 통해서 이루려는 노력을 엿볼 수는 있다. 시인이 활동했던 시대가 식민지 수탈의 시대인 만큼 시대적 상황과 고통을 끝까지 버티어 갈 수 있는 〈모닥불〉을 시인은 만든 것이다. 이러한 〈모닥불〉은 공동체의 연대감으로 「함께한다」는 특수조사 「도」의 시어로 강하게 표현되고 있다. 공동체적 삶의 장소에서 "달빛도 거지도 도적개도 모다 즐겁다 / 풍구재도 얼럭소도 쇠드랑볕도 모두 즐겁다"(「연자간」·1연)고 느끼는 것이다. 1930년대 일제 시대의 고통을 직감한 백석은 체념적인 것보다는 공동체의 삶을 지향하는 시작 태도를 보여 주고 있다. 이러한 공동체 영역에서 백석은 자아동일성을 확보하였으며, 희망을 잃지 않는 즐거움을 갈구했던 것이다. 특수조사 「도」는 바로 백석시가 갖는 역사 의식을 통한 자아의 개념을 확보하는데 적절히 표현된 문체 특징이다. 백석시의 특수조사 「도」의 문체적 특징으로서 몫은 바로 여기에 있는 것이다.

·····/구석에서 쌀독과 말쿠지와 숫돌과 신뚝과 그리고 넷적과/ 또 열두데석님과/ 친하니 살으면서//·····// 구신과 사람과 넋과 목숨과 있는 것과 없는 것과 한줌 흙과 한점 살과 넷조상과 먼 홋조상의 거룩산 슬픔을 담는 것// 내 손자의 손자와 손자와 니와 할아버지와 할아버지의 할아버지·····水原白氏定州白村의/·····-「木具」중에서

백석은 슬픈 역사를 바로 제삿날 모인 혈연 공동체에서 확인하고 있다. 민족 문화와 역사가 파괴되어 가는 시대적 상황에서 이와 같은 묘사는 특수조사 「와/ 과」의 표현을 통해 삶의 현장을 비극으로 집약시키는 것이다. 「木具」는 바로 일제 시대의 상황과 깊이를 절박히 인식하여 혈연·동물·식물의 묘사에 특수조사 「와/ 과」를 통하여 극복하려는데 적절히 활용한 시작이다.

그리고 백석 시에서 특수조사가 지닌 문체의 특성이 바로 시의 운율적 표현이라는 점도 주목해야 한다. 위의 시 「모닥불」이나 「木具」에서 보여주듯이 〈-도, -도, -도〉와 〈-과, -과, -과, -와, -와, -와〉 같은 반복적 리듬감은 백석시만이 지니는 독특한 문체의 특성이다. 이러한 반복의 기교는 단순한 운율적 효과를 높이는 차원을 넘어, 또 다른 시적 효과를 동반하게 된다는 점에서 중요성을 띤다. 그 효과란 바로 당시대 사람들의 모습을 현실감있게, 세부적으로 또한 신뢰성있게 독자에게 전달하는 효과를 발휘하는 문체상의 특징을 나타낸다는 점이다.[30]

IV. 결 론

본고에서는 백석의 시 총 94편을 문체론의 과정에서 살펴 본 결과, 현재종결법·직유법·특수조사가 두드러지게 표현되었다. 이들 문체상의 특성을 통해 백석의 시세계를 검토한 결과 다음과 같다.

---

30) 김영민, 앞의 책, 345쪽.

첫째, 백석시에 나타난 현재종결법을 살펴본 결과, 현재시제를 나타내는 현재종결법이 과거시제를 나타내는 과거종결법보다 2배에 지나며, 미래종결법에 대해서는 30배나 넘었다. 이는 현재시제가 갖는 문맥 의미에서 보듯이 시인의 시선이 현실에 밀착되어 있다는 뜻이다.

그리고 과거시제가 갖는 회상·고향상실감을 엿볼 수 있었지만, 미래시제가 갖는 문맥 의미인 진취적·혁신적인 시세계는 찾아 볼 수 없었다. 그러나 현재종결법이 현실에 대한 강한 인식의 표현임을 살핀다면, 백석의 시세계는 1930년대의 분열된 시대에서 공동체 삶의 모습을 지향하는 자아동일성 회복이라는 이상을 표현한 시정신의 발현이라고 볼 수 있다.

둘째, 백석시에 나타난 직유법을 살펴 본 결과, 백석시에는 총 109개의 직유법이 활용되었다. 대다수 시각적 이미지로 표현되었다. 즉 혈연·동물·식물의 풍경을 직유법을 통하여 적절히 구상화시키고 있다. 이는 자연과 일체감을 통해서 암울한 시대에 표랑하는 자신을 공동체적 삶의 현장에서 자아동일성을 확보하려는 것으로 볼 수 있다.

셋째, 백석시에 나타난 특수조사 「도」와 「와/ 과」를 살펴 본 결과, 특수조사 「도」와 「와/과」는 시적 반복을 통한 음악성을 지니고 있다. 이러한 음악적 운율성을 통해서 자연과 신과 인간이 함께 어울리는 일체감·조화감을 느낄 수 있다. 그리고 「함께한다」는 특수조사의 의미론에서는 어떤 결과를 파악해 낼 수 있었다. 즉 백석 시인이 감당해야 했던 표랑과 고향상실감·유년의 회상이 한 곳으로 집중되었음을 확인할 수 있다. 이러한 집중된 결속력은 신과 자연과 혈연의 함께 함으로써 시인이 현실에서 초극하려는 의지로 파악된다. 그러나 그러한 의지의 초극에 있어서 뚜렷한 지향점의 약화가 백석 시인이 지닌 한계이기도 하다.

백석 시인은 일제시대의 아픔을 당대 현실에서 누구보다도 절실히 깨달아 고향에 대한 향수를 짙게 시화했으며, 이러한 고향의 향수는 민족의 일체·조화·연대감으로 승화시켰던 것이다. 그래서 백석의 시정신은 오늘 현대시문학사의 흐름에 있어서 공동체의 삶을 확인하려는 시정신에서 찾아야 할 것이다. 백석시의 문체의 특징으로 시세계에 접근하면서 되도록 객관적 판단 근거와 통계적 분석을 원용했다. 그러나 연구자의 주관적 판단과 문체론의 이론에 따른 획일적 접근이라는 한계에도 불구하고 백석시에서 총체적인 느낌은 강했다. 이러한 필자의 강한 느낌이 이후 백석시에 대한 연구자들에게도 전해질 것이라 믿고 싶다.

참 고 문 헌

구인환, 「문체론적 비평고」, 국어학자료(논문)집, 제4집, 대제각, 1970.
구중서, 「오장환 外 해금문인」, 《시문학》, 1989. 6.
권영민, 「문학사의 총제성 회복과 월북문인」, 《문학과 사상》, 1988. 6.
김공칠, 『방언학』, 학문사, 1983.
김규영, 『시간론(증보판)』, 서강대학교출판부, 1987.
김명인, 「백석시고」, 『우보 전병두 박사 회갑논문집』, 1983.
_____, 「매몰된 문학의 제자리 찾기-백석시 전집을 읽고-」, 창작과 비평사,
    1988.봄호 (복간호 제 16권 제11호).
김영민, 「백석시 특질 연구」, 《현대문학》, 1989. 3.
김윤식, 「백석론-허무의 늪 건너기」, 『우리 소설을 위한 변명』, 고려원, 1990.
김이협, 『평북방언사전』, 한국정신문화연구원, 1981.
류태수, 「1940년대 전후의 시정신과 그 형상화」, 관악어문 4집, 1979.
박갑수, 『문체론의 이론과 실제』, 세운문화사, 1977.
백 철, 『신문학사조사』, 신구문화사, 1967.
이숭원, 「풍속의 시화와 눌변의 미학」, 「한국시문학의 비평적 탐구』, 삼지원,
    1985.
_____, 「1930년대 후반기 시의 한 고찰」, 국어국문학(90), 1983. 12.
_____, 「백석시의 전개와 그 정신사적 의미」, 《시문학》, 1987. 7.
이우영, 『한국시의 언어학 특성에 관한 연구』, 세종대학원 박사학위논문, 1987.
이인모, 「문체론」, 국어국문학 총서(제1집), 선명문화사, 1973.
이태준, 『문장강화』, 창작과 비평사, 1988. 11.
최두석 편, 『오장환 전집』(2), 창작과 비평사, 1989.
_____, 「백석 시세계와 창작 방법」, 《우리 시대의 문학》(6), 문학과 지성사,
    1987.
P · T · Zwart(권의무 역), 『시간론』, 계명대학교출판부, 1983.
※ 의미론에 관련된 논문들은 국어학자료(논문)집, 국학자료간행위원회
편(1970~1981), 대제각에서 참조.

삶의 비애와 대양·대륙의 체험

유치환론

I. 서 론

1930년대는 1920년대의 신경향파나 카프의 선전 구호 대신 제목소리를 담은 시인들이 등장하였다. 가령 1930년대에 활동한 서정주, 오장환, 유치환, 함형수 등을 꼽을 수 있다. 특히 비생명성과 기교주의를 지양하고, 인간의 근원적인 존재의 해결점을 모색하고자 우뚝 솟은 생명파[1] (한정적 의미에서)가 1930년대 한국시문학사의 버팀목 역할을 담당했다고 해도 과언은 아닐 것이다. 그 중에서도 "屈하지 않으려는 意志의 世界를 記錄한"[2] 유치환이야말로 1930년대 시정신의 한 단면을 보여준 시인이었다. 또한 일제의 광기어린 총·칼의 위협 속에서 태평양 전쟁·한국어 말살정책·문학어용 단체 (《조선문인보국회》, 《조선문인협회》) 등으로 대표되는 1940년에 친일화라는 테두리에서 벗어나지 못했던 작가군[3]과

---

1) 시인의 시세계를 어느 일군의 유파로 묶는 것은 작가 세계의 변모를 인정하지 않으려는 위험성이 있다. 특히 청마의 시를 초·중·후기로 나누어 보면, 그의 시적 변모는 뚜렷하다. 이에 대한 참고는 다음과 같다.
   신용협, 『현대 한국시의 시정신 연구』, 고려대학교 박사학위논문, 1988.
   조상기, 『유치환 연구』, 한양대학교 박사학위논문, 1989.
   '생명파'라는 개념: 조지훈, '인생파'라는 개념 : 조연현, '비창파'라는 개념 : 박목월.
2) 서정주, 『전집 2권』, 일지사, 1972, 212쪽.
3) 임종국, 『친일문학론』, 평화출판사, 1966.

저항·비판이 상실된 채 국·내외로 유랑민의 아픔이 뚜렷했던 1940년
대에 "(내가) 북만주로 도망하여 가서 살면서(진정 도망입니다) 떠날 새
없이 허무 절망한 그 곳 광야에"4)서 유치환은 유랑의 시대를 보냈다.

유치환은 1930~40년대까지 역사의 현장에서 시를 쓴 시인이다. 그
래서 유치환 시의 연구는 1930~1940년대까지 관류하는 한국시문학사
의 한 정신적 흐름을 파악하게 되는 계기가 된다. 특히 한국시문학사의
화자 입장에서 여성편향성5)으로 성공하는 시인의 경우와 달리 뚜렷한
목소리를 보여 준 유치환의 화자가 어떻게 시에 투영되었는지를 살피고
자 한다. 그래서 화자에 대한 기존의 논의를 이론적 토대 위에서 검토하
고, 시 연구의 한 방법론으로 화자론(話者論)의 가능성을 제시하여 유치
환 시를 연구할 것이다.

Ⅱ. 화자론의 시학

시를 감상하고 느끼는 것은 무엇 때문인가라는 단순한 질문 속에 시에
서 이야기하는 것과 독자의 반응이 나타나게 된다. 그렇다면 시에서 이야
기되어지는 것은 어떤 것인가? 그것은 시인이 현실을 바라보는 안목을

오세영, 「Ⅷ. 40年代의 詩와 그 認識」과 「Ⅸ. 暗黑期의 '國民詩」, 『20세기 한국시 연
　　구』, 새문사, 1991.
반민족 문제연구소 엮음, 『친일파 99인』(3권), 돌베게, 1993.
교육출판 기획실 엮음, 『교과서와 친일문학』, 동녘, 1993.
4) 유치환, 「序」에서」, 『生命의 書』, 영웅출판사, 단기 4288년.
5) 김윤식, 「한국시의 여성적 편향」, 『근대한국문학연구』, 일지사, 1974.
　김 현, 「여성주의의 승리」, 『근대문학의 이론』, 민음사, 1972.
　조창환, 「한국시의 여성 편향적 성격」, 국어문학(제21집), 전북대학교, 1980.
　이해진, 『한용운의 「님의 沈默」에 대한 고찰 - 여성주의를 중심으로 -」, 인하대학교교
　　육대학원, 1985.
　유창근, 『소월 시의 페미니즘 연구』, 명지대학교 박사학위논문, 1988.
　황윤철, 『한국 근대시의 여성편향성에 관한 연구』, 대구대학교대학원 석사학위논문,
　　1986.

표현한 것이다. 이러한 안목은 곧 시인이 언어로 표현하되, 시인은 시로 구조화시키고, 독자는 시 곁에서 이를 이해하게 된다. 적어도 독자들이 시인의 목소리를 이해할 수 있다면 그는 바로 시인의 시정신을 이해할 수 있다는 것이다. 즉 시인의 표현 욕구 – 이야기(상황의 설정) – 언어 표현 (내재된 시적 질서·정신) – 독자의 이해(시정신의 이해)로 이어진다는 것이다.

시가 언어를 매개로 한다면, R. 야콥슨의 주장에 귀를 기울여야 한다. 그는 언어 전달에서 제외시킬 수 없는 모든 요소를 도식화했다. 발신자에 초점을 두는 소위 감정 표시적(emotive) 또는 표현적(expressive) 기능은 이야기 되어지는 내용에 대한 〈발화자의 태도〉를 직접적으로 표현 하려는 목적을 갖는다. 이는 진정이건 거짓이건 어떤 감정에 대한 인상 (impression)을 자아 내려한다는 〈발화자의 태도〉가 바로 시에 있어서 화자로 자리할 수 있는 시인의 감정 표시적·표현적 기능을 갖는다.6) 〈발 화자의 태도〉는 시에 있어서 실제 작가(시인)의 성별, 연령, 환경, 시간, 장소 등 제반 여건 속에서 변화의 모습으로 재현된다. 가령 김억, 김소월 이나 한용운, 김영랑 등과 같이 시대적, 사회적 환경과 개인적으로 갖는 시간, 공간 속에서 여성적인 목소리(女性話者)가 등장했다는 데에서도 알 수 있다.

시는 언어이므로 언어학적 연구는 필수불가결하다. 단순히 언어학적

---

6) 로만 야콥슨 저(신문수 편역), 「언어학과 시학」, 『문학 속의 언어학』, 문학과 지성사, 1989, 55쪽.

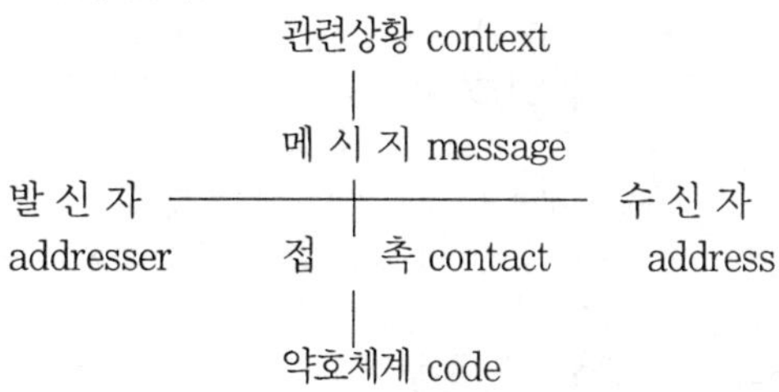

언어 전달에 대한 6가지 기능에서 R. 야콥슨은 메시지 그 자체에 대한 지향(Eins -tellung)을 시적 기능(poetic function)이라 했다.

연구에만 머무는 것이 아니라, 시적 기능(poetic function)의 중심적인 이해를 바탕으로 한 언어의 전달 기능을 탐색해야 한다. R. 야곱슨은 서사시는 삼인칭을 중심으로 하여 언어의 지시 기능을 주로 활용하고, 일인칭을 지향하는 서정시는 감정 표시적 기능과 긴밀한 관계를 갖고, 이인칭의 시는 능동적인 기능이 작용하는데 일인칭이 이인칭에 대해 종속적이냐 아니냐에 따라 애원조나 간구조가 된다는 것이다.7) 본고는 이러한 논의를 좀 더 세분화시켜 하나의 틀을 만들어 시적화자와 시적청자가 시에 등장할 수 있는 가능성을 열고자 한다.8)

7) 로만 야곱슨 저(신문수 편역), 앞의 책, 60~61쪽.
8) (1)이상섭,『문학비평용어사전』, 민음사, 1976, 197~198쪽.
　　문학은 그냥 쓰여진 채로 글이 아니라, 특정한 인물이 특정한 어조로 특정한 사물에 대하여 사람에게 하는 말이다. 이때, 하나의 말은 그 듣는 이(이른바 청자) 쪽에서 볼 때 다음 4가지로 구분된다. ①처음부터 끝까지 한 목소리가 들리는 것, 수기, 수필, 서간 등에서 들을 수 있다. ②처음부터 끝까지 한 목소리임에는 틀림없으나 그 저자(또는 화자)의 목소리가 아니라 그가 내세운 어떤 다른 사람의 목소리인 경우, 김소월이 「진달래꽃」의 말하는 이는 김소월이란 신식교육 받은 청년이 아니라 어떤 젊은 여성이다. ③두 가지 이상의 목소리가 들리는 것, 저자의 목소리와 더불어 남의 목소리가 직접 인용되어 있는 것. 남의 목소리는 따옴표 속에 들어 있는 것이 보통이다. 대화가 삽입된 소설 같은 것. ④전혀 남의 목소리만이 직접 인용된 것. 저자가 꾸민 극중 인물들의 목소리에 의존하는 희곡
　(2)정재완,『한국 현대시의 반성』, 형성출판사, 1981, 105~117쪽.
　　화자와 청자의 관계로 나타나는 語調(tone)의 유형을 8가지로 밝혔다.
　　①화자와 청자가 나타난 시　②화자만 나타난 시　③청자만 나타난 시　④화자와 청자가 나타나지 않는 시　⑤화자와 청자가 시인과 밀착된 경우　⑥화자와 청자가 나타나지 않지만 시인 자신과 밀착된 경우　⑦극적인 초점으로서의 화자와 청자　⑧한 작품 속에 여러 화자 또는 청자가 나타난 경우.
　(3)조래희,『한국시의 화자유형 연구』, 고려대학교대학원 석사학위논문, 1985, 13쪽.
　　시의 시적 화자유형을 크게 두 부분, 작은 두 갈래로 나누었다.
　　①개방적 화자 ㉠허구형 ㉡시인근접형, ②폐쇄적 화자 ㉠객관묘사형 ㉡자아개입형
　(4)노창수,『한국 현대시의 화자 유형연구』, 조선대학교대학원 석사학위논문, 1989.
　(5)허 탁,「詩의 話者論」, 부산대 「국어국문학」 제28집, 1991.
　　함축적화자(implied-speaker)를 기능에 따라 크게 셋으로 설정하였다.
　　①私的 함축화자 ②中立的 함축화자 ③全知的 함축화자
　　______,「詩의 통화 유형론적 연구」, 한국문학논총(제12집), 1991.

시 속에서 화자로 등장할 수 있는 것은 시적화자와 시적청자로 크게 나눌수 있고, 이에 따라 여성과 남성으로 구별이 된다. 그리고 시 속에서 여성과 남성의 경우 〈드러난 화자〉(또는 청자)와 〈숨겨진 화자〉(또는 청자)로 각각 1인칭, 2인칭, 3인칭, 기타로 등장한다. 이를 간략히 도식화하면 다음 〈표〉와 같다.

〈표〉

詩的話者 ＼ 詩的聽者		1 인 칭 (1 인 칭)		2 인 칭 (2 인 칭)		3 인칭, 기 타 (3인칭 , 기타)	
	性　　別	男	女	男	女	男	女
1 인 칭 (1인칭)	男						
	女						

(표의 괄호는 詩的話者·聽者가 드러나지 않은 경우가 있기 때문에 따로 〈표〉를 만들지 않고 함께 설정했다.)

위와 같은 〈표〉가 의의를 가지는 것은 시적화자의 목소리를 정확하게 이해할 수 있다는 점이다. 가령 김소월 시에서 기존 논의의 대부분이 여성화자가 주류를 이룬다는 것은 널리 알려진 사실이다. 이는 여성화자를 채택한 작품들이 대체적으로 성공을 거두었으며, 드물게 남성화자가 나타난 것을 제외함으로써 김소월 시 전체 규명에 문제를 제기하게 된다는 경우와 같다.9) 물론 유치환 시에 대한 화자론의 기존 연구도 김소월 시와 같은 문제가 제기됨은 당연한 것이다. 그래서 본고는 이에 대한 보완적인 관점에서 유치환 시에 다양하게 등장할 수 있는 화자의 유형을 파악하여 그의 시를 이해하고자 한다.

---

(6)김은주,『한국 현대시의 화자 유형과 특성』, 충남대학교대학원 석사학위논문, 1992.
(7)유영희,『시 텍스트의 담화적 해석 연구 -화자를 중심으로-』, 서울대학교 교육대학원, 1994.
9) 소월시의 화자는 〈남성화자〉 : 〈여성화된 남성화자〉 : 〈여성화자〉의 세 유형의 비율을 3 : 3 : 4로 고찰했다.(윤석산,『素月詩 硏究』, 태학사, 1992, 142쪽).

유치환 시는 1인칭 화자가 연령별로 등장하여 그의 다양한 시적 정열을 보여 준다. 특히 시적화자에서 남성화자의 경우 유아기, 소년기, 청년기, 장년기, 노년기의 고뇌를 뚜렷이 보여주는 작품이 있음을 주목할 때, 각기 지향하는 정신세계가 시대, 사회, 개인의 관계를 어떻게 승화시켰는지의 규명 여부는 유치환 시에 대한 이해의 전제가 된다. 이른바 화자와 청자는 시대와 시인의 작품에 따라 각기 상이하게 나타난다는 의미이다. 즉 작품이 창출되는 시대와 관습, 사회적 요청과 시인의 개성이 화자와 청자의 성격에 영향을 미친다는 것이다. 그러므로 화자와 청자에 대한 연구는 단순한 텍스트 분석의 차원을 넘어 시대의 관습과 사회적 요청, 그리고 시인의 개성을 연구하는데 일조를 할 수 있다.10) 이렇게 본다면, 유치환 시는 시대와 사회와 개인의 복합적 관계를 어떻게 시로 융화되었는지를 검토해야 할 것이다.

대체로 시적화자와 청자가 등장하는 경우, 채트먼의 담화 성격을 작품 이해의 장치로 인용하는데 이의를 제기하지 않는다. 그러면 채트먼의 일반적인 도식을 살펴보자.

서사 텍스트

<table>
<tr><td>◎실제작가 -</td><td>내포작가 = (화 자) - (청 자) = 내포 독자</td><td>- 실제 독자</td></tr>
<tr><td>(real</td><td>(implied = (narrator) - (narratee) = (implied</td><td>(real</td></tr>
<tr><td>author)</td><td>author)   reader)</td><td>reader)</td></tr>
</table>

(= 는 필자 표기임)

---

10) 정효구, 『현대시와 기호학』, 느티나무, 1989, 22~24쪽.
    김준오의 작품 내적 화자와 청자의 실상을 질서화시킨 점(김준오, 『가면의 해석학』, 이우출판사, 1985, 53~55쪽)을 인정하면서 분류의 기준이 너무 외형적이다라고 비판하면서, 유리 로트만의 견해를 참조하여 화자와 청자간의 통화체계를 세 가지 유형으로 구분하였다. 간략히 언급하면 다음과 같다.
    · 로트만 체계:(1)나~나(I~I)의 통화체계 (2)나~남(I - You, He, They)통화체계
    · 정효구 체계:(1)로트만의 (2)형 → ①나-너 통화체계 ②나-너희들 통화체계
                                    ③나-그들 통화체계
      (2)로트만의 (1)형 → ①나-나 통화체계 ②혼합적인 통화체계

이 표에서 실제 독자란 작품을 창작하고 그것을 해독하는 데 직접 참여한 인물이 아니라 시인 이전의 평상인이며 해독자 이전의 평상인을 말한다.11) 실제작가, 내포작가와 실제독자, 내포독자의 구별이 서지 않는 경우가 허다하기 때문에 이를 묶어 버릴 수도 있다. 그러나 유치환 시의 경우 내포작가 = 화자(=는 필자 표기)임을 전제로 하여 논의를 출발하고자 한다. 왜냐하면 유치환은 〈개인적인 正直 내지 廉潔性〉12)의 실제 생활인이면서 동시에 시 속에 등장하는 내포작가, 화자로서 시에 등장하기 때문이다. 시적 자아인 〈나〉는 문학 예술 작품(허구의 세계)속의 존재이지만, 시인인 〈나〉는 현실적 존재인 만큼 다른 차원의 존재이다. 그러나 유치환 시에서는 이 〈나〉라는 화자는 〈나 = 시인〉이라는 등식이 성립되기에 한 개인의 고백적 진술과 같은 어조(tone)를 창출한다. 다만 이러한 경우 일상적 언술(言述)과 가까워질수록 화자의 언술도 그와 같이 담백해지며, 일상적 어투의 진술이 나타나게 된다. 이점 때문에 시의 구조가 느슨하게 될 위험이 도사리게 된다.13) 그러나 이러한 위험성이 유치환 시에서는 오히려 시적 언술로 성공을 거두고 있음을 알 수 있다. 왜냐하면 유치환 시에 나타나는 격정적인 감정 진술로 인해 시적 긴장의 느슨함이 아니라 처절한 생의 고뇌에서 오는 결의 표명이 담겨 있기 때문이다.

---

11) S. 채트먼(한용운 옮김), 『이야기와 談論』, 고려원, 1991, 179쪽.
　　S. 리몬-케넌 저(최상규 역), 『小說의 詩學』, 문학과 지성사, 1985, 129~133쪽.
　　정효구, 앞의 책, 19쪽.
12) 김종길, 「靑馬 柳致環論」, 창작과 비평(제9권 제2호), 1974, 여름, 320쪽.
　　방인태, 앞의 책 참조, 청마 시를 〈한국적 인간주의 시〉의 구현으로 파악.
13) 오규원, 『현대시작법』, 문학과 지성사, 1994, 212~213쪽.

Ⅲ. 유치환 시의 두 갈래

1. 유년기의 비극성

유치환은 1939년에 시집 『청마시초』를 시단에 내놓았다. 그 이후 유치환의 문학적 성과에 대한 논의가 줄곧 이어져 왔다. 그러나 유치환의 초기 시세계를 시사하는 작품집이 최근 발견되어 그의 초기시에 대한 논의가 새롭게 전개될 필요성이 제기되고 있다. 이성일(李誠一) 씨의 노고로《현대문학》(1993년 5월)에 미발표된 시 41편이 전재되어서 유치환의 시세계의 출발점을 보여 주고 있다. 그러나 미발표 시집이라고 해서 무조건 연구되어야 하는가 하는 문제는 여러 가지로 검토해 보아야 할 것이지만,14) 본고는 그의 초기시에 나타난 화자를 통해서 그의 시세계를 들여다 보고자 한다.

인간의 성장 과정에서 갖게 되는 것은 꿈이다. 이러한 꿈은 성장 후기에 올수록 동심의 공간으로 자리하거나 미련의 테두리로 남게 된다. 유치환의 시에는 인간이 가지는 원초적 꿈의 공간에서 유아기의 1인칭 화자로 등장한다. 미발표 시집 『기도가』 중에 「少年의 날」, 「자는 듯이」, 「永遠의 嗣子」, 「季節의 點火者」, 「어머님께 드리는 詩」, 「감골에서 온 아이」, 「祈禱」, 「童話」 등이 그런 작품들이다.

    내 少年의 날은
    일삼아 하-모[니]카 불며 불며

---

14) 미발표 시집에 대한 논의에 있어, 어떤 이유에서 靑馬는 첫시집에 싣지 않고 미발표로 남겼는가? 이에 대해 김윤식은 3가지의 이유를 들고 있다. 첫번째 작품군은, 습작 수준이거나 실패작들, 두번째 작품군은 신문, 잡지에 발표한 작품, 이 중에는 첫 시집에 넣은 것도 있고 그렇지 않은 것도 있는데, 후자는 질이 떨어진다고 스스로 생각한 것. 셋째, 이미 발표된 것 중에서 수준작이라고 스스로 생각한 것 등으로 나누었다. 이렇게 나눈 이유는 다름 아닌 靑馬 자신의 머뭇거림의 드러냄 때문이다.(김윤식, 「젊은 靑馬의 표정」, 《현대문학》, 1993, 82~83쪽).

> 풋보리 기름진 밭이랑
> 배추꽃 피어 널린 두던을 노닐어
> 햇발처럼 幸福하고
> 달콤한 戀情에 일찍 눈떠
> 밈둘레 따서 가슴에 꽂고
> 꽃 같이 憂鬱할 줄 배웠네라.
> ─「少年의 날」

「少年의 날」에서는 1인칭 화자(내)가 남성(少年)으로 등장하여 동심의 공간을 꿈꾸고 있다. "풋보리 기름진 밭"과 "배추꽃 피어 널린 두던"에서 화자가 느끼는 것은 "햇발처럼 幸福한" 유년기 시절이다. 그러나 유년기에서 갓 벗어난 소년기에는 "달콤한 戀情에 일찍 눈떠" 오히려 "꽃 같이 憂鬱할 줄 배웠네라"고 하면서 비극을 표현하고 있다. 유치환 시가 보여주는 삶의 본질 문제가 여기에 맞닿아 있는 것이다. 유치환 사상의 일차적 작업이 역시 허무의 의지에 대한 규명으로 시작되어야 한다면,15) 이 허무 의지의 출발점이 바로 〈달콤한 戀情〉의 비극에서 연유한 것이라 보여진다. 이러한 통화체계는 "다른 누구도 아닌, 자기 자신에게 말하는 시인의 음성" 인 것이다.16) 1인칭 남성화자가 유아기에는 꿈을 지향하는 화자로 등장하지만 유아기에서 조금 벗어난 소년(아이)일 때는 생의 현실적 체험 공간으로 옮겨간다.

> 쬐그만 손과 발과 눈과 입과
> 철없는 아양과 투정과
> 아장아장 걷는 걸음발과
> 그리고 한없이 자라는 그 生長은

---

15) 조동민, 『청마사상의 연구』, 국어국문학(74호), 1977, 133쪽.
16) 엘리어트(최창호 옮김), 『엘리어트 문학론』, 서문당, 1979, 133쪽.
　　〈詩의 세 가지 音聲〉에서 ①자기 자신에게 말하는 시인의 음성 ②크나 적으나, 한 청중에게 말하는 시인의 음성 ③시인이 만들어 낸 劇中人物로 하여금 시로서 말을 하게 하려고 할 때의 시인의 음성으로 나누었다.

아가여
저 밤 하늘에 반짝이는 뭇별과
微風에 나부끼는 풀잎과 함께
무궁한 창공과 땅과 그 모든 조화를
아아 너는 영원히 이어 맡을 者로다.
　　　　　-「永遠의 嗣子」

　「永遠의 嗣子」에서 보여주는 바, 직설적인 그의 시적 특성으로 말미암아 우회적, 풍자적, 상징적 언술보다는 이야기를 엿듣는 기분을 갖게 하는 솔직한 표현이 많다. 엘리어트의 두 번째 시의 음성인 한 청중에게 말하는 시인의 음성이다. 즉 나남(I-You, He, They)의 통화체계이다. 「少年의 날」과 달리 3인칭 남성화자(아가)에게 통화하는 시도 이 시기에 나타난다.

가난한 아이는 꽃을 파나니
맑게 개인 아침 거리의 골목 골목을
가지가지 화초를 지고 외치고 다니나니

主婦들은 문앞에 나와
손을 옷자락에 씻으며
꽃을 골르고 흥정하도다

이리하여 꽃장수 아이는
계절의 불을 집집마다 뎅기고 다니며
저는 구차한 살이의 먹을것을 벌이하도다
　　　　　-「季節의 點火者」

　시 「季節의 點火者」는 엘리어트의 말처럼 "시인이 만들어 낸 극중인물로 하여금 시로서 말을 하려고 할 때"에 등장하게 되는 나남(I-You, He, They)의 통화체계이다. 특히 1인칭 화자는 드러나지 않은 채,17) 3

인칭 남성(아이)에게서 엿볼 수 있는 생의 현실적 체험 공간이 나타나는 작품이다. 가령 시의 끝 행에서 "구차한 살이의 먹을 것을 벌이" 하는 아이로 나타나는 것이다. 유년기에 갖게 되는 꿈의 세계를 시적화자가 성장한 이후에는 3인칭 여성청자인 어머님에게 현실적 좌절을 간직한 모습으로 나타난다.

> 陽春 三月
> 고향을 떠나 二千里
> 자식은 멧등에 엎드렸사외다.
> 낳아서 키워 주면 도톨이처럼
> 뿌리 밖고 잎 펴고 살리언마는
>
> 상머리에 떨어진 밥알 한낱도
> 업수이 안하시는 어머님이여
> 요즘은 누이들 더러
> 바늘 귀 끼어 달라시는 어머님이여
>
> 고향집 뜨락에도 봄볕 도타와
> 오늘쯤에 마루에 나앉으시여
> 멀리간 자식을 생각하시련만
> 집을 떠나 二千里
> 주린 개 같이 멧등에 엎드렸사외다
> 　　　　　－「어머님께 드리는 詩」

인간의 현실적 좌절의 공간은 모태 회귀 본능으로 나타난다. 1인칭 남성화자인 자식을 등장시켜 화자는 3인칭 여성청자인 어머님에게서 삶의

---

17) 허　탁, 「詩의 話者論」, 부산대 국어국문학(제28집), 1991, 305쪽. 「私的 함축화자는 내용의 전개나, 청자의 표시에 의해 話者가 1인칭이라 확증할 수 있는 경우를 말한다. 우리나라의 경우 1인칭의 주어에 있어 생략의 경우가 많기 때문에 1인칭으로 明示되지 아니해도 1인칭인 경우가 많다.」

공간을 공유했던 시대의 회상을 돌이키고 있다. 1연에서는 어머님에 대한 자식의 삶의 기대를 이룩하지 못한 것에서 자식이 회한하고, 2연에서는 청자에 대한 정보를 제공하고, 3연에서는 현재의 봄볕에서 화자를 생각하시려는 모습을 재현하지만 1인칭 남성화자인 자식의 모습이 〈주린 개〉처럼 드러나 있다. 화자 = 1인칭 남성화자(자식) → 3인칭 여성청자(어머니)에게 옮겨지는 모태 회귀 본능을 시간적 질서로 형상화시키고 있다. 즉 1연의 현재(삶의 기원) → 2연의 과거·현재의 정보(삶의 재현) → 3연의 현재(삶의 고난)로 유치환의 시적화자는 유년기에 꿈을 지향하는 화자로 시속에 등장하지만, 소년기를 거쳐 성장기에 올수록 삶의 비극적 현실에 맞부딪치는 것으로 나타난다. 이러한 삶의 비극적 현상에서 사물에 대한 인식도 비극적 현실로 반영되어 나타난다. 화자의 모습이 드러나지 않은 채, 화자도 청자도 존재하지 않는 제3의 세계에 대한 시적 화자의 인식이 드러난다.

> 深山 樹陰에 숨어 앉아서
> 호을로 울고 사는 새 있나니
> 그의 설움은 진실로 크고 깊으거늘
> 구비구비 단창에 지치어 울음 울고
> 제 울음에 스스로 또한 눈물지도다
> 하여 울어서 새빨간 피를 토하고
> 드디어 드디어 죽으려 하나니
> 이미 간장의 설움에 늙어
> 눈은 멀고
> 귀는 먹고
> 터러기는 귀신 같이 길어
> 月夜 空山에도 홀로 일어 앉아
> 아아 怨魂처럼 울고 살도다
> — 「悲鳥… 뻐국이에게」

이 시는 화자가 비극적 등장 인물을 내세워 시인의 감정을 전이시켜 표현하고 있다. 새에 대한 정보는 1행부터 전(全)행에 뚜렷이 나타난다. 더구나 "눈은 멀고 / 귀는 먹"는 인간의 행위에 나타나는 것으로도 충분히 화자의 심상을 잘 보여 주고 있다. 채트먼의 이론에 따라 실제작가 = 내포작가 = 화자 (=는 필자 표기)를 동일 선상으로 유추한다면, 유치환의 삶에 대한 태도는 바로 인간의 실제적 삶의 현장에서 체득하게 되는 모습을 화자의 목소리로 표현하고 있는 것이다.

미발표 시집 『기도가』에서 화자를 살펴본 결과, 주로 1인칭 남성화자가 나타난다. 유년기에는 꿈을 간직하는 화자로 등장하며 소년기에 이르면서 처음으로 연정의 비련을 맞보게 되며, 이러한 비련이 그의 시 전반에 깔린 허무의 의식을 싹트게 하였다.

2. 대양성(大洋性)과 대륙성(大陸性)

본 장에서는 일제 침탈로 땅에서 뿌리뽑힌 채 대륙에 이주해 고통스럽게 살면서 이룩한 문학적 삶을 유치환 시에는 어떤 화자로 등장하는지 고찰하고자 한다. 우리 민족의 연원지요 활동 무대였던 만주는 우리 민족 수난의 피난지 내지는 유망의 지로 알려져 있다.[18] 망명, 유랑 이민과 강제적 정책 이민의 일제 강점기에 만주 체험이 유치환 시집 『生命의 書』(1947)에 투영되어 새로운 남성화자의 모습이 등장하게 된다. 만주 체험을 통한 시인의 시적 체험을 주목한 최동호의 글은 주목할 필요성이 있다.

青馬의 생애와 작품을 돌이켜 보면, 그의 삶의 체험을 크게 두 가지로 요약 할 수 있다. 대양적인 것과 대륙적인 것이 그것이다. 항구도시인 경남 통영에서 출생한 그는 유년기에는 대양적인 풍만함에 대한 동경을 지녔으며, 식민지 시대 말기 북만주로 피신하여 생을 영위하던 시기에는 대륙적인 가혹함에 대한 시련을 겪었는데, 이 양자가 그의 의식에 뚜렷하게 각

---

18) 현규환, 『한국유이민사』(上·下권), 어문각, 1976, 2쪽.
　　채　훈, 『일제 강점기 재만 한국 문학 연구』, 깊은샘, 1990, 18쪽에서 재인용

인되었음을 그의 시에서 두루 살필 수 있다. 이 이중적 체험은 그의 생의
주류를 이루는 결정적인 경험이었다고 해도 과언이 아닐 것이다.19)

유치환 시의 대양 지향성과 대륙 지향성이 『生命의 書』에서는 고향상
실감이 뿌리에 있음을 알 수 있다. 특히 동시대 시인과 달리 대양, 대륙
의 지향성은 유치환이 꿈 꿀 수 있는 독특한 남성화자의 세계를 보여준
다. 「出生記」, 「鶴」의 시들은 시대 상황 속에 놓인 고향상실감을 잘 보여
주는 대표작이라 할 수 있다.

> 검정 포대기 같은 까마귀 울음소리 고을에 떠나지 않고
> 밤이면 부엉이 괴괴히 울어
> 남쪽 먼 포구의 백성의 순탄한 마음에도
> 상서롭지 못한 세대의 어둔 바람이 불어오던
> 융희(隆熙) 2년!
>
> 그래도 계절만은 천년을 다채(多彩)하여
> 지붕에 박넌쿨 남풍에 자라고
> 푸른 하늘엔 석류꽃 피 뱉은 듯 피어
> 나를 잉태(孕胎)한 어머니는
> 짐즛 어진 생각만을 다듬어 지니셨고
> 젊은 의원인 아버지는
> 밤마다 사랑에서 저릉저릉 글 읽으셨다
>
> 왕고못댁 제삿날밤 열 나흘 새벽 달빛을 밟고
> 유월이가 이고 온 제삿밥을 먹고 나서
> 희미한 등잔불 장지 안에
> 번문욕례(煩文辱禮) 사대주의의 욕된 후예로 세상에 떨어졌나니

---

19) 최동호, 「青馬詩의 '旗빨'이 향하는 곳」, 『현대시의 정신사』, 열음사, 1985, 326~
327쪽.

신월(新月)같이 슬픈 제 족속의 태반(胎斑)을 보고
내 스스로 고고(呱呱)의 곡성(哭聲)을 지른 것이 아니련만
명이나 길라 하여 할머니는 돌메라 이름 지었다오
- 「出生記」

유치환의 전기적 사실로 미루어 볼 때,20) 실제작가 = 내포작가 = 화자의 동일 인물임을 알 수 있다. 1인칭 남성화자는 고향상실감에서 오는 처절한 모습으로 재현된다. "나는 학이로다 // 박모(薄暮)의 수묵색 거리를 가량이면 / 슬픔은 멍인 양 목줄기에 맺히어 소리도 소리도 낼 수 없누나"(「鶴」 중에서)라고 절규한다. 고향상실감은 시대상황에서 오는 필연적인 감정이다. 이러한 감정은 유치환으로 하여금 대양·대륙으로 내몰았던 것이다. 시 「歸故」에 나타나는 고향은 "양지 바른 뒷산 푸른 송백(松柏)을 끼고 / 남쪽으로 트인 하늘은 기빨처럼 다정한" 곳이다. 「歸故」에는 드러나지 않지만, 전기적 사실로도 충분히 1인칭 남성화자로 파악된다. 남쪽으로 트인 하늘은 바로 천심(天心)으로 향하는 상승의지로 대양(大洋)의 남성적인 것이다. 이는 전술한 작품 「旗빨」에서도, 「獨葵 있는 漁村」에서도 "뉘를 기다려 대해를 향하여 철 겨운 빨간 촉규ㄴ교!"라는 표현에서도 잘 드러난다.

시집 『生命의 書』에 수록된 「바위」는 대륙 체험에서 우러난 의지적 자아 확립을 단적으로 예증하는 작품이다.21)

내 죽으면 한 개 바위가 되리라
아예 애련에 물들지 않고
희노에 움직이지 않고
비와 바람에 깎이는 대로
억 년 비정의 함묵(緘默)에
안으로 안으로만 채찍질하여

---

20) 조상기, 앞의 책, 12~49쪽 참조.
21) 최동호, 앞의 책, 330쪽.

드디어 생명도 망각하고
흐르는 구름
머언 원뢰(遠雷)
꿈꾸어도 노래하지 않고
두 쪽으로 깨뜨려져도
소리하지 않는 바위가 되리라
- 「바위」

그는 1940년 4월, 가족들을 이끌고 북만주로 이주해 갔다. 그가 북만주로까지 옮겨간 이유는 날로 잔혹해 가는 일제의 탄압을 피하여 오직 자신의 인생을 다시 한 번 재건해 보자는 결의가 있었기 때문이지만,22) 그 시대 상황의 만주에서는 망국민의 슬픔을 이겨낼 도리가 없었다. 이러한 망국민의 비애의식이 유치환으로 하여금 대륙 앞에서의 절대 고독과 항거할 수 없는 나약함을 처절히 인식하게 했을 것이다. 절대 고독 앞에 역설적으로 자아 의식의 확립이 〈바위〉로 승화된 것이며, 또한 항거할 수 없는 자신의 나약함에 "두 쪽으로 깨뜨려져도 / 소리하지 않는 바위가 되리라"는 강렬한 다짐에 남성화자가 숨어 있는 것이다. 이는 「나는 바위가 되리라」고 할 때의 「나」는 현재의 자아(實存, Existenz)이다. 다시 말하면, 현재의 「나」는 나 자신인 동시에 나 자신을 대상(現存在, Dasein)으로 본 것이다.23) 1인칭 남성화자가 1인칭 남성청자인 자신에게 보여주는 결의 표명의 남성적 신념을 들려주는 것이다. 따라서 그 의식의 핵심에는 자아의 생명적인 것을 부정함으로써 그 생명을 보존하려는 자아 의식의 분열이 담겨 있다. 굴욕적으로 살아 있는 자가 살아 있음을 긍정하기 위해 자기 부정을 통해 자기 긍정을 이룬다.24) 특히 "내 죽으면 한 개

---

22) 유치환, 「구름에 그린다」, 1959, 35쪽.(조상기, 앞의 책, 1989, 36쪽에서 재인용).
23) 문덕수, 「柳政環의 '바위'」, 《시문학》, 1982. 5, 101쪽.
　　오규원, 앞의 책, 1994, 170~171쪽. 「바위」에 대한 이해를 「~바위가 되고 싶은 희구, 소망은 과거와 현재라는 시간 속의 삶에 대한 반성을 그 밑바닥에 깔고 있기는 하지만, 반성에 그 진술의 초점이 모아져 있는 것이 아니라 언젠가 그렇게 되기를 간절히 희망하는 기원에 초점이 모아져 있다」라고 적고 있다.

의 바위가 되리라", "비와 바람에 각이는 대로", "非情의 緘默", "두 쪽으로 깨뜨려져도 / 소리하지 않는 바위가 되리라"는 어떤 현실적 고난도 굴하지 않으려는 의지적인 1인칭 남성화자의 결연한 삶의 자세를 엿볼 수 있다. 이러한 결연한 의지는 유치환의 현실적 고뇌가 얼마나 처절하였는지를 잘 보여준다고 할 수 있다. 유치환 시에서 현실적 처절함과 고뇌를 잘 보여주는 작품을 살펴보면, 「飛燕과 더불어」, 「飛燕의 抒情」, 「首」, 「郭爾羅斯後旗行」, 「曠野에 와서」, 「絶命地」, 「北方秋色」, 「北方十月」, 「絶島」 등에 진하게 묻어나 있다.

> 이곳 시월은 벌써 죽음의 계절의 시초리뇨
> 까마귀는 성귀에 모여들 근심하고
> 다시 천일(天日)도 볼 수 없는 한 장 납빛 하늘은
> 황막한 광야를 철책(鐵柵)인 양 눌러 막아
> 아아 북방 이 거대한 울암(鬱暗)의 의지는
> 창부인 양 허무를 안고 나누었나니
> 내 스스로 여기에다 버리려는 고독한 사유도
> 이렇게 적고 찾을 길 없음이여
> 호을로 허물어진 성터에 서건대
> 삭풍에 남은 고량(高粱)대만
> 갈 데 없는 감정인 양 못 견디어 울고
> 한 때 기마의 흙빛 병정 있어
> 인력이 아닌 듯
> 묵묵히 서쪽 벌 끝으로 향하여 달려가도다
> ─「北方 十月」

　유치환은 『生命의 書』 시집 초판 서문에서 "내가 북만주로 도망하여 가서 살면서(진정 도망입니다) 떠날 새 없이 허무 절망한 그곳(북만주) 광야에 위협을 당하여 排泄한 것들입니다"라고 하였다. 북만주 탈출은 향수

---

24) 최동호, 앞의 책, 331쪽.

와 외로움과 부끄러움의 뒤범벅인 혼돈을 낳았다. 탈출의 공간인 북만주는 "벌써 죽음의 季節의 始初"가 드리운 곳이요, "고독한 思惟"를 떨쳐 버릴 수 없는 공간이다. 유치환은 안주할 수 없었던 북만주에서 "마지막 가는 ~길이라도 / 나는 슬퍼하지 않으리"라고 다짐하는 1인칭 화자로 등장한다. 이는 당시대의 식민지 조국의 현실을 체험한 유치환은 북만주가 도피처라고 생각했지만 이는 역시 뿌리가 뽑힌 유치환의 가슴에는 향수와 외로움과 부끄러움의 의식만 남아 자신의 남성답지 못함을 괴로워 하는 것이다. 유치환 시는, 단순히 북방의 풍물을 읊었다기보다는 불모의 땅, 계절 감각도 마비된 세상 끝이라는 변경 의식에다 짙은 회한과 자학하는 색조가 가미되어 있는 것이다.[25] 회한과 자학의식의 출발은 국권 상실이라는 시대 상황에서 쫓겨갈 수밖에 없었던 곳, 대륙이라는 공간에서 인식한 유치환의 의식이다. 대륙이라는 공간은 유치환의 시집 『生命의 書』에서 보여 주는 개인과 사회와 나라라는 상관 관계 속에서 자아의 분열된 의식을 보여준다. 고향의 떠남에서 유치환 개인의 방황이 시작되고, 개인의 방황을 통해 사회의 인식, 패망의 비애감에 젖어든 것이다.

미발표 시집 『기도가』의 유년기, 소년기의 1인칭 남성화자와 『청마시초』에서 1인칭 남성화자가 보여준 가족과의 인간애의 울타리를 넘어서서, 시집 『生命의 書』에 나타난 1인칭 남성화자는 고향상실감으로 빚어진 개인·사회·나라의 상관관계에 놓인 삶의 처절함을 보여준다. 처절함에서 오는 자아 분열의 화자는 반성의 길로 들어선다. 이러한 반성은 곧 자학이며, 회오(悔悟)로 나타난다.

    이미 온갖은 저버리고
    사람도 나도 접어 주지 않으려는 이 자학의 길에
    내 열 번 패망의 인생을 버려도 좋으련만
    아아 회오(悔悟)의 앓임을 어디메 호읍(號泣)할 곳 없어
    말없이 자리를 일어나와 문을 열고 서면

---

25) 박재승, 앞의 책, 57쪽.

        나의 탈주할 사념의 하늘도 보이지 않고
        정차장도 이백 리 밖
        암담한 진창에 가진 철벽같은 절망의 광야 !
                －「曠野에 와서」 중에서

　위의 시는 일상 속의 〈나〉와 구체적 경험 속의 〈나〉를 구별하지 않은 작품이다. 언어로 형상화하려고 하는 것이 잡다한 일상인만큼 작품 밖(일상 속)의 〈나〉와 작품 속(선택한 경험 속)의 〈나〉가 자주 엇갈린다. 그렇기 때문에 일상의 경험을 시로 표현할 때는 그 구체적 경험의 국면을 명확히 구분하고 객관화해야 한다.26) 그럼에도 불구하고 유치환 시는 객관화되고 창조된 화자로 등장하지 않고 있다. 이는 유치환이 일제 암흑기에 대한 시적 인식의 폭보다는 내면의식으로 치닫는 자신의 고뇌가 앞섰던 것이다. 그래서 실제작가 ＝ 내포작가 ＝ 화자의 등가성(等價性)을 이루는 것이다. 이는 광야에서 체험하고 기록한 삶의 보고서인 까닭에 유치환은 일상 속의 〈나〉와 구체적 경험 속의 〈나〉를 구별하지 않은 채로 1인칭 남성화자로 등장하게 되는 이유이다.

Ⅴ. 결 론

　1930년대의 한국시단에서 비생명성과 기교주의를 지양하고, 인간의 근원적인 존재의 해결점을 모색하고자 출발했던 청마 유치환은 한국시문학사의 화자론에서 여성편향성으로 성공하는 시인의 경우와 달리 뚜렷한 남성화자의 위치를 가지고 있다는 점을 본고에서는 주된 논의로 삼았다. 이러한 논의는 여성편향성의 한국시문학의 연구 방법에 균형을 맞춘 한국시사 기술의 방향성을 제시할 것이라 판단된다.
　텍스트의 한정에 있어 유치환의 시적 인식 태도의 출발점을 보여주는

---

26) 오규원, 앞의 책, 225쪽.

『기도가』의 41편과 『生命의 書』를 연구 대상으로 삼았다. 유치환 시에 나타난 남성화자의 태도는 다음과 같다.

첫째, 초기 미발표 시집의 경우, 유년기의 화자를 통한 비극성을 보여 주었고, 이는 그의 시 이해의 대전제인 허무 의식의 밑바탕이라 할 수 있다.

둘째, 남성화자의 경우, 망명·유랑이민과 강제적 정책 이민의 일제 강점기에 만주을 체험한 유치환은 시집 『生命의 書』(1947)에서 개인·사회·국가의 상관 관계 속에서 철저한 자기 비판성과 암담한 현실을 대양·대륙성의 체험으로 보여 주었다.

참 고 문 헌

김대규, 「Anima의 시학 – 소월시의 여성화 문제연구」, 『무의식 수사학』, 해냄, 1992.

김은자, 「시의 목소리와 시인의 목소리」, 《심상》, 1981. 11.

김윤식, 「한국시의 여성적 편향」, 『근대문학연구』, 일지사, 1973.

______, 「젊은 청마의 표정 –〈초고집 I 〉을 읽고」, 《현대문학》, 1993. 5.

______, 「청마론의 행방」, 《심상》, 1975. 1.

김종길, 「생명의 탐구」, 『시론집』, 민음사, 1986.

김준오, 『가면의 해석학』, 이우출판사, 1987.

______, 「탈 persona의 시론 서설」, 국어국문학논총 I , 1979.

김 현, 「여성주의 승리」, 『현대 한국 문학의 이론』, 민음사, 1972.

곽동훈, 「시집 〈생명의 서〉에 깔려 있는 청마의 방황」, 배달말(8호), 1983. 2.

박철석, 「유치환론」, 『한국현대시인론』, 1982.

______, 「한국 현대시에 미친 노장사상」, 《월간문학》, 1970. 7.

박철희, 「유치환 시작품의 정체」, 『심산 문덕수 선생 화갑기념논총』, 1988.

신달자, 「청마론의 연가」, 《심상》, 1975. 1.

신동욱, 『詩想과 목소리』, 민음사, 1991.

이현호, 『한국 현대시의 담화·화용론적 연구』, 한국문화사, 1993.

이 활, 『서정주·유치환의 시세계』, 명문당, 1991.

윤석산, 『소월시의 연구』, 태학사, 1992.

윤영천, 『한국의 유민시』, 실천문학사, 1987.

장백일, 「한국적 현대시의 아니마 현상」, 《월간문학》, 1986. 5.

정금철, 「영웅의 자아 실현과 여성 영웅주의에 대하여」, 『현대문학비평론』, 학연사, 1987.

조진기, 「청마와 미당의 거리」, 『대여 김춘수 화갑기념 현대시논총』, 1982.

조창완, 「시와 화자 및 어조의 문제」, 《심상》, 1982. 11.

정효구, 『현대시와 기호학』, 느티나무, 1989.

최동호, 『현대시의 정신사』, 열음사, 1985.

차한수, 「청마 유치환」, 『송낙 구연식 선생 화갑기념논총』, 1985.

반지성(反知性)의 감각

김수영론

Ⅰ. 또 다른 김수영 찾기

왜 김수영인가 ?

한국시사의 예술성에서 소월과 만해를 제외할 수는 없다. 마찬가지로 사상성에서 팔봉(八峯) 김기진과 회월(懷月) 박영희를 제외할 수 없다. 더구나 30년대의 다다이스트(Dadaist) 이상을 빠뜨릴 수가 없다. 그렇다면 전후시인으로 김수영을 빠뜨릴 수가 있는가? 그래서 김수영을 다시 찾고자 한다.

김수영에 대한 순수·참여 논쟁을 비롯해서 자유, 양심, 정직 등 고매한 시정신에 대한 논의가 완결되었던 것처럼 보인다. 이미 80년대에 한 비평가는 자신의 글 속에서 "새삼스럽지만 김수영은 가장 빈번히 비평적 검토의 대상이 되어 온 중요한 현대시인의 한사람이다. 따라서 근사한 비평적 동의를 바탕으로 한 김수영 신화(神話)가 형성되어 있다 해도 지나치지 않는다"[1]고 할 만큼 새로운 논의에 대해 평가절하를 예고하기도 했다. 그러나 크게는 한 시인의 문학 행위가 한국시사에 미치는 영향이 큰

---

1) 유종호, 「詩의 自由와 관습의 굴레」, 『金洙暎의 文學』, 민음사, 1992, 237쪽.
   유종호 씨는 같은 책(237~238쪽)에서 김수영의 문학 세계를 정리하였는데 이를 논자와 논의의 초점만을 살펴보자. 김현-자유, 염무웅-모더니즘의 가장 위대한 비판자, 황동규-정직의 공간, 김우창-예술가의 양신과 자유 등.

거목(巨木)일수록 논의의 한정은 곧 한국시사의 성장을 제대로 짚지 못하는 어리석음을 범하게 되는 것이 아닌가 한다. 그리고 작게는 자유롭게 열린 시인의 시세계를 가두어 놓는 행위이기도 하다.

비평가 롤랑 바르트(Roland Barthes)는 "독자의 탄생은 저자의 죽음을 치러야 한다는 신화"를 말했다. 이는 "텍스트를 살아 있는 현실성 속에서 생산할 일이 독자에게 속하기 때문"이라는 것이다.2) 롤랑 바르트가 문학에 대한 독서행위를 재창조로 강조했다면, 이는 필자가 김수영에 대한 기존 평가에서 말하는 신화로부터 벗어나 새로운 시세계를 들여다 보는 적확한 이유가 될 것이다.

김수영의 시에서 새로운 시세계의 구축을 어떻게 할 것인가? 단적으로 말해서 필자는 성과 권력·엘리티즘(Elitism)의 세 정점으로 김수영 시를 조망하고자 한다. 시대의 급격한 변화가 성과 권력·엘리티즘의 함수관계 속에서 이루어졌다면 이들의 남용으로 시대정신이 혼탁해질 수 있다. 그렇다면 제자리 찾기의 시대정신으로 성·권력·엘리티즘은 연구되어야 할 것이다. 여기에 시와 성·권력·엘리트의 함수관계의 한 전형으로 김수영의 문학이 위치해 있다. 그래서 김수영 시를 성·권력·엘리티즘의 함수관계로 설정하여 이를 탐색하고자 한다.3) 이는 김수영 시세계의 새로운 바로미터(barometer)로 제시할 수 있으리라 여겨진다.

Ⅱ. 성·권력·엘리티즘(Elitism)

1. 욕설과 성

마리나 야겔로는 여성과 여성의 육체를 은유적으로 모욕과 욕설의 끝없는 근원이 되게 하는 것은 어휘 영역의 구조화를 통해서 이루어진다고

---

2) 뱅상 주브(하태환 옮김), 『롤랑 바르트』, 민음사, 1994, 147쪽.
3) 본 논의의 기본 자료는 김수영의 『전집①- 詩』와 『전집②- 散文』(민음사, 1994)이다.

하면서, 여성을 가리키는 수많은 말들은 매우 경멸적이며, 사나운 의미를 지닌다고 하였다.4) 김수영은 시를 통해서 특히, 성과 관련하여 여성을 매우 경멸적이고 사나운 것으로 표현하고 있다.

우선 「性」이라는 작품을 통해서 살펴보자.

그것하고 와서 첫번째로 여편네와
하던 날은 바로 그 이튿날 밤은
아니 바로 그 첫날밤은 반시간도 넘어 했는데도
여편네가 만족하지 않는다
그년하고 하듯이 혓바닥이 떨어져나가게
물어제끼지는 않았지만 그래도
어지간히 다부지게 해줬는데도
여편네가 만족하지 않는다

이제 아무래도 내가 저의 섹스를 槪觀하고
있는 것을 아는 모양이다
똑똑히는 몰라도 어렴풋이 느껴지는
모양이다

──────── 중 략 ────────

나는 이것이 쏟아난 뒤에도 보통때보다
완연히 한참 더 오래 끌다가 쏟았다
한번 더 고비를 넘을 수도 있었는데 그만큼
지독하게 속이면 내가 곧 속고 만다
                        - 「性」 중에서

이 시는 김수영의 일반적인 시세계를 보여 주는 「폭포」, 「풀」, 「달나라의 장난」과는 다른 경향임을 직감할 수 있다. 이는 대개의 비평가 혹은 문학의 지평에 관심 있는 독자라면 쉽게 알 수 있을 것이다. 그래서 「性」

---

4) 마리나 야겔로(최태룡 옮김), 「9. 성과 언어」, 『언어사회학 서설』, 까치, 1993, 182쪽.

과 같은 작품이 김수영의 고매한 시정신을 폄하시키는 것일 수도 있다. 그러나 "아니 바로 그 첫날밤은 반시간도 넘어 했는데도 / ……… / 여편네가 만족하지 않는다"는 1연의 성 행위를 왜 노골적이고, 외설적인 것으로 묘사했는지를 이해한다면,5) 김수영의 시세계에 새로운 패러다임(paradigm)을 찾을 수 있을 것이다. 여성에 대한 표현은 대체로 근사한 표현으로 둔갑하거나 비속어로 쓰인다는 것은 일반적이다. 그리고 남성들은 진한 농담조의 어투로 여성의 성과 관련된 표현을 쓰기도 한다. 그러나 이와 달리 성적인 욕설의 근원이 되는 화자의 심리적(혹은 정신적)인 기저에 있는 어떤 동기는 전혀 고려에 넣지 않는 경우가 허다하다. 그렇다면 성적인 욕설을 내뱉는 화자의 동기는 바로 성적인 욕설을 이해하는 자(尺)가 될 수 있을 것이다. 이러한 점에서 김수영의 시와 성의 욕설을 이해하고자 한다. 작품에서 난잡한 성 행위를 나타내는 시행은 "그년하고 하듯이"- 이는 다른 여자임을 알 수 있다. 전통적 윤리관에서 볼 때, 더욱 외설적인 난잡함을 의미한다 - 여편네에게 했다는 것이나, 위의 4연의 경우에는 극명하게 성 표현을 하고 있다. 이같이 김수영은 건강한 〈부부〉의 성생활 행위를 〈여편네〉(여성)에 있어서는 매우 경멸적인 태도로 보여 준다. 그렇다면 김수영의 성적 표현의 저변에서는 무엇을 말하고자 했던가?

성적인 성격을 지닌 욕설들은 여자에 대한 경멸을 표시하나, 더 근본적으로는 여자에 대한 공포에서 기인하거나 차라리 여자가 그 심판관이자 증인이 되는 남자의 무기력에서 오는 공포에서 비롯된다는 마리나 야겔로의 견해는 김수영 시의 욕설·경멸의 성적 표현을 이해하는 열쇠가 될 수 있을 것이다. 「性」의 작품은 여성에 대한 공포 혹은 남자의 무기력을 잘 표현하고 있다. 2연의 "~내가 저의 섹스를 槪觀하고 / 있는 것을 아는 모양이다 / 똑똑히는 몰라도 어렴풋이 느껴지는 모양이다"에서 여편네의 성적 욕구를 언어의 구조화(詩化)를 통해서 경멸하면서 시적 화자

---

5) 정종진, 「Ⅳ. 한국 현대시와 성 표현」, 『한국현대 문학의 성 묘사 전략』, 우리문학사, 1990, 299~301쪽 참조.

인 나의 성적 무기력을 여편네가 알고 있음을 두려워하고 있다. 이는 보편적인 여성의 점층적 쾌감(satiation-in-insatiation)6)으로 남성과는 다른 위치이기 때문에 여편네의 이러한 점층적 쾌감을 거짓으로 만족시키기 위한 노력을 이미 여편네는 알고 있다는 것이다. 여편네의 성적 욕구를 채워주지 못하는 시적 화자의 무기력은 "나는 이것이 쏟아 낸 뒤에도 보통 때보다 / …… / 지독하게 속이면 내가 곧 속고 만다"는 것을 털어놓았다. 이러한 무기력이 구체적으로 드러나는 시작이 「여편네의 방에 와서」이다.

> 여편네의 방에 와서 起居를 같이해도
> 나는 이렇듯 少年처럼 되었다
> 興奮해도 少年
> 計算해도 少年
> 愛撫해도 少年
> 어린놈 너야
> 네가 성을 내지 않게 해주마
> 네가 무어라 보채더라도
> 나는 너와 함께 성을 내지 않는 少年
>
> ————————— 중 략 —————————
>
> 여편네의 방에 와서 起居를 같이해도
> 나는 점점 어린애
> 나는 점점 어린애
> 太陽 아래의 단하나의 어린애
> 죽음 아래의 단하나의 어린애
> 언덕 아래의 단하나의 어린애
> 愛情 아래의 단하나의 어린애
> 思惟 아래의 단하나의 어린애

6) 헬렌 피셔(박매영 옮김), 『性의 계약 –인간의 진화를 보는 새로운 관점–』, 정신세계사, 1993, 29 쪽.

間斷 아래의 단하나의 어린애
點의 어린애
베개의 어린애
苦悶의 어린애

여편네의 방에 와서 起居를 같이해도
나는 점점 어린애
너를 더 사랑하고
오히려 너를 더 사랑하고
너는 내 눈을 알고
어린놈도 내 눈을 안다
　　　　　　　- 「여편네의 방에 와서」 중에서

　1연과 3연, 4연에서는 시의 리듬을 통해서 성의 무기력이 어떻게 대체되어 나타났는지를 잘 보여 준다. 〈부부〉로서 남편의 성의 무기력이 과거와 연관되어 있다면, 그는 과거의 〈少年〉으로 회귀하려고 할 것이다. 그래서 〈부부〉의 성관계를 회피할 수 있을 것이다. 마지막 연에서 "여편네의 방에 와서 起居를 같이해도" 성 관계를 회피할 수 있는 '점점 어린애'가 되고 싶다는 퇴행적 욕구(退行的 欲求)가 나타난 것이다. 그래서 더욱 더 "(少年인) 너를 더 사랑하고 / 너는 내 눈을 알고 / 어린놈도 내 눈을 안다"는 동일화(同一化)를 가지는 것이다. 이것은 결국 결혼에서는 완벽하게 실현될 수 있는 사랑의 유일한 고리가 적어도 소년과의 관계에서는 완벽하게 이루어질 수 없으리라는 것을 증명하는 것이다.7) 여편네에 대한 성적인 모멸감으로 가득찬 시적 화자는 결국 무기력한, 보호를 받아야만 하는 〈少年·어린놈·어린애〉가 되는 것이다. 즉 현실의 성행위의 부적응으로 나타나는 퇴행적 현상으로 볼 수 있다. 오히려 여편네는 심판자이거나 증인처럼 힘을 가진 〈太陽·죽음·언덕·愛情·思惟·間斷·點·

────────────────────

7) 미셸 푸코(이혜숙·이영목 공역), 「제3권 자기에의 배려」, 『性의 역사』, 나남출판사, 1994, 225쪽.
　미셸 푸코는 여성의 입장(연장자)에서 소년을 사랑하는 경우를 설명하고 있다.

베개·苦悶〉 등으로 표현된다. 아무리 "여편네의 방에 와서 起居를 같이 해도" 결국은 남편으로서 성의 무기력을 드러내고 만다. 그러나 시적 화자는 성의 무기력을 회복하고자 하지만 회복하지 못한다. 그래서 성의 무기력이 여성에 대한 경멸로 맞닿아 있는 것이다(「여자」). 남편으로서의 성의 건강함을 지니지 못함은 타인과의 현실적 관계를 통해서 여편네에 대한 경멸적 어조로 확연히 나타난다(「강가에서」). 작품 「여자」, 「강가에서」를 살펴보자.

> 여자란 集中된 動物이다
> 그 이마의 힘줄같이 나에게 설움을 가르쳐준다
> 戰亂도 서러웠지만
> 捕虜收容所 안은 더 서러웠고
> 그 안의 여자들은 더 서러웠다
> 고난이 나를 集中시켰고
> 이런 集中이 여자의 先天的인 集中度와
> 奇蹟的으로 마주치게 한 것이 戰爭이라고 생각했다
> 그런 의미에서 나는 戰爭에 祝福을 드렸다
>
> 내가 지금 六학년 아이들의 課外工夫집에서 만난
> 學父兄會의 어떤 어머니에게 느낀 여자의 감각
> 그 이마의 힘줄
> 그 힘줄의 集中度
> 이것은 罪에서 우러나오는 것이다
> 여자의 本性은 에고이스트
> 뱀과 같은 에고이스트
> 그러니까 뱀은 先天的인 捕虜인지도 모른다
> 그런 의미에서 나는 贖罪에 祝福을 드렸다
> - 「여자」 중에서
>
> 그는 나보다도 가난해 보이는데
> 남방샤스 밑에는 바지에 혁대도 매지 않았는데
> 그는 나보다도 가난해 보이고

그는 나보다도 짐이 무거워 보이는데
그는 나보다도 훨씬 늙었는데
그는 나보다도 눈이 들어갔는데
그는 나보다도 여유가 있고
그는 나에게 공포를 준다
　　　　　　　- 「강가에서」 중에서

　시인은 "여자란 集中된 動物이다" 그리고 "고난이 나를 集中시켰"다고 한다. 그래서 여자와 나의 관계에서 적어도 집중이라는 공통 부분을 찾으려는 시도가 이루어진다. 이는 시적 화자가 남성의 무기력함이 없이 대등하게 여자와 같이 선다고 하는 태도이다. 이런 태도는 처절하리만큼 절박한 상황 설정을 가져온다. 1연의 끝 행에서 "그런 의미에서 나는 戰爭에 祝福을 드렸다"는 것이다. 왜냐하면 여자와 내가 일치할 수 있는 지점이 전쟁이라 생각했기 때문이다. 여성 앞에서 점점 퇴행적 현상으로 나타났던 모습이 전란으로 인해 오히려 여성은 서럽게 보였다. 설움은 여자와 시적 화자가 같이 공유하는 것이다. 적어도 여자와 나는 다같이 전란(戰亂) 속에서는 기적적(奇蹟的)으로 마주칠 수 있기 때문이다. 그러나 "學父兄會의 어떤 어머니에게 느낀 여자의 감각 / 그 이마의 힘줄 / 그 힘줄의 集中度"처럼 여자는 증인이나 심판자의 위치에 있기 때문에 결국 김수영은 무기력할 수 밖에 없다. 그래서 여자에 대한 모욕과 경멸은 "이것은 罪에서 우러나오는 것이다 / 여자의 本性은 에고이스트 / 뱀과 같은 에고이스트"로 표현한 것이다.

　"죽은 고기처럼 혈색 없는 나를 보고 / 얼마 전에는 애 업은 여자하고 오입했다고 한다 / 초저녁에 두번 새벽에 한번 / 그러니 아직도 늙지 않았느냐고 한다."(「강가에서」 2연). 이는 성에 대한 시적 화자의 무기력을 회복하고자 보여 주는 행위이다. 그러나 시적 화자는 실제로 성의 무기력함을 보여 줄 뿐이다. 즉 3연의 "그는 나보다도 가난해 보이는데 / 남방 샤스 밑에는 바지에 혁대도 메지 않았는데 / 그는 나보다도 훨씬 늙었는데 / 그는 나보다도 여유가 있고 / 그는 나에게 공포를 준다"는 것에서도 알 수 있다. 그래서 "자꾸자꾸 小人이 돼간다"는 것이다. 그것도 남성인 타인과의 관계에서 주술적(呪術的)인 자조(自嘲)를 하고 있다.

김수영시에 나타난 성의 무기력이 욕설과 경멸의 표현으로 전환되었다면, 이는 시적 화자가 살았던 60년대의 거대한 권력과의 관계 속에서도 새롭게 설명될 수 있을 것이다.

2. 권력과 성

시는 시인이 직접 창작한 것일지라도 그것은 사회적 상황 속에서 태동하게 된다. 작품의 생산이 사회의 이데올로기에서 발생한다는 논의는 김수영의 욕설과 경멸의 성적 표현이 사회 이데올로기로와의 관계로 설정할 수 있을 것이다. 그래서 김수영의 시가 사회조직 및 상호작용에 의해서 현실성이 개입될 때 의미를 획득하게 된다. 그렇다면 김수영의 욕설·경멸의 형태가 당시 사회의 권력 이데올로기와는 어떤 상호작용을 했는가?

60년대의 통치성(統治性, Governmentality) 혹은 권력 이데올로기는 50년대가 남긴 혼란과 부패를 막기 위한 명분에서 행해졌던 헤게모니의 장악이었다. 이러한 권력 이데올로기는 개인뿐만 아니라 사회 전체에 대해 영향력을 미쳤다. 김수영이 위치해 있던 60년대는 권력 이데올로기에 대해 사회 전체가 반란 혹은 도전의 현실성을 지니고 있었다. 그것은 김수영이 사회적 상황에 대해 특유의 시적 장치를 생산했던 것을 의미한다. 그래서 김수영은 시로 반란 혹은 도전을 했는데, 그것이 바로 성에 대한 욕설·경멸의 표현이었다. 그래서 욕설·경멸의 성적 표현을 상징화할 수밖에 없었던 60년대의 권력 이데올로기의 현장을 찾아보면, 그의 시 「가다오 나가다오」라는 작품이 있다.

> 이유는 없다 ——
> 가다오 너희들의 고장으로 소박하게 가다오
> 너희들 美國人과 蘇聯人은 하루바삐 가다오
> 美國人과 蘇聯人은 「나가다오」와 「가다오」의 差異가 있을 뿐

> 말갛게 개인 글 모르는 백성들의 마음에는
> 「美國人」과 「蘇聯人」도 똑같은 놈들
> 가다오 가다오
> 　　　　　　- 「가다오 나가다오」 중에서

60년대의 "글 모르는 백성들의 마음"은 "美國人과 蘇聯人"이 "똑같은 놈들"이라는 인식이 자리 잡았다. 이러한 의식은 권력의 무중력 상태에 대한 상호작용이다. 이런 상호작용으로 빚어진 권력 이데올로기의 정체를 김수영은 정확히 파악하고 있다. 즉 미국인과 소련인이 권력의 배후에 숨어 있다는 것을 알았기 때문에 〈나가다오, 가다오〉하고 외쳤던 것이다. 60년대 프랑스의 혼란에 적극적으로 동참했던 미셸 푸코(Michel Foucault)는 권력에 대해서 "일정한 양의 물리적 힘으로 이해하지 않고 오해려 살아 있는 모든 유기체와 모든 인간 사회를 관통하는 에너지의 흐름으로" 보았다.8) 그렇다면 60년대 김수영이 살았던 모든 유기체와 모든 인간사회를 관통하는 에너지는 바로, 미국인과 소련인이 장악하고 있었다. 그러나 그의 성적 무기력이 여편네에 대해 적극적으로 응할 수 없었던 것처럼 여전히 권력 이데올로기에 대해서도 무기력함을 들어낸다. 시적 에로티시즘은 정치적 억압을 성 억압으로 치환하여 이로부터 벗어나려는 욕망을 객관화시키는 해방 이데올로기라면,9) 성적인 무기력은 정치적 억압으로부터 극복될 수 없었음을 뜻한다. 이런 무기력이 궁극에 가서는 욕설·경멸의 성적 표현으로 나타난다. 권력의 정체를 정확히 파악한 김수영은 현실 대응의 무기력을 「巨大한 뿌리」로 보여 준다.10)

---

8) 제임스 밀러(김부용 옮김), 『미셸 푸코의 수난』①, 인간사랑, 1995, 26쪽.
9) 송희복, 「시와 에로티시즘」, 《현대시》, 1994. 11월 호, 33쪽.
10) 정종진, 앞의 책, 300쪽.
　　정종진은 「巨大한 뿌리」라는 작품을 다음과 같이 평가했다. 「사실 '거대한 뿌리'는 상징적 해석이 가능하면서도 성과는 관계가 없다. 시대의 억압에 대한 한 대응 논리인 셈이다. 반동하기 위한 욕에 불과한 것이다.」

나는 이사벨 버드 비숍女史와 연애하고 있다 그녀는
一八九三년에 조선을 처음 방문한 英國王立地學協會會員이다
그녀는 인경전의 종소리가 울리면 장안의
남자들이 모조리 사라지고 갑자기 부녀자의 世界로
화하는 劇的인 서울을 보았다 이 아름다운 시간에는
남자로서 거리를 無斷通行할 수 있는 것은 교군꾼,
내시, 外國人의 종놈, 官吏들 뿐이었다 그리고
深夜에는 여자는 사라지고 남자가 다시 오입을 하러
闊步하고 나선다고 이런 奇異한 慣習을 가진 나라를
세계 다른 속에서는 본 일이 없다고
天下를 호령한 閔妃는 한번도 장안 外出을 하지 못했다고……

──────────── 중 략 ────────────

비숍女史와 연애를 하고 있는 동안에는 進步主義者와
社會主義者는 네에미 씹이다 統一도 中立도 개좆이다
隱密도 深奧도 學究도 體面도 因習도 治安局
으로 가라 東洋拓殖會社, 日本領事館, 大韓民國官吏,
아이스크림은 미국놈 좆대강이나 빨아라 그러나
요강, 망건, 장죽, 種苗商, 장전, 구리개 약방, 신전,
피혁점, 곰보, 애꾸, 애 못낳는 여자, 無識쟁이,
이 모든 無數한 反動이 좋다
이 땅에 발을 붙이기 위해서는
　　　　　　－「巨大한 뿌리」 중에서

　　조선 말기에 있었던 권력 이데올로기의 부재가 60년대까지 이어졌다. 이런 상황에서 "天下를 호령한 閔妃는 한번도 장안 外出을 하지 못했다"는데도 불구하고 조선은 난장판이 되었다. 여기에 "남자가 다시 오입을 하러 / 闊步하고 나선다고"하는 것은 바로 성 행위의 자유로움이 바로 권력 이데올로기의 정체성을 찾는 행위로 김수영은 인식하고 있다. 권력 이데올로기의 정체로 등장한 비숍 여사와 연애를 하는 동안에 김수영은 서구의 사상인 진보주의자와 사회주의자의 혼돈 속에 빠져있다. 이러한 혼

돈은 진보주의와 사회주의가 당시 권력 이데올로기의 한 정체성 찾기의 한 방법일 수 있기 때문이다. 그러나 60년대 통치성으로 표현되는 진보주의자나 사회주의자도 김수영에게는 〈네에미 씹이다. 개좆이다〉는 것이다. 그리고 권력의 주변에 있는 〈隱密·密奧·學究·體面·因習〉과 〈東洋拓殖會社·日本領事館·大韓民國官吏〉 등에 대해서는 〈미국놈 좆대강〉이나 〈빨아라〉는 욕설과 경멸로 신랄하게 퍼붓고 있다. 시대의 억압과 내적 갈등을 성적인 욕설과 경멸로 표현한 것은 권력 이데올로기에 대한 반란 혹은 도전인 것이다. 이는 김수영이 모든 유기체와 인간사회의 에너지인 권력 이데올로기의 정체성을 찾고자 한 욕설이다.

　김수영은 권력에 대한 반란 혹은 도전의 실패를 여성에 대한 욕설과 경멸로 퍼붓는다. 가령 "저 王宮 대신에 王宮의 음탕 대신에 / 五十원짜리 갈비가 기름덩어리만 나왔다고 분개하고 / 옹졸하게 분개하고 설렁탕집 돼지같은 주인년한테 욕을 하고 / 옹졸하게 욕을 하"(「어느날 古宮을 나오면서」)는 것이다. 시인은 권력과는 아무런 관계가 없는 "설렁탕집 돼지같은 주인년"한테 욕설·경멸를 퍼붓고 있다. 이는 권력의 통치성을 가진 자에게 직접적으로 퍼붓는 것이 아니라, 기름 덩어리인 돼지를 팔아 살찐 주인년을 통해서 당시의 권력을 신랄하게 풍자한 것이다. 권력의 통치성이 정확하게 〈저 王宮〉에 있어야 함에도 불구하고 그렇지 못하기 때문에 통치성 상실에 대해 분개하고 있다. 권력의 통치성이 바로 개인의, 사회의, 국가의 삶을 지탱한다고 볼 때, 이에 대해 "한번 정정당당하게 / 붙잡혀간 소설가를 위해서 / 언론의 자유를 요구하고 越南파병에 반대하는 / 자유를 이행하지 못하"(「어느날 古宮을 나오면서」)는 자신에 분개하고 있다. 이 때문에 김수영이 소시민적이라는 평가를 받을 수도 있는 것이다. 이러한 분개가 바로 욕설과 경멸을 낳게 하는 원인이다. 이러한 욕설과 경멸은 미셸 푸코의 『性의 역사』에서 일컫는 권력의 개념이 남성과 여성의 위치에 놓여질 때, 바로 남성의 무기력에 기인한다는 것이다. 그래서 점점 왜소화되는 김수영 스스로는 "모래야 나는 얼만큼 적으냐 / 바람아 먼지야 풀아 나는 얼만큼 적으냐 / 정말 얼만큼 적으냐 ……"(「어느날

古宮을 나오면서」)는 것이다. 여편네에 대해 성 행위의 부적응의 징후로 나타난 퇴행적 욕구(退行的 欲求)처럼 점점 왜소화될 때 경멸과 욕설의 강도는 비례한다는 것이다. 심지어 돈을 주고 이발을 할 수 있는 조그만 힘(權力)을 가지고 있을 때, 이발쟁이에게(는) 옹졸하게 반항을 해도 조그만 권력이라도 쥐고 있는 "땅주인에게는 못하고 …… / 구청직원에게는 못하고 동회직원에게도 못하고" 만다는 것이다. 그래서 김수영의 성적인 경멸·모욕의 표현이 소멸되는 것과 비례해서 권력의 정체성이 회복되는 것이다. 즉 김수영에 있어 성의 욕설과 경멸의 표현은 권력의 정체성 찾기에 수렴된다고 할 수 있다. 1930년대의 이상과 서정주가 에로티시즘이라는 광열(狂熱)의 불길을 향해 혼신으로 치달려간 최초의 시인들로서 이들의 시적 에로티시즘은 일본 식민주의라는 권력 메카니즘의 정치적 억압에 대한 저항의 형태로 발산되었던 것11)과 같이 1960년대 김수영의 시에서도 이는 확인된다.

3. 엘리티즘(Elitism)과 성

민중의식이 분출된 60년대의 시대 상황 속에서 김수영의 엘리티즘 의식이 시에서는 어떠한 모습으로 보여 주고 있는가? 김수영에 대한 기존 논의는 대체로 그의 시가 권력에 끝없이 부정하려는 정신을 보여준다는 평가이다. 물론 드레퓌스(Dreyfus) 사건을 작가적 양심으로 부르짖었던 졸라(E. Zola)와는 다른 작가적 목소리가 나타난 것은 주지의 사실이다.12) 그렇다고 하더라도 "지식인이라는 것은 인류의 문제를 자기의 문제처럼 생각하고, 인류의 고민을 자기의 고민처럼 고민하는 사람이라는"(「모기와 개미」, 55쪽) 다분히 싸르트르(J. P. Sartre)적인 생각을 가지고 있었다.

김수영의 엘리트 의식이 그의 시 한 가운데에 있음은 시제만 보아도

---

11) 송희복, 앞의 책, 33쪽.
12) 싸르트르 지음(조영훈 옮김), 『지식인을 위한 변명』, 한마당, 1994.

알 수 있다. 즉 「六法全書와 革命」, 「晩時之嘆은 있지만」, 「中庸에 대하여」, 「VOGUE야」 등 지적이면서 모던한 여러 편에서도 확인되는 바이다. 이런 엘리트 의식을 드러낸 그의 시가 성과 관련하여 어떻게 표현되었는가? 절제된 교양적·도덕적인 성의 표현으로 나타났다면, 전술한 작품의 표현과 이중성을 가지는 것은 아닌가? 이 물음은 그의 「反詩論」에서 답을 구할 수 있을 것이다.

> 이것은 탕아만이 아는 기분이다. 한 계집을 정복한 마음은 만 계집을 굴복시킨 마음이다. 자본주의의 사회에서는 거리에서 여자를 빼놓으면 아무 것도 볼 게 없다. 머리가 훨씬 단순해지고 성스러워지기까지도 한다. … 중략 … 이럴 때 등교길에 나온 여학생 아이들을 만나면 부끄러울 것 같지만, 천만에! 오히려 이런 때가 그들을 가장 있는 그대로 순결하게 바라볼 수 있는 순간이다. 격의 없이 애정으로 바라볼 수 있는 순간. 때묻지 않는 순간. 가식 없는 순간.13)

이 글의 내용으로 볼 때, 김수영은 난잡함을 들여다 본 뒤에 순결한 것을 알 수 있다는 논리를 가지고 있다. 김수영은 그러한 정신의 소유자이다. 김수영은 성에 있어서 난잡함과 순결함의 이중성을 보여준다. 즉 여편네에 대해 성의 욕설·경멸의 두드러짐과 엘리트 의식에 있어서 욕설·경멸을 금기시하는 표현이 그것이다.

김수영은 치열하게 시를 썼다. 그래서 그는 목의 심줄에 경화증이 생긴 것이다. 경화증조차도 배부르다고 느끼면서 시를 썼다. "거지가 돼야 한다. 거지가 안되고는 청소부의 심정도 행인들의 표정도 밑바닥까지 꿰뚫어 볼 수는 없다"(258쪽)는 정신으로 시를 창작했다. 이것은 〈온몸〉으로 밀고나가야 한다는 그의 시 창작 정신(「詩여, 침을 뱉어라」, 249쪽)이다. 「라디오界」, 「먼지」, 「性」, 「美人」 등이 이때에 쓴 작품들이다. 김수영 자신이 철저하게 때묻지 않은 순간에 쓴 시다. 그렇다면 이러한 때묻지 않은 시절에 썼던 시가 과연 그의 엘리티즘과 관련하여 어떻게 성적

---

13) 『김수영 전집』 ②, 「反詩論」, 민음사, 1994, 257쪽. 같은 책의 인용은 페이지만 적음.

표현을 하고 있는가?

> 美人을 보고 좋다고들 하지만
> 美人은 자기 얼굴이 싫을거야
> 그렇지 않고야 미인일까
>
> 美人이면 미인일수록 그럴 것이니
> 미인과 앉은 방에선 무심코
> 따놓는 방문이나 창문이
> 담배연기만 내보내려는 것은
> 아니렸다.
>   - 「美人 - Y 에게」

〈美人〉은 여편네의 친구이고, 상류사회의 레이디나 매담인 Y여사와 식사를 하던 중에 썼던 작품이다. 「性」에서 보여 주는 성의 무기력에서 비롯된 욕설·경멸이 엘리트의 상류사회 레이디·매담에 있어 욕설·경멸의 성 표현은 사라졌다. 이는 김수영의 의식과 욕설·경멸의 성적 표현을 금기시하는 엘리트 의식이 동류항을 지닌다고 볼 수 있다. 그렇다면 엘리트 의식의 동류항에서 김수영은 성의 표현을 어떻게 달리 시화했는가?

"미인과 앉은 방에선 무심코 / …… / 아니렸다"처럼 함축적이지만 노골적인 성욕의 억제가 숨겨져 있다. 그렇다하더라도 이는 죠르쥬 바따이유에 의하면 〈종교적 매음〉이 아닌가.14) 이는 엘리트 스스로 금기와 신성성을 지키고자 하는 이중적 속성이 드러난다고 할 수 있다. 이는 김수영의 시적 상상력이 도덕적으로 깊은 관계가 있다는 의미이기도 하다. 그래서 작품을 쓴 뒤에도 굳이 변명의 역설을 덧붙이고 있다. 달리 말하면 이는 엘리트이기 때문에 가지게 되는 하나의 방어기제(defence-mechanism)라 할 수 있다. 이러한 방어기제는 그의 「反詩論」에 잘 나타나 있다.

---

14) 죠르쥬 바따이유(조한경 옮김), 『에로디즘』, 민음사, 1995, 146-148쪽.

이 작품을 쓰고 나서, 나는 노상 그러하듯이 조용히 運算을 해본다. 그리고 내가 창을 연 것은 담배 연기 때문이 아니라 그녀의 천사 같은 훈기를 내보려고 연 것을 알았다. 됐다! 이 작품은 합격이다.(261쪽)

과연 김수영은 미인 앞에서 도인처럼 성(聖)과 속(俗)의 경계를 뛰어 넘었다고 할 수 있는가. 뛰어 넘었다고 하는 것은 바로 엘리티즘의 방어 기제 때문이 아닌가. 그렇지 않고서야 「反詩論」에서 그처럼 많은 비유를 했을 수 있었겠는가?

성과 관련할 수 있는 「美人」의 경우, 김수영이 얼마나 엘리트 의식이 강한지를 그의 「反詩論」에서 극명하게 보여준다. 「美人」이라는 작품에다 릴케의 유명한 「올페우스에 바치는 頌歌」의 제3장이 떠오른다거나 하이데거의 「릴케론」 속에 인용된 요한 고트프리드 헤르더(독일의 사상가이며 문학자, 1744~1803)의 「인류의 역사철학적 고찰」에서 따온 문구가 밀어(密語)처럼 떠오른다는 것으로 비유하고 있다. 이는 김수영의 엘리트 의식에 나타나는 성적 표현의 우회성을 다른 이유로 설명하고자 하는 치환(換置, displacement)으로 나타난다. 〈여편네〉와 〈엘리트·상류사회·레이디·매담〉의 미인에 대한 성 표현은 다르다. 즉 여편네에게 퍼부은 욕설·경멸의 표현을 적어도 미인에게는 감추어 버렸다는 것이다. 김수영의 성 표현은 엘리트 의식 속에 근거할 때는 성의 경멸과 모욕의 표현은 소멸되고 만다. 이는 60년대의 권력의 정체성 회복에 실패할 경우, 성의 욕설·경멸의 강도가 비례하듯이 엘리트 의식이 비대할수록 노골적인 성의 표현은 다른 이유로 설명하는 환치로 표현된다는 것이다.

Ⅲ. 맺 음 말

김수영 시에 대한 논의가 이미 김수영 신화에까지 도달했다는 이유만으로 그의 시세계에 대한 접근을 멈춘다는 것은 한국시사 기술에 있어 위험스러운 일이다. 본 글의 논의가 바르트의 독자 중심의 재창조에 대한 논의가 아니더라도 김수영 시에 대한 새로운 논의 가능성임을 밝히고 싶다.

김수영은 비평에 대해 "비평의 권위를 운운하기 전에 우선 작품의 권위가 서야할 줄로 안다"(「〈평론의 권위〉에 대한 短見」)는 말을 했기에 작품의 권위를 인정받은 김수영의 작품을 평가한 본 논의가 권위가 있는지, 혹은 논의의 부정확성은 아닌지 두려움이 앞선다. 김수영이 우려하는 바대로 시에 대한 하나의 평문이 '무권위의 혼동 상태'가 아니기를 바라면서 이제까지 논의한 결과를 몇 가지로 적고자 한다.

김수영의 고매한 시정신에도 불구하고 드물게 나타난 성의 표현이, 특히 여편네에 대한 욕설과 경멸을 보여 준다. 이는 페미니즘(Feminism) 혹은 선정적인 외설과는 다른 각도에서 성의 욕설과 경멸을 시화하고 있다. 즉 성의 욕설과 경멸을 통해 성 행위의 무기력을 나타내고 있는데, 이는 자신의 퇴행적 욕구 혹은 왜소화로 대체된다는 것이다.

그리고 이러한 성의 무기력은 권력 이데올로기의 정체성과 서로 비례 관계에 있다. 즉 60년대의 권력 이데올로기가 정당한 통치성(Governmentality)으로 자리할 때 성의 욕설·경멸은 소멸된다는 것이다.

또한 엘리트(Elite) 의식의 소유자인 김수영은 엘리트 의식이 비대할수록 성의 욕설과 경멸의 표현을 감추는 방어기제(defence-mechanism)를 두드러지게 표현하고 있다.

성과 권력과 엘리티즘(Elitism)의 함수관계는 오늘날 지배적인 용어임을 부인할 수 없다. 이것은 오늘을 사는 위치에서 영원한 탐구의 대상이다. 김수영의 시세계는 이 세 용어의 함수관계의 전형을 보여 주었다. 이러한 함수관계는 김수영 시세계의 새로운 지평을 여는 한 단계임을 조심스럽게 진단해 본다.

참 고 문 헌

1. 국 내

김종윤, 『김수영 시 연구』, 연세대 박사학위논문, 1987.

강연호, 「자기 갱신의 모색과 탐구 -50년대 김수영의 詩」, 『1950년대의 시인
　　　　들』, 나남, 1994.

박철석, 「김수영론」, 『한국현대시인론』, 학문사, 1990.

유재천, 『김수영의 시 연구』, 연세대 박사학위논문, 1987.

유종호, 「詩의 自由와 관습의 굴레」, 『김수영의 문학』, 민음사, 1992.

송명희, 『문학과 성의 이데올로기』, 새미, 1994.

송희복, 「시와 에로티시즘」, 《현대시》, 1994, 11월호.

신용하 · 김한초 · 김선양, 『한국 지식인의 의식과 사회적 기능』, 정신문화문고,
　　　　1987.

정종진, 「Ⅳ. 한국 현대시와 성표현」, 『한국 현대 문학의 성묘사 전략』, 우리 문
　　　　학사, 1990.

한상진 · 오생호 외 지음, 『미셸푸코』, 한울, 1995.

2. 국 외 (역서)

D · H 로렌스(김병철 역), 『性과 문학』, 일한도서, 1966.

죠르쥬 바따이유(조한영 옮김), 『에로티즘』, 민음사, 1995.

케이트 밀레트 저(정의숙 · 조정호 공역), 『性의 정치학 』(上 · 下), 현대사상사,
　　　　1992.

마리나 야겔로(최태룡 옮김), 『언어사회학 서설』, 까치, 1993.

미셸 푸코 지음(이혜숙 · 이영목 공역), 『性의 歷史- ①, ②, ③』, 나남출판사,
　　　　1994.

미셸 푸코 외 지음(정일준 편역), 『미셸 푸코의 권력이론』, 새물결, 1994.

벵상 주브(하태환 옮김), 『롤랑 바르트』, 민음사, 1994.

제임스 밀러(김부용 옮김), 『미셸 푸코의 수난 ①, ②』, 인간사랑, 1995.

헬렌 피셔(박매영 옮김), 『性의 계약』, 정신세계사, 1993.

장생 편저(정성호 옮김), 『性史』, 도서출판 하림, 1993.

S · 프로이트/C · S 홀/R · 오스본 지음(설영환 옮김), 『프로이트 심리학해설』,
　　　　선영사, 1994.

J · P · 싸르트르(조영훈 옮김), 『지식인을 위한 변명』, 한마당, 1994.

____________(김붕구 역), 『문학이란 무엇인가』, 문예출판사, 1993.
N·할라즈 저(황의방 역), 『드레퓌스 사건과 지식인』, 한길사, 1992.
슐라미스 화이어스톤 지음(김예숙 옮김), 『性의 변증법』, 풀빛, 1993.
혼다 가츠이치(양억관 옮김), 『오에 겐자부로 -일본형 지식인의 비곤한 정신-』,
    하소, 1995.

시 체계에 갇힌 절대 고독

이승훈론

Ⅰ. 서 론

왜 이승훈인가? 왜 『당신의 방』(문학과 지성사, 1986)이란 시집인가?

우선 이승훈은 『시론』(고려원, 1979)[1], 『시작법』(문학과 비평사, 1988)을 통해서 그의 시론을 세운 시인이고 – 다른 시인들은 시작법이 없다는 뜻은 아니다-, 이 시론서와 더불어 그가 시를 창작했다는 점 때문이다. 그리고 독자의 표현 욕구를 쉽고 강렬한 메세지로 적고 있다. 또한 타인과의 관계를 설정한 오늘날 현실의 삶을 나름대로 고뇌한 모습을 보여주기 때문이다. 특히 "시를 쓰는 것은 철학적 사유에 값하는 행위라는 공식을 실제 시를 통해 자신 있게 明示해 온"시인인 까닭에 주목(조남현)

---

[1] 이기철, 「10. 이승훈의 〈詩論〉의 시각」, 『시학』, 일지사, 1985.
　　이승훈이 1979년에 낸 〈詩論〉은 그 내용의 포괄성이나 논리의 정연함에 있어서 이전까지 어떤 시론서들도 하지 못한 일을 이 한 권의 책이 한 셈이다. 다만, 이 책은 동양적 혹은 고전적 시론에 대한 불고려로 인해 동양 혹은 한국의 시나 시 전통에 대한 이해에는 별 도움을 줄 수 없다는 아쉬움이 있긴 하지만, 현대시나 현대시의 이론이 거의 모두 서구의 이론에 의해 해명되고 있다는 현실적인 조건을 생각할 때 그러한 점 불가피한 일이었음도 이해할 수 있는 일이다.(316 쪽).....이승훈의 〈詩論〉은 이전의 시론서들이 대체로 너무 통념으로만 쓰여지던 것에 대한 한 반성의 계기가 된 것으로서, 확실한 입론의 근거(주로 서구 수사 비평에 의존하는)를 가지고 쓴 시론이라는 점에 그 의의가 있다.(320쪽)

되는 것이다. 이런 주목은 이승훈 시에 대한 연구 가치를 예고하는 것이다. 그렇기 때문에 본고는 이승훈 시를 주목한다.

이승훈은 1961년《현대문학》추천으로 시단에 데뷔했고, 『사물A』, 『환상의 다리』, 『당신의 초상』, 『사물들』 등 네 권의 시집을 냈으며, 『당신의 방』(1986년)은 그의 다섯 번째 시집이다. 이후에도 『밤이면 삐노가 그립다』, 『나는 사랑한다』 등의 시집과 『포스트모더니즘 시론』을 발간했다. 그러나 본 글은 이승훈의 작품 가운데 다섯 번째 시집인 『당신의 방』 가운데 표제시이면서 시제인 「당신의 방」을 통해 이승훈의 시세계의 한 단면을 엿보고자 한다. 물론 전작품을 대상으로 시인의 시세계를 파악하는 것이 전제되어야 할 것이다. 다만 본고에서 의도하는 또 하나의 목적은 문학 연구 방법론의 다양한 접근을 통해 한 작품를 어떻게 적용하여 시세계의 본질을 규명할 수 있느냐하는 데 있기 때문에 작품을 한정할 수밖에 없다. 접근 방법론은 과학적 문학 비평의 방법론이라 일컬어지는 몇몇에 국한한다. 그래서 시가 언어라는 전제 아래 형식주의, 구조주의 혹은 기호학과 담론체계의 용어를 빌어서 「당신의 방」을 분석하고자 g나다.

Ⅱ. 본 론

1. F. de. Saussure의 계열 혹은 통합

F. de. Saussure는 프랑스의 구조언어학을 창시한 학자이다. 그의 이론적 토대는 사후에 제자들의 강의초록을 편집하여 출판한 「일반언어학 강의 Course in General Linguistics」(1916)에 근거하고 있다. 특히 시가 하나의 메타포(metaphor)로 이루어진다는 사실에 입각하면, Saussure의 언어학 이론의 중요성을 새삼 인식하게 된다. 우선 「당신의 방」이라는 시 전문을 읽으면서 Saussure의 두 체계로 접근하고자 한다. 본고는 언어의 체계가 계열 혹은 통합의 원리로 이루어진다는 그의 논리에

따라 「당신의 방」을 분석하고자 한다.

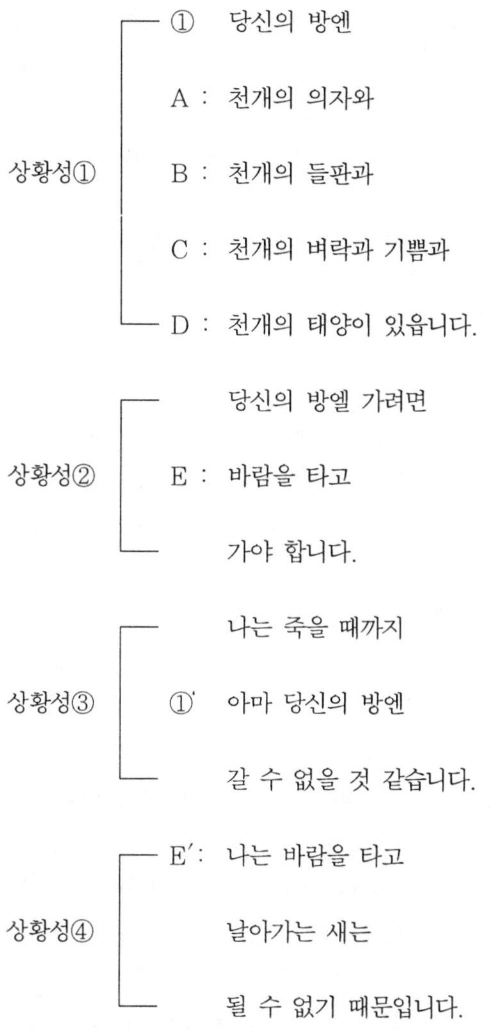

　「당신의 방」은 크게 4개의 통합체계를 이루고 있다. 그 가운데 첫번째 문장을 이루는 시행은 Saussure의 계열축 원리로 짜여진 것이고(상황성

①), 나머지 3개의 문장은 계열축에서 선택된 한 개의 단어로 이루어진 통합체의 문장이다(상황성 ②, ③, ④). 이러한 선택과 결합에 의한 의미망의 구축은 한 편의 시에만 한정되는 것은 아니다. 한 작가의 전 작품을 대상으로 면밀히 분석한다면 그 작가가 그의 작품세계를 통해 의도하고 있는 시적 상상력의 세계에 좀더 분명하게 접근할 수도 있을 것이다.[2] Saussure의 계열과 통합의 원리에 따라 이 시를 세분화하면,

> • 당신의 방엔 A : 천개의 의자 (+ 조사) 있읍니다.
> B : 천개의 들판
> C : 천개의 벼락과 기쁨
> D : 천개의 태양

우선 계열의 원리로 접근하면, '당신의 방엔 + (A / B / C / D) + 있읍니다'라는 시적 구조를 이루는데, 여기에 A, B, C, D는 같은 계열로 파악할 수 있다. 그렇기 때문에 이 시의 첫째 문장은 계열 축의 원리를 시적 구성으로 삼았음을 알 수 있다.

「당신의 방」은 위와 같은 사물들 즉 A, B, C, D의 사물들이 존재할 수 있으냐 없느냐라는 일상적인 물음이 생긴다. 이런 물음에 대해서는 당연히 「당신의 방」엔 위와 같은 사물들이 현실적으로는 존재할 수 없다는 것이다. 그러나 여기에 일상적인 담화가 아니라 시적 진실이 있다. 비록 사이비 진술(I. A. Richards, Pseudo- Statement)이라 하더라도 이는 바로 일상 언어를 통해 시인의 진실을 담고 있다. 이러한 시적 장치를 통해 시인이 말하고자 시적 진실(poetic truth)이 무엇인지 살펴보자.

「당신의 방」의 첫째 문장에서 A, B, C, D를 선택축으로 인식하게 되면 일정한 조화의 현상을 발견할 수 있다. 즉 〈의자〉는 인위적이고 가공적인 현상적 실물이라면[3] 〈들판〉은 자연적인 실물로 볼 수 있다. 그리고

---

2) 박종철, 「시 해석을 위한 언어기호학적 접근」, 『한국문학과 기호학』, 문학과 비평사, 1988.
3) I. A. Richards 「意味의 三角形」으로 인식할 경우이다.

'벼락과 기쁨'은 자연적인 현상과 〈기쁨〉이라는 인위적인 현상이 대등하게 위치해서 이들의 언어 배열의 질서 속에서 수평축과 수직축의 교차를 이루고 있다. 즉 수평축의 〈의자, 들판, 기쁨〉과 수직축의 〈벼락, 태양〉이 그러하다. 이들의 교차를 지배소(dominant)로 설정할 경우, 두 번째, 세 번째 문장에서 보여주는 〈바람〉, 〈새〉가 수직 혹은 수평의 움직임을 보여준다. 그리하여 수직과 수평으로 이루어지는 우주적 질서의 구조를 보여준다.

나머지 3개의 문장은 선택의 축을 통하여 결합된 시적 표현이다. 즉 "당신의 방엘 가려면 / 바람을 타고 가야 합니다"처럼 〈바람〉의 경우에는 다른 어떤 어휘의 계열보다 선택될 수밖에 없는 상황인 것이다. 이는 〈당신의 방〉에 갈 수 없는 한계를 〈바람〉을 통해서 보여 주고 있다. 끝내 죽을 때까지 갈 수 없다는 불가능을 의미하는 시적 구조에서도 알 수 있다. 지상의 수평적 인간(시적 자아)은 날아가는 새처럼 수직의 상승작용을 할 수 없다는 것을 깨달았기 때문에 시인은 이 시에서 존재의 비극적 한계를 보여주는 것이다.

2. Dominant(支配素) 혹은 Foregrounding(前景化)4)

과학적인 인식의 틀로서 시어가 분석되기를 갈망했던 형식주의자들은 일상에서의 일탈(deviation)을 꿈꾸었다. 그래서 시인들은 일상에서 일탈된 현상으로 세계를 바라본다. 그렇기 때문에 시인들의 시작품은 일상 언어와 혼돈스러울 때가 많다. 이런 혼돈스러움에 대해 뉴 크리티시즘의

<pre>
        개 념   concept ·························· 所記
             /   \
    기호   지시대상 ·························· 能記
    sign   reference
</pre>

4) 쉬클로프스키의 전경화: 언어라는 매개체를 비일상적으로 사용함. 언어학의 逸脫(deviation), 규칙과 인습에 대한 위반, 상투적인 표현에서 새로운 지각 작용. 예) 김기림의 「일요행진곡」, 이상의 「오감도」 등 * background / foreground.

대표자인 I. A. Richards는 사이비 진술(Pseudo- Statement)과 과학적인 진술(Statement)로 구별하였다. 그런데 이 혼란스러움이 바로 시의 질서를 지배하는 지배소(Dominant)임과 동시에 전경화(Foregroun-ding)이다. 혼돈스러움은 바로 시인들의 창조적 표현이요, 삶의 정신적 구현이라고 할 수 있다. 이러한 점에서 본다면 「당신의 방」은 적절하게 부응할 수 있는 작품이다.

앞에서 인용한 시를 들여다보면, 첫째 문장안(천개의 의자 / 천개의 들판 / 천개의 벼락과 기쁨 / 천개의 태양)에서, 첫째 문장(①: 당신의 방엔)과 셋째 문장(①′: {아마} 당신의 방엔), 둘째 문장(E: 바람을 타고)과 넷째 문장(E′: {나는} 바람을 타고), 그리고 행의 단위로 할 때 둘, 셋, 넷째 문장의 행(각 3행씩)에서 리듬이 발생한다는 것을 알 수 있다. 특히 첫째 문장 안에서 A, B, C, D의 선택축으로 인식하게 되면 또 다른 일정한 조화를 발견할 수 있다. 하나는 시의 구조적 토대로서의 리듬이고, 다른 하나는 어휘적 층위가 있다는 것이다. 즉 음절수에 따른 3 / 2의 반복과 언어 배열의 질서에서 수평축과 수직축의 교차를 이루어 우주적 질서의 구조를 보여 준다.

A, B, C, D의 동일한 위치에서 서로 다른 것을 배열함으로써 리듬이 발생한다. 즉 시의 규칙적 순환성은 상이한 것을 같게 할 목적으로, 또는 차이점 속에서 유사성을 드러낼 목적으로, 다른 성분들을 동일 위치에서 주기적으로 반복하거나 이 동일성의 위장된 성격을 드러내고 유사성 속에서 차이점을 확립할 목적으로 동일한 것을 반복하는 것이다5) (①과 ①′, E와 E′도 마찬가지로 볼 수 있다). 계열축의 위치에서 주기적으로 반복하여 유사성을 드러내지만 차이점을 확립하고자 했던 것이다. 수평적인 축과 수직축의 교차를 통해서 의미를 확립하는 것처럼 보통의 언어로 기술한다면 방에는 〈의자〉와 〈기쁨〉이 있을 수 있다. 굳이 그림이 아닌 다음에는 〈들판〉과 〈벼락〉, 〈태양〉이 있다는 것은 일상에서의 일탈일 것이다. 〈의자〉와 〈기쁨〉이 방안에 있다는 표현이 시어로서 일탈되면, 〈천개의 의

---

5) 유리 로트만(유재천 역), 『시 텍스트의 분석』, 가나, 1987, 91쪽.

자〉, 〈천개의 기쁨〉이다. 이들 시어는 「당신의 방」이라는 시세계를 결정하는 모티브(boundary motif)이다. 그리고 지배소(Dominant)이다. 그래서 바람을 탈 수 있다는 가능성조차 일탈된 전경화(Foregrounding)이다.

이러한 전경화를 통해서 시인은 무엇을 이야기하는 것일까?

〈가득함〉이 있는 〈당신의 방〉으로 가려는 지향점을 나타낸 것이다. 〈가득함〉이라는 것을 보충한다면, 수사법으로 환유적 장치로 이해할 수 있다.6) 즉 〈의자〉는 〈안락함〉을, 〈들판〉은 〈드넓은 평온함·생명의 싹틈〉을, 〈벼락〉은 〈기쁨을 낳는 시련·고통〉으로 하여 〈더 큰 기쁨〉을 낳고, 그리고 우주만물을 생성케 하는 〈태양〉이 있음으로 비유한다면, 첫째 문장이 갖는 〈가득함〉의 추상적 표현이 이해될 수 있을 것이다. 그러나 시적화자는 대단히 외롭고, 고통받고, 고난이 있는 사람으로 〈당신의 방〉을 갈 수 없는 - 날아가는 새가 될 수 없음 -〈당신의 방〉 밖에 있는 존재자이다. 그래서 시적화자는 존재로서 비극적 한계를 인식하게 되는 것이다.

3. Situationality

60년대 후반과 70년대에 걸쳐 프랑스를 시작으로 해서 어떻게 〈의미〉가 만들어지는가를 생각하는 움직임이 일어났다. 그 결과로 나온 것이 담론(discourse)이다. 담론은 그것이 형성되는 제도와 사회적 실천의 종류에 의해, 그리고 말하는 사람들과 그들이 말을 하는 상대의 위치(position)에 따라 모습을 달리한다. 즉 담론은 동일적이지 않다는 것이다.7) 말을 하는 상대의 위치에 따라 달라지는 텍스트를 「당신의 방」이라

---

6) 김경용, 『기호학이란 무엇인가』, 민음사, 1994, 75쪽.
　　예) 거기엔 발 붙일 곳이 없다 : 사람 전체 대표
　　　　눈 좀 붙여야겠다　　　　: 수면, 휴식.
7) 다이안 맥도웰 지음(이상훈 옮김), 『담론이란 무엇인가』, 한울, 1992, 9~24.쪽
　　담론연구는 구조주의를 절연하면서 나타난 프랑스의 학문이다. 절연하게 되는 이유는
　　다음과 같다. 「한 언어 안에서는 모든 사람이 같은 언어를 말하며, 말하고 쓰는 모든

는 시를 통해 이해하고자 한다. 이는 보그란데와 드레슬러가 제시한 텍스트의 7가지 텍스트성(Textuality) 중 상황성(situationality)8)의 원리를 틀로 삼고자 한다.9)

앞의 시에서 상황성 ①은 텍스트의 시적 화자인 나는 〈당신의 방〉이라는 공간의 도입부를 제시하였다. 그리하여 수용자로 하여금 실제로 어떠한 방인지를 들여다 보게 하는 상황 증거들(천개의 의자, 천개의 들판, 천개의 벼락과 기쁨, 천개의 태양)을 보여 준다. 그래서 상황성 ②와 같이 나는 〈당신의 방〉에 갈 수 있는가에 대한 중간 점검을 하게 된다.

「당신의 방」에 가고자 하는 절대적인 갈망의 중간 점검 결과가 상황성 ③과 같이 제시된다. 바람을 타고 가면 갈 수 있다는 문제 - 해결(problem - Solving) 과정을 제시한다. 그리고 상황점검을 거쳐 상황관리에서 텍스트의 화자가 상황성 ③과 같이 「당신의 방」에 갈 수 있을까에 대한 회의적인 상황을 판단하게 된다. 문제 - 해결을 할 수 없는 상황에 이르자 죽을 때까지 당신의 방에 갈 수 없다는 체념화에 이르게 된다. 체념화의 인식을 분명하게 보여 주는 것이 상황성 ④이다. 즉 "바람을 타고 / 날아가는 새"가 될 수 없기 때문이다.

텍스트의 화자는 〈당신의 방〉에 영원히 갈 수 없으므로 인해 괴로워하며, 현실적인 불가능의 상태에 놓인 존재자이다. 그렇다면 한 번쯤 짚고

발화(utterance)의 밑바닥에는 소리와 의미의 공통된 약호(code)나 일반체계가 깔려 있다고 보았다.(Saussure) 그렇지만 담론 연구는 체계(system)라는 관념을 통틀어 부정하지는 않지만 모든 담론 뒤에 단일화하고 일반적인 체계가 놓여 있다는 신념을 부정한다.」

8) 이현호, 『한국 현대시의 담화·화용론적 연구』, 한국문학사, 1993, 67쪽.
상황성(situationality)은 한 텍스트를 현재의 발화 상황 또는 복원 가능한 상황에 적절히 관련지어 지는 요인들에 대한 일반적 명칭이라고 정의된다. 텍스트를 상황성의 측면에서 분석할 때 중요한 점은, 담화 참여자들은 그들이 현재 처해 있는 통화적 상활 모델에 자신들이 기존에 지니고 있던 지식, 신념, 목적 등을 주입시키는 중간조정 (mediation) 과정을 수행한다는 것이다. 다시 말해서, 당면한 통화 상황에서 액세스 가능한(accessible) 상황 증거들은 현실 세계에 관한 텍스트 사용자들의 사전 지식 및 기대와 함께 그 상황 모델 속으로 공급된다는 것이다.
9) 이현호, 위의 책, 13쪽.

갈 문제는, 시적화자는 왜 그토록 〈당신의 방〉에 가고 싶어하는가이다. "(내가 사는 방이) / 절망도 없다 / 희망도 없다 / 빨리 빨리 없다 / 비탄도 없다 / 그리움도 없다 / 무슨 요란한 사상도"(「내가 사는 방」 중에서) 없기 때문이다. 그래서 내가 사는 방에서는 〈당신의 방〉에 가고자 하는 "중얼거림만 있다 / 그런 게 있고 / 그런 게 구원"이기 때문이다. 그런 구원의 공간이 바로 「당신의 방」이기 때문에 시적 화자는 「당신의 방」에 가고자 열망하는 것이다. 그리고 「당신의 방」에 가는 것은 곧 "병든 주체에 대한 인식, 병든 주체의 부정, 이 부정을 통하여 만나게 되는 객체의 의미, 주체와 객체의 대립을 극복하는 일"(시집 〈自序〉 중에서)이다. 그래서 「당신의 방」은 단순히 사랑에 괴로워하는 〈연인의 방〉이라기보다는 인간 본연의 삶에 대한 회의와 성찰을 보여 주는 시작이라 할 수 있다.

III. 결 론

이승훈의 「당신의 방」을 과학적인 문학 비평 방법론으로 접근하였다.

F. de. Saussure의 계열 혹은 통합의 원리로 접근한 결과, 「당신의 방」에서 계열과 통합의 원리를 발견하였다. 이것으로부터 도출된 시세계는 자신의 비극적 현실 인식을 노래하고 있음을 밝혔다.

Dominant 혹은 Foregrounding으로 접근한 결과, 「당신의 방」은 외롭고, 고통 받은 현실에서 탈출하고자 하는 시적 화자의 열망을 노래했다.

Situationality로 접근한 결과, 「당신의 방」에 영원히 갈 수 없는 인간 본연의 삶에 대한 회의와 성찰을 보여 준 시작임을 밝혔다.

각기 다른 방법론이라 하더라도 과학적 접근 방법론이라는 공통 분모 위에서 「당신의 방」을 검토한 결과 시세계의 일관성을 모색할 수 있었다. 즉 자신(시적 화자)의 비극적 현실 인식(외롭고, 고통받은 현실 즉, 절망도, 희망도, 사상도 없는 현실에서 직면하게 되는 병든 주체에 대한 인식)에서 탈출하고자 하는 열망(병든 주체에 대한 부정)은 바로 인간 본

연의 삶에 대한 회의와 성찰로부터 출발한다는 것이다.

작품 자체는 한 개의 완결된 구조체이므로 구체적이고, 객관적인 분석을 하지 않았을 경우에 빚어지는 관념성, 혹은 시를 탐독하면서 갖게 되는 감정의 유희에 빠진다. 따라서 하나의 구조체를 다각도의 문학 연구 방법으로 접근하여 일관된 작가의 시세계에 다가갈 수 있다면, 객관적이고도 과학적인 문학 연구 방법론이라 판단된다. 따라서 편하고도 탄탄한 구조는 바로 시인의 정신세계를 드러내기 때문에 과학적인 시 구조 분석의 접근은 필요하리라 여겨진다.

참 고 문 헌

김경용, 『기호학이란 무엇인가』, 민음사, 1994.

박종철, 「시 해석을 위한 언어기호학적 접근」, 『한국문학과 기호학』, 문학과 비평사, 1988.

이정민 외, 『언어과학이란 무엇인가』, 문학과 지성사, 1991.

이현호, 『한국현대시의 담화, 화용론적 연구』, 한국문학사, 1993.

다이안 맥도웰(이상훈 옮김), 『담론이란 무엇인가』, 한울, 1992.

로만 야콥슨(신문수 편역), 『문학속의 언어학』, 문학과 지성사, 1989.

유리 로트만(유재천 역), 『시 텍스트의 분석』, 가나, 1987.

캐롤 샌더스(김현권/ 목정수 옮김), 『소쉬르의 일반언어학 강의』, 한불문화출판, 1992.

C. K. Ogden/I. A. Richards(김봉주 역), 『의미의 의미』, 한신문화사, 1986.

F. de. Saussure(최승언 옮김), 『일반언어학 강의』, 민음사, 1992.

현실 부정화와 긍정화의 두 전략

I. 서 론

현대시에 이르러 시를 모르겠다는 소리가 독자의 입만이 아니라 심지어 시인 자신들의 입에서도 나오고 있다.1) 심상주의에 경도되었던 시대에는 시의 세계를 열린 이미지로 비유했지만 복잡한 오늘날은 상징적 아포리즘으로 시세계를 구축한 시인들이 많은 탓이기도 하다. 신비평가인 C. Brooks는『잘 빚어진 항아리』에서 "추상보다는 상징을, 분명한 선언보다는 암시를, 직접적인 진술보다는 메타포를 사용하는 시의 방법상의 특징에 역점을 두는 시인의 태도"2)를 언급했다. 그리고 현대 시인들은 독창적인 언어 구사를 통해 자신의 세계를 갖추려고 한다. 이는 독자의 측면에서 난해성에 결부되지만 시인 자신에게는 오히려 언어로 표상할 수 있는 풍부한 세계를 꿈꾼다고 볼 수 있다. 시인이 정확한 상징체계로 상징적 시어를 부려쓰는 것은 대단히 중요한 문제인 것이다. 정확하게 시어를 구사하지 못할 경우, 시인과 독자의 입장에서 서로 의사소통 체계를 갖추지 못할 때 발생하는 갖가지 오독을 낳기 때문이다. 물론 시는 오독이라고 해체주의자들은 주장하지만 오독은 어디까지나 오독일 뿐, 진정

---

1) 김광섭, 「시집『農舞』에 대하여」, 〈제1회 만해문학상 심사를 마치고〉, 113쪽.
2) C. Brooks(이경수 역), 『잘 빚어진 항아리』, 홍성사, 109쪽.

한 의미에서 시인의 시세계를 찾는데 못 미치는 난해성의 문제가 뒤따르게 된다.

오늘날 한국시의 방향 설정에 있어 중심축에 드는 문제는 난해성이라면, 이를 해결하려는 탐색은 필요성이 있을 것이다. 독자와의 거리는 결국 시의 난해성 문제인데, 이러한 난해성의 문제를 신경림의 시집 『農舞』(증보판, 창작과 비평사, 1975)를 대상으로 하여 검토하고자 한다.3) 검토 방법론은 문학이 당대 현실을 반영한다는 전제에서 현실 반영을 이분법적으로 나누어 접근하였다. 즉 현실의 부정화 혹은 긍정화라는 전략(strategy)으로 구별하여 신경림의 시에 접근하고자 한다. 시인들은 대개 시의 주제를 부각시키기 위해 독자를 의식한 심상을 암암리에 전개시키고 있다. 이는 시인의 시세계를 전달하고자 하는 강력한 주제의식의 한 표현 방법이기 때문이다. 그래서 시를 이해한다는 것은 독자를 의식한 시인의 심상을 파악하는 것이 중요하다. 따라서 본고에서는 신경림 시에 나타난 심상을 줄기 잡아 시분석을 시도하겠다. 물론 이는 시의 주제를 파악하는 방법이다. 시세계를 이분법적으로 나누는 문제와 전작품을 대상으로 하지 못한 시세계의 접근이라는 문제점을 안고 이 글은 출발한다.

---

3) 신경림(1935-)은 충북 청주에서 출생하여 동국대 영문학과를 졸업, 1956년 《문학예술》을 통하여 추천됨. 1974년 제1회 《만해문학상》수상, 1981년 제8회 《한국문학작가상》을 수상했음.

　　시집으로는 『農舞』(창작과 비평사, 1973), 『새재』(창작과 비평사, 1979), 『달넘새』(창작과 비평사, 1985), 장시집 『南漢江』(창작과 비평사, 1987), 『가난한 사랑 노래』(실천문학사, 1988), 『기행시집-길』(창작과 비평사, 1990), 『쓰러진 자의 꿈』(창작과 비평, 1993) 등이 있음. 저서로는 『한국 현대시의 이해』(1981, 공저), 『삶의 진실과 시적 진실』(1983), 『민요기행(1. 2)』(한길 사, 1985, 1989), 『우리 시의 이해』(한길사, 1986) 등을 출판했음.

II. 『農舞』를 읽는 방법

1. 현실 부정화의 전략

시집 『農舞』의 총 60여 편 중에서 「그」, 「친구」, 「그들」, 「그 여름」, 「골목」 등을 대상으로 이들 시에 대한 시적 장치를 파악하여 신경림의 시의 정신을 파악하고자 한다. 물론 "시집 『農舞』의 작품 세계는 대대로 시달릴 대로 시달려 온 농민들의 삶의 애사(哀史)를 리얼하게 묘사해 냄으로써 민중 현실의 리얼리즘적 표현을 훌륭하게 성취해 낸 것에 그 주된 가치가 집중된다"[4]는 논의가 인정된다손 치더라도 방법론에 대한 연구가 새롭게 전제된다면 이에 대한 논의는 진행할 수 있다고 판단된다. 본고에서 대상으로 삼은 텍스트의 선별은 자칫 시인 개인의 상상력을 허물어뜨릴 위험도 있으나, 다만 본 글은 일정한 시 읽기의 두 가지 방법의 틀로 접근하기 때문에 시인의 세계는 또 다른 측면에서 탐색할 여지를 남게 두게 된다.

필자는 항상 시가 다른 장르 못지 않게 논리적으로 이해해야 한다는 생각을 가지고 있다. 상상과 직관으로 쓰여진 시가 논리적이어야 한다는 말처럼 들려서 언뜻 모순되는 듯한 말인지는 모르나 기실은 창작하거나 이해하거나 둘 다 등가적 가치로 논리적인 접근을 해야 한다는 입장이다.[5] 물론 이것은 일상적인 물음에서부터 풀어나가야 시세계를 파악할 수 있다는 의미이기도 하다. 시를 읽는 방법이 내재적 혹은 외재적 방법에 의존하는 것이 아니라 시인의 시세계를 보여줄 수 있는 한 방법론임을 말하는 것이다. 우선 한 작품을 읽고 이에 대한 필자의 방법론을 입론하고자 한다.

---

4) 이동순, 「우리 시대의 시정신과 시적 진실」, 『신경림 문학 앨범』, 웅진출판, 1995, 93쪽.
5) 「시의 난해성과 비유법」 참조.

눈 오는 밤에
나를 찾아온다.
창밖에 문을 때린다.
무엇인가
말을 하려고 한다.

꿈 속에서
다시 그를 본다.
맨발로 눈 위에 서 있는
그를.
그 발에서
피가 흐른다.

안타까운 눈으로
나를 쳐다 본다.
내게 다가와서 손을
잡는다.
입속에서
내 이름을 부른다.

잠이 깨면
새벽 종이 운다.
그 종소리 속에서
그의 목소리를 듣는다.
일어나
창을 열어 본다.

창 밖에 쌓인
눈을 본다.
눈 위에 얼룩진 그의
피 자국을. 그
성난 눈초리를.

– 「그」(《문학과 지성》, 1972)

시를 일상적인 물음으로부터 논리적인 물음으로 다가가면서 전체 5연으로 이루어진 이 시에 숨겨진 시인의 정신 세계를 밝히겠다. 1연은 눈오는 밤에 누군가가 나를 찾아와 무엇인가를 말하려고 한다는 내용이다. 여기서 시를 이해하기 위한 논리적인 물음은 누가, 왜, 나를 찾아와 무슨 내용을 말하려고 하는가이다. 이 세 가지 물음을 논리적으로 해명하는 것은 바로 작품의 정보를 찾아 작품의 주제를 파악하는 행위이다.

우선 누가라는 정보를 이 시에서 찾으면, 1연과 3연에서는 미정칭이고, 2연과 4, 5연에서는 3인칭인 그로 나타난다. 그는 무슨 내용을 말하려고 하는가. 그 내용을 짐작케하는 그에 관한 정보적 심상은 제재와 소재에 대한 해석, 설명 등의 진술을 통해서 파악할 수 있다. 그에 대한 단서는 1연에서는 눈 오는 날 밤에 나에게 찾아 온 그가 창문을 두드리며 무엇인가 말하려고 한다는 것이고, 2연에서는 맨발로 눈 위에 서서 피를 흘리는 모습으로 꿈속에서 나를 본다는 것이다. 3연에서는 나를 쳐다보며 손을 잡고 안타깝게 내 이름을 부른다. 4연에서는 꿈 밖의 현실에서 그가 착시로 보여진다. 꿈을 깬 현실 앞에서 꿈 속에서 보았던 그에 관한 모든 광경이 보여지는 것이다. 그래서 이 시의 형식적 구조를 보면, 현실(1연)에서 입몽(入夢)과 꿈(3연까지), 다시 현실(꿈 속의 재현)로 그에 관한 정보를 담고 있다. 그는 맨발로 눈 위에 서서, 발에 피를 흘리며 나를 부르고 있다. 그가 〈현실에 대한 분노와 저항〉을 나에게 보여 주고 있다. 이는 1970년대 유신 체제와 도시화, 공업화라는 문학적 담론에 근거한다면 시의 주제가 좀 더 용이하게 받아들일 수 있을 것이다. 즉 시인이 현실의 삶을 부정화하는 전략으로 시를 표현했다고 볼 수 있다는 것이다. 이런 시작 태도는 대개의 작품에서 접근할 수 있는 한 방법론이라 할 수 있다.

        쏟아지는 빗발 속을
        맨발로 간다
        서로 잡은 야윈 손에
        멍이 맺혔다

        성난 목소리로
        나를 부른다
        겁먹은 내 얼굴에
        침을 뱉는다
        흰 옷 입은 어깨에
        피가 엉켰다
        몰아치는 바람 속을
        마구 달린다
                - 「그들」(《월간중앙》, 1971)

「그」에서 보여 준 것처럼 「그들」의 시에도 시인의 분노의 목소리가 짙게 배어 있다. 이는 1970년대 신경림 시인이 가지고 있는 시의 무게이기도 하다. 즉 1970년대 유신과 독재, 도시화, 공업화에서 소외된 인간의 모습을 그림으로써 당대 현실의 일상적인 삶의 슬픔과 분노를 담았던 것이다. 이 시는 6개의 통합체계로 한 문장마다 2행으로 구성되었다. 이런 구성 원리는 시인이 어떤 메시지를 전달하기 위해 몇 가지의 정보적 심상을 장치했다는 의미이다. 주제에 접근하기 위해 시인이 장치한 메시지를 논리적인 물음으로 정리해 보면, 누가 6개의 통합체계의 주체인가를 파악하는 것이 중요하다. 또한 그 행위의 의미가 무엇인가 중요하다. 시의 제목에서 유추한다면, 통합체계의 주체는 그들이라는 것을 짐작할 수 있다. 즉 그들은 쏟아지는 빗발 속을 맨발로 간다(나머지 문장도 통합체계로 볼 수 있다)는 것이다. 시인은 그들의 행위소를 통해서 시의 주제를 파악하기 위한 「그들」에 나타난 정보적 심상을 시 속에서 직접적으로 표현하고 있다. 「그들」의 경우, 그들(은)이라는 주어 형식의 진술을 본다면, 그들(은)이 표상하는 것은 결국 비극적 삶의 구조를 표상하고 있다. 비극적 삶의 형상들은 그들의 〈맨 발, 야윈 손, 멍, 성난 목소리, 겁먹은 얼굴, 피 몰아 치는 바람〉 등등의 시어에서도 충분히 그의 시는 비극적 삶을 표현했다는 것을 알 수 있다. 따라서 시인은 독자가 파악할 수 있도록 제공한 정보적 심상을 통해서 현실에 대한 삶의 부정화를 노래했다고 볼 수 있다.

다음은 정보적 심상과 더불어 화자의 정서적 심상이 드러난 「그 여름」
에서 삶의 부정화 전략을 읽어보겠다.

　　　한 사람의 울음이
　　　온 마을에 울음을 불러 오고
　　　한 사람의 노래가
　　　온 고을에 노래를 몰고 왔다

　　　구름을 몰고 오고
　　　바람과 비를 몰고 왔다
　　　꽃과 춤을 불러 오고
　　　저주와 욕설과 원망을 불러 왔다

　　　한 사람의 노래가
　　　온 거리에 노래를 몰고 오고
　　　한 사람의 죽음이
　　　온 나라에 죽음을 불러 왔지만
　　　　　　– 「그 여름」(《문학사상》, 1974)

　이 시의 제1연에서는 한 사람 행위가 원인이 되어 울음과 노래를 불러
온다. 왜 작중화자는 울음과 대를 이루는 노래를 보여 주고 있는가. 제2
연에서도 역시 한 사람의 울음이 불려오는 정보를 보여주고 있다. 〈구름,
바람, 비〉와 대칭을 이루는 〈꽃〉, 〈춤〉을 불러오고, 〈저주, 욕설, 원망〉
을 불러왔다. 제3연에서도 노래가 노래를 불러오고, 죽음이 죽음을 불러
오는 행위를 보여주고 있다. 이러한 정보적 심상을 통해서 작품의 저변에
깔린 상징적 체계를 더듬어 보자.
　한 사람의 울음이 〈구름, 바람, 비〉를 만들어 내고 〈저주, 욕설, 원망〉
을 불러왔다. 한 사람의 비극적인 운명의 상징으로 드러난 그 여름 날의
울음이 죽음까지 불러 온다. 그 여름에 한 사람의 울음이 〈폭풍〉(폭우)으
로 치환된다면, 마을과 나라에 〈울음〉과 〈저주, 욕설, 원망〉을 불러오는
병치비유로 볼 수 있다. 그리고 그 여름에 한 사람의 노래가 〈단비〉로 병

치된다면, 〈꽃〉과 〈춤〉으로 치환되는 것으로 볼 수 있다. 이 시는 개인의 비극적 운명을 동심원 구조로 점점 확대하면서 나라의 비극으로까지 몰고 간다. 따라서 이 시는 비극적 운명의 연기(緣起)를 노래한 시이다. 그럼으로 해서 1970년대 개인 삶으로부터 민족의 삶 전체를 비극적으로 응시한 시인의 삶을 바라보는 태도가 표현되어 있다. 즉 신경림 시인은 현실의 부정화 전략으로 1970년대의 삶을 응시하고 있는 것이다.

2. 현실 긍정화의 전략

신경림 시인은 항상 삶을 부정화 전략으로 시화하지는 않는다. 그래서 삶의 따뜻한 부분을 응시하여 현실을 긍정화 전략으로 표현하기도 한다. 「친구」의 경우를 살펴보자.

작문 시간에 늘 칭찬을 듣던
점백이라는 애는 남양 홍씨네 산지기 자식.
협동조합 정미소에 다녀
마루 없는 토담집을 마련했단다.

봉당 멍석에까지 날아 오는 밀겨.
십년만에 만나는 나를 잡고 친구는
생오이와 막소주를 내고
아내를 시켜 틀국수를 삶았다.
처녀처럼 말을 더듬는 친구의 아내.

나는 그녀의 아버지를 안다.
자전거를 타고 술배달을 하던
다부지고 신명 많고 그를 안다.
몰매 맞아 죽어 묻힌 느티나무 밑
뫼꽃 덩굴이 덮이던 그 돌더미도 안다.

그래서 너는 부끄러운가, 너의 아내가.

그녀를 닮아 숫기 없는 삼학년짜리 큰 자식이.
부엌 앞의 지게와 투박한 물동이가.

친구여. 곳집 뒤 솔나무 밭은 이제
나 혼자도 갈 수 있다.
나의 삼촌과 친구들이 송탄을 굽던 곳, 친구여.
밀겨와 방아 소리에 우리는 더욱 취해
어깨를 끼고 장거리로 나온다.
친구여, 그래서 부끄러운가.
　　　－「친구」(《월간중앙》, 1973)

　이 시는 전체 5연으로 구성된 작품이다. 이 시의 정보적 심상을 정리해 보면, 〈친구〉에 대한 정보적 심상은 어린 날 추억(1연)과 10년 후에 만난 〈친구〉와 〈아내〉, 그 아내의 아버지를 안다(3연과 4연)는 정보적 심상을 읽을 수 있다. 그리고 이 시에서 4연과 5연은 청자인 친구에게 퍼소나(Persona)가 물음의 형식을 취하나 실제로 답을 기대하는 것은 아니다. 이는 단지 친구에 대한 친교적 심상일 뿐이다. 앞의 작품 「그」처럼 현실의 분노와 저항과 같은 심각한 정보적 심상보다는 〈협동조합 정미소〉나 〈토담집, 뫼꽃, 지게, 투박한 물동이, 장거리〉 등등에서 느껴지는 삶의 친교적 심상이 짙다. 그렇기 때문에 김광섭은 "신경림 씨의 시는 이미지를 쉽게 우리에게 환히 보여주고 있다"(시집 『農舞』, 114쪽)고 평가했던 것이다. 시인은 독자를 의식한 정보를 주로 친교적 심상을 통해서 보여주고 있음을 알 수 있다. 그래서 시인은 친교적 심상을 통해서 〈현실에 대한 투박한 애정〉을 노래했다.
　「친구」의 경우, 〈친구〉는 작문 시간에 칭찬을 듣는 산지기 자식이다. 〈친구〉는 과거의 가족 성원에 대한 심상을 전개시키고 있다. 1연에서 과거의 〈친구〉와 2연에서는 재회한 친구와 아내, 3연에서는 아내의 아버지를 형상화하고 있다. 이러한 혈연적 유대를 통하여 시인은 두터운 신뢰를 구축하고 있는 것이다. 4연에서는 왜 친구는 부끄러워하는가? 그 이유는 "너의 아내가" 행한 행동과 "말을 더듬는" 것으로 비유되고, 자신의 〈친구〉

가 칭찬을 듣던 때와 달리 자식은 숫기 없는 것으로 표현되고, "마루 없는 토담집"과 같은 "부엌 앞의 지게와 투박한 물동이"로 그의 부끄러운 행위를 상징적으로 드러내고 있다. 이처럼 친구는 부끄러워하는 비극적 인물로 나타난다. 이는 신경림 시인이 현실을 긍정화하면서도 항상 그의 시세계의 심저에 비극성을 깔고 있다는 의미이기도 하다.

현실 긍정화 전략을 한 작품을 더 인용해 보면, 「골목」의 경우를 들 수 있겠다.

이발 최씨는 그래도 서울이 좋단다
자루에 기계 하나만 넣고 나가면
봉지 쌀에 꽁치 한 마리를 들고 오는
그 질척거리는 저녁 골목이 좋단다
통걸상에 앉아 이십원짜리 이발을 하면
나는 시골 변전소 옆 이발소에 온 것 같다
술독이 오른 딸기코와 떨리던 그의 아내
최씨는 골목 안 생선 비린내가 좋단다
쉴 새 없는 싸움질과 아귀 다툼이 좋단다
이발소에 묻혀 묵은 신문이나 뒤적이고
빗질을 하고 유행가를 익히고
허구헌날 우리는 너무 심심하고 답답했지만
최씨는 이 가파른 산동네가 좋단다
시골보다도 흐린 전등과 앰프소리가 좋단다
여자들이 얼려 잔돈 뜯을 궁리나 하고 돌아가는
동네에 깔린 가난과 안달이 좋단다
그 딸기코의 병신 아들의 이름은 무엇이던가
사경을 받으러 다니던 딸의 이름이 무엇이던가
어느 남쪽 산골 읍내에서 여관을 했다는
이발 최씨는 그래도 서울이 좋단다
골목에서 모여드는 쪼무래기 손님들과
극성스럽고 억척같은 어머니들이 좋단다
                    - 「골목」(《紀元》, 1973)

앞의 작품 「친구」가 시골의 삶을 긍정화했다면, 「골목」은 도심과는 달리 공간적 거리가 있는 서울 골목의 삶에 대한 긍정화 전략을 보여준 작품이다. 〈친구〉가 〈협동조합의 정미소〉나 〈토담집, 뫼꽃, 지게, 투박한 물동이, 장거리〉 등등에서 파악되는 정보적 심상과는 달리 〈봉지 쌀에 꽁치 한 마리, 시골보다 흐린 전등과 앰프 소리〉가 나는 서울의 골목을 시인은 따뜻한 시선으로 바라보고 있다.

이발사 최씨는 서울이 좋다는 것이다. 왜 서울이 좋은지를 논리적인 물음으로 제기한다면, 이에 대한 정보적 심상을 파악하여 시의 세계를 찾을 수 있을 것이다. 즉 이발 기계 하나면 하루 저녁 식사 거리를 장만할 수 있기 때문이고, 골목 안의 생선 비린내가 나기 때문이고, 빗질하면서 유행가 노래를 익히기 때문에 좋고, 여자들이 얼려 잔돈 뜯을 궁리나 하는 가난과 안달이 좋다는 것이다. 그리고 골목 안의 쪼무래기 손님들이 좋고, 극성스런 억척같은 어머니들이 좋다는 것이다. 이처럼 시인은 한결같이 삶의 소외된 계층을 시적 대상으로 삼았지만 삶의 긍정화 전략으로 그려내고 있음을 알 수 있다.

Ⅲ. 맺음말

본 글은 현대시의 난해성에 관한 문제를 어떻게 해결할 것인가라는 차원에서 다루었다. 이는 독자와 작자의 의사소통을 결정하는 문제로 시의 존립에 관한 열쇠이다. 그래서 본 글은 난해성에 대한 해결의 문제를 일상적인 물음에서 논리적인 물음으로 접근해서 시를 이해하는 방법론에 관한 연구로 신경림의 『農舞』를 대상으로 삼았다. 이러한 난해성의 극복을 나름의 시적 구조로 보여 준 시인이 신경림이다.

시집 『農舞』를 탐색한 결과, 독자에게 소통하고자 하는 방법으로 가장 기본적인 정보적 심상과 친교적 심상을 들 수 있다. 그리고 정보적 혹은 친교적 심상이 담고 있는 그의 시세계를 현실의 부정화와 긍정화 전략으로 파악하였다. 그 결과 요약하면 다음과 같다.

첫째, 현실의 부정화 전략으로 삶의 비극적 운명의 연기(緣起)를 통해 보여 주고 있다.

둘째, 현실의 긍정화 전략으로 시골과 도시의 삶을 애정과 풍경으로 보여 주고 있다.

참 고 문 헌

구중서 외, 『신경림 문학의 세계』, 창작과 비평사, 1995.

김재홍, 「한국 현대시사와 민중의식의 전개」, 『현대시와 역사의식』, 인하대출판부, 1988.

김준오, 『시론』, 문장사, 1982.

김 현, 『분석과 해석』, 문학과 지성사, 1988.

백낙청, 「문학적인 것과 인간적인 것」, 창작과 비평, 1978.

서준섭, 「현대시와 민중-1970년대 민중시의 세 가지 목소리」, 『감각의 뒤편』, 문학과 지성사, 1995.

유종호, 「슬픔의 사회적 차원」, 『동시대의 시와 진실』, 민음사, 1982.

이경수, 「70년대의 한국시의 방향」, 『상상력과 부정의 시학』, 문학과 지성사, 1986.

이동순, 「우리 시대의 시정신과 시적 진실」, 『심경림 문학 앨범』, 웅진출판사, 1992.

이종윤, 「떠남과 돌아옴의 시적 구조-〈남한강〉의 시읽기-」, 시와 시학사, 1998 (봄호)

이한직, 「詩薦記」, 《문학예술》, 1955. 12 / 1956. 2 / 1956. 4.

장백일, 「'농무'의 정한과 그 의미」, 『한국대표시평설』, 문학세계사, 1983.

정효구, 『존재의 전환을 위하여』, 청하, 1980.

사물과 사물 사이의 성(性)

정현종론

Ⅰ. 서 론

이 글에서 다루고자 하는 것은 사물에 대한 애정을 시의 세계로 보여준 정현종이다.

시인의 정신세계를 탐색한다는 것은 무엇을 의미하는가. 시인은 사물이나 관념의 세계를 새롭게 인식하여 언어로 재구성하여 보여준다. 그래서 시인의 시세계를 탐색한다는 것은 바로 사물 혹은 관념의 새로운 인식을 갖게 된다고 할 수 있는 것이다.

미당 서정주의 서정주의를 반대했던 유치환·박두진·김수영 등의 현대주의·남성주의의 시적 전통의 흐름에 닿아 있고, 그럼에도 유치환의 유교적 지사주의, 박두진의 기독교적 메시아주의, 김수영의 첨단적 비판주의를 받아들이지 않았던 정현종을 80년대에 김현은 평가했다.[1] 또한 한국 현대시사의 거목의 틈새를 열어 갈 것이라는 김현과 평자들의 논의는 정현종에 대한 시적 가치를 인정한 것이다. 그래서 정현종의 시세계를 들여다 볼 수 있는 기대지평(Horizons of expectation)은 가치가 있는 것이다.

---

1) 김 현, 「술 취한 거지의 시학 - 정현종의 문학적 거리」, 『분석과 해석』, 문학과 지성사, 1985, 11~12쪽.

그는 1965년 《현대문학》에 등단한 이후, 사물에 대한 깊은 애정을 가진 시인이다. 그의 시는 사물의 모습을 보여 주는 시이고, 사물과 사물 사이의 움직임을 보여 주는 시이다.[2] 정현종 시인은 사물을 하나 하나의 풍경으로 위치시켜 놓고 관찰한다. 그리고 사물의 아름다움을 묘사한다. 사물의 아름다움을 인간에게 전이시킬 만큼 사물에 대한 애정이 깊다. 그래서 "사람이 / 풍경으로 피어날 때가 있다"거나 "사람이 풍경일 때처럼 / 행복한 때는 없다"는(『사람이 풍경으로 피어나』, 71쪽) 것이다. 이처럼 그의 사물 인식은 신선함을 지닌다. 특히 사물 인식의 표현에 있어 성과 관련된 표현이 상당히 지배하고 있다. 그래서 정현종의 시에 나타난 사물에 대한 성적인 표현이 무엇을 담고자 했는지를 살피고자 한다. 그리고 그의 시작 태도에서 주술적인 사고 체계와 성적인 표현이 어떤 관련을 맺고 있으며, 또한 정신분석학적인 토대로 이루어지는 비판성을 어떻게 시화했는지를 주목하고자 한다.

Ⅱ. 사물에 대한 〈性〉의 표현 방식

1. 원초적 생명의 접근

태초 이래로 우주에 대한 인간의 운명은 범신론(汎神論)의 세계관이었다. 대지와 천상에서 해마다 뚜렷한 변화로 나타나는 사물의 조화에 인간은 경이로운 눈을 놓치지 않았다. 그리하여 대지와 천상의 변화를 보여 주는 동·식물과 우주가 경이로운 힘을 가진 신의 모습으로 자리하게 되었고, 우주에 생명력이 있는 것으로 파악하여 신성시하였다. 시대의 변화에 따라 점점 범신의 질서와 우주의 순리에 인간이 가까이 가면서 이를 문학적으로 표현하게 되었다. 특히 범신(汎神) 가운데 나무가 갖는 생명력을

---

2) 김치수, 『움직임과 바라봄의 시』, 미래사, 1991, 141쪽.

인간의 섭리로 읽어 내려는 노력은 크게 발달되었다. 그것은 출생에서 죽음에 이르는 삶의 변화와 나무가 갖는 뚜렷한 계절적 변화의 일치에서도 볼 수 있듯이. 그래서 시인들은 인간의 원초적 생명력을 표현할 때 나무에 비유한다.

　인간의 원초적 생명력을 성의 출발점으로 삼아 나무가 갖는 생명력으로 표현할 경우, 이는 문학적 표현으로는 의인법(personification)의 통로를 거치게 된다. 여기에 정현종은 인간의 원초적인 생명의 활홀경을 나무라는 사물을 통한 성적인 의인법으로 투사하고 있다.

나무의 꿈

그 잎 위에 흘러내리는 햇빛과 입맞추며
나무는 그의 힘을 꿈꾸고
그 위에 내리는 비와 뺨을 비비며 나무는
소리 내어 그의 피를 꿈꾸고
가지에 부는 바람의 푸른 힘으로 나무는
자기의 生이 흔들리는 소리를 듣는다.
　　　　　　　－「사물의 꿈 1」

　햇빛은 생명을 잉태하게 하는 근원적인 에너지이다. 나뭇잎의 광합성 작용을 통하여 나무는 성장하게 되며 가지를 뻗어 세계를 이루게 된다. 나뭇잎의 광합성 작용은 우주의 질서이다. 이를 인간의 섭리로 바꾸어 표현하는 행위는 바로 의인법(擬人法)의 수사력이다. 그래서 나뭇잎의 광합성을 인간의 성적 표현인 "입맞추(는)" 행위로 전이된다. 또한 나뭇잎에 내리는 비의 "뺨 비비(는)" 행위는 성장의 활동을 통한 자연섭리의 의인적인 표현이다. 이러한 성적인 표현은 나무가 갖는 생명의 황홀경으로 접맥된다. 즉 "나무는 / 자기의 生이 흔들리는 소리를 듣는다"는 것이다.

　그렇다면 과연 "소리를 듣는" 의인적 수사법은 어디에 근원을 두는 것인가. 이는 프레이저(J. G. Frazer)가 『황금가지』(The Golden-Bough)에서 말한 유사법칙(Law of Similarity)에 의한 주술적(呪術的) 사고에 기초한 것이다.3) 물론 이는 나무의 힘을 인격화하여 인간의 행위와 같이 인식함에 근거한 사유작용의 표현이다. 정현종의 사물에 대한 인식은 주술적(呪術的) 사고에 기인한 것으로 보인다. 이러한 주술적 사고는 원천적인 생명의 잉태를 꿈꾸는 축제가 아닌가. 〈사물(나무)의 꿈〉은 바로 성적으로 표현한 의인법인 의성화(이 글에서만 한정하도록 함)의 수사를 통한 새 생명의 환희를 표현한 작품이라 할 수 있다.

　나무의 원천적 생명의 희열을 표현하는데 있어 정현종은 수사적인 의성화(擬性化)의 통로로 가장 본능적인 언어 표현을 한다. 이를 잘 보여주는 시는 「헐벗은 가지의 에로티시즘」이다.

　　　겨울나무에 보인다 말도 없이
　　　불꽃 모양의 뿌리
　　　헐벗은 가지의
　　　에로티시즘

　　　그래 천지간에 거듭
　　　나무들은 봄을 낳는다
　　　끙끙거리지도 않고
　　　잎 트는 소리
　　　물 흐르는 소리를 내며

　　　낳는다

---

3) J. G. Frazer(장병길 역), 「제3장 共感呪術」, 『황금가지』 (1),삼성출판사, 1993. 프레이저는 주술의 기초가 되는 사고의 원리를 두 갈래로 분석하였다. 이를 도표화하면 다음과 같다.

　　　　　유사법칙(동종주술)：유사는 유사를 낳는다. 혹은 결과는 그것의 원인을
　　*共感呪術　　　　　　　　닮는다.
　　　　　　　　　　　　　예)비가 오기를 기원할 때, 항아리에 물을 붓는 행위.
　　　　　접촉법칙(감염주술)：한 번 서로 접촉한 것은 그 접촉이 떨어진 후에도 계
　　　　　　　　　　　　　속 서로 작용한다.
　　　　　　　　　　　　　예)미운 사람을 저주할 때, 저주 대상의 신체 부분을
　　　　　　　　　　　　　불에 태우는 행위.

     항상 외로운 사랑이
     사람 모양의 아지랑이로 피듯
     내 사랑
     헐벗은 가지의 에로티시즘
          - 「헐벗은 가지의 에로티시즘」

  모든 사물의 고통은 겨울에 온다. 그럼으로 인해 겨울은 헐벗었다고 할 수 있다. 헐벗은 겨울 나무는 앙상하게 보여 연민을 느끼게 한다. 그럼에도 불구하고 정현종의 시에는 오히려 대단히 유혹적이며 관능적인 자태로 겨울나무는 서 있다. 즉 "헐벗은 가지의 / 에로티시즘"으로 서 있다. 거기에는 "불꽃 모양의 뿌리"를 가진 생명의 원천이 존재하고, 가지의 헐벗음은 바로 인간의 유혹적인 의성화의 표현으로 자리하게 된다. 이는 바로 "봄을 낳는다"는 원초적 생명의 접근법이다. 헐벗은 모습이 괴로움이나 처량함으로 보인다면 나무의 가지는 연민의 대상으로 인식될 수 있다. 그러나 "헐벗은" 가지의 의성화(擬性化)된 표현이 바로 고통을 의미하는 행위가 아님을 보여 주는 것으로, "끙끙거리지도 않고 / (오히려) 잎 트는 (숨) 소리"를 들려주고 있다. 그래서 지상에서 벗은 겨울나무는 "불꽃 모양의 뿌리"로 "봄을 낳는" 나무의 새 질서를 보여 준다. 이는 정현종 시인이 보여 주는 "헐벗은 가지의 에로티시즘"인 것이다.
  「헐벗은 가지의 에로티시즘」에서 보여주는 헐벗은 모습은 원초적 생명을 잉태한 에로티시즘이라 할 수 있다. 헐벗은 모습은 바로 새로운 양태를 연출하는 새도매저키스틱(sadomasochistic)한 희열의 모습이기 때문이다. 정현종이 보여 주는 이러한 시적 장치는 여러 군데에서 발견된다.
  「한 고통의 꽃의 肖像 ―니진스키에게」에서는 고통의 꽃 모습을 표현한 것 같으면서도 실은 고통이라는 괄호 안에 기쁨을 간절히 담고 있다.

     나는 피어난 고통의 꽃 그의 얼굴을 본다. 그 얼굴은
     폭풍의 내부처럼 고요하고 그리고 아름답다. 그의 눈은
     눈물의 내부에 비친 기쁨의 빛의 넘치는 그릇이다. 자연
     의 肺의 향기를 향해 깊이 열려 있는 그의 숨결. 운명의

모습처럼 반쯤 열려 있는 저 입의 深淵의 고요. 회오리
바람 기둥의 중심에 모인 힘으로 기쁨을 향해 열려 있는
얼굴. 오, 피어난 고통의 꽃 그대의 얼굴.
　　　　　　　－「한 고통의 꽃의 肖像 ――니진스키에게」

　"고통의 꽃(인) 그의 얼굴"을 보고 있는 정현종은 "기쁨을 향해 열려 있는 얼굴"로 사물(꽃)을 바라보고 있다. 그 얼굴은 폭풍의 소용돌이를 안고 있지만 그 내부의 고요, 아름다움을 발견하고, 그의 눈은 슬픔을 안고 있는 듯하지만 실은 "기쁨의 빛이 넘치는 그릇"이다. 회오리바람에서도 "기쁨을 향해 열려 있는 얼굴"로 표현하고 있다. 마치 러시아의 세계적인 무용수 니진스키(Vaslav Nijinsky, 1890~1950)의 황홀한 예술과 정신착란의 비극적 생을 연상시키는 듯한 인상을 준다. 정현종은 한 예술가의 삶조차도 사물(꽃)의 대상으로 바라보고, 생명의 꽃이 고통 속에서 피어난다는 새도매저키스틱하게 표현한 시인이다. 또한 정현종은 고통의 정도에 비례해서 기쁨은 열려 있다는 사물에 대한 인식 태도를 보여 준다. 즉 새도매저키스틱한 "고통의 꽃"으로 표현하고 있다. 사물을 의성화하여 표현하고 있고 또한 이를 사물의 생명력으로 탄생시키고 있다. 그래서 그의 시에는 니진스키의 예술을, 혹은 꽃을 "자연 / 의 肺의 향기를 향해 깊이 열려 있는 그의 숨결"로 들여다보는 것이다.

　정현종은 사물(나무 혹은 꽃)에 대해 의인법의 수사력을 동원하여 〈고통의 축제〉라는 반어적 표현으로 원초적 생명의 접근을 거듭하고 있다. 적극적인 성의 표현으로나, 혹은 은밀히 숨겨 성의 표현을 하고 있는 것이다.

2. 생명의 황홀경

　정현종은 언제나 사물에 대한 애정이 깊다. 그리고 모든 사물들은 사람처럼 깊은 숨을 쉬고 있다고 생각한다. 이러한 사물들에 대한 깊은 애정을 보여 주는 시는 의성화로 포괄하고 있다. 그러나 사물의 죽음에 대

해서는 철저히 비성적인 표현을 한다. 이는 성이 생명의 황홀경을 가져다 주며, 적어도 정현종에게는 사물의 애정이 얼마나 깊은 것인가를 잘 보여 주는 단서이다.

우선 그가 얼마나 철저히 사물의 죽음을 몰아 붙이는 지를 살펴보자.

> 끝없는 물질이 능청스럽게 드러내고 있는
> 물질이 치열하고 철면피하게 기억하고 있는
> 죽음.
> 내 귀에 밝게 와서 닿는
> 눈에 들어와서 어지럽게 흐르는
> 저 물질의 꼬불꼬불한 끝없는 迷路들,
> 아무것도 그리워하지 않으려고 애쓰는
> 능청스런 치열한 철면피한 물질!
>   -「철면피한 物質」

물질은 우주 질서 속에 놓여 있는 구성요소이다. 이러한 구성요소가 생명을 갖지 못할 때 딱딱한 물질로 남게 된다. 물질은 결국 인간의 철면피에 해당된다. 생명을 잃고 죽음을 기억하는 물질은 "꼬불꼬불한 끝없는 迷路"이면서 인간성과 관계되는 "능청스런 치열한 철면피한 물질!"로 전락하게 된다. 정현종은 인간에 대한 애정적 어법을 끝없이 물질에 투사하고 있다. 이러한 투사원리는 생명의 황홀경일 때는 성적인 표현에 적극 개입하지만, 그렇지 못할 때 즉, 생명의 대척점에 놓이는 죽음일 경우에는 인간성 상실의 철저한 파괴적 표현을 쓰고 있다.

정현종이 생명의 황홀경에 얼마나 몰두해 있는지를 반증적으로 보여주는 시들은 많다. 이는 모든 사물에 대한 시인의 관념의 세계이기도 하다. 그의 관념의 세계에는 항상 "의식의 맨 끝"에 죽음을 생각하고 있다. 사물에 대한 애정이 누구보다도 뜨거웠지만 그 속에 숨겨진 죽음의 의미를 철저히 부정하면서 생명의 황홀경을 지켜 나가고 있다.

　　의식의 맨 끝은 항상
　　죽음이었네.
　　구름나라와 은하수 사이의
　　우리의 어린이들을
　　꿈의 병신들을 잃어버리며
　　캄캄함의 혼란 또는
　　괴로움 사이로 인생은 새버리고,
　　헛되고 헛됨의 그 다음에서
　　우리는 화환과 알코올을
　　가을 바람을 나누며 헤어졌네
　　의식의 맨 끝은 항상
　　죽음이었고.
　　　　　　　　－「事物의 정다움」

　사물의 정다움은 현실적 가치를 지향하는 쾌락적 본능으로 성의 황홀경으로 조명되지만 "의식의 맨 끝"은 항상 죽음을 생각하고 있다. 이는 생명의 황홀경과 변증법적인 반(反)에 해당하는 죽음이 자리해 있기 때문에 시인은 사물의 정다움을 가지게 된다. 그래서 그는 사물에 대한 정다움을 지닌 시인이다. "꿈의 병신", "캄캄한 혼란", "괴로움 사이로 인생은 새버리고", "헛되고 헛됨"을 정현종은 사물의 본질로 깨닫고 있다.

　겨울의 끝이 죽음의 맨 끝이라면 그는 끝없이 비성적인 표현을 할 것이다. 그러나 그는 애정이 깊은 시인이다. 그러한 애정은 철저히 성과 결부되어 "좋은 풍경"으로 되살아난다. 그의 시작태도는 성의 표현을 지닐 때 생명의 황홀경에 빠지게 된다.

　　늦겨울 눈 오는 날
　　날은 푸근하고 눈은 부드러워
　　새살인듯 덮인 숲속으로
　　남녀 발자국 한 쌍이 올라 가더니
　　골짜기에 온통 입김을 풀어놓으며
　　밤나무에 기대어서 그짓을 하는 바람에

> 예년보다 빨리 온 올봄 그 밤나무는
> 여러 날 피울 꽃을 얼떨결에
> 한나절에 다 피워놓고 서 있었습니다
>   - 「좋은 풍경」

일상적인 삶의 순리를 신화학자(神話學者)에 따르면 겨울은 분명 죽음 (조락, 절망)에 해당된다. 자연 순환에 의해 겨울은 반드시 따뜻한 봄(탄생, 희망)을 간직하게 마련이다. 그러한 계절적인 변환이 인위적으로 이루어질 수는 없다. 그러나 정현종은 하나 하나의 사물의 위치를 변환시킬 때 생명의 황홀경에 탐닉하게 된다. 그리고 반드시 성적인 시어법을 구사하게 된다. 그래서 죽음에 대한 비성적인 표현 대신에 성적인 생명의 황홀경에 도달하는 조사법을 구사하고 있다. "늦겨울 눈 오는 날"에 "여러 날 피울" 밤꽃을 뜨겁게 피워 놓고자 하는 시인의 욕망이 잘 드러나 있다. "한나절에 다 피워 놓고"자 하는 뜨거운 욕망을 "남녀 발자국 한 쌍이 올라가서" "밤나무에 기대서 그짓을 하는 바람" 때문으로 인식하고 있다. 밤꽃의 개화를 인간의 성적인 행위로 인식하여 표현하는 것은 정현종의 시작 태도가 주술적인 사고 체계를 가지고 있다는 것이다. 프레이저의 동종주술(同種〔模倣〕呪術)이라는 논의를 따른다면, 풍성함을 낳는 시적 표현이라 할 수 있다.4) 즉 식물은 남성 및 여성 요소의 성적 결합을 통해서 그 종자를 번식시킨다는 사실과, 그 번식은 동종(모방)주술적 원리에 기초할 때 식물 성장의 정령으로 가정하는 남녀의 사실상의 결혼과 모의 결혼에 의해서 자극·촉진된다는 프레이저의 관점이 이를 잘 뒷받침해 준다. 이처럼 시인은 생명의 황홀경을 사물(밤나무)을 통해서 인간이 지닌 성적인 욕망의 표현으로 결부시켜 놓고 있다.

---

4) J. G. Frazer(장병길 역), 앞의 책, 192쪽.

3. 문명의 비판성

정현종의 또 다른 면에서 주목해야 할 것은 그의 성적인 표현이 지니는 비판성이다. 단순히 생명의 본질에 대한 운위만이 아니라 현실적인 가치 지향의 문제가 성이라면 이에 대한 관심은 당연하리라 여겨진다.

성에 있어 외설과 예술의 시비는 경계의 문제라고 한다. 성에 대한 논쟁 이전에 성은 존재해 있고 우주 질서에서 소외시킬 개념은 아니다. 도덕적 규범에 있어서 외설이라는 단어는 현실의 부정적인 의미로 사용되고 있다. 부정적인 의미의 외설이 바로 현실 사회에 관련된 표현이라면, 이는 왜곡된 현실에 대한 성적인 표독스러운 비판성을 가지게 된다.

한참 꿈을 꾼다.
포르노를 보고 있다.
별게 아니라 삶처럼
여러 포즈로 꿈틀거린다
옆사람이(아는 소설가였다)
스크린 속으로 뛰어들었다가
맘에 드는 표정으로 걸어나온다
나는 계속 초조하다
어디론가 가야하고
시간에 쫓기고 있다
고장난 시계를 고치려고
시계방에 들어간 장면이 어디쯤 들어 있는지
분명치 않다 하여간
시계는 고장났고
고치지 못했다
아하 포르노로구나
거리는 삼엄하여 살벌하고
모두 막혀 있다
천신만고 어떤 건널목을 건너가는데
신통하기도 하여라 꿈에도

기어서 건넜으니 !
하여간 어떤 책방 앞을 지나가는데
잠을 깨운다 출근 안하냐고
부부처럼 외설스러운 게 어디 있으랴
제도의 외설
合法의 외설
타성의 외설
졸작 안정
걸작 연애
오호라 외설스럽구나 출근
더더욱 외설스럽구나 교육
희망만큼 낡은 절망의 외설
절망만큼 낡은 희망의 외설
그런 추상명사들의 실체인
여러 포즈가, 알을 까려고
또 알을 까려고
품고 있는 권태.
                    - 「외설」

  정현종은 그의 사물에 대한 애정은 현실의 인식으로부터 시작된다. 그
래서 사물의 인식은 현실의 인식이라 할 수 있다. 현실 속에서 개인의 처
절함 혹은 절실함을 깨달아 현실의 비판을 하지 못할 경우 비판을 열망하
는(제거해야 할 대상으로서) 꿈을 꾸게 된다. 이는 프로이드(S. Freud)
가 말하는 현실에서 이루지 못하는 욕구를 꿈에서 재현하고자 하는 소망
충족(Wish Fulfillment)의 표현이다.5) 현실적으로 비판하고자 하는
욕구를 충족시키지 못했기 때문에 꿈에 나타나고, 그 꿈이 성과 관련을
맺게 된다. 현실 인식에 있어 정현종은 성의 표현을 분명히 양립적으로
표현하고 있다. 이는 전술한 바와 같이 생명의 황홀경을 표현할 때는 성
적인 의인법의 화려한 어법을 구사하지만 그렇지 못할 때는 비성적인 어
법을 표현하고 있다는 뜻이다. 여기에 현실 문제의 인식에 있어 자연의

---

5) S. Freud(김성태 역), 「제14강, 願望充足」, 『정신분석입문』, 삼성출판사, 1994.

섭리로서 성이 아니라 포르노(외설)라는 도덕적 개념을 내세워 비판성을 획득하고 있는 것이다.

"나는 계속 초조하(고)", "어디론가 가야하고", 그래서 "시간에 쫓기고 있다". 현실적인 시간성에 있는 일상적인 삶이라는 것은 결국 시간의 흐름에 맞추어 지는 것이다. 그렇지 못할 때에는 이방인, 국외자로 인식되게 된다. 그래서 고장난 시계를 고치려한다. 그러나 고치지 못한 것이다. 이러한 현실을 정현종은 포르노라고 얘기한다. 이러한 포르노의 영상은 생활의 흐름을 가두게 된다. 그래서 거리조차도 "삼엄하게 살벌하게" 만들어 "모두 막아 버리게"된다. 나아가 구체적으로 어느 길이 막혀 있는 지를 적고 있다. 그것은 〈제도, 合法, 타성, 졸작, 걸작〉이면서 동시에 출근으로 인해 비자연적인 상태인 인간과 흐트러진 교육, 절망과 희망의 무너짐을 모두 외설로 표현하고 있다. 또한 끝없이 태어나는 외설은 "알을 까려고 / 품고 있는 권태"로 표현하고 있다.

이러한 비판은 현대 사회의 상징인 도시의 문명 비판으로 이어진다. 이는 바로 시인이 갖추어야 할 시대의 의식망이라 해도 좋을 것이다. 도시 문명의 산물은 아파트촌이다. 아스팔트의 문명 옆으로 즐비하게 늘어선 도시의 아파트는 "자동차 한마리"가 지나가면서 아황산 가스를 내뿜는, 소음이 가득한 곳이다. 여기에는 "꿈틀거리는 생명도 없다". 그래서 정현종의 시어법은 비성적일 수밖에 없다. 거대한 도시의 현상을 문명의 사신으로 파악한 작품을 살펴보면, 현실의 비판성에 있어 성의 어법이 얼마나 숨겨져 있는 지를 알 수 있다.

아파트촌 아스파트 위에 / 닭 한 마리 거니신다. / 그저께도 보고 / 오늘 또 본다. / 아스팔트 위의 / 닭 / 이여, / 참담 / 하구나, 아스, 팔트 / 위의 / 닭이여- / 모든 게 어긋나 있잖어? / 생명이, / 하하, / 생명이 / 하하- 도무지 / 기분 나쁘지 않어? / 간질 기운 막무가내로 / 지나가고, 우주가 / 거품을 물고 쓰러진다, / 오호라 흙은 어디 있으며, / 벌레들은 어디 있고, / 물은 어디 있으며, 다른 닭들은 어디 있는가, / 너무 반갑고, 아스팔트 / 우스꽝, 위의, 스럽고, 그렇기도 했던 / 닭이여, / 죽음을 향한 발전 / 의 검은 아스팔트로 / 덮인 도시여, / 무덤에 핀 꽃도 꽃은 / 꽃이니, 검은 닭이여 / 생명의 꽃이여 / 뭘 쪼느냐/ 자동차 한 마리 쪼느냐, / 아황산가스 쪼느냐, / 소음을 쪼느냐, / 인제 우리가 쪼을 / 사람의 가슴도 / 꿈틀거리는 생명도 없다, /살아 선혈이 낭자하게 쪼을 / 참되기 선혈과 같은 마음도 / 없다, / 날지 못하는 새여- / 미친 듯이 달리는 파산이다, / 문명의 死神이여.

- 「문명의 死神」

태초의 새벽을 알릴 때 닭소리는 생명의 소리와 통한다. 그래서 닭은 생명력의 상징이다. 그러나 도시화된 문명에서 아스팔트 위의 닭은 얼마나 참담한가. 도시의 아스팔트 위에 "흙은 어디 있으며, / 벌레들은 어디 있고, / 물은 어디 있(느냐)"고 외치는 생명 갈구에 대해서 오히려 생명력이 퇴색한 "우주가 / 거품을 물고 쓰러진다." 이는 "죽음을 향한 발전 / 의 검은 아스팔트로 / 덮인 도시"에 날지도 못하면서 꿈틀거리는 문명의 사신(死神)인 닭의 생명력이 없음을 비판한 것이다. 생명력이 왕성한 도시를 시인이 바란다면 아마도 성의 노골적인 표현을 통해서 살아있는 아스파트의 도시를 묘사했을 것이다. 정현종의 도시문명의 비판성은 30년대의 김기림의 경이로운 도시문명과 60년대의 박인환의 우울한 도시적 감수성을 다른 각도에서 보여 준다. 즉 그것은 바로 생명력의 소진한 상태를 보여 준 것이다. 생명력의 소진한 상태가 어떤 형태인가를 「문명의 死神」에서는 끝없이 숨막히는 듯한 쉼표와 의미를 상실한 듯한 시어의 단절이 잘 보여 주고 있다. 정현종은 반어적인 시적 태도로 왕성한 생명의 황홀경을 갈구하며 노래하는 성의 시인이다. 그래서 자신의 세대가 살고 있는 현실을 꿰뚫어 보며 비판의 핵을 찌르는 통찰력을 가진 시인이라고 할 수 있는 것이다.

Ⅲ. 결 론

사물과 사물 사이의 인식을 성의 조사법으로 보여준 정현종은 이 시대에 주목되는 시인임은 자명하다. 그는 분명히 기존 평자의 현학적인 찬사에만 머물러 있는 것이 아니라 한 평자의 기대지평에서 볼 때, 성의 생명력을 가장 잘 소화한 시인이다. 사물 인식에 있어 의성화를 통해 생명력의 탄생을 보여 주었고, 사물이 어떠한 모습으로 있는 지를 파악하여 생명의 황홀경을 보여준 시인이다. 그리고 사물이 지녀야 할 궁극적인 생명력이 소진한 상태를 철저히 비성적인 태도로 비판하고 있다. 이러한 비판은 시인이 갖추어야 할 시대성의 감각을 충분히 감지하고 있다는 반증일 것이다. 이는 한 평자가 바라본 정현종의 논의일지라도 80, 90년대의 시에 이어지는 혼란스런 성의 조사법을 탁월하게 다룬 그만의 시세계임을 필자는 강조하고 싶다.

참 고 문 헌

김 현, 「술 취한 거지의 시학 – 정현종의 문학적 거리」, 『분석과 해석』, 문학과
　　　　지성사, 1985.
정종진, 『한국 현대 문학의 성 묘사 전략』, 우리 문학사, 1990.
D. H 로렌스(김병철 역), 『性과 문학』, 일한도서, 1966.
슐라미스 화이어스톤 지음(김예숙 옮김), 『性의 변증법』, 풀빛, 1993.
미셸 푸코 지음(이혜숙,. 이영목 공역), 『性의 歷史』(①, ②, ③), 나남출판사,
　　　　1994.
S. 프로이트/C.S 홀/R.오스본 지음(설영환 옮김), 『프로이트 심리학 해설』, 선
　　　　영사, 1994.
S. Freud(김성태 역), 『정신분석입문』, 삼성출판사, 1994.
J. G. Frazer(장병길 역), 『황금가지』(Ⅰ · Ⅱ), 삼성출판사, 1993.
죠르쥬 바따이유(조한영 옮김), 『에로티즘』, 민음사, 1995.
케이트 밀레트 저(정의숙. 조정호 공역), 『性의 정치학』(上. 下), 현대사상사,
　　　　1992.

무속(巫俗)과 이승의 욕망

강은교론

I. 서 론

홍미있는 이야기는 시대를 초월해서 인구에 회자되게 마련이다. 그래서 홍미있는 이야기가 시대의 요청에 의해서 변형을 이루기도 하고, 독자들에 의해 취사선택되기도 한다. 설령 온전하게 이야기가 전해 내려온다고 할지라도 변종이 따르게 마련이다. 이러한 예는 고전에서도 특히, 설화를 바탕으로 한 문학 장르에서 많이 이루어졌다. 취사선택의 경우에는 중심인물이 변형되거나 재등장하여 새로운 이야기 형태를 꾸미기도 한다. 서사문학에서 이루어지는 소설에서의 차용이 그렇고, 시가에서도 중심인물과 서사구조의 짜임새만을 시화(詩化)시키기는 예도 마찬가지다.1) 문학에서 이러한 차용의 경우에 자칫하면 작가의 개성적이고 독창적인 세계를 모방 혹은 표절이라고 하여 작가에게 부정적 영향을 줄 수도 있다.2) 그래서 설화에서 차용되는 이야기의 전형성(典型性)을 작가 나름대로 형상화시키지 못한다면, 이는 독창적인 창작 범위로 볼 수 없을

---

1) 강은교의 「춘향이의 꿈노래」, 김영랑의 「춘향」, 김춘수의 「처용단장」, 박재삼의 「춘향이 마음」, 송수권의 「춘향이 생각」, 최하림의 「춘향비가」 등의 시작과 김춘수의 「처용단장」, 이성교의 「망부석」 등을 들 수 있다.(임문혁, 『한국 현대시와 설화』, 계명문화사, 1996, 10쪽 참고).
2) 「고전시론과 현대시론의 한 섭섭」과 「모방과 표절 시비」 참고.

지도 모른다. 그렇기 때문에 작가는 기존 작품의 세계관을 새로운 인식의 측면으로 열어 놓지 않으면 안된다.

이러한 현상들은 무가(巫歌)의 차용에서도 이루어진다. 작가들의 무가의 재구성은 단순히 독자에게 흥미만을 제공하는 것은 아니다. 무가의 중심인물과 짜임새를 작가의 텍스트로 구성할 때 작가의 세계관이 반드시 투영되어 재구성된다. 그래서 재구성된 텍스트의 이해는 작가의 세계관의 이해이기도 하다. 여기에 무가의 중심인물과 짜임새를 작가의 작품 속에 투영한 시를 주목하고자 한다.3)

강은교(姜恩喬)는 《사상계》에 「순례자의 잠」 외 2편으로 신인문학상 수상하면서 등단하였다. 강은교의 여러 작품4) 중에서 무가의 내용을 신화적(神話的) 이미져리로 재구성하여 「바리데기의 旅行노래」(『풀잎』, 민음사, 1974)라는 하나의 텍스트를 완성하여 작가의 세계관을 보여주고 있다. 이 작품이 실려있는 『풀잎』의 해설을 쓴 김병익은 강은교에 대한 문학적 공과를, 70년대 한국시의 새로운 전망 제시, 〈여류〉라는 명칭이 붙는 시인으로서 한계를 벗어난 시인으로 주목을 하였다.5) 이처럼 한국시사적인 측면과 시가에서도 중심인물과 서사구조의 짜임새만을 시화(詩化)한 시에 대한 연구도 아울러 할 필요성이 있다. 특히 강은교의 「바리데기의 旅行노래」를 통해 그의 시정신의 한 단면을 본고에서 살펴보고자 한다.

---

3) 이몽희, 『한국현대시의 무속학적 연구』, 집문당, 1990. 참고.
4) 시집: 『虛無集』(70년대 동인회, 1971), 『풀잎』(詩選集, 민음사, 1974), 『貧者日記』(민음사, 1977), 『소리集』(창작과 비평사, 1982), 『붉은강』(詩選集, 풀빛, 1984), 『우리가 물이 되어』(문학사상사, 1986), 『바람노래』(문학사상사, 1987), 『오늘도 너를 기다린다』(실천문학, 1991), 『그대는 깊디 깊은 강』(詩選集, 미래사, 1991), 『벽속의 편지』(창작과 비평사, 1992), 『어느 별에서의 하루』(창작과 비평사, 1996) 등이 있다. 산문집, 기타: 『추억제』, 『그물사이로』, 『도시의 아이들』(1977), 『우리가 물이 되어 만난다면』(1980), 『잠들면서 참으로 잠들지 못하면서』, 『시인수첩』, 『누가 풀잎으로 다시 눈뜨랴』(1984), 『순례자의 꿈』(나남 文學選, 1988), 『허무수첩』(예전사, 1996), 『칼릴지브란』(예언자, 문예출판사, 1975), 『에밀리 디킨스』(시선집, 민음사,) 등이 있다. 그리고 제2회 〈한국문학작가상〉(1975)과 제37회 〈현대문학상〉(1992)을 수상하였다.
5) 김병익, 「虛無의 先驗과 體驗」, 『풀잎』, 민음사, 1974, 8~9쪽.

Ⅱ. 바람 : 삶의 순환

　서사무가로 널리 알려진 〈바리데기〉의 이야기는 일곱째 공주가 부왕의 목숨을 구하기 위해 저승의 생명수를 찾아가는 고난의 과정을 그린 내용이다.6) 이런 이야기를 소재로 강은교는 「바리데기의 旅行노래」를 시화했다.7) 「바리데기의 旅行노래」의 기반적인 배경에서 일단 주목해야 할 것은 〈바람〉의 현상학적(現象學的)인 면이다. 강은교는 물에 대한 관심을 보여준 시인이지만,8) 물에 대한 관심 못지않게 〈바람〉에 대한 자연의 섭리를 인식하고 있는 시인이다. 〈바람〉이 갖는 삶의 현상학을 보여주는 작품은 「바리데기의 旅行노래」 중 「一曲: 廢墟에서」이다.

　　　오늘 아침 바람은
　　　어느 쪽에서 부는지
　　　한 모랭이 두 모랭이

---

6) 《국어국문학자료사전》, 한국사전연구사, 1994, 1117~1118쪽.
　　바리공주에 대한 무가는 전국적으로 분포되어 있다. 위 책에 따르면 서울(2), 경기(2), 강원(3), 전북(3), 전남(6), 경북(3), 부산(1), 경남(1), 함남(2), 기타(2) 등으로 분포되어 있다.

7) 강은교의 시작에서 인용한 「바리데기」의 내용은 다음과 같다.
　　비리데기는 망인의 지주왕생(樂地往生)을 기원하는 무가로서, 산중에 버림받은 오구대왕의 일곱째 딸 비리데기가 죽은 부모를 살려내기 위해 저승에서 약수를 구해오는 줄거리로 되어 있다.

8) 강은교는 물에 대한 남다른 문학관을 가지고 있다. 강은교의 문학의 잠재력은 물이다. 이는 그의 시에서도 중심 테마가 됨을 알 수 있다. 그래서 강은교 시의 일단을 물의 상징적 해명에서 찾을 수 있다. "우리가 바라보는 문학, 특히 시문학은 저 낙동강 하구언의 물과 같은 것일 것이다. 끊임없이 흐르는 결국은 혁명하는 그것, 바다의 고기를 숨쉬게 하고 강물을 언제나 울게 하는 그것, 새로운 바람을 이 강변 세상에 채우게 하는 그것, 문학의 잠재력은 바로 물이다. 그리고 그 물 앞에 선 원초적인 절망이고, 그 절망을 넘어서려는 또 다른 물의 흐름이다(「흐르는 물 같은 문학의 본질」, 『순례자의 꿈』, 나남문학선, 1988)"
　　김경복, 「죽음에로의 초대-강은교 시에 나타난 물의 이미지 연구」, 부산대 국어국문학, 1988, 참고.

삼세 모랭이 지나가면
사람 걷는 소리는
山 쓰러지는 울음으로 변하고
누워있는 땅은 조금씩
아, 조금씩 흔들리는데
몸덥힐 햇빛도 없는 곳에서
길은 한 켠으로 넘어진다.
──────── 중 략 ────────
꽃밭에서 아직
걷는 사람이여
어디에 누울까 누울까 말고
가벼히 떨어지는 옷고름 위에
하늘과 함께 나의 뼈를 뉘여다오.
가만히 소리나지 않게
발자국도 없이 一世紀를.
　　　　　 -「一曲: 廢墟에서」 중에서

　바람은 그 세기에 따라 격렬한 힘을 발휘하는 자연적 현상이다. 자연적 현상이 그의 시적 현실에서 "오늘 아침 바람은 / 어느 쪽에서 부는지" 모를 만큼 "한 모랭이 두 모랭이 / 삼세 모랭이 지나가면" 때때로 "사람 걷는 소리는 / 山 쓰러지는 울음으로 변하"였다. 그리고 수평의 평온을 유지하던 "누워있는 땅은 조금씩 / 아, 조금씩 흔들리"게 된다. 이러한 바람의 변화는 곧 인간에게 불어닥칠 위험성에 대한 시인의 경고의 목소리이다. 그 위험성은 "몸덥힐 햇빛도 없는 곳에서" 서성이다가 저승의 문턱에 들어서게 되는 것을 말한다. 이런 운명에 놓인 시인은 "가만히 소리나지 않게 / 발자국도 없이 一世紀를" 지낸 자신의 뼈를 하늘과 함께 뉘여달라고 하는 것이다. 이것이 바로 시인이 「一曲: 廢墟에서」에서 부른 삶의 폐허에 대한 노래이다. 그러나 시인은 인생의 폐허를 노래하지 않는다. 왜냐하면 삶의 폐허를 인식하는 순간까지 시인은 정확하게 생의 방향을 가늠하고 있기 때문이다. 가령 〈오늘〉과 〈아침〉이라는 정확한 시간 개념과 함께 어느 쪽인지 모르지만 바람의 방향을 감지하려는 노력과 〈한 모랭이〉, 〈두 모랭이〉, 〈삼세 모랭이〉라는 단위의 개념을 설정했다는 것이다. 단위의 설정은 정확한 현실 인식에 근거하지 않으면 얻기 힘든 개념이다. 그래서 시인은 생의 방향을 가늠하고 있다는 것이다. 특히 현실적 삶의 열망이 강하는 것을 알 수 있다. 폐허 극복의 의지를 본다면, 새로운 안식처를 지향하고자 하는 시인의 현실적 욕망을 알 수 있다. 그러한 욕망은 곧이어 열망으로 이어져 열망에 대한 행동이 현실적으로 나타나게 된다. 이처럼 강은교는 이런 자연적 현상을 통해서 이승과 저승의 문제를 다루고 있음을 알 수 있다.

일찍이 바람을 통해서 이승과 저승의 문제를 노래한 향가 작품이 있음은 두루 아는 사실이다. 신라 향가 「祭亡妹歌」는 가을 바람에 떨어지는 낙엽을 통해 생사의 이별을 노래했다. 바람은 저승에서 왔다가 이승의 낙엽을 떨어뜨림으로써 흔적을 나타내고는 다시 저승으로 간다. 이처럼 삶의 순환이 바람의 순환에 일치한다면, 바람은 바로 이승에 잠시 머무는 현상학적 특징을 지닌다. 이런 바람을 시인은 생의 감각으로 인식한 것이다. 향가가 인생살이의 여러 국면을 다루면서 창작에 참여한 사람들이 스스로 자기 행위를 반성하고 거기서 의미를 발견하고 보람을 찾기 위해 노력한 자취라면,9) 「一曲:廢墟에서」는 인생살이의 여러 국면 중에서 삶의 의미를 발견하기 위해 노력하는 치열한 삶의 자취를 발견할 수 있다. 그래서 「祭亡妹歌」의 가을 바람이 강은교의 시에 와서 치열한 삶의 모습으로 재현되고 있다. "오늘(현재) 아침(하루의 주기) 바람(삶의 순환적 모습)"이 갑자기 불면서 이승의 꽃밭에는 사람 걷는 소리가 산이 쓰러지는 울음소리로 변했다. 그리고 바람이 불고 난 뒤에 이어지는 불행한 예감들이 겹치고 있음을 볼 수 있다. 누워있는 땅이 갑자기 흔들리고, 몸 덥힐 햇빛도 없는 곳(하루의 주기: 저녁, 밤)에서 길이 넘어진다. 바람의 현상학이 이승의 흔적을 지워버리듯이 하늘과 함께 죽음의 가루인 뼈를 가만히 소리나지 않게 발자국도 없이 뉘여 주기를 시인은 원한다. 이것이 삶

---

9) 조동일, 「신라 향가에서 제기한 문제」, 『한국시가의 역사 인식』, 문예출판사, 1994, 51쪽.

이라는 것을 알기 때문에 시인은 허무라는 제목을 붙인 것이다.

가을 바람은 본래 겨울의 눈을 몰고 오는 전초이다. 그래서 가을 바람은 음산하고 처량하기도 하고 불안하다. 그것은 바로 겨울이 죽음의 순환론적인 의미를 대지에 가져오기 때문이다. 이것은 자연의 섭리다. 강은교는 생사의 순환을 〈바람〉이라는 섭리로부터 수용하고 있다. 이는 월명사(月明師)가 낙엽짐을 바람의 현상으로 파악한 삶의 순리와 같은 것이다. 이러한 섭리는 〈바리데기〉가 삶과 죽음 가운데 생명수(生命水)를 구하기 위해 스스로 저승을 받아들였다는 점과 같은 것이다. 여기에 이승의 떠남 즉, 죽음을 예고한 것이다. 이승에서 잠깐 보여주는 인간 삶의 모습이 바람의 흔들림으로 보여주고 있는 것이다. 그러나 여기서 한 가지 짚어야 할 것은 과연 〈바리데기〉 공주는 이승의 죽음을 순순히 응했던가이다. 그것은 〈바리데기〉 공주의 희생이 부왕의 목숨을 구하기 위한 행위라면, 자기 희생을 통한 이승의 목숨 구하기라는 반어적 의미로 받아 들여야 할 것이다. 그렇다면 강은교 시인의 "하늘과 함께 나의 뼈를 누이는" 행위는 이승의 목숨 구하기라는 처절한 저항의 반어적 구조로 볼 수 있다. 「祭亡妹歌」에서 월명사는 이승의 죽음을 운명론적으로 수용함과 동시에 미래관(西方淨土)에 기울어져 있다면, 「一曲:廢墟에서」는 이승의 죽음을 「祭亡妹歌」에서 보여준 〈바람〉의 현상을 재현하면서 〈바리데기〉 공주가 취한 이승의 목숨 구하기의 표현으로 보여진다.10)

이러한 바람의 흔들림을 강은교는 물의 세계11)(비, 샘, 강, 바다, 구름, 눈, 비의 주기)에서도 보여주고 있다.

---

10) 설화·굿을 차용하여 시화한 「그대의 눈 - 都彌을 위하여」, 「춘향이 꿈 노래」 등이 현실 대응의 처절함을 보여 주었다면, 역시 이도 〈바리데기〉의 공주 이야기와 주제적인 측면에서 같은 선상에 있다고 볼 수 있다.
11) Northrop Frye(임철규 역), 『비평의 해부』, 한길사, 1987, 223~224쪽.

Ⅲ. 물 : 영혼의 여행 혹은 부활

인류 태초는 어머니의 태반인 물에서 왔다. 물에서 온 것이 생(生)이라면 물로 떠내려가는 것이 바로 죽음이요, 그의 순환이 재생이다. 이처럼 물의 흐름에는 생사가 있는 것이다. 그래서 눈물 하나가 바다를 일으킬 만큼 물의 힘이 거대하다. 물론 눈물 하나가 바다를 일으킨다는 과장적인 표현이라 할지라도 강은교는 그렇게 믿고 있다. 그의 시에서 거대한 힘을 가진 물은 "바다에서 자는 물"이다. 이 물은 영원한 안식처이기도 하다. 그리고 세상의 잠자리가 불편하다고 무덤을 가리키는 여자들이 우는데 이런 여자들이 쉴 곳은 바로 "바다에서 자는 물"이다. 여기서 한 가지 짚고 가야할 문제는 바로 강은교는 왜 "바다에서 자는 물"을 강조하고 있는가이다. 이를 "잠자리가 불편하다고 / 곳곳에서 女子들은 / 무덤을 가리키며 울었다"는 것에서 유추한다면, 바로 이승의 죽음인 무덤을 거부하는 것으로 이해될 수 있다. 무덤에 대한 거부는 곧 "바다에서 자는 물"에 대한 갈망이다. 그렇다면 과연 "바다를 일으켜서는 / 또 다른 바다로 끄을고"가는 이유는 무엇인가? 바다로 끄을고 가서 자고자 하는 물은 어떤 속성을 가지고 있는가? 단적으로 말하면 강은교 시의 물은 생명력의 부활이다. 이에 대한 근거는 스페인의 시인 씰로트(Cirlot)에 따르면, "물에 잠기는 행위는 형태가 존재하기 전의 상태로의 회귀를 상징하며, 이는 한편으로는 전멸과 죽음이라는 의미를, 다른 한편으로는 재생과 소생이라는 의미를 환기한다. 왜냐하면 물에 잠기는 것은 생명력을 강화하기 때문이다.12) 그래서 물은 바다에 가서 잠들고자 하는 것이다. 씰로트(Cirlot)에 따르고자 할 때, 바로 시인이 꿈꾸는 갈망도 이승의 죽음에 대한 거부이면서 동시에 생명력의 강화인 것이다. 이는 〈바리데기〉 공주가 부왕의 죽음에 대한 거부로 생명력을 강화하고자 생명수를 찾는 행위와 일치한다고 볼 수 있다. 이처럼 강은교는 물을 소중히 다루는 시인이다. 이는 현실적인 고뇌를 풀어 나가는, 혹은 해소하는 한 방법으로 종종

---

12) 이승훈 편저, 『문학상징사전』, 고려원, 1995, 176쪽.

그의 시에 테마가 되기도 한다.13)

 물은 생사의 공존 지대이기 때문에 그 흐름은 방황과 고통을 의미한다. 물의 흐름이 〈바리데기〉가 겪는 저승에 가기까지의 고행이면서 동시에 삶을 구할 수 있는 희망의 여행이기도 하다. 이를 보여주는 시를 인용하면,

> 눈물 하나가 바다를 일으킨다.
> 바다를 일으켜서는
> 또 다른 바다로 끄을고 간다.
> 부끄럽게 가만가만
> 暴風 속에서도 새우를 키우며
> 돌아오지 않으려고
> 바다에서 자는 물,
> 잠자리가 불편하다고
> 곳곳에서 女子들은
> 무덤을 가리키며 울었다.
> ──────── 중 략 ────────
> 그렇다 旅行이다.
>   -「二曲: 어제 밤」 중에서

 〈바리데기〉 주인공이 물의 변화인 약수(藥水)를 구하는 점을 매개로 한다면, 이는 신화비평(Frye, Archytapal Criticism)의 자로 이해할 수 있을 것이다. 신화비평이 갖는 환원론적(還元論的)인 도식성의 맹점을 극복한다면, 작품 이해의 폭을 가질 수 있으리라 여겨진다. 그래서 「바리데기의 旅行노래」를 신화비평을 중심축으로 이 시를 이해할 수 있을 것이다.

───────────────────

13) 이승훈 편저, 앞의 책, 179~180쪽.
 우리가 물이 되어 만난다면 / 가문 어느 집에선들 좋아하지 않으랴 / 우리가 키 큰 나무와 함께 서서 / 우르르우르르 비 오는 소리로 흔른다면(강은교, 「우리가 물이 되어」) ……강은교의 경우 물은 불처럼 뜨거운, 격정적인 삶의 내용들이 말끔히 순화된 그런 삶이다. 따라서 물이 되어 만난 다는 것은 삶의 갈증, 가뭄이 해소되는 그런 만남을 상징한다.

  인간은 누구든지 안식처에 있기를 원한다. 그러한 영원한 안식처 가운데 하나는 물이다. 물의 순환적인 주기로 인해 변화가 있다하더라도 물로 돌아오듯이 인간 삶의 고행에서도 역시 삶의 안식처는 존재하게 마련이다. 강은교는 이를 물로 고정시켜 놓고 있다. 이는 바로 죽음에 대한 저항이다. 이러한 저항이 〈바리데기〉 공주가 보여주는 목숨 구하기의 행위와 일치한다는 것이다. 그래서 강은교의 〈바리데기〉는 현실의 죽음을 처절하게 저항하고자 여행을 떠나는 것이다. 이 여행은 삶의 안식처인 〈물〉을 찾는 영혼의 여행이다. 그래서 강은교는 아주 멀고 먼 물을 구하는 여행을 하는 것이다. 〈바리데기〉가 이승을 떠나는 꽃상여를 멈추기 위해 생명수를 구하는 것과 같은 의미이다.

비가 내린다.
밤이 온다.
여기서 天國이 가까워진다.
종일 걸어서 온 山이
구름과 만나고
다시 아침이 올 때까지
한 채씩 집들은 넘어지면서
全國의 창문이 한꺼번에 열린다.
저 벌판을 데려다
寢臺에 눕히고
벌써 數世紀나 地下로 가는 사람들은
어느 날 하루도
깊이 잠들지 못한다.
世界의 구석구석
찬 비는 내리고,
그러나 비는
마당가에서 끝나지 않는다.
內衣도 벗고
마지막 살마저, 뼈마저 벗고
안방 깊숙히 구들장 속으로

귀신같이 旅行한다.

누가 날 살리지
날 살릴이 누가 있더냐
       - 「五曲: 캄캄한 밤」 중에서

「五曲: 캄캄한 밤」에서는 물의 변화인 비가 내리면서 암흑의 세계인 밤이 함께 온다고 묘사되어 있다. 이 시를 신화적인 순환에 의하면 또다시 아침이 오게 마련이다. 그러나 그 과정에서는 반드시 험난한 고통이 수반되게 된다. 비는 허망한 벌판을 안락한 침실에 눕힐 수 있고, 수세기 동안 지하로 가는 사람들이 잠들지 못한 고통을 달래 줄 수도 있다. 세계의 구석구석까지 흘러드는 비는 이리하여 마지막 살마저, 뼈마저 벗고 영혼의 세계가 있는 지하로 여행한다. 영원한 영혼을 찾기 위한 영혼의 여행이 시작됨을 보여준다. 그리하여 시인은 "누가 날 살리지 / 날 살릴 이 누가 있더냐"라는 현실적인 생명의 존재를 붙잡는 처절한 삶의 자세를 보여준다.

우주의 변화를 인간세계의 삶과 죽음의 일상적인 주기14)(類的 再生)로 파악한 프라이(Frye)의 견해를 전제로 한다면, 강은교는 바람과 물의 변주를 이해하고 있다. 「一曲: 廢墟에서」에서 바람과 「二曲: 어제 밤」에서 물로 보여준 작품이 그것이다. 바람과 물의 변주를 잘 보여주는 작품이 「三曲: 사랑」이다.

저 혼자 부는 바람이
찬 머리맡에서 운다.
어디서 가던 길이 끊어졌는지
사람의 손은
빈 거문고 줄로 가득하고
창밖에는
구슬픈 승냥이 울음소리가

---

14) Northrop Frye(임철규 역), 앞의 책, 224쪽.

또다시
萬里길을 달려갈 채비를 한다.

시냇가에서 대답하려므나
워이가이녀 워이가이녀

시냇가에서 더 큰 바다로 가면
晴天에 빛나는 저 이슬은
누구의 옷 속에서
다시 자랄 것인가.

사라지는 별들이
찬 바람 위에서 운다.
萬里 길밖은
베옷 구기는 소리로 어지럽고
그러나 나는
시냇가에서
끝까지 살과 뼈로 살아있다.
　　　　　－「三曲 : 사랑」 중에서

　바람은 본래 방향성이 없다. 그리고 항상 정지해 있지 않기 때문에 머나 먼 만리 길을 달려갈 채비를 한다. 이런 바람의 움직임에는 물의 변화가 공존하고 있음을 주목해야 한다. 1연에서 부는 바람이 찬 머리맡에서 물의 성질을 가진 〈운다〉는 것과 구슬픈 승냥이 〈울음소리〉가 물의 성질을 함축하고 있기에 공감을 일으킨다는 것이다. 그래서 강은교 시에서 〈바람〉과 〈물〉은 공감지대에 있는 핵심어이다. 2연에서 물의 주기로 표현되는 〈시냇가〉와 3연에서의 〈큰 바다〉, 〈이슬〉은 강은교 시인이 늘 악착스럽게 안주하고자 하는 물의 공간이다. 시인은 별들이 사라지면서 찬바람이 위에서 울고, 만리 밖 어지러운 소리가 들릴지라도 물의 변화인 〈시냇가〉에서 끝까지 살과 뼈로 살아 있고자 한다. 이는 저승에 대한 이승의 저항이며 현실의 끈질긴 삶을 추구하고자 하는 시인의 현실적 삶의 치열함 혹은 생명 구하기의 욕망을 엿볼 수 있다. 그래서 〈바리데기〉가 이승의 삶을 갈구하는 부왕의 목숨을 구하고자하는 태도와 시인의 삶의 태도는 같은 것이다. 이러한 욕망체계는 강은교 시에서는 꿈으로 나타나게 되고 꿈의 현실화는 〈바람〉과 〈물〉이기도 하다.

IV. 꿈 : 소망 충족

강은교는 끝없이 꿈을 꾸고 있는 시인이다. 꿈은 인간이 갖는 원초적인 욕망체계의 하나다. 그래서 욕망의 현실화에 대한 대리 양상으로 꿈을 꾸게 된다. 이것은 소망 충족(wish fulfillment)이라 할 수 있다. 그의 꿈은 잠에 있고, 잠은 이승과 저승을 닿는 통로이다. 프로이드(S·Freud)는 잠이 방해받은 결과로 생기는 것이 꿈이라는 견해를 기술했다.15) 그래서 줄기차게 강은교가 꿈을 꾸면서 제대로 밤을 보내지 못한 결과들이 시에 나타난 것이다. 그렇다면 그가 잠을 자면서 꾸는 꿈이 〈설레는 잠〉이 되는 까닭은 무엇인가. 〈순례자의 꿈〉이 되는 까닭은 무엇인가.

> 설레는 잠의 저쪽에
> 마을이 있다.
> 가거라 마을로,
> 마을에서는 뱀 한 마리가
> 피의 하늘을 몸에 감고
> 새로 올린 靑기와 지붕을
> 튼튼한 지붕의 풍경소리를 넘어간다.
> ──── 중 략 ────
> 설레는 잠의 저 쪽
> 싸움하는 나라의 마을에는
> 이제 남은 煙氣 하나 없고

---

15) S. Freud(김기태 옮김), 『꿈의 해석』, 선영사, 1993, 29쪽.

다만 누군가 죽어서
벌써 여러 해나 고인 눈물을
꽃喪輿 위에 씻을 뿐.
그러니 네가 가거라 가거라.
　　　－「四曲 : 마을로 가다」 중에서

　잠의 저쪽에는 마을이 있고, 마을에서는 뱀 한 마리가 지붕 위로 오른
다. 그리고 싸움하는 나라의 마을에는 연기(煙氣) 하나 없다. 일상적 삶
의 현상에서는 벌어지기 어려운 기괴한 일이다. 일상적 삶에서 기괴한 일
이 벌어진 것은 바로 꿈을 꾸게 하는 원인임과 동시에 갈망을 해소시키는
전초 단계이다. 이는 춘향이가 이도령을 만나기 위한 꿈 노래를 "아 오늘
밤 꿈은 / 지는 잎 피는 뿌리 한데 입맞추는 꿈"을 꾸듯이 현실적 갈망의
해소이다. 그러면서도 그의 꿈은 "내 거울 조각 거울 혼자 흐느끼"게 하는
것이다(「춘향이의 꿈노래」). 이러한 꿈은 도미(都彌)의 처가 도미를 만
나기 위한 과정과도 일치함을 알 수 있다. 즉 "삼천리 들판을 넘어 / 바람
과 억새의 싸움을 넘어 / 산지사방 주름살처럼 가지 뻗은 / 우리들의 꿈
하나"가 바로 도미 처의 꿈이다. 이런 꿈은 〈바리데기〉, 〈춘향이〉, 〈都彌
의 처〉가 꿈꾸는 세계처럼 시인이 갖는 꿈이기도 하다. 이들의 꿈은 현실
의 행복을 실현하려는 노력들이다. 그러나 〈바리데기〉, 〈춘향이〉, 〈都彌
의 처〉가 꿈꾸는 소원 성취는 결코 쉽게 이루어질 수 없음을 알 수 있다.
그래서 현실에서 시인이 처절한 몸부림은 바로 꿈의 현실화를 부르짖는
것이다. 「四曲: 마을로 가다」에서는 모든 현상이 저승에 가까운 위로만
모여들고 있다. 가령 이승에는 꽃상여가 저승으로 가는 길목에 서 있는 것
이다. 그리고 꽃상여 곁에는 여러 해 고인 눈물로 〈바리데기〉는 방황하고
있다. 방황은 곧 〈바리데기〉가 꿈을 갖고 있다는 뜻이기도 하다. 이런 꿈
은 〈바리데기〉를 비롯하여 〈춘향이〉, 〈都彌의 처〉 등에도 발견할 수 있다.
　강은교의 시에서 꿈 속에 누군가 죽어서 떠나는 꽃상여가 있기 때문에
잠을 설치는 꿈을 꾸는 것이다. 꽃상여는 이승의 육체는 있지만 영혼이
저승으로 간 상태인 까닭에 이승과 저승의 공존을 보여주는 증거이다. 꽃

상여가 떠나는 것을 막는 방법이 〈바리데기〉처럼 저승의 생명수(生命水)를 구하는 길밖에 없다. "그러니 네가 가거라 가거라" 가서 이승의 끝에 머문 꽃상여를 붙잡아야 한다고 절규하는 것이다. 〈시냇가〉에서 끝까지 살과 뼈로 살기 위해서 잠을 설치면서 저승의 생명수를 구하러 가야한다. 이처럼 강은교은 삶의 순환인 이승과 저승 사이에서 현실의 처절함을 보여준다. 오히려 이승에서 살고자 하는 치열함을 보여 준다고 해야 할 것이다. 이것은 강은교 시인이 이승에 대한 현실적 욕망의 삶이 강열하다는 반증인 것이다.

V. 결 론

강은교는 이승과 저승의 문제를 서사무가인 〈바리데기〉를 현대시로 형상화하여 그의 시세계를 드러내고 있다. 그의 시에서 중심 소재가 된 〈바람〉, 〈물〉, 〈꿈〉이라는 세계와 〈바리데기〉의 이야기의 공감지대가 「바리데기의 旅行노래」인 셈이다. 이를 정리하면 다음과 같다.

이승의 방향성이 없는 바람의 질주는 이승의 끝에서 머물 수밖에 없는 것이지만 물은 영원한 안식을 찾는 통로이다. 즉 여성 수난의 상징으로 보이는 〈바리데기〉의 고행을 현실적 삶의 처절함에 비유함과 동시에 이승과 저승 사이의 생명을 구원하는 생명수를, 영혼이 있는 〈물〉로 시화했다. 그래서 강은교는 이승의 삶을 지탱할 수 있는 꿈을 꾸고 있는 것이다. 결국 강은교의 「바리데기의 旅行노래」는 이승의 현실적 삶에서 견디어 내지 못한 영혼들을 위하여 안식처를 찾고자 하는 이승의 욕망에서 비롯된 삶의 고행과 저항을 그린 시로 볼 수 있을 것이다.

참 고 문 헌

1. 역서

J. G. Frazer(장병길 역), 『황금가지』(Ⅰ·Ⅱ), 삼성출판사, 1993.

M.Eliade(이은봉 역), 『종교형태론』, 한길사, 1996.

N. Frye(이상우 역), 『문학의 구조와 상상력』, 집문당, 1992.

      (임철규 역), 『비평의 해부』, 한길사, 1987.

S. Freud(설영환 역), 『꿈의 해석』, 선영사, 1993.

V. B. LEITCH(김성곤 외 공역), 『현대미국문학비평』, 한신문화사, 1993.

2. 국내도서

김경복, 「죽음에로의 초대 - 강은교 시에 나타난 물의 이미지 연구」, 부산대 국어국문학, 1988.

김대규, 『무의식의 수사학』, 해냄, 1992.

김열규 외, 『현대문학 비평론』, 학연사, 1987.

박경혜, 「강은교 詩와 子宮 이미지」, 『한국 페미니즘의 시학』, 동화서적, 1996.

박용식, 『한국설화의 원시종교 사상연구』, 일지사, 1988.

신동욱 외, 「신화와 원형」, 고려원, 1992.

이승훈 편저, 『문학상징사전』, 고려원, 1995.

이몽희, 『한국현대시의 무속학적 연구』, 집문당, 1990.

이태동, 「강은교의 〈自轉 1〉- 허무의식을 주제로 한 입체화」, 『한국대표시평설』(증보판), 문학세계사, 1993

정영자, 「12. 강은교의 시세계」, 『한국여성시인연구』, 평민사, 1995.

조동일, 『한국문학통사』(3), 지식산업사, 1992.

최길성, 『한국무속의 연구』, 아세아문화사, 1990.

《문학사상》, 「문인 50명이 고백한 '나는 왜 문학을 하는가?」, 1993, 10.

광기(狂氣) 혹은 이상(異常) 세계의 꿈꾸기

마광수론

I. 서 론

　마광수(1951-　)는 현대를 살아가는 보통 사람에게는 대단한 관심거리
가 되었다. 주목받게 된 이유는 그가 대학 교수로서, 작가로서 너무나 노
골적인 성 묘사를 했다는 이유에서이고, 이것이 사회적, 법적인 심판대에
올랐기 때문이다. 마광수가 쓴 소설 『즐거운 사라』가 "변태적인 성행위의
선동적인 필치로 노골적, 구체적으로 상세하게 묘사하고 있어 음란문서에
해당한다"[1]는 것이다. 이와 같은 점 때문에 마광수의 논의는 문학적으로
더 이상 진전하지 못하는 안타까움이 있다. 세상의 지나친 관심이 때로는
창작적 자유와 상상적 세계를 꿈꾸는 작가들에게는 오히려 법적, 사회적
비판의 대상이 되었던 것은 널리 알려진 일이다. 그러나 이제와서 돌이켜
본다면 이들은 한결같이 문학사에 남는 작품으로 분류되었음은 문학사와
역사의 아이러니가 아닐 수 없다.[2] 그래서 마광수의 시작 행위가 마치

---

1) 이에 관한 법적인 관련 내용은, 「2부 재판기록을 통해 본 〈즐거운 사라〉 사건」(『마광
　수는 옳다』, 사회평론, 1995) 참조.
2) 음란물 제재의 역사는 음란성에 대한 사회적 기준이 끊임없이 변한다는 것을 보여준
　다. 『돈키호테』, 『로미오와 줄리엣』도 당대에는 음란한 작품을 돌팔매를 맞았다. D.
　H 로렌스의 『채털리 부인의 사랑』, 플로베르의 『보봐리 부인』, 제임스 조이스의 『율
　리시즈』는 재판에 회부됐다. 보들레르의 『악의 꽃』은 '음란한 몇 구절을 빼야 출판한

〈망나니의 노래〉처럼 들렸는지도 모른다. 이데올로기의 문제로 인한 작가들- 황석영, 김하기, 박노해-의 구속보다도 오히려 더 관심의 대상이 되었다. 그것은 분명 그가 쏟아낸 〈광기(狂氣) 혹은 이상(異常) 세계의 꿈꾸기〉 행위의 산물인 그의 문학 작품 때문이다.3) 그의 작품 가운데 특히 시에 관한 논의를 하게된 이유는 마광수 자신이 시에 관한 남다른 애착을 가지고 있기 때문이다. 그의 시집 『사랑의 슬픔』의 서문에 "나는 시 창작으로 문학 활동을 시작했고, 시적(詩的) 직관과 상상력을 다시 소설이나 에세이로 풀어 옮기는 순서를 밟아 왔다. 나는 시를 많이 쓰는 것은 자제해 왔는데, 그만큼 시를 아꼈기 때문이기도 하고 중언부언의 넋두리가 될

수 있다'는 판결을 받았다. 1934년 『북회귀선』을 낸 헨리 밀러는 재판은 말할 것도 없고 분노한 군중들에 의해 집이 불태워지는 곤욕을 치르기도 했다. 그러나 각 외설재판에서 판매금지조치는 있었어도 작가를 구속하는 사례는 드물었다. 출판인 서해성씨는 "역사적 사례를 보아도 한 작품 안에서 외설과 예술은 병립할 수 있는 것"이라며 "외설적인 작품이라고 해서 예술로서의 가치도 부정하는 것은 성급한 판단"이라고 지적했다. 현대한국문학사에서 외설논쟁의 시발은 정비석의 『자유부인』(54년작)이 꼽힌다. 교수부인의 춤바람으로 다뤄 '풍기문란'이라고 비난받았던 이 소설은 그러나 법의 처벌은 받지 않았다. 최초의 법정에 회부된 문학작품은 69년 염재만의 소설 『반노』. 변강쇠와 옹녀 같은 두 남녀가 부부가 돼 정욕을 불사르다 남편이 헛된 애욕에서 눈을 뜨고 아내 곁을 떠난다는 줄거리. 1심에서 벌금 3만원형을 받았다. 작가는 이에 불복, 항소해 7년만에 무죄판결을 얻어냈다. 당시 『반노』는 3선 개헌을 앞둔 박정희 대통령이 '퇴폐척결'을 내세우자 검찰이 직접 수사에 착수해 척결대상이 됐다. 최근의 가장 뜨거웠던 외설 논쟁은 92년 마광수 교수의 소설 『즐거운 사라』. 판매금지조치가 내려지자 출판사를 옮기면서까지 재출간에 구속됐던 마 교수는 1심에서 집행유예 2년을 선고받고 풀려나기까지 두 달여간 옥살이를 했다(《동아일보》, 1997. 6. 5).

3) 『狂馬集』, 심상사, 1980/ 『가자, 장미 여관으로』, 자유문학사, 1980/ 『귀골』, 평민사, 1985/ 『윤동주 연구』, 정음사, 1987/ 『상징시학』, 청하, 1985/ 『마광수 문학논집』, 청하, 1987/ 『나는 야한 여자가 좋다』, 자유문학사, 1989/ 『사랑받지 못하여』, 행림출판사, 1990/ 『즐거운 사라』, 청하, 1992/ 『권태』, 문학사상사, 1990/ 『광마일기』, 행림출판사, 1990/ 『사랑의 다른 기술』, 여원사, 1992/ 『열려라 참깨』, 행림출판사, 1992/ 『사라을 위한 변명』, 열음사, 1994/ 『심리주의 비평의 이해』, 청하, 1995/ 『운명』, 사회평론, 1995/ 『왜 나는 순수한 민주주의에 몰두하지 못할까』, 사회평론, 1997/ 『불안』, 리뷰앤리뷰, 1996/ 『카타르시스란 무엇인가』, 철학과 현실사, 1997/ 『마광수는 옳다』, (주)사회평론, 1995/ 『性愛論』, 해냄, 1997/ 『사랑의 슬픔』, 해냄, 1997 등.

위험성을 경계했기 때문이기도 하다"고 한데서도 그의 시에 대한 남다른 애착을 엿볼 수 있다. 대개 한국시사에서 거점을 확보한 시인들은 거시적 안목으로, 그렇지 못한 경우 시인의 작품은 미시적으로 감상하거나 연구하여 한국시사의 줄기에 덧붙이게 된다. 그렇다면 마광수는 이에 속하는 시인임을 본고에서는 전제하고 그에 대한 연구를 한다.

본고에서는 마광수의 시를 연구하면서 사회적, 법적인 문제를 거명하고자 하는 것이 아니다. 시인의 시세계를 이해하는 것이 사회적, 법적인 준거로서 판단할 필요는 없다. 더구나 시인의 무한한 상상력의 세계를 논리적인 언어로 구축한 시 비평의 행위일 때는 더욱 그렇다. 따라서 본고는 마광수 시의 특징을 검토하는 것이 목적이다. 특히 마광수의 시에 나타난 성적인 표현이 어떤 의식을 반영하고 있는가를, 즉 시인이 말하고자 하는 것이 무엇인가를 검토하는 것이 목적이다.4)

검토의 방법으로는 정신분석학의 용어를 빌려 마광수의 시세계를 규명하고자 한다. 그 용어들이란 것은 마광수 시의 특징과 결부될 수 있는 페티시즘

---

4) 성적인 표현이 시인의 어떤 의식을 반영하고 혹은 시인이 말하고자 하는 것이 무엇인지를 검토한 정종진(「Ⅳ. 한국 현대시와 성 표현」, 『한국 현대 문학의 성 묘사 전략』, 우리 문학사, 1990)의 논의는 '소극적으로는 시대 풍조의 반영이고, 적극적으로는 상투적 과거에서 벗어나 새질서를 탐색하는 것으로 보아야 한다'는 것이다(292쪽). 시의 속성이 암시적이고 우회적 표현을 즐겨 쓰기 때문에 소설에서처럼 생생하거나 분석적으로 제시되지는 못할 뿐이다. 시에서 성은 그것이 간접적이든 직접적이든 대략 다음과 같은 목표를 가지고 있다고 진단할 수 있겠다. 첫째는 육감적 분위기의 조장이다. 대개 낭만적 성향의 시가 원초 감정을 충분히 여과시키면서 조장되는 에로틱한 정황인 것이다. 둘째로 시적인 고고함, 또는 소위 부르조아적 시정신에서 탈피하려는 의도로 사용된다. 주로 소위 민중시에서 민중의식을 표방하기 위한 전략인 셈이다. 셋째로는 위악적(僞惡的) 태도를 목표로 한다. 시로 감당할 수 없을 만큼의 시대 압력을 느꼈을 때 그에 응전하기 위한 태도를 취한 형태이다. 시적 자아가 자기 조소, 또는 자기 비하적인 어조를 조장하여 더 깊은 자기 성찰에 이르기 위하여 취하는 방법이다. 작품의 예로 첫 번째는 서정주의 시, 최원규의 「단장」(1), 두 번째의 유형에는 문병란의 시집인 「양키여 양키여」(1988), 세 번째 유형에는 서정주의 시, 신동엽의 장시 「이야기하는 쟁기꾼의 土地」(1959), 「금강」(1967), 송욱, 김수영, 김지하, 강우식, 최승자, 김정환, 황지우, 곽재구, 박남철, 이윤택, 김영승, 장정일, 고정희, 고재종 등의 작품이 이에 속한다.

(fetishism), 카텍시스(cuthexis), 아니마(anima), 나르시즘(narcism), 이드(id) 등이다. 그리고 프로이트, 융, 엘리아데, 프레이저, 바슐라르, 미셸 푸코 등의 견해를 도움 받아 그의 시를 검토하고자 한다.

Ⅱ. 본 론

1. 페티시즘(fetishism)과 자궁회귀본능(子宮回歸本能)

그는 1977년 「망나니의 노래」, 「배꼽에」 등의 작품으로 《현대문학》 지를 통해 등단하였다. 이처럼 시인으로서 그의 작품에 대한 정당한 평가가 이루어지기도 전에 논란이 되었다. 그의 작품 가운데 시세계의 한 단면을 엿볼 수 있는 것은 「나는 야한 여자가 좋다」이다. 우선 작품 전문을 인용하여 검토하겠다.

> 나는 야한 여자가 좋다
> 꼭 금이나 다이아몬드가 아니더라도
> 양철로 된 귀걸이나 목걸이, 반지, 팔찌를
> 주렁주렁 늘어뜨린 여자는 아름답다
> 화장을 많이 한 여자는 더욱더 아름답다
> 덕지덕지 바른 한 파운드의 粉 아래서
> 순수한 얼굴은 보석처럼 빛난다
> 아무 것도 치장하지 않았거나 화장기가 없는 여인은
> 훨씬 덜 순수해 보인다 거짓 같다
> 감추려 하는 표정이 없이 너무 적나라하게 자신에 넘쳐
> 나를 압도한다 뻔뻔스런 독재자처럼
> 敵처럼 속물주의적 애국자처럼
> 화장한 여인의 얼굴에선 여인의 본능이 빛처럼 흐르고
> 더 호소적이다 모든 외로운 남성들에게
> 한층 인간적으로 다가온다 게다가

> 가끔씩 눈물이 화장 위에 얼룩져 흐를 때
> 나는 더욱 감상적으로 슬퍼져서 여인이 사랑스럽다
> 현실적으로, 현실적으로 되어
> 나도 화장을 하고 싶다
> 분으로 덕지덕지 얼굴을 가리고 싶다
> 귀걸이, 목걸이, 팔지라도 하여
> 내 몸을 주렁주렁 감싸 안고 싶다
> 진짜 현실적으로
>
> — 「나는 야한 여자가 좋다」(1979)

위의 작품은 나는 왜 야한 여자가 좋다는 것인지에 대한 논리적인 해명으로부터 시의 주제로 접근해야 할 것 같다. 시적화자는 스스로 독자의 궁금증을 대답하고 있다. 즉 〈야한 여자〉라는 기준은 바로 "꼭 금이나 다이아몬드가 아니더라도 / 양철로 된 귀걸이나 목걸이, 반지, 팔찌를 / 주렁주렁 늘어뜨린 여자"이고, 이렇게 치장한 여자가 아름답기 때문에 좋다는 것이다. 그리고 화장을 많이 한 여자는 순수해 보이고 보석처럼 빛난다는 것이다. 역설적으로 말해서 "아무 것도 치장하지 않았거나 화장기가 없는 여인"은 "훨씬 덜 순수해 보인다 거짓 같다 / 감추려 하는 표정이 없이 너무 적나라하게 자신에 넘쳐 / 나를 압도한다 뻔뻔스런 독재자처럼 / 敵처럼 속물주의적 애국자처럼" 보인다는 것이다. 이는 잠재의식 속에 내재해 있는 여성화 경향인 아니마의 태도를 보인 것이다. 즉 현실적으로 화장을 하고 〈귀걸이, 목걸이, 팔찌〉를 치장하고 싶다는 것이다. 단순한 욕망이 아니라 "현실적으로, 진짜 현실적으로"라는 절실함을 노래한다. 그리고 현실과 시적 화자인 실제 시인과의 거리에서 에고(ego)와 슈퍼-에고(super-ego) 사이에서 현실적인 잣대로 조절하지 못하고 충동을 일으키는 이드(id)를 나타내고 있다. 그래서 마광수의 작품은 페티시즘(fetishism), 아니마(anima), 이드(id)의 세계를 꿈꾸는 시인이다. 그래서 그의 시적 표현은 자유스러움을 갈망하고 있다. 이런 표현의 자유로움이 도덕적인 잣대로 장애물이 되지 않았는가라는 시창작의 자기 검열을 했다. 자기 검열의 시적 표현이 바로 「孝道에」, 「釋迦」, 「神 1」, 「神 2」

「죽음 앞의 예수」, 「장자사」, 「대학」 등 동서양의 정신적인 중심 테마를 다루었다. 물론 이들의 작품이 자기 검열의 준엄한 시적 태도의 여과 과정을 거쳤다는 점에서 자기 검열 후에 이루어진, 더욱 공고해진 자기 표현의 자유를 갈망하는 것이다. 그래서 그에게는 표현에 대한 상상적 자유의 갈망이 강하다고 볼 수 있다. 그의 표현을 빌리자면 "상상적 일탈의 자유를 떳떳하게 누리지 못하고 이중적 위선의 포장 안에서만 머물고 있는 것이 안타까웠"5)기 때문에 적극적으로 상상적 감정을 표현했다고 볼 수 있는 것이다. 이런 마광수의 시적 태도 때문에 빚어지는 사회 현상에 대해 그는 "우리나라 문화계는 도무지 자유로운 개성과 돌출적 〈변화〉를 인정하여 들지 않는다. 그래서 아직도 양반주의나 훈민주의(訓民主義)의 문학관이 당연시되고 있고, 독창적 광기나 솔직한 노출은 〈모난 돌〉이 되어 정을 맞고 있다. 보다 민중적인 대중문화와 〈하수도 문화〉에 대해 턱없는 멸시와 탄압은 그런 수구적 봉건윤리에 기인한 문화적 후진성에서 비롯된다"6)고 비판한다. 그러나 본고에서는 이처럼 문학 외적 태도를 공박하거나 진위를 판단하는 것이 아니라 단지 그의 독특한 시세계를 탐구하고자 하는 것이다.

〈귀걸이, 목걸이, 반지, 팔찌〉 등은 여성의 장식물이다. 그럼에도 불구하고 그는 이런 장식물에 대해서 집착을 하고 있다. 장식물에 대한 그의 페티시즘은 행복에 값하는 의미를 가진다. 그의 「행복」이 이를 잘 보여준다.

그녀의 숱 많은 머리털을 거꾸로 빗질해 풍성하게 부풀릴 때,

그녀의 긴 손톱에 새빨간 매니큐어 칠을 하고 내 온몸을 쓰다듬게 할 때,

그녀의 목에 긴 개목걸이를 씌워 이리저리 거리를 끌고 다닐 때,

---

5) 『카타르시스란 무엇인가』의 〈머리말〉에서.
6) 『카타르시스란 무엇인가』의 〈머리말〉에서.

그녀의 탐스런 엉덩이를 채찍으로 우아하게 두들겨 줄 때,

그녀의 눈썹을 밀어 버리고 음모(淫毛)도 깨끗이 면도해 줄 때,

그녀의 열 손가락마다 모두 다른 야한 색깔의 반지를 끼게할 때,

그녀의 발목엔 수십 개의 족쇄를, 그녀의 사타구니 사이엔 짤랑짤랑 쇠리
나는 방울로 된 배찌를 늘어지게 할 때,

…………나는 진정 행복하다.
- 「행복」(1987)

　귀걸이와 손톱에 대한 그의 페티시즘은 강하다. 귀걸이의 경우는 「자
궁 속으로」에서 이를 잘 보여준다.

나도 여자들처럼 귀에 구멍을 뚫고 싶다
양쪽에 한 다섯 개쯤씩 구멍을 뚫고
구멍마다 아주 묵직한 귀걸이를 어깨까지 늘어지게 매달아 놓으면
…………………………
그러면 나는 하루 종일
늘어진 열 개의 귀걸이를 만지작거리며
- 「자궁 속으로」 중에서

　이상의 『날개』에서 주인공이 화장품과 거울의 놀이를 통해 성도착증을
보인 것처럼 「자궁 속에서」도 "열 개의 귀걸이를 만지작거리는" 성도착증
을 보여 주고 있다. 이는 바로 페티시즘이다. 그리고 화장을 하고자 하는
것은 일종의 가면(퍼소나, persona)이다. 이런 가면은 아니마로 표현되
고, 현실의 사회제도에서 이탈하고자 하는, 억압 구조에서 벗어나고자 하
는 이드(id)로 표현된다.
　다른 페티시즘의 한 양상을 보여 주는 대표적인 시 「손톱」의 전문을
인용하면 다음과 같다.

사랑하는 이여, 난 당신 손톱이 좋았지
길고 뾰족하게 기른 그 손톱이 좋았어
빨간색 매니큐어라 더욱 좋았어

당신 손톱에선 피냄새가 났지
고대 로마의 배 밑창에서 노를 젓는 노예
노예의 등에 내리친 사정없는 채찍에
후두둑 살점 갈라지며 터져나오는 피
그 시원한 피냄새가 났지

또는, 아방궁 속 깊숙이 들어 앉아
벌벌 떨고 있는 불쌍한 백성들은
게슴츠레한 눈으로 재미나게 바라보는
술취한 진시황의 그 붉은 눈빛
탐욕스레 웃음 흘리던 그 붉은 입술
그것도 생각났지

난 당신이 날카로운 손톱 끝으로
내 몸을 쓰다듬어줄 때가 제일 좋았어
따끔따끔 살속으로 파고들어오는 그 아픔의 맛이
그렇게도 황홀했어
이상하지? 노예처럼 마구 손톱에 찔렸는데도
난 꼭 왕이라도 된 듯한 기분이었어
아직도 난 그 괴상한 쾌감의 정체를 몰라
참 그렇군, 옛날 중국에선
왕이나 귀족들은 남자도 손톱을 길렀다지
손톱이 긴 건 일을 안해도 먹고 살 수 있다는 표시였다지

그렇군, 난 당신 손톱을 보면 우리가 마치 귀족처럼 보였어
하지만 단신은 참 고생했지
철없는 나를 위해 기르라고 참 고생 했어
일하다가 가끔 손톱이 부러지기도 했지

그러나 역시 당신 손가락은 귀족처럼 희고 가늘었어
부자는 아니라도 당신 손가락은 귀족처럼 희고 가늘었어
부자는 아니라도 당신은 손톱을 기를만 했어

아아, 손톱, 손톱. 이런 손톱도 있을걸
밤거리 여인들이 직업상 할 수 없이 바르는 싸구려 매니큐어
뻐스 안내양의 손 끝에 칠해진 사구려 매니큐어
일로 퉁퉁 부은, 어느 월급자이 마누라의 손 끝에 칠해진
가련한 매니큐어

아니, 아니, 이런 불길한 생각은 할 필요가 없지
언젠가 우린 정말 귀족이 될꺼야 잘살게 될꺼야
당신은 손 끝에 물 하나 안 묻히고 사람들을 부리게 될꺼야
모든게 다 잘 될꺼야, 우린 젊으니까
우리는 손이라도 희니깐
귀골이닌깐

사랑하는 이여, 난 당신 손톱이 정말 좋았지
당신 손톱을 보면 희망이 생겼지
난 당신 손톱에 자주 키스했어
그러면 내겐, 잠시나마 귀족같은 홍분이 왔어
- 「손톱」(1978)

마광수의 페티시즘의 징표인 〈귀걸이, 목걸이, 반지, 팔찌〉 등에서 신체적인 손톱으로까지 옮겨 간다. 손톱에 대해서 "길고 뾰족하게 기른 그 손톱이 좋았어 / 빨간색 매니큐어라 더욱 좋았"다는 것이다. 그런데 「나는 야한 여자가 좋다」에서 페티시즘이 드러났지만 〈손톱〉에서는 매저키즘으로 표현된다. 이를 분명하게 보여준 시행은 "난 당신이 날카로운 손톱 끝으로 / 내 몸을 쓰다듬어줄 때가 제일 좋았어 / 따끔따끔 살속으로 파고 들어오는 그 아픔의 맛이 / 그렇게도 황홀했어"에서 알 수 있다. 그러나 마광수 시에는 단순한 페티시즘에만 국한 된 것이 아니라 새로운 세

계를 보여준다. 이 새로운 세계 때문에 마광수의 시를 주목하게 되는 것
이다. 2연에서 고대 로마의 노예와 3연에서 진시황제 때 불쌍한 백성들
이 모두 손톱에서 비롯된다는 것이다. 이는 단순히 매저키즘만이 아니라
고통받은 피지배 세력에 대한 언급이 개인적 환희의 차원에서 나아가 정
치적인 의미를 띤다는 것이다. 이처럼 손톱은 그의 시에서 중요한 모티브
다. 손톱과 관련된 작품은 위의 「손톱」과 「손톱」, 「그 여자의 손톱」, 「진
짜 사랑스러운 여인」, 「비밀」, 「王 2」, 「사랑노래」, 「悲歌」, 「모든 것이
불안하다」, 「사랑하는 이여, 난 당신 손톱이 좋았지」, 「나는 즐거운 매저
키스트」, 「자화상」 등 여러 작품에 나타난다. 여기서 주목되는 작품 「진
짜 사랑스러운 여인」에서는 〈손톱〉에 대한 정확한 의미를 파악할 수 있
다. 이는 마광수 스스로 이야기하기를 "그 이전까지는(연구자: 『狂馬集』
과 『貴骨』을 출판한 것) 유미적 쾌락에의 욕구와 현실 상황에 대한 고뇌
사이에 '양다리를 걸치는 식'의 내용이 많았다"7)는 고백을 들을 수 있다.
그래서 마광수의 말마따나 현실 상황에 대한 역사적 소재를 도용한 것으
로 파악된다. 그래서 그는 나름대로 민중의 고뇌를 시적으로 표현했지만
이후에는 더 이상의 변화를 보여주지는 않았다. 이는 그의 시적 변모의
한 계기를 가져오는 동시에 시적 한계로 볼 수 있다. 그는 손톱을 통한
귀족주의, 자궁회귀본능을 이야기함과 동시에 민중의 고뇌를 이야기하는
것이 모순됨을 스스로 감지한 것이다. 그래서 그는 스스로 "여인의 긴 손
톱은 섹시하다, 그러나 그런 손톱은 민중적 손톱은 아니다, 라는 식으로
말이다. 나는 공연히 '민중적 고뇌'로 괴로워하는 척하면서 지식인의 명예
욕을 충족시키고 있었던 것이다"8)라고 고백하였다.

이는 좀더 민중적인 생활로 표현된다. 민중적 생활이라는 것은 그야말
로 생활의 불편에서 오는 생활고, 이 생활고를 극복하기 위해 몸부림치는
경제적인 궁핍상. 이 궁핍상이 좀 더 절실하게 이야기되는 것이 바로 생활
이다. 이 빈궁한 생활의 극단을 「빨가벗기」에서 보여 주고 있다.

---

7) 『가자, 장미 여관으로』의 〈서문〉에서.
8) 『가자, 장미 여관으로』의 〈서문〉에서.

하지만 내 집은 너무 춥지
빨가벗고 살기엔 너무 추워
이불속에 들어가도 추워, 북향 한옥이라 외풍이 많아
혼자서라도 빨가벗고 있고 싶어도
벗을 수가 없어, 감기걸리기 딱 맞아

아무튼 빨가벗고 싶군, 그래서 홀가분해지고 싶군
상식도 역사도 사랑도 벗어버리고 싶군
그러려면 집이 좋아야 해 난방장치가 최고라야 해
돈이 있어야 해

돈을 벌어야겠군 빨가벗고 살고 싶어서라도
돈을 많이 벌어야겠군
우선은 있는 옷 없는 옷 죄다 줏어입고
평화도 윤리도 모두 줏어입고
돈을 벌어야겠군
                    - 「빨가벗기」 중에서

  시인은 "돈을 벌어야겠군 빨가벗고 살고 싶어서라도 / 돈을 많이 벌어
야겠군"이라고 자조적인 속물주의를 표현하고 있다. 이는 생활에 빨가벗
기를 하지 못하는 억압구조에서 진실로 빨가벗기를 갈망하는 모습이다.
빨가벗기는 빈궁한 삶의 극복의 몸짓이다. 이러한 몸짓이 포플라에 비유
되어 표현된 작품을 인용하면,

날아오르라, 날아오르라, 날아오르라
땅속에 묻어버린 꿈, 歷史에 지친 生活의 빛에
諦念, 倦怠로 하여 잊어버린
네 生命의 自尊心 섞인 意志에 !

아무리 흔들어 보아도 손에 잡히지 않지만
아픔도 잊고 歲月도 잊고 安堵도 잊고

> 포플라는 오늘도 안타깝게 손을 휘저어 본다.
>
> 明白히 놓쳐버린 그 무엇이라도 있다는 듯이.
>
> ─「포플라」9)

포플라처럼 마광수는 이 현실의 안타까움에 대해서 "오늘도 안타깝게 손을 휘저어 본다"는 비유를 한다. 그러나 그것이 무엇을 뜻하는지 단정적으로 보인 것이 "明白히 놓쳐버린 그 무엇이라도 있다는 듯이" 그의 갈망이 멈춘 듯한 것이 현실이고, 그 현실이 바로 마광수의 갈망임을 알 수 있다. 마광수의 페티시즘을 표현한 작품 이외에 「빨가벗기」는 다른 변모를 보인다. 이는 바로 나르시즘의 증상이다. 이는 페티시즘이 충족되지 못한 상황에서 변이된 형태라 할 수 있다. 나르시즘은 자기애이다. 이는 바로 자기 속에 함몰되어 자기의 정체성 찾기에 실패할 경우에 생겨나는 정신분석의 한 양상이다.

2. 나르시즘(narcism)과 퇴행적 욕구(退行的 欲求)

윤동주의 시가 슈퍼-에고와 에고 사이의 충돌에서 빚어진 자기 갈등의 형상화라는 점과 달리 마광수의 시작은 사회적, 법적인 틀과 이드의 충동에서 벗어난 나르시즘의 시작이다. 나르시즘의 단계로 표현된 작품이 「業」, 「靈柩車와 개」 등이다. 나르시즘의 발전 단계 가운데 대상에 동일시 현상이 있다. 이는 자기 응시이다. 작품 「業」은 이러한 나르시즘의 한 단계를 비추어 주는 작품이다.

> 그러나 개는 더욱 예뻐만 보이고 그지없이 사랑스럽다
> 계속 솟구쳐나오는 이 동정, 이 애착은 뭐냐
> 한 생명에 대한 이 집착은 뭐냐

---

9) 출전은 『狂馬集』(1980)에서는 「포플러」로 인용했으나, 『가자, 장미여관으로』(1989)에서는 「우리들은 포플러」로 다소 수정되었음(120쪽).

　개 한 마리에 그는 사랑이 이리도 큰데
　　　　　-「業」중에서

　시인은 이 시에서 "자신의 성욕 때문에 / 내 고독 때문에, 내 무료함 때문에 / 한 생명을 이 땅 위에 떨어뜨려 놓지는 말아야"(「業」중에서)한다고 한다. 그 궁극적인 이유는 "개를 한 마리 기르기 시작하면서부터 / 자식 낳고 싶은 생각이 더 없어져 버렸다"는 것이다. 이는 "나와 인연을 맺은 생명"이라는 동일시 현상에서 생긴 것이다. 프로이트에 따르면 성장 단계에 있는 성적 태도를 나르시즘으로 나눌 때,10) 현재의 자기와 동일시하면서 그 대상을 〈개〉로 접근했다고 볼 수 있다. 마광수의 개에 대한 집착은 "리비도가 어느 특정인과 사물 또는 관념으로 집중되는 카텍시스(cuthexis)"11)라 볼 수 있다. 현재의 자기와 동일시하는 계기를 찾아보

---

10) 프로이트는 인간의 본능적 반응의 배후에 근본적인 근원을 정립하였다. 그래서 S. Freud는 에로스(생의 본능)와 죽음의 본능(파괴의 본능)의 두 개념을 정립하였다. 에로스에서는 소아성욕설(小兒性慾說)을 주장하였고, 또한 점차 성장 단계에 있는 성적 태도를 나르시시즘으로 (同一 視) 나누었다. 나르시시즘으로 알려진 주요한 다른 애정의 대상이 있는데 그것은 다음과 같은 동일시에 바탕을 두고 있다. ① 현재의 자기와의 동일시 ② 과거의 자기와의 동일시 ③ 자기 자신의 일부와의 동일시 ④ 자기가 되고 싶어하는 미래의 자기 모습과의 동일시로 나눈다.
　　첫 번째 경우, 애정의 대상을 선택하는 데 있어 자기 자신과 흡사한 어떤 면, 즉 육체적인 면이나 정신적인 면을 중점적으로 보고 선택한다(키가 큰 남자에게는 키가 큰 여자말고는 눈에 들어오지 않는다.) 두 번째 경우, 성 본능은 자기 생애 중 젊었던 시절 (아마 가장 매력적이었던 시기나 가장 즐거운 생활을 보냈던 시기)에 고착되고 있다. 그러므로 그 시기를 연상시켜 주는 사람을 사랑의 대상으로 선택하는 경향이 있다.(부부의 연령 차이가 많이 벌어지는 경우는 두 사람 중 한 사람에게 이 경향이 존재하기 때문일 것이다.) 세 번째 경우는, 양친이 자식에게 독점적인 애정을 품고 있는 것을 보여준다. 다시 말하면 그들은 자기 자식을 자신의 일부로 간주하고 있다. 그런데 이런 경우 자식은 보호로 온통 둘러싸여 있는 반면, 남편 혹은 아내의 애정에 굶주려 있다. 네 번째 경우에서 그(또는 그녀)는 극심한 초자아에서 연유된 가치 감각에 의해 시달리고 있기 때문에 자기에게 부족하다고 생각되는 성품을 지닌 사람을 사랑의 대상으로 선택한다. 그러므로 이 경우 애정의 대상으로 선택된 사람은 이상화되고 존경받는다.(S. Freud, 설영환 옮김, 『프로이트의 심리학 해설』, 선영사, 1994, 234~235쪽).

면, 위의 「業」에 인용한 이유에서 찾을 수 있다. "나는 그 개가 내 개이기 때문에, 어쨌든 / 나와 인연을 맺은 생명이기 때문에 / 더 사랑스럽다" 것은 자기 자신의 일부와 동일시하는 태도를 보여 줌으로써 현실에 대한 애정의 결핍을 노출한 것이다. 물론 애정의 결핍은 진실로 사랑하게 되는 인간의 원초적 본능을 개의 본능적 속성과 동일시한 데서 기인한 것이다. 이를 적절히 가시적으로 표현한 작품은 「개처럼 사랑하고 싶다」이다. 원초적 상징물로서 개의 운명과 시적 화자의 동일시하는 작품은 「개처럼 사랑하고 싶다」의 경우도 있다. 동일시하게 되는 이유는 "아무런 스스럼이 없다. 전혀 부끄러워하지도 않는다. 그 티없이 순진한 개의 눈빛, 사랑이 가득 담긴 부드러운 혀 놀림. 기분이 좋을 때는 언제나 꼬리를 흔들어 대는 그 솔직성. 나도 개처럼 정직하게 사랑을 나누고 싶다. 빨가벗고 사랑을 나누고 싶다"(「개처럼 사랑하고 싶다」 중에서)는 점 때문이다. 그래서 마광수는 개의 죽음에 대해 남다른 애정을 표현하고 있다. 이는 성적 표현을 통한 나르시즘적인 자기 응시이다. 이러한 자기 응시가 현실 생활의 자기 성찰로 이어진다. 자기 성찰을 보여 주는 작품은 「靈柩車와 개」이다.

> 슬픈 유족과 조객들을 싣고 장지로 가던 영구차는
> 시골길에서 그만 개 한 마리를 치어 죽였다.
> 작은 삽살개는 그만 아픔에 못이겨
> 깨개갱 거리며 울다가 죽업렸다.
> ....
> 고인을 위한 슬픔의 무게는 개의 죽음의 무게보다 더 컸다.
> 내게도, 멀리서 점점 작아지며 들려오는 개의 깨갱소리가
> 마치 바이올린의 고음인양 아름답게 조차 들렸다.
> 내게도 고인에 대한 사랑은 컸다.
> ....
> 아아, 나는 모른다. 어떤 슬픔이 더 무거운 것인가를

---

11) 프로이트, 『나르시즘 입문』 참조.

생활의 무게와 시의 무게가 어떻게 다른가를
철학과 생활이, 사랑과 동정이, 신의 섭리와 생존 경쟁이, 귀골과 천골이
어떻게 다른가를
사람도 아닌 개를 위하여 슬퍼하는 것이 정당한가, 잊는 것이 정당한가를

그 차는 더 큰 슬픔을 싣고가던 영구차였다.
그 때 명동에서 나는 더 급한 약속이 있었다.
           - 「靈柩車와 개」(1977)

　　개와 시적화자의 동일시에서 현실로 돌아와 개를 객체화시켜 본다면, 시적화자는 객체화된 개와 거리를 가진다. 죽음에 직면한 상황에서 정말 자신을 객체화시켜서 "사람도 아닌 개를 위하여 슬퍼하는 것이 정당한가, 잊는 것이 정당한가를" 자문하게 된다. 이는 나르시즘에서 이탈된 지점에서 준엄한 자신의 검열을 하게 된다. 자기 검열 결과 현실 부적응 상태를 확인하게 된다. 그리고 현실을 외면하게 된다. "더 큰 슬픔을 싣고 가던 靈柩車"이기 때문에, "명동에서 나는 더 급한 약속이 있"기 때문이다고 도피적인 사고를 표현한다. 이런 도피적 사고는 유아적 사고 형태이면서 현실 부적응의 미숙한 행동의 표출이다. 유아적 사고에서 표출되는 행동은 선택을 강요당하게 되거나 억압될 필요성을 가지지는 못한다. 그래서 마광수는 또 다시 퇴행적 욕구를 충족시킬 수 있는 아니마로 재생하게 된다. 여기서 빨가벗기는 본능이고 그 본능이 억압받을 때, 그것도 성인일 때 퇴행적 욕구가 나타나게 된다. 그 퇴행적 욕구는 어린 아이의 호기심인 「日課」, 「어른이 될 때」에서도 나타난다. 이는 현재의 성인의 위치에서 억압구조를 가질 때 퇴행적 욕구로서 과거의 형태로 나타나게 된다. 특히 「어른이 될 때」에서는 성적 억압이 얼마나 슬픔인가를 깨달은 바를 보여 준다.

그 어느 날
쓸쓸한 웃음지으며

내 사랑하는 빛깔들과
言語들과
動物들과
旅行 떠나기 前
나
어린애이고 싶다.
                    – 「日課」 중에서(1966)

가끔씩 나는, 내가 아주 어렸을 때
어려서, 너무 어려서
엄마와 아빠의 침실을 드려다 볼 수 있었던
옛 시절을 그리워합니다.

그럴 때변
나는 가슴 섬찟하게 밀려오는 불안을
감출 수가 없습니다.
....
나는 나의 생각들이 모두 정당한 것인지
알 수 없습니다.
....
어렸던 시절
심심할 때마다 들여다 보곤 했던
내 누나의 방,
시집간 누나의 방문앞에서
두 살짜리 여조카
下體
풍만한 곡선 보는 것이
웬지 슬픕니다.
                    – 「어른이 될 때」 중에서(1967)

　　이는 현실 부적응 상태에서 비타협적이거나 비사회적일 때 퇴행적 욕
구 현상이 나타나게 된다. 마광수는 특히 성적 억압 구조에서 빨가벗기를

갈망하고 있다. 빨가벗기는 진실로 솔직함, 정직함을 말하고자 하는 것이다. 그래서 그는 빨가벗기의 현실적 억압 속에서 이드가 분출되어 어린 아이라는 가면으로 나타난다. 가끔씩 "엄마와 아빠의 침실을 드려다 볼 수 있었던 / 옛 시절을" 그리워한다. 그러나 그런 회상을 할 때면 "나는 가슴 섬찟하게 밀려 오는 불안을 감출수 없는" 현실의 부적응의 심경을 토로하게 된다. 여기서 엄마와 아빠에서 누나, 그리고 두 살 짜리 조카에 이르기까지 회상하게 된다. 회상하는 시점, 여기서 마광수의 관점은 근원적인 슬픔을 타고난 인간의 본능이 웬지 슬퍼진다는 것을 응시하게 돤다.

　이런 현상은 「皇帝와 나」에서도 적나라하게 표현된다.

> 나는 나의 아잇적 방을 생각합니다.
> 푸른빛 휘장사이로 매일을 꿈의 선녀들이
> 넘나들었고
> 나는 백합꽃, 튜울립꽃의 항내를 처음으로 맡아보는 소녀처럼
> 언제나 童話속에서 행복했습니다.
> 언제나 나를 즐겁게 해주던 童話속의
> 王子님과 公主님의 의미를 나는 그때는 몰랐습니다
> 　　　－「皇帝와 나」 중에서

　이러한 퇴행적 욕구가 충족되지 못함으로써 현실의 부적응이 꿈에서 충족되는 소망 충족의 형태로 표출된다. 이를 보여 준 작품은 「皇帝와 나」에서처럼 "나는 매일매일 皇帝가 되고 싶습니다"로 표현된다. 이를 현실적으로 실현되기를 갈망하는 〈꿈〉은 바로 그의 정신적 카타르시스라고 할 수 있다.

3. 샤머니즘(shamanism)과 상상적 생명력

　20세기의 종교학을 중심으로 문학의 상징에 관심을 가져왔던 엘리아데(Mircea Eliade)는 『종교형태론』에서 성과 관련하여 농경에 큰 비중을

두고 있다. 그래서 그의 주요 논의는 여성·성·농경에 대하여 에로틱한 주술성이 결정적인 영향을 미친다는 점이다. 여성이 벌거벗거나 임신하거나 결혼한 여자가 밭에 씨를 뿌리는 것을 〈농경심성〉이라고 명명하고 있다. 그리고 종교인류학으로 유명한 프레이저(J. G. Frazer)는 성과 관련하여 『황금가지』에서 "性이 식물에 끼치는 영향"을 정리하고 있다. 즉 프레이저는 주술의 원리로써 식물과 성의 관계를 설명하고 있다. 식물의 힘도 남자와 여자는 인격화하여 생각하고, 동종주술(또는 모방주술)의 원리에 입각해서 숲의 신들의 결혼을 모방함으로써 나무나 식물의 성장을 촉진시키려고 한다는 것이다. 이것은 단순한 상징 혹은 비유적인 연극이 아니라 나무들을 푸르게 자라게 하고 부드러운 풀을 솟게하고 보리싹이 트게 일종의 하는 주술이다. 여기서 식물의 성장과 성의 유사성에 근거하였음을 본다면, 마광수의 시 가운데 위와 같은 원리로 접근할 수 있는 시작이 있다. 대표적인 작품은 「싹」, 「씨」, 「잡초」, 「우리들은 포플러」, 「가지치기」 등이다.

한숨 푸른 빛으로 오른

한숨 푸른 빛으로 핀

한숨 푸른 빛으로 죽은

·······················

'순간의 아름다움'
— 「싹」

20세기 철학자, 과학자이면서 시인인 바슐라르(Gaton Bachelard)는 시를 쓰기보다는 시의 주된 소재를 분석하여 - 불·물·공기·흙 - 시인의 의식 속에 있는 것을 밝히고자 했다. 특히 성과 관련된 그의 연구는 『불의 정신 분석』에서 성화(性化)된 불로 재현되고 있다. 그래서 그는 불에 대한 견해를 성과 관련시키고 있다. 즉 불의 정복이 본원적으로 성적 정복이라면, 불은 매우 오랫동안 아주 강렬하게 성적인 것으로 존속해 왔음에 대해서 놀라지 않을 것이다라고 말한다.12) 빛은 불의 변이형태이다. 그래서 불이 갖는 제 속성은 빛을 통해서 재생된다. 싹은 빛의 변화를 통해 바로 생명의 형태로 재현된다. 이는 빛이 성화되는 과정을 거쳐 즉 "빛으로 오는 / 빛으로 핀 / 빛으로 죽은" 생멸의 과정이 바로 성의 속성인 순간의 아름다움이라는 은유적인 표현이다. 싹이나 씨는 식물에 있어 만개하기 전의 근원적 핵이다. 이 근원적인 핵은 인간의 이성과 본능에 대한 비유로서 본능에 관련된다는 사고를 마광수는 하고 있다. 왜냐하면 본능적 자유를 표상한 개의 이미지에서 식물의 이미지인 본능적인 이미지를 즉물적으로 시화시킨 점에서도 파악할 수 있다. 그리고 그의 시적 태도에서 파악할 수 있는 한 가지의 원리는 종교적 혹은 종교인류학에 근원하는 상상적 생명력이다. 이를 보여 준 작품을 인용하면,

> 이제는 과일을 먹을 때 씨까지 먹기로 했다.
> 껍질째, 씨째, 통째로 먹기로 했다.
> 생활에, 사랑에, 지친 내 마음
> 삭막해질 대로 삭막해진 마음이
> 싱싱한 씨앗들을 부른다
> 포도도 참외도 씨째로 먹는다.
> 씨를 씹지 않고 통째로 삼킨다.
> 그러면 씨들은 내 황량한 가슴속으로 떨어져
> 싹이 터 무럭무럭 자라난다
> 자라라 자라라 어서어서 자라라
> 포도를 먹으면 내 가슴속에 포도넝쿨이 우거지고
> 참외를 먹으면 참외밭, 수박을 먹으면 수박밭
> 딸기를 먹으면 드넓은 딸기밭이 펼쳐진다
> 아니, 더 큰 과일나무도 심어야지
> 사과, 자두, 복숭아도.

---

12) 바슐라르(민희식 역), 『불의 정신분석』, 삼성출판사, 1993, 70쪽.

> 과일을 온통 씨까지 먹으면
> 가슴속은 하나 가득 싱싱한 과일밭이 된다.
> 푸른 빛 언제나 가득한 과수원이 된다.
>   - 「씨」(1984)

시적 화자는 과일을 먹을 때 씨까지 먹는다고 한다. 시째로 먹는 이유는 내 황량한 가슴속에 싱싱한 과일밭이 되어 푸른 빛이 언제나 가득한 과수원이 된다는 주술적인 믿음 때문이다. 물론 논리적으로 혹은 생활 속에서는 이를 이해할 수 없다. 그러나 이러한 시적 표현이 갖는 마광수의 시적 태도는 바로 식물의 성장이 곧 인격화되어 자신의 성장과 동일시하는 주술적 사고에 기초한다. 시인은 이런 주술적 사고를 통해 상상적 생명력을 표현한다. 상상적 생명력은 바로 "하나 가득 싱싱한 과일밭"과 "푸른 빛 언제나 가득한 과수원"이 존재할 수 없는 것이기 때문에 그는 항상 좌절했다. 그래서 그는 늘 소망 충족이 강한 시인이다. 이런 소망 충족이 현실에서는 부질 없는 허망한 세계로 비칠 수 있다. 허망한 세계로 비치는 것은 바로 일상에서 불필요함을 말한다. 그러나 마광수는 〈씨〉와 〈싹〉에서 주술적 성장과 생명력을 감지했다. 그렇기 때문에 일상의 무의미한 잡초에서 잡초의 생활력과 의지를 읽어내는 힘을 발휘했다. 그것이 얼마나 절실한가를 말하면서 동시에 그의 상상적 생명력이 현실화되기를 갈망하는 것이다.

> 잡초는 이렇게 아무 도움 없이 잘만 자라 주는데
> 우리들은 단지 잡초라는 이유로 계속 뽑아 버리고만 있습니다.
> 한 가지 정말로 배워야 할, 잡초의 생활력과 의지를
> 난 너무나 절실히 깨달았어요
>   - 「잡초」(1983)

보통 사람들의 세계는 잡초보다도 화초가 의미를 지니게 된다. 그러나 잡초와 화초의 경계는 무의미하다. 그것은 우리들의 사고가 인위적으로 개입됨으로써 잡초는 무의미해지고 잘려나가는 것이다. 그것은 우리들의

생활의 편리를 위해서 제거하는 것이다.

> 가로수의 가지를 친다
> 이 가지는 버스가 가는 길을 방해해
> 이 가지는 빌딩의 창문을 가려
> 싹둑
> 싹둑
> 나무는 그래도 안간힘쓰며 자란다
> ....
> 그래도 나무는 낑낑대며 다시 자란다
> 굳세게 뻗어가는 새 가지는 끝에서
> 앞으로 또다시 잘려 나갈
> 가지의 미래가 보인다
> 아니면 수종개량을 위해
> 언젠가 손쉽게 뽑혀 나갈지도 모르는
> 나무의 처량한 사주팔자가 보인다
> — 「가지치기」(1986)

버스가 가는 길을 방해하고 빌딩의 창문을 가리는 가지는 모두 전정당하게 된다. 여기에 마광수는 "굳세게 뻗어가는 새 가지"에 미래를 투여하여 식물에 대한 주술성을 부여한다. 그러나 그 가지의 미래는 "앞으로 또다시 잘려 나갈 / 가지의 미래"라는 것을 직감케 된다. 여기서 주술적인 상상력은 한계를 표현하게 된다. 이는 그의 시 전반에 흐르는 정신적, 물질적 자유로움에 대한 억압의 한 예에 속한다. 그래서 그의 몸짓은 처절할 수밖에 없다. 그 처절한 몸짓은 「우리들은 포플러」이다.

> 포플러는 오늘도 몸부림쳐서 날아 오르고 싶어한다.
> 놓쳐 버린 그 무엇도 없이
> 대지의 감미로움만으로는 아직 미흡하여
> — 「우리들은 포플러」(1973)

마광수는 대지의 감미로움만으로는 만족하지 못하기 때문에 몸부림치면서 날아오르고 싶어 한다. 이는 절대적이고 한정적인 대지에서 수직과 수평의 자유로움을 만끽할 수 있는 천상에 대한 뜨거운 몸짓이다. 이는 포플러를 인격화하는 주술적인 사고 체계에서 마광수의 정신적 갈망의 표상으로 전이된 것으로 볼 수 있다. 그러나 이런 정신적 갈망의 표상이 비극적 한계를 노정한 것은 그가 현실에서 부대껴야 하는 시적 한계이기도 하다.

Ⅲ. 결 론

마광수의 문학은 문학사와 역사가 낳은 아이러니다. 왜냐하면 작가 정신과 편협한 시대 정신과 법적인 토대라는 두 갈래에서 기형적으로 빚어진 문제작가이기 때문이다. 그렇더라도 마광수 문학에 대한 논의만큼은 자유로워야한다는 것이 연구자의 판단이다. 이마저 판단 유보를 요구한다는 것은 마광수 문학에 대한 극약적인 조치라고 할 수 있다. 따라서 마광수 문학에 가해지는 똑 같은 이유에서 비평에 대한 폭력이라고 판단한다. 그렇기 때문에 본고는 연구자의 판단과 식견, 문학적 소양으로 작품에 접근하였다. 물론 마광수의 시에 국한하여 정신분석학적인 관점으로 분석하였다. 그의 문학에 대한 지엽적인 연구라는 한계성을 안고 그 분석 결과를 밝히면 다음과 같다.

첫째, 그의 시에는 손톱에 대한 페티시즘이 집중되어 있다. 그러한 집중의 의미는 원시적인 자궁회귀본능으로 표출되어 시인이 정신적, 물질적 해방감을 갈망한다는 뜻이다. 그러나 이런 갈망 속에서 언뜻 비치는 그의 사치스런 민중의식을 허점으로 짚을 수 있다. 그래서 그도 이를 시인하는 바, 시적 변모를 꾀하고 있다. 그래서 그의 시적 변모는 새로운 퍼소나를 가지게 된다.

둘째, 그의 시에는 자기 응시의 나르시즘이 자리하고 있다. 나르시즘의 단계에서 〈개〉에 대한 카덱시스의 양상이 두드러진다. 카덱시스의 〈개〉를 통해 자기 점검을 하게 되고, 자기 점검을 통한 현실 부적응의 퇴행적 욕구가 표현된다. 이러한 발전 형태로 심화됨은 상상적 관능미의 제약을 받는다는 뜻이고, 역설적으로 더욱 갈망하게 되는 소망 충족의 형태로 나타나게 된다는 뜻도 담고 있다. 그래서 그의 시적 변모는 새로운 퍼소나를 가지게 된다. 그것은 식물 이미지에서 유추하는 샤머니즘과 상상적 생명력의 접점에서 그의 시는 변모한다.

셋째, 식물 이미지에서 유추하는 샤머니즘과 상상적 생명력의 접점에 있는 그의 시는 자유롭게 뻗어가지 못하게 됨으로써 결국 현실 적응에 실패하게 된다. 연극이 끝난 뒤의 주인공처럼 씁쓸한 표정이 그의 시에 젖어 있다. 그래서 그의 시는 현실적으로 〈광기(狂氣) 혹은 이상(異常) 세계〉를 꿈꾸고 있는 것이다. 이는 현실적인 시 기법에 있어 일종의 낯설게 하기의 한 방법임을 인식한다면 그의 시는 기교일 수 있다고 판단된다.

이러한 결론이 그의 문학세계를 더 풍부하게 하는 도형이 되어 더 많은 재론이 되기를 희망한다. 물론 필자도 그의 문학에 대한 천착을 게을리하지 않을 것이다.

참 고 문 헌

1. 관련 도서

김윤식, 「한국시의 여성적 편향」,『근대한국문학연구』, 일지사, 1974.

김재홍, 「3,(5) 여성주의의 의미,『한용운 문학 연구』, 일지사, 1992.

김주연, 「성관습의 붕괴와 원근법주의」,《문학과 사회》, 1997, 여름호.

문재구,『韓國,近代小說에 나타난 性問題 硏究』, 중앙대 석사학위 논문, 1981.

송명희,『문학과 성의 이데올로기』, 새미, 1994.

송희복, 「시와 에로티시즘」,《현대시》, 1994, 11월호.

신정현, 「성의 해체와 성의 파괴」,《문예중앙》, 1994, 여름호.

손해일, 「Ⅲ,(4) 女性偏向과 아니마 추구」,『박영희 문학 연구』, 시문학사, 1994.

오세영, 「마쏘히즘과 사랑의 실체 - 나룻배와 行人을 중심으로」,『한용운 연구』,
      새문사, 1991.

오하근,『金素月 시의 性象徵 硏究』, 전남대 박사학위 눈문, 1989, 8.

유창근,『소월 시의 페미니즘 연구』, 명지대학교 박사학위논문, 1988.

주종연, 「文學에 있어서의 性의 문제」, 국어국문학(48호),1970.

조창환, 「한국시의 여성 편향적 성격」, 국어국문학(제21집), 전북대학교, 1980.

______, 「환상적 관능미의 추구」, 정한모 · 김재홍,『한국대표시평설』, 문학세계
      사, 1983

정금철, 「영웅의 자아 실현과 여성 영웅주의에 대하여」,『현대문학비평론』, 학연
      사, 1987.

장백일, 「한국적 현대시의 아니마 현상」,《월간문학》, 1986. 5월호.

정종진, 「Ⅳ. 한국 현대시와 성표현」,『한국 현대 문학의 성묘사 전략』, 우리 문
      학사, 1990.

최진양,『現代詩의 에로스 詩論試考』, 부산대 석사학위 논문, 1985, 8.

기획, 「포르노그라피 시대의 성」,《세계의 문학》, 1997, 봄호.

특집, 「표현의 자유와 사회 윤리적 책임」,《철학과 현실》, 1997, 봄호.

2. 국 외 (역서)

D · H 로렌스(김병철 역),『性과 문학』, 일한도서, 1966.

마리나 야겔로(최태룡 옮김), 「9. 성과 언어」,『언어사회학 서설』, 까치, 1993.

모리스 챠니(이익성 외 공역),『우리는 문학 속의 性을 어떻게 이해할 것인가』,
      창과창, 1993.

마르쿠제(김인환 역), 『에로스와 문명』, 나남, 1994.

미셀 푸코 지음(이혜숙·이영목 공역), 『性의 歷史 ①, ②, ③』, 나남출판사, 1994.

미셀 푸코 외 지음(정일준 편역), 『미셀 푸코의 권력이론』, 새물결, 1994.

벵상 주브(하태환 옮김), 『롤랑 바르트』, 민음사, 1994.

S·프로이트, 전집(1-20 권), 열린책들, 1997

슐라미스 화이어스톤 지음(김예숙 옮김), 『性의 변증법』, 풀빛, 1993.

질르 들뢰즈(이강훈 옮김), 『매저키즘』, 인간사랑, 1996

제임스 밀러(김부용 옮김), 『미셀 푸코의 수난 ①, ②』, 인간사랑, 1995.

죠르쥬 바따이유(조한영 옮김), 『에로티즘』, 민음사, 1995.

장생 편저(정성호 옮김), 『性史』, 하림, 1993.

J·P·싸르트르(조영훈 옮김), 『지식인을 위한 변명』, 한마당, 1994.

___________(김붕구 역), 『문학이란 무엇인가』, 문예출판사, 1993.

___________(손우성 역), 『존재와 무』(Ⅰ,Ⅱ), 삼성출판사, 1993.

쥴리아 크리스테바 지음(김영 옮김), 『사랑의 역사』, 민음사, 1995.

제임스 프레이저(장병길 역), 『황금가지』(Ⅰ,Ⅱ), 삼성출판사, 1993.

케이트 밀레트 저(정의숙·조정호 공역), 『性의 정치학』(上·下), 현대사상사, 1992.

Toril Moi(임옥희 외), 『性과 텍스트의 정치학』, 한신문화사, 1994.

헬렌 피셔(박매영 옮김), 『性의 계약』, 정신세계사, 1993.

Albert Modell, 『The ertic mative in liteatare』, Collier, Books, New York, 1962.

Ⅱ부
——
시인의 내면 풍경과 고뇌

생의 방향 잡기, 그리고 향수

이한직론

I. 서 론

본고는 1930년대 말 《文章》지에 「風葬」, 「北極圈」의 작품이 추천을 받았고, 1930년대 시단의 거목인 정지용의 추천에도 불구하고, 여타 시인과 달리 단지 21 편의 과작[1]만을 남긴 이한직(1921~1976)[2]에 대한 시세계의 연구가 목적이다.

이한직은 《文章》지의 추천 제도가 생기면서 "호랑이랄지는 몰으겠으나 표범처럼 숨었다가 튀여나온 시인"[3]이라는 정지용의 평가와 추천을 받았다.[4] 이 때 이한직의 나이가 18세였다. 그래서 박목월은 "열여덟에 떠오

---

1) 《文章》에 첫 추천을 받은 1939년부터 기산하면 시작 경력이 자그마치 37년이나 되는 그로서는 너무 적은 집필량이 아닐 수 없다. 그는 1961년 駐日文政官으로 도일해서 죽기까지 15년간 붓을 꺾고 살았다. 이 절필의 15년간을 시작 경력에서 공제한다 하더라도 나머지 기간이 22년인데 그동안 1년에 겨우 한편 정도의 시밖에 못썼다는 아쉬움을 남기는 것이다(이형기, 「어느 귀족주의자의 자각적 파멸-이한직론」, 『시와 언어』, 문학과 지성사, 1987, 145쪽).
2) 이한직의 생몰 연대와 문단 활동은 『이한직 시집』의 연보와 다음 글 참조.
   신경림, 「이한직-낙타」, 『名詩評傳』, 연려실, 1985, 33~36쪽.
   이형기, 「어느 귀족주의자의 자각적 파멸-이한직론」, 위의책, 문학과 지성사, 1987, 146~151쪽.
   《국어국문학자료사전》(한국사전연구사, 1994)을 참조.
3) 정지용, 〈詩選後〉, 《文章》, 1939. 8, 205쪽.

른 시단의 찬란한 별"이라는 찬사를 아끼지 않았다. 이한직에 대한 찬사는 여기에 머물지 않고, "그는 갔지만 / 한국시사에 / 그 이름 李漢稷"이라는 한국시사적 측면을 높이 평가했다.

이한직에 대한 기존 논의는 상당히 산발적이어서 시문학사의 자리 매김이 절실히 요구된다. 김동규, 김우창, 김춘수, 이형기가 비교적 연구의 성과를 비추었지만5) 이 역시 시사적인 자리 매김의 초석에 불과한 만큼, 한국시사라는 큰 맥으로 볼 때 다소 미흡하다고 판단된다. 한국현대시사 측면에서 《文章》파에 대한 논의를 한 김용직의 경우, 이한직을 추천한 "그(정지용)는 또한 선고위원으로 신인을 추천한 경우에도 동일한 입장으로 임했다. 그리하여 그의 손을 거쳐 나온 시인들 대부분이 한국적 정조 내지 동양적 감성에 의거했고, 그 말씨도 외래적인 것보다는 전통적인 단면을 드러내게 된 것이다"6)고 전제하면서 자신의 영향을 받았던 조지훈, 박목월, 박두진에 대한 구체적인 작품과 단평을 기술한데 비해 이한직은 다소 소홀하게 취급했다.7) 심지어 "《文章》을 통해서 조지훈, 박목월, 박두진, 이한직 등 유능한 시인"8)을 배출하였다고까지 했다. 그럼에도

---

4) 김용직, 「제 10장 文章派와 그 音域」, 『한국현대시사』, 한국문연, 1996, 428~429쪽.
　　《文章》은 그 창간과 동시에 몇 가지 기획사업을 벌였다. 그 가운데 하나가 신인발굴을 위한 추천제였다.……그리고 그 추천자는 소설 이태준, 시 정지용, 시조 이병기로 못 박혀 있었다. 《文章》의 이 추천제는 2 집까지 해당작을 뽑아 올리지 못했다. 그런데 3집에서 조지훈의 「古風衣裳」, 김종한의 「歸路」, 황 민의 「鶴」등 세 시인의 작품이 한꺼번에 추천되었다. 또한 호가 거듭되는 가운데 이한직의 「風葬」, 「北極圈」(4집), 박두진의 「香峴」, 「墓地頌」(5집), 박남수의 「深夜」, 「마을」(9집) 등 역량 있는 시인들이 차례로 추천되어 한국시단의 판도를 새롭게 만들었다.
5) 김동규, 「어느 시인의 생애」, 《시문학》, 1976, 8, 20쪽.
　　김우창, 「서정적 모더니스트의 경과- 李漢稷 시집을 읽고(1977)」, 『지상의 척도』, 민음사, 1981.
　　김춘수, 「황해-또는 마드리드의 娼婦- 李漢稷의 悲哀」, 『김춘수 전집 2-시의 표정』, 문학과 지 성사, 1979〉, 문장사, 1984.
　　이형기, 「어느 귀족주의자의 자각적 파멸-이한직론」, 앞의 책, 문학과 지성사, 1987.
6) 김용직, 「제 10장 文章派와 그 音域」, 앞의 책, 671쪽.
7) ＿＿＿＿, 위의 책, 671~672쪽.
8) ＿＿＿＿, 위의 책, 670쪽.

불구하고 이한직에 대한 구체적인 평가의 소홀을 지적하지 않을 수 없다. 그래서 그에 대한 집중적인 연구는 시문학사의 자리 매김과 동시에 그의 시에 대한 온전한 세계를 밝히는 일을 병행해야 한다. 친일 세력의 자제, 단지 21 편, 찬란한 별, 귀공자, 귀족주의자, 서정적 모더니스트, 마드리드의 창부(娼婦), 이국에서의 객사 등등 그에게 붙은 수식어보다 객관적인 태도로 한국시문학의 차원에서 이한직을 검토해야 할 것이다.

Ⅱ. 본 론

1. 현실의 방향 상실

정지용의 추천작인 「風葬」, 「溫室」은 이한직 시의 방향성을 가늠할 수 있다. 그래서 「風葬」에 나타난 작품을 통해 그의 시세계를 검토하겠다.

砂丘 위에서는
胡弓을 뜯는
님프의 童話가 그립다

계절풍이어
캬라반의 방울소리를
실어다 다오

送葬譜도 없이
나는 砂丘 위에서
風葬이 되는구나
날마다 밤마다
나는 한 개의 실루엣으로
괴로워했다
깨어진 올갠이

杳然한 搖籃의 노래를
부른다, 귀의 탓인지

送葬譜도 없이
나는 砂丘 위에서
風葬이 되는구나

그립은 사람아
            –「風葬」

　이한직은 현실에서 생의 방향을 잃어버렸다. 그래서 그의 시는 생의 방향 잡기을 위한 몸부림이다. 이는 그가 현실에서 방향 감각을 상실하고, 죽음에 직면한 모습을 표현한데서 알 수 있다. 현실의 방향 상실은 곧이어 죽음에 이르게 되고 죽음 앞에서 통곡의 노래를 읊조리게 된다. 그래서 그는 "送葬譜도 없이 / 나는 砂丘 위에서 / 風葬이 되는구나"라고 반복적으로 되뇌인다. 이런 반복은 곧 시인의 주술적인 암시력이기 때문에 시인의 의식의 반영이라 할 수 있는 것이다.

　이 작품은 사구에서 풍장이 된다는 처절한 심경을 노래하고 있다. 이는 바로 이한직의 생의 끝지점에서 부르짖는 비통함의 표현이다. 사구에서 화려한 음악과 함께 아름다운 세상에 존재했던 〈님프의 童話〉에 대한 그의 동경이 뜻하는 것은 무엇인가. 이는 토양에서 뿌리 박음으로 튼튼하게 자라 아름다운 꽃을 피우는 꽃봉우리에 비유된 인생을 동경하는 것이다. 그러나 이한직은 현실에서 뿌리 박지 못함으로 해서 길거리에서 방황하게 되고, 결국은 현실의 방향 상실이라는 위치에 서게 된다. 현실의 방향 상실에서 방향 잡기는 인생에 있어 그렇게 용이한 것은 아니다. 그의 「놉새가 불면」에서는 생의 방향을 말하고 있다. "놉새가 불면 / 唐紅연도 날으리", "놉새가 불면 / 黃나비도 날으리"라는 바람의 방향에 따라 인위적인 연도 날으고, 황나비도 날게 됨으로서 자신도 어디론가 안착하기 위해 가야할 방황의 의미를 뚜렷이 표현하고 있다. 이는 생의 끝지점에서 부르짖은 비통함이요, 이 비통함이 곧 처절한 현실에 대한 삶의 저항이기도 하다. 지상에서 천상으로 상승적 위치에서 자유롭게 나는 연, 황나비와는 달리 그는 지상의 부자유의 방황을 절감하고 있다. 현실에서 이탈하여 "生活도 葛藤도 / 그리고 算術도 / 다 잊어버리고" 싶은 심정이다. 그러나 그의 이러한 심정과는 달리 지상에서의 방황의 길에서 「雪衢」 위에서 있다.

> 첫눈 내리는 밤이었다
> 假說같이 迂遠한 너의 愛情에는
> 무엇보다도 흰 것이 잘 어울렸는데
> 애달픈 나의 向日性을
> 받들어 줄 별은 왜 보이지 않았던가
> 기우러진 思想은
> 造化처럼 褪色하려고 하였다
> 繃帶에 싸인 나의 人生이
> 너털 웃음을 웃는 것이다
>   -「雪衢」 중에서

연과 황나비 같이 상승적 자유로움을 꿈꾸는 시인은 "애달픈 나의 向日性을 / 받들어 줄 별은 왜 보이지 않았던가"라고 절망하고 있다. 이러한 절망이 가져올 끝은 결국 사구에서 장송보도 없이 풍장이 되는 생의 끝에 다다르게 된다. 시인은 상승적 자유로움과는 대조적인 위치에서 방황하고 있는 것이다. 상승적 동경에 대한 대조적인 면을 단적으로 보여 준 작품이 바로 「聳立- 로오트. 레이몽伯爵에게」이다.

> 抽象의 視野에서
> 판테온의 비둘기들이
> 떼지어 날아가는 것을 나는 본다
> ....
> 진정 나 홀로 이 廣野에 서 있어야만 하는가
>
> 소리 없는 慟哭과 몸짓 없는 몸부림에 지쳐

        나는 하늘 向아여 哄笑하는 버릇을 배웠다
                 - 「聳立- 로오트. 레이몽伯爵에게」 중에서

　현실에서 구체적인 지시 대상을 감지하게 되면 그것은 찾을 수 있다. 그러나 보이지 않는 추상의 세계를 현실계로 끌어들이고 싶은 것이다. 그래서 그는 "抽象의 視野에서" 평화와 자유의 관습적 상징인 비둘기의 상승적 비상을 꿈꾸게 되는 것이다. 상승적 비상을 통한 자유로움이 클 때, 관습적 상징은 무게를 지니게 된다. 그러한 무게 중심을 "떼지어 날아가는 것은 (나는) 보"게 되는 것이다. 이와 대조적인 위치에서 시인은 "진정나 홀로 이 廣野에 서 있어야만 하는가"하고 통곡한다. 이 통곡은 「風葬」에서처럼 사구에 서 있는 모습의 재현이다. 이런 통곡은 "소리 없는 慟哭과 몸짓 없는 몸부림에 지쳐 / 나는 하늘 向아여 哄笑하는 버릇을 배웠다"처럼 습관적 형태로 나타난다. 습관적 형태가 단순히 사회의 일탈된 삶이라면 현재의 부적응 상태이며, 혹은 현실에 대한 일탈을 갈망한다고 볼 수 있다. 그래서 지상에서 상승적 비상을 도달하지 못할 때 "(나는) 하늘 向아여 哄笑하는 버릇"이 생긴 것이다. 상승적 자유로움에 대한 그의 동경이 한계에 부딪치면서 다시 방향 상실의 위치에 서게 된다. 그래서 시인은 방향 상실에서 삶의 통로를 찾았는데 그 통로는 안착할 수 없는 한계만을 깨달았을 뿐이다. 그래서 그는 삶의 여력을 다해 가야할 운명의 길에 직면하게 되는 것이다.

        사뭇 이대로 걸어 가야만 할 것인가
        이 길

        낯선 사람들과 어깨를 부비며
        光復洞거리를 가다가 걸음을 멈춘다
        요사이로는 도무지 슬퍼해 보지도 못하는
        설흔 세 살난 사나이에게
        이러한 때 소나기마냥 갑자기 쏟아져 오는 것은
        대체 무엇이라 이름하는 感情인가

움직임을 멈춘지 이미 오랜 時計다
나는 그것을 주머니 속에서 어루만지며
그래도 限없이 부드러운 마음으로
꽃집을 들여다보는 것이다
몇 송이 구라지오라스의 朱紅빛이
眩暈이 되어 내 六身을 뚫고
無限大의 저 편으로 날아간다
                    - 「餘白에」

사뭇 이대로 가야만 하는 낯선 길에서 시인은 "낯선 사람들과 어깨를 부비며 / 光復洞거리를 가다가 걸음을 멈추"게 된다. 그리고 방향 상실의 감정을 전이시켜 표현하기를, "소나기마냥 갑자기 쏟아져 오는 것은 / 대체 무엇이라 이름하는 感情인가"라는 고백을 시인은 하게 된다. 시인은 여기서 멈추지 않고, 지상에서 생의 자유로움과 기쁨을 대체할 수 있는 새로운 세계를 발견하게 된다. 그것은 바로 지상의 꽃과 꽃에서 피어나는 향훈에 동화된 세계이다. 현실에 대한 시인의 방향 감각은 "움직임을 멈춘 지 이미 오랜 時計"인데, 그래도 시인은 시계를 어루만지며 방향 찾기에 골몰한다. 여기에 새로운 세계를 발견하게 되는데, 그것이 바로 "꽃집을 들여다 보는" 발견이다. 즉 "몇 송이 구라지오라스의 朱紅빛이 / 眩暈이 되어 내 六身을 뚫고 / 無限大의 저 편으로 날아가게 되는"것이다.

2. 지상의 꽃과 안주

현실에서 방향 잡기에 실패한 이한직은 상승적 비상보다는 현실에서 자기 정체성에 대체할 수 있는 대상 찾기에 몰두하게 된다. 그 몰입의 상태에서 발견한 것이 지상의 아름다움의 징표인 꽃의 향훈의 발견이다. 그 꽃의 향훈이 있는 곳은 바로 「溫室」이다.

그 琉璃窓 너머
五月의 蒼穹에는

나근나근한 게으름이 놓였다

저 하늘
漂雲이 끊어지는 곳
한 台 飛行機 간다

우르릉 우르릉
하전히 爆音을 날리며

진정
첫여름 溫室 속은
海底보다 靜謐한 宇宙였다

葉脈에는
아름다운 音樂조차 담고
正午 -
아마릴리스는 湖水의 體溫을 가졌다

風化한 土壤은
날마다
謙讓한 論理의 꽃을 피웠지만

내 血液 속에는
또 다른 꽃봉오리가
모르는 체 나날이 자라갔다
　　　　- 「溫室」

　온실 밖 유리창에서 응시한 온실의 내부는 "나근나근한 게으름이 놓"인
곳이다. 나른나른한 게으름은 삶의 방향에서 지쳤을 때 머물고 싶은 현상
이다. 이는 곧 생의 체념이면서 동시에 현실과의 절연이다. 절연된 곳이
기에 그에게는 "저 하늘 / 漂雲이 끊어지는 곳 / 한 台 飛行機가" 지나가
는 곳이 된다. 그렇기 때문에 절연된 지점에서 만나게 되는 곳이 「溫室」

이다. 그 온실에는 "海底보다 靜謐한 宇宙"이다. 여기에서 시인은 장송보도 아닌 생의 환희를 엿듣게 된다. "葉脈에는 / 아름다운 音樂조차 담고 / 正午 - / 아마릴리스는 湖水의 體溫을 가졌다"는 것이다. 엽맥에는 "아름다운 음악"을 들을 수 있다. 그리하여 현실에서 방향 찾기의 통로를 발견한 온실에서 꽃으로 필 수 있는 것이다. 그래서 생의 흐름인 "내 血液 속에는 / 또 다른 꽃봉오리가 / 모르는 체 나날이 자란"다는 것이다. 여기서 시인은 현실의 방향에서 꽃을 발견하였다. 여기에 시인은 안주하고자 하는 욕망이 움트는 것이다. 이런 태도는 「家庭」에서도 역력히 보인다.

> 꽃을 보는 사람들의 마음은 서로서로
> 생각은 달랐지만 어리둥절 그 눈초리에
> 가냘픈 希望이 빛났다
> 이럴 때면 구태여 人間됨도 섧지 않아
> 安堵는 끝없는 외로움인양 마음 포근하다
>   -「家庭」

현실에서 시인은 "가냘픈 希望이" 빛나는 광경을 목도한다. 가냘픈 희망을 목도한 시인은 영원히 안주하고 싶어하지만 그의 안주는 그야말로 가냘픈 희망일 뿐이다.

만물이 소생하는 봄에는 천지만물의 꿈이 담겨 있다. 갇혀진 세계에서 열려진 세계로, 암흑에서 밝음으로, 절망에서 희망으로 변화하는 세계를 모두들 노래한다. 그러나 이런 것들이 그에게는 가냘픈 희망일 뿐, 그 가냘픈 희망을 보여 준 대표작이 바로 「어느 病든 봄에」이다.

> 역력히
> 나는 그것을 알고 있다
> 늦은 봄
> 꽃 그늘에
> 매양 졸고 있는
> 나의 腦漿이

> 病든 果實처럼
> 지금 徐徐히
> 썩어가고 있는 것을
> 나는 그것은 잘 알고 있다
> 오래지 않아 나에게는 있을
> 그 發作은
> 나근한 봄볕에
> 일제히 꽃을 가지는
> 顯花植物처럼
> 제발 그렇게
> 아름답기나 하였으면
> 詩人 하나가
> 기어코 미치고 마는
> 病든 봄
> 「라일락」의 꽃그늘
> 毒한 꽃내음
>   - 「어느 病든 봄에」

현실에서 새롭게 목도한 세계가 지상의 꽃의 세계이다. 이런 꽃의 세계에서 해저보다도 더 정밀한 우주를 발견하고자 했던 이한직은 결국 안주하지 못하고 만다. 그래서 그는 "꽃그늘에 매양 졸고 있는", "지금 徐徐히 썩어가고 있는 것도 내가 잘 알고" 있다는 것을 자각한다. 더 이상 봄은 아름다움의 징표을 보여 주지 못한다는 것을 인식하게 된다. 그래서 그는 절망한다. 그런 절망은 곧이어 "나근한 봄볕에 / 일제히 꽃을 가지는 / 顯花植物처럼 / 제발 그렇게 / 아름답기나 하였으면"하는 절대절명의 욕구를 분출한다. 그러나 시인은 "기어코 미치고 마는 / 病든 봄"을 다시 한 번 인식하게 된다. 그래서 "이제는 이미 日光도 降雨도 / 植物들의 營養이 될 수 없다는 것을 / 나는 분명히 깨달았다(「未來의 山上」중에서)"는 것이다. 그렇다면 이한직의 현실의 방향 찾기의 고뇌는 어디에서 연원하는 것인가?

이한직은 순수파나 참여파로 구별할 수 없는 시인이다. 왜냐하면 사회에 대한 그의 비판이 시적인 성공을 가져왔다거나 순수 자연 세계를 몰입하여 표현한 작품이 드물기 때문이다. 그러나 이한직은 나름대로 순수와 참여의 중간 지대에서 현실의 중심 잡기에 몰두하는 시인이다. 물론 앞에서도 언급했지만 구체적이지 못하면서도 다양한 세계를 보여 주지 못한 것은 그의 한계이지만 시대 조류에 민감한 시인임을 그의 시에서 읽어 낼 수 있다. 그렇다고 하여 치열한 순수, 참여의 이분법의 틀에 갇혀 있는 것이 아니라 그의 세계를 가지고 있다는 것이다.

> 近代의 周圍를 휘도는
> 이 不毛의 길을랑
> 自虐의 입술을 굳게 다물고
> 나 홀로 가련다
>
> 오랜 歲月을 두고
> 목매어 부르던 이름이어
> 抒情의 年代는 끝났다
> 悽慘한 精神의 流血을 忍耐하며
> 너도 未來의 山上을 향하여 너의 길을 가라
> 　　　 -「未來의 山上」 중에서

　이한직이 등단한 시기는 1930년대 말이다. 주지하다시피 이 때는 이미 근대화의 물결 속에서 피폐된 현실의 고발은 지극히 자연스러운 것이다. 그렇기 때문에 이한직은 〈近代〉라는 산물에 대한 인식을 자연스럽게 할 수 있었던 것이다. 자신은 "近代의 周圍를 휘도는 / 이 不毛의 길"에서 방황하며 자신의 정체성을 확인하게 된다. 그런 방법으로서 "自虐의 입술을 굳게 다물고 / 나 홀로 가"는 비장한 각오를 보인다. 그가 "오랜 歲月을 두고 / 목매어 부르던 이름"은 바로 〈抒情의 年代〉다. 서정이란 개인 감정을 자연스럽게 표현한 것이다. 그러나 그는 서정과 달리 결연한 의지를 보인다. "너도 未來의 山上을 향하여 너의 길을 가라(!)"것이다. 그러나 안타깝게도 산상으로 간 이후의 도달점을 보여 주지 못하는 한계를 노출한다. 현실의 방향 상실에서 찾기는 꽃의 주변이라면, 현실 인식의 한계를 극복하는 공간인 산상의 정점을 노래하지 못했다는 뜻이다. 산상의 정점을 다른 각도에서 찾으면 무한 지향의 항해를 꿈꾸는 향해성(向海性)이라 할 수 있다. 이는 안주하고자 하는 일상에서의 향수이면서 이한직의 정신적인 도달점일 수 있다는 것이다.

3. 향해성(向海性)과 향수

이한직이 도달하고자 했던 산상의 정점을 다른 각도에서 노래한 작품은「黃海」,「花河」,「象牙海岸」,「또 다시 봄이」 등이고, 가장 직접적으로 시인의 위치를 보여 준 작품은「詩人은」이다. 그 가운데 이한직이 도달하고자 했던 산상의 정점을 다른 각도에서 노래한 작품으로 눈 여겨 볼 작품은「黃海」이다.

> 黃海
> 黃海
>
> 몸부림치며 우는 東洋
> 쓴 웃음 짓는 東洋
>
> 瞑想에 잠기는 老子
> 怒號하는 이완. 이봐노빗치
>
> 黃海
>
> 얼굴에 칠한 멘소레이담
> 녹쓸은 뻐터. 나이프
>
> 빛바랜 艶書
> 鄕愁 잊은 나그네

黃海

돌아오지 않는 蕩兒의 레퀴엠
사스펜더 감추는 紳士

黃海
黃海

薔薇를 훔치는 사나이
앙리. 루쏘의 모티프

黃海

....

陶片追放을 받은 루스코에. 부레미야
白耳義製 拳銃을 겨누는 李長吉

黃海

지어진 흰 掌甲9)
조끼에 꽂은 내프킨

시베리아를 돌아온 편지의 郵票

굶주린 市民
캡틴. 쿡의 시름
黃海
黃海

욧트 로시난테號는 달린다
來日은 포- 트. 다알니

---

9) 掌匣의 오기인 듯 함.

黃海

자꾸 잊어버리는 黃海
黃海는 忘却의 바다

이제 黃海는 疲困하다
      -「黃海」 중에서

이 시의 생소한 외래어의 이미지는 정지용의 「카페. 프란스」와 김기림의 「기상도」을 연상케 하는 작품이다. 이 때문에 이한직을 모더니스트로 볼 수 있는지도 모른다.10) 그러나 「카페. 프란스」와 「기상도」에서 보여준 생소한 외래어의 나열이 모더니즘으로 오해한 김기림에 대한 송욱의 비판은 일견 타당성을 획득한다고 볼 수 있다.11) 또한 이한직 스스로가 "浪漫主義와 리알리즘을 같이 止揚한 어느 새로운 境地을 아니 느낄 수 없"12)다고는 하였지만, 모더니즘에 대한 의미를 부연한 것은 아니다. 그렇다면 이한직을 모더니스트로 분류하는 것 자체보다는 그의 시세계의 특장(特長)을 짚어내는 것이 중요할 것이다.

---

10) 신경림, 「이한직-낙타」, 앞의 책, 34쪽.
   "그의 시는 전체적으로 밝고 선명한 느낌을 줍니다.………여기에 외래어의 적절하고도 잽싼 활용이 더하여져, 그는 한 때 모더니즘의 챔피언으로 일컬어지기도 했습니다." 이는 이한직에 대한 구체적인 작품 연구보다는 포괄적인 평에 지나지 않는다. 따라서 그를 모더니즘으로 판단하는 것은 섣부른 견해라 생각된다.
11) 송욱, 「金起林 즉 모더니즘의 口號」, 『詩學評傳』, 1969, 178~194쪽.
12) 이한직, 「나의 작시설계도- 翰-」, 《문장》, 1939. 9, 130쪽.
   이한직은 당시의 문단을 "文學精神의 主流가 리알리즘이고 主知主義인 것은 극히 자연스러운 것"이라고 하면서, "이미 너무도 지나친 우리들의 意識의 過剩과 理知의 不眠으로 말미암아 苦悶하고 있지않습니까"라고 단언하였다. 이런 모색기에 있어 주목할 만한 모더니스트는 바로 〈氣象圖〉의 김기림임은 자명하다. 그래서 그는 "일즉이 測候所의 氣像豫告같은 詩集을 活字化함으로써 自慰하던 사람입니다. 그를 생각할 때마다 〈藝術이란 形態를 주는 것이다〉라고……이 말을 曲解 할 때 〈藝術이란 神奇한 作亂〉을 하는 것이 되나 봅니다"라는 견해를 피력하면서 "제일 중요한 것은 良識의 문제일 것입니다"고 하였다. 〈藝術이란 神奇한 作亂〉이라는 견해의 가장 비판적인 비평가는 宋稶이었음은 앞의 글을 참조함.

그의 시세계를 〈黃海〉라는 시어의 주기적 반복은 연과 연 사이에 계속 되는 절망감의 표현이 되풀이된다. 이러한 절망감의 표현이 현실의 방향 찾기에서 겪는 고뇌의 연장선상에 있음을 의미하는 것이다. 그래서 절망적 현실을 모두 망각하고자 하는 화자의 의도로 인하여 황해는 결국 〈忘却의 바다〉가 되는 것이다. 이런 망각의 행위 속에서 "황해는 이제 피곤하다"는 시인의 모습을 발견할 수 있는 것이다. 이런 피곤함은 곧 시인의 심정을 은유적으로 표현한 것일 수도 있다. 왜냐하면 그는 현실의 방향 찾기에 지쳤기 때문이다. 여기서 이한직은 향수에 젖게 된다. 향수라는 것은 개인이 가지는 정신적 모체이다. 정신적 모체는 구체적 대상 혹은 추상적 감정일 수도 있다. 이한직에게 있어 향수란 현실의 좌절감에 대한 확인에 지나지 않는다. 그래서 이한직에게는 향수의 구체적 대상이 없다. 그래서 저 넓은 들판의 소떼가 있는 정지용의 「鄕愁」에서처럼 구체적 공간을 제시하지 못한다. 다만 회고적인 취미인 듯한 서글픈 향수일 뿐이다. 이한직 시에서 향수에 대한 의미를 드러낸 작품을 보자.

눈을 감으면

어린 시절, 先生님이 걸어 오신다
회차리를 들고서
先生님은 駱駝처럼 늙으셨다
늦은 봄 햇살을 등에 지고
駱駝는 恒時 追憶한다

- 옛날에 옛날에 -

駱駝는 어린 시절, 先生님처럼 늙었다
나도 따뜻한 봄볕을 등에 지고
금잔디 위에서 駱駝를 본다

내가 여읜 童心의 옛 이야기가
여기 저기

떨어져 있음직한 動物園의 午後
            - 「駱駝」

위의 작품은 낙타와 선생님을 동일시의 연장선상에서 시적화자는 바로 시인 자신임을 염두에 둘 수 있다. "바꾸어 말하면 낙타＝ 선생님의 등식이 낙타＝ 선생님＝ 나의 등식으로 확장되는 것이라 하겠다."13) 그리고 낙타와 선생님 사이의 유사성에 의한 비유를 통해서 서글픈 향수를 노래하고 있다. 이한직의 향수는 현실의 방향 상실에서 오는 것임을 직감케 한다. 즉 "현실의 세계를 떠난 곳에 있는 세계의 하나는 추억의 공간"14)으로 설정한 것이다. 추억을 현재화시키는데 탁월하게 보여 주었기에 이형기는 〈추억의 名手〉라고 불렀는지도 모른다.

이한직의 시세계의 변모를 한 눈에 볼 수 있는 작품이 「花河」이다. 이 시의 지배소(dominant)를 보면 〈현실, 꽃, 바다〉 등이다.

꽃은
이틀을 피더니 지고 말았다
물결을 타고
꽃잎들은
바다를 向
하여 흘러내려갔다
나란히 앉아서

우리는 그런대로 幸福했었다
記憶에 틀림이 없다면
그 때도
둥근 달은 江물에 비치고 있었다

-무엇을 생각하며
너는 떠나갔는가-

---

13) 이형기, 앞의 책, 162쪽.
14) 이형기, 앞의 책, 161쪽.

꽃은
몇 번이고 다시 피고
다시 지고
아, 그것은 벌써 오래 전에
斷念한 것이 아니었던가
우리 그냥 잊어버리고 말자

물결은
피비린내 나는 肉身을 달래는
「레퀴엠」인양
꽃잎을 태우고
흘러 흘러서
바다로 간다
        - 「花河」

　현실의 방향 찾기의 일차적인 안착점이 꽃임을 알 수 있다. 그러나 이 시에서 보듯이 꽃의 세계가 일체화되지 못했음을 알 수 있다. 그렇기 때문에 꽃이 피고 꽃잎이 바다를 향하여 흘러갈 때〔向海性〕, "우리는 그런 대로 행복했었다"는 것이다. 그러나 "꽃은 / 몇 번이고 다시 피고 / 다시 지고"하는 자연의 순리, 즉 이한직에게 있어 방황의 안주 공간이자 대상인 꽃의 변화는 그런대로 행복한 순간일 뿐이다. 왜냐하면 그것은 이미 "아, 그것은 벌써 오래 전에 / 斷念한 것이 아니었던가 / 우리 그냥 잊어버리고 말자"라는 체념의 상태를 보여 주기 때문이다. 이한직은 자신의 세계를 찾고자 한 "꽃잎을 태우고 / 흘러 흘러서 / 바다로 가"고자 한다. 그것은 현재에서 갇혀버린 귀양지의 황제처럼 아득한 향수에 젖어서 먼 바다를 향해 끝없이 생의 방향 찾기에 고뇌하고 있다는 의미이다.

Ⅲ. 결 론

　본고는 1930년대 말 《文章》지로 등단하여 22년 동안 단지 21 편의 시를 남긴 이한직의 시에 관한 연구이다. 이한직에 대한 연구 결과를 요약하면 다음과 같다.

　이한직의 시는 현실의 방향 잡기의 고뇌를 보여 주었다. 그래서 이한직의 시세계를 생의 방향 잡기라는 차원에서 줄기 잡아 논의를 진행하였다. 현실의 방향 잡기의 고뇌는 특히 길에서 중심을 상실한 채 방황하고 있다. 이러한 방향의 상실은 지상에서 방향 잡기로서 지상의 아름다움의 징표인 꽃의 주변, 꽃에서 뿜어내는 향기의 주변으로 그의 관심은 기울어진 것이다. 꽃의, 향기의 주변으로 향하는 것은 꽃으로 육화〔환원〕되어 향기를 뿜을 때 생의 방향 잡기의 끝지점으로 그의 시세계가 완성될 수 있다. 그럼에도 불구하고 그는 시에서 지상의 방향 잡기의 혼란을 거듭하여 바다로 항해하는 관심으로 변모하였다. 그러나 그의 시는 방향 잡기의 혼란을 거듭할 뿐 미완성의 안착으로 끝맺게 된다.

참 고 문 헌

김동규, 「어느 시인의 생애」, 《시문학》, 1976. 8.

김동리, 「문단 일년의 개관」, 『전집 7- 평론』 민음사, 1997.

김용직, 「제 10장 文章派와 그 晉域」, 『한국현대시사』, 한국문연, 1996.

김우창, 「서정적 모더니스트의 경과- 李漢稷 시집을 읽고(1977)」, 『지상의 척도』, 민음사, 1981.

김춘수, 「황해-또는 마드리드의 娼婦- 李漢稷의 悲哀」, 『김춘수 전집 2-시의 표정, 문학과 지성사, 1979』, 문장사, 1984.

______, 「부록 Ⅱ. 한국 현대 시인론」, 『시의 이해와 작법』, 고려원, 1989.

박두진, 「한직, 한직」, 『박두진전집 6』, 신원, 1996.

송   욱, 『시학평전』, 일조각, 1969.

신경림, 「이한직-낙타」, 『名詩評傳』, 연려실, 1985.

이명찬, 「시의 언어에 대한 새로운 자각」, 『한국 현대시론사 연구』, 문학과 지성사, 1998.

이한직, 「나의 작시설계도, 문장, 1939. 9」(《文章》, 1939년 5월, 153쪽).

윤정룡, 「전후 모더니즘 시론의 새로운 양상」, 『한국 현대시론사 연구』, 문학과 지성사, 1998.

이형기, 「어느 귀족주의자의 자각적 파멸-이한직론」, 『시와 언어』, 문학과 지성사, 1987.

임   화, 『문학의 논리』, 학예사, 1940.

정지용, 「詩選後」, 《文章》, 1939. 8.

조남현, 「한국시와 6. 25 체험」, 『知性의 통풍을 위한 文學』, 평민사, 1985.

시대의 불안과 대륙의 지향

이용악론

Ⅰ. 들어가는 말

　한반도의 북방, 압록강과 두만강 이북의 땅, 지금의 중국령 만주와 러시아령 극동 연해주 지역은 역사적으로 한민족 고토일 뿐 아니라, 지리적으로 인접하여 (우리 나라와는) 불가분의 관계에 있다.[1] 그래서 고구려와 발해 때부터 우리 민족의 삶의 뿌리가 만주와 러시아령 극동 연해주의 대륙이었음을 짐작할 수 있다. 그 이후 고구려와 발해의 멸망은 우리 민족의 삶을 왜소하게 만들었다. 근세사에서 우리 민족의 삶의 현장이었던 대륙은, 월강 한인의 첫 이주자 기록으로서는 먼저 만주의 경우, 중국측 자료는 아직 접근하지는 못했으나, 한민족의 자료로는 함경북도 사람 방영삼이 1858년 봄에 월강죄를 무릅쓰고 두만강을 건너 밀림지대에서 밭을 경작하는 계절농사를 시작했다는 기록이 있다. 다음으로 노령 연해주의 경우는 러시아측과 일본측, 그리고 한국측의 기록이 각각 달라 세 가지 설이 있다.

　　한국설은 1864년에 무산사람 최운보(崔運普)와 경흥사람 양응범(梁應範)
　　이 훈춘을 유하여 차진허에 정착하여 개간에 착수했다는 설이다.[2]

---

1) 정태수, 「한민족의 대륙이민사」, 《전망》, 1989. 8, 46쪽.

이러한 여러 설의 결론은 북녘땅 만주와 연해주 지역의 이주는 토지의 확보와 농경의 생활 터전을 위한 농민들의 궁핍에 기인한 것이라 할 수 있다. 조선조 정부의 부정부패와 가렴주구의 민생고로 인한 3·1운동 직전까지 월경 이민 시대와 3·1운동 이후 만주 사변(1931)까지의 망명과 유랑 이민 시대, 일본 제국주의의 중국 침략 첨병으로 내몰렸던 정책 이민 시대(만주사변~해방까지)가 대륙으로 건너간 주된 원인이었다.

1930, 40년대는 망명, 유랑 이민과 강제적 정책 이민의 일제 강점기였다. 이러한 시대적 배경에 놓였던 한 젊은 시인의 눈에는 대륙이 어떻게 투영되었는지를 살피는 것이 본고의 연구 목적이다. 한국문학사의 포용성을 넓혀 한국문학 속의 대륙에 관한 의미 연구도 필요할 것이다. 작가의 치열한 시각이 당시대의 대륙을 모두 담을 수는 없으나 대륙의 이미지를 종합하여 상징화했다면 이의 연구 작업을 통해 1930, 40년대의 한국문학사에서 대륙 이미지을 이해하는데 귀중한 것이 될 것이다. 따라서 1930, 40년대 한 젊은 시인의 눈에 투영된 대륙의 이미지를 고찰하고자 한다.

일제의 황민화 정책, 국어 말살 정책에 의한 굴절된 역사가 1930, 40년대 한국적 상황이라고 할 수 있을 것이다.3) 이러한 굴절된 역사의 현장에서 살았던 시인이 바로 이용악(李庸岳, 1914~)이다. 이용악의 발표된 시집은 『분수령』(1937), 『낡은 집』(1938), 『오랑캐꽃』(1947), 『이용악집』(1949) 등 4권이다. 이들 시 발표 연대가 대개 1930, 40년대이고 보면,4) 당시대의 이용악 시인이 쏟아낸 시어들은 어느 시인 못지

---

2) 정태수, 위의 책, 47쪽.
  첫째로 러시아설은 러시아가 흑룡강 지역 병합 직후에 한인들이 이주했으며, 1863년 이전에는 블라 디보스톡과 남우수리에 소수의 한인이 도래했는데,. 이들은 계절농에 포세트 구의 국유지를 경유했다 한다. 일본설은 1853년 함경북도 사람 한일가(韓一家)가 포세트 구에 와서 농경에 종사하였다는 주장으로 그곳 한인의 구전을 기록화한 설이라 하였다.
3) 권영민, 「식민지 문화 잔재의 청산 문제」, 《문예중앙》, 1983. 가을호 참조.
4) 윤영천, 『이용악 시전집』《부록》에 작품 연보를 상세히 밝혀 놓고 있으나, 고형진(「이용악론-구체적 삶의 세목들과 서정적 슬픔」, 《현대시학》, 1988. 130~143

않게 치열하였으리라는 짐작을 할 수 있다.

　백철은 이용악을 모더니즘(modernism)의 후예에 속하는 "일종의 경향파 詩人"이라 하였고, 조지훈은 1930년대 시사에 빼놓을 수 없는 "현대파와 인생파의 중견"이라 하였다. 또한 김윤식은 "회화적 경향과 윤리적 경향의 절충적 입장", 정한숙은 "소월로 대표되는 20년대의 리리시즘의 연결"로, 조동일은 "다정한 느낌을 주는 시인이면서도 언어 감각이 날카롭고 자기 자신에 대해서도 준엄한 자세를 나타냈으며 역사 앞에서 처절하게 절규하는 지점까지 나아갔다"라고 하였다. 최동호는 이용악의 시사적 위치를 『分水嶺』, 『낡은 집』, 『오랑캐꽃』 등의 시집으로 평가될 것이며, 시기적으로는 1930년대 후반에서 40년 중반에 걸쳐 있다고 보아야 할 것이라고 하였다. 또한 30년대 모더니즘(modernism)의 주지적 기법을 차용하였으며, 20년대 소월로부터 흘러오는 토착적 서정성을 기반으로 하고 있고, 그의 정신적 토대가 되는 것은 민중적 삶에 근거한 리얼리즘에 있다고 하였다.5) 김종철은 민중의 구체적인 삶에 뿌리를 내린 평민적 소박성이라 규정하였고,6) 윤지관은 당대의 대표적 민족문학으로 평가받아도 손색이 없을 그의 문학이 리얼리즘적 특성에 근거한다고 하였으며,7) 고형진은 이용악의 자신과 고향 이웃에게 체험된 구체적 삶의 세목들을 간명한 서사로 농축시키고, 여기서 환기되는 슬픔의 정서를 서정적 감각으로 내면화시켜 깊고 광범위한 시적 울림의 폭을 진동시키고 있다고 하였다.8) 김상선의 부분적 연구9)와 "30년대 주지주의 시의 탈감성화를 지양한 독특한 자아 표출의 詩人"10)으로 평을 한 이병헌의 논고

　　　쪽)에서는 몇몇 작품의 연보가 다름을 밝혀 놓고 있다.
5) 최동호, 『北의 詩人 이용악-신성한 역사의 빛을 찾아서』, 《현대문학》, 1989. 4. 368~
　　389쪽.
6) 김종철, 「庸岳-민중시의 내면적 진실」, 《창작과 비평》, 1988. 가을호, 148~161쪽.
7) 윤지관, 「영혼의 노래와 기교의 詩-李庸岳論」, 《세계의 문학》(49), 1988. 가을호,
　　224~240쪽.
8) 고형진, 앞의 책, 130~143쪽.
9) 김상선, 「이용악론」, 《시문학》, 1989. 6. 74~85쪽.
10) 이병헌, 「境界人, 그 고뇌의 시적 역정」, 《현대시학》, 1989. 11. 170~186쪽.

외에 최근 김용직과 박철석의 약평이 있다. 김용직은 "식민지적 궁핍상을 노래했고, 시어의 구사 능력을 높이 평가"11)하였으며, 박철석은『분수령』,『낡은 집』,『오랑캐꽃』의 시집에서 식민지 치하의 궁핍상을 진지하게 노정시키고 있다고 하였다.12) 그리고『오장환과 이용악의 비교 연구』라는 장영수의 논문이 있다.13) 이와 같이 이용악 시에 대해 다양하게 가치 평가를 하고 있는 것은 그의 시세계가 다양함을 의미한다고 보아진다. 이처럼 다양한 평가에 본고는 이용악 시의 심저에 깔린 또 다른 시세계를 밝혀 1930, 40년대의 한국시사에서 대륙의 이미지를 규명하고자 한다.

　1988년 해금 조치 이후 월북문인이라 이르는 작가에 대한 왕성한 문학적 평가 작업이 현재 이루어지고 있는 단계이다. 그러나 아직도 이들은 분단 이데올로기와 연구자들의 노력 부족으로 인하여 문학적으로 연구의 한계를 설정하는 감이 없지 않다. 그래서 시·공간적인 카테고리를 설정할 경우 중국 연변, 흑룡강, 간도 등지와 소련 서쪽의 변두리 지역에서 활동한 1930, 40년대의 작가들에 대한 일련의 평가 작업이 미비한 것이 사실이다. 1930년대와 1940년대 한국시사의 기술에서 이를 알 수 있다. 1930년대의 시의 주류는 대체로 탈이데올로기를 지향하는 순수 서정시 지향과 주지적 경향으로 시의 방향이 이루어지면서 꾸준히 내면의식을 구축하여 갔다.14) 1930년대는 1920년대와는 달리 새로운 시적 인식 내지 감수성 및 형상화의 기법을 보여준 시기이다. 즉 정지용, 김영랑 등에 의한 "詩語에 대한 自覺"이나 모더니즘 시운동으로 대표되는 "詩的 기법론의 혁신", 소집단 형성을 향한 "정서의 다양화"로 파악할 수 있다.15) 이러한 경향은 1940년대 해방 이전까지 계속 이어졌다. 여기서 1930, 40년대 한국시문학사를 넓게 보아야 할 이유가 제기되는 것이다. 가령

---

11) 김용직, 「서정 실험 제목소리 담기-1930년대 한국시의 전개」, 『한국현대문학사』, 현대문학사 1989, 159~162쪽.
12) 박철석, 「1930년대 시의 양상」, 『한국현대문학사론』, 민지사, 1989. 259~262쪽.
13) 장영수, 『오장환과 이용악 비교 연구』, 고려대대학원 박사학위논문, 1987. 7.
14) 박철석, 위의 책, 241쪽.
15) 김명인, 『한국 근대시의 구조 연구』, 한샘, 1988, 3쪽.

1930, 40년대 활약했던 문인들이 또 다른 시적 세계의 형상화를 지닌 독특한 시인들이 있었음을 문학연구자들이 지나친 것이다. 즉 한국시문학사에 있어 이용악,16) 윤동주,17) 김동환,18) 이육사 등에 이르는 문인들의 대륙성 모티브의 지평을 1930, 40년대 시문학사에서 간과한 것이다. 이것은 바로 1940~1945년의 문학사 공백기를 엮는 작업이다.19) 백철은 "1941년 말부터 1945년까지의 약 5년간은 조선문학사상에 있어서 수치에 찬 암흑기요, 문학사적으로는 백지로 돌려야 할 부랑크 시대"20)라고 평가했다. 임종국은 "1940년을 중심한 전후 약 10년간의 주체성을 상실한 일본 추종의 문학"21)이라고 적고 있다. 이 시기의 진정한 문학이 없었다는 논리의 반박을 한 오양호는 식민지 시대, 강점기의 어려움에도 불구하고 독자적인 세계를 이룩한 간도 공간의 간도 문학을 한국시문학사의 1940~1945년에 서술해야 한다고 주장한다 것은 설득력이 있다.22) 개별적인 문학 작품의 연구나 작가의 연구가 가장 바람직한 문학사의 기술을 위한 변별적인 성격 규명이라고 한다면,23) 이러한 방대한 작업이 좀 더 구체적인 하나씩의 단계가 필요함을 알 수 있다. 따라서 이러한 구체적인 한 단계로 이용악의 시를 연구하는 것이다.

---

16) 오양호, 「퇴영적 역사논리와 대륙지향 모티프」, 《전망》, 1989. 12, 116~124쪽.
17) 김열규, 「대륙의 원천적 의미를 노래한 시인-윤동주」, 《전망》, 1989. 8, 112~117쪽.
18) 김열규, 「민족의 정서와 역사의식 깃들인 북방 이미지」, 위의책, 1989. 11, 136~142쪽.
19) 오양호, 「한국현대문화사와 간도」, 『한국문학과 間島』, 문예출판사, 1988, 4쪽 참조.
20) 백 철, 「조선신문학사」, 백양당, 1949, 398~399쪽.
21) 임종국, 『친일문학론』, 평화출판사, 1966.
22) 오양호, 위의 책, 15쪽.
    김용직의 『해방기 한국시문학사』(민음사, 1989)는 '해방공간'의 문학사에 좋은 참고가 된다.
23) 오양호, 위의 책, 21쪽.
    허세욱, 「北間島에 쓰여진 恨의 血詩들」, 《전망》, 1989, 134~142쪽

Ⅱ. 시대의 불안과 대륙의 지향

1. 비극의 공간

김종철은 이용악 시에 대하여 나라나 민족에 대한 직접적인 언급이나 어떤 추상적인 애국심의 표현이 없다라고 평가했다.24) 또 고형진은 이용악 시의 시세계는 극도의 가난에서 비롯된 자기 가족의 비극적 삶이라는 지극히 사적인 계기로부터 발현된다고 하였다.25) 이는 필자가 바라보는 이용악 시에 접근하는 태도와는 상이한 점이다.26) 이용악 시에 나타나는 가족사적 비극을 단순히 가족공동체로만 바라보는 협소한 평가에서 벗어나자는 입장이기 때문이다. 왜냐하면 이러한 가족공동체 비극의 기초가 민족 전체에 대한 비극으로부터 시작되었기 때문에 이용악 시에 나타난 비극을 확대해서 볼 수 있기 때문이다.

필자는 이용악 시의 총 98편 중 24편의 텍스트를 분석하여 보았다.27) 이들 작품들은 본고가 고찰하고자 하는 대륙의 의미를 담고 있는데, 시제만 열거하면 다음과 같다.

(1) 북쪽 / (2) 풀벌렛소리 가득차 있었다. / (3) 국경
(4) 길손의 봄 / (5) 제비같은 소녀야- 강 건너 주막에서 -
(6) 쌍두마차 / (7) 아이야 돌다리 위로 가자
(8) 두만강 너 우리의 강아 / (9) 우라지오 가까운 항구에서
(10) 고향아 꽃은 피지 못해다 / (11) 낡은집
(12) 오랑캐꽃 / (13) 벌판 가는 것

---

24) 김종철, 앞의 책 참조.
25) 고형진, 앞의 책, 140쪽.
26) 임종국과 윤영천의 상이한 견해가 좋은 본보기가 될 것이다. 가령 「길」, 「불」, 「눈나
　　라는 거리에서」는 친일시 혹은 민족시로 규정하는 경우이다.
27) 윤영천 편, 『이용악시전집』, 창작과 비평사. 1988.
　　이용악 시 총 100여 편 중에 원문 미확인 시가 2편이다. 「바람속에서」(《삼천리》,
　　1940. 6), 「38도에서」(《신조선보》, 1945. 12. 12).

(14) 무자리와 꽃 / (15) 다시 항구에 와서
(16) 전라도 가시내 / (17) 항구에서
(18) 벨로우니카에서게 / (19) 막차 갈 때마다
(20) 하나씩의 별 / (21) 그리움
(22) 北國의 아가씨 / (23) 술에 잠긴 쎈트헤레나
(24) 푸른 한나절 (번호는 필자가 임의로 붙임)

위의 시제 중에서 일본에서 출판한 시집 『分水嶺』에 실린 「풀버렛소리 가득차 있었다」를 분석해 보자.

　　우리집도 아니고
　　일가집도 아닌 집
　　고향은 더욱 아닌 곳에서
　　아버지의 寢床 없는 최후 最后의 밤은
　　풀벌레 소리 가득차 있었다.

　　露領을 다니면서까지
　　애써 자래온 아들과 딸들에게
　　한마디 남겨두고 말도 없었고
　　아무을灣의 파선도
　　설룽한 니코리스크의 밤도 완전히 잊으셨다.
　　목침을 반듯이 벤 채

　　다시 떠나잖는 두 눈에
　　피지 못한 꿈의 꽃봉오리가 깔앉고
　　얼음장에 누우신 듯 손발은 식어갈 뿐
　　입술은 심장의 영원한 停止를 가르쳤다.
　　때늦은 醫員이 아모 말 없이 돌아간다.
　　아웃 늙은이 손으로
　　눈빛 미명은 고요히
　　낯은 덮었다.

　　우리는 머리밭에 엎디어

있는 대로의 울음을 다아 울었고
아버지 寢床 없는 최후 最后의 밤은
풀버렛소리 가득차 있다.
  - (『分水嶺』 수록, 1937. 5. 30)

이 시에 대하여 윤영천은 최재서의 평가를 인용하여, 만주 시베리아 유이민의 "침울하고 패배적인 생활사를 형상하는데 있어서는 동시대의 어느 시인보다도 역량을 발휘"28)하였다고 평했다. 조선과 러시아를 넘나들면서 밀수를 하여 자식을 키운 아버지는 러시아의 바다에서 배가 파선되어 객사한 것으로 나타나 있다.29) 소련과 중국의 국경이 관통하는 아무을만(灣)을 넘나들면서 아버지는 〈우리집〉 더구나 〈고향〉도 아닌 곳에서 최후의 밤을 맞았다. 한국의 전통적 사회에서 아버지의 죽음은 가족 공동체 생활과 정신적 기반에 균열을 가져오는 것이라 할 수 있다. 이러한 가정의 균열이 가져 온 아버지의 객사는 단순한 서정적 슬픔의 차원에 그치는 것이 아니라 당시대의 국권 상실과 암암리에 관계를 맺고 있는 것이라 볼 수 있다. 가령 "우리집도 아니고 / 일가집도 더욱 아닌 집 / 고향은 더욱 아닌 곳에서" 죽었다는 것이 바로 당시대 배경의 암울한 식민지 공간 인식이라고 할 수 있기 때문이다. 이 시의 마지막 연 3행의 경우, 〈최후 最后〉의 이중반복이 주는 위기감과 현장의 밤을 에워싸고 그들을 외부세계로부터 교접시키려는 듯한 풀버렛 울음 소리가 아우러져 절통한 분위기를 조성한다.30) 이러한 시적 분위기는 아버지라는 객관적 상관물로 하여금 1930, 40년대의 식민지 상황의 죽음과 공포를 연상시킬 수 있을 것이라고 볼 수 있다.

특히 이 시에서 아버지의 죽음을 슬퍼하는 것은 무엇인가. 시인은 굳이 "우리 집도 아니고", "일가집도 아닌 집", "고향은 더욱 아닌 곳에서"의 아버지 죽음이 우리들로 하여금 "있는 대로의 울음을 다아 울게" 만들었

---

28) 최재서, 「시와 도덕과 생활」, 『문학과 지성』, 인문사, 1938, 203쪽.
29) 이병현, 앞의 책, 173쪽.
30) 이병현, 앞의 책, 173쪽.

다고 절규하는 이유는 무엇인가. 여기에 시대의 암울한 분위기를 담고 있는 대륙은 죽음과 공포가 공존하는 공간으로 인식되었음을 알 수 있다.

2. 항일지와 비애

이용악 시에 있어 대륙은 또 다른 의미를 지니게 되는데 그것은 바로 고구려, 발해 시대의 우리 땅이었던 대륙이 항일 적지(適地)로서 자리하고 있다는 점이다. 한번도 내의 굴절된 닫힌 공간에서 어찌할 수 없는 슬픔을 딛고 떠나 찾아 간 곳이 바로 대륙이다. 이처럼 유랑의 슬픔을 담은 「길손의 봄」은 이를 잘 보여 주고 있다.

> 石段을 올라와
> 잔디에 조심스레 앉아
> 뽀쪽뽀쪽 올라온 새싹을 뜯어 씹으면서
> 조곰치도 아까운 줄 모르는 주림
> 지난 밤
> 회파람은 돌배꽃 피는 洞里가 그리워
> 北으로 北으로 갔다.
>   - (『分水嶺』 수록, 1937. 5. 30)

중국 침략의 값싼 전위 부대로서 정책 이민의 강제 이주로 인하여 빚어졌던 민족의 아픔이었으나, 이러한 강제 이주민의 가슴 속에는 항일 정신의 요소가 가슴 깊이 남겨질 것은 분명한 사실이다. 일제의 강압이 〈석단〉에 비유된다면, 〈석단〉을 뚫고 올라온 힘이 넘치는 〈새싹〉은 바로 당시대의 마지막 남은 우리 민족의 에너지인 것이다. 마지막 남은 에너지는 고구려, 발해의 고토였던 대륙을 향해 나아가는 힘이라 할 수 있다. "지난밤 / 회파람는 돌배꽃 피는 洞里가 그리워 / 北으로 北으로" 가는 힘인 것이다. 그래서 이용악은 일제강점기에 한반도 내의 나약함을 절실히 깨달아 제2의 삶의 공간인 대륙으로 가고자했던 것이다. 그런데 시인은 "나는 나의 祖國을 모른다 / 내게는 定界碑 세운 領土란 것이 없다. / 그것을 소원하지 않는다"(「雙頭馬車」에서, 『분수령』)고 말한다. 이것은 끝없는 세계로 나아가려는 대륙의 공간을 지향하는 그의 시세계의 한 특징을 보여 준 것이다. 대륙 지향에서 맞게 되는 고통을 통해 삶의 힘을 발견하게 된다. 그래서 그의 시에는 "季節風과 싸우면서 凍土帶를 지나 / 北極으로 다시 南極으로 돌진할 때 / 거기선 확확 타오르는 삶의 힘을 발견한다"(「雙頭馬車」에서)고 표현한 것이다.

1930, 40년대 민족의 좌절속에서 새로운 삶을 갈망한다는 것은 우리 민족의 서글픈 현실의 고통을 감내해야만 했다. 그러한 현실이라는 것은 이용악이 극복해야 하고 지향해야 할 제2의 삶의 공간으로 대륙은 "明日의 새로운 地區가 나를 부르고 / 더욱 나는 그것을 믿길래 / 나의 雙頭馬車는 쉴새없이 굴러간다 / 날마다 공간"은 바로 "멀구광주리의 풍속을 사랑하는 북쪽나라 / 말 다른 우리 고향 / 달맞이 노래를 들려"주는 곳이요. "복사꽃 유달리 고운 북쪽 나라" (「아이야 돌다리 위로 가자」에서, 『낡은 집』)이다.

이용악 시 중에서 대표작으로 꼽히는 「낡은 집」을 통해서 대륙성 모티브가 현실과 어떻게 맞닿아 있는지 살펴보자.

날로 밤으로
왕거미 줄치기에 분주한 집
마을서 흉집이라고 꺼리는 낡은 집
이 집에 살았다는 백성들은
대대손손에 물려줄
은동곳도 산호관자도 갖지 못했니라

재를 넘어 무곡을 다니던 당나귀
항구로 가는 콩실이에 늙은 둥글소
모두 없어진 지 오랜

외양간엔 아직 초라한 내음새 그윽하다만

털보네 간 곳은 아모도 모른다

찻길이 뇌이기 전
노루 멧돼지 쪽제비 이런 것들이
앞 뒤 산을 마음놓고 뛰어다니던 시절
털보의 셋째아들은
나의 싸리말 동무는
이 집 안방 짓두광주리 옆에서
첫울음을 열었다고 한다

"털보네는 또 다른 아들을 봤다우
송아지래두 불었으면 팔아나 먹지"
마을 아낙네들은 무심코
차거운 이야기를 가을 냇물에 실어보냈다는
그날 밤
저릎등이 시름시름 타들어가고
소주에 취한 털보의 눈도 일층 붉더란다

갓주지 이야기와
무서운 전설 가운데 가난 속에서
나의 동무는 늘 마음 졸이며 자랐다.
당나귀 몰고 간 애비 돌아오지 않는 밤
노랑고양이 울어울어

종시 잠 이루지 못하는 밤이면
어미 분주히 일하는 방앗간 한구석에서
나의 동무는
도토리의 꿈을 키웠다

그가 아홉 살 되던 해
사냥개 꿩을 쫓아다니는 겨울
이 집에 살던 일곱 식솔이
어데론지 사라지고 이튿날 아침

북쪽을 향한 발자국만 눈 우에 떨고 있었다

더러는 오랑캐령 쪽으로 갔으리라고
더러는 아라사로 갔으리라고
이웃 늙은이들은
모두 무서운 곳을 짚었다
지금은 아무도 살지 않는 집
마을서 흉집이라고 꺼리는 낡은 집
계절마다 먹은직한 열매
탐스럽게 열던 살구
살구나무도 글거리만 남았길래
꽃피는 철이 와도 가도 뒤울안에
꿀벌 하나 날아들지 않았다
-(『낡은 집』 수록, 1938. 11. 10)

이 시는 일상에서 볼 수 있는 〈낡은집〉과 같은 식민지하의 현실을 사실적으로 그리고 있다.31) 이는 단순히 가족사적 빈곤에서 비롯된 것이 아니라, 일제 식민지 수탈에서 오는 궁핍상을 그리고 있는 것이다. 이러한 궁핍이 일제 식민지의 수탈에 기인한다는 사실이 이 시에서 더욱 더 진지하게 표출되고 있음을 알 수 있다. 가족사의 개인적 체험의 정서가 시적 바탕이 되는 것이 아니라, 여느 시인들처럼 이웃이 빠져든 가난한 생활을 그저 피상적으로 노래하는 데 그치지 않는데 있다.32) 그래서 「낡은 집」은 개인의 아픔으로부터 이웃의 아픔을 수용하여 민족의 이야기로 나아가려는 모습을 엿볼 수 있는 작품인 것이다.

이 시는 이제 폐옥이 되어 아무도 돌보지 않는 한 흉가를 무대로 쓰여졌다. 그 집의 주인들은 털보네였다. 그리고 털보의 셋째 아들은 어릴 때의 내 둘도 없는 친구이다. 그들은 찢어지도록 가난했다. 그리하여 일곱

---

31) 박철석, 위의 책. 62쪽.
32) 김용직, 「서정 실험 제목소리 담기-1930~45」, 위의 책, 160~161쪽.
_____, 「문학기 동맹계 시의 전개양상」, 『해방기한국시문학사』, 민음사, 1989, 196~200쪽.

식솔이 북쪽으로 향하는 발자국만 남기고 어느 날 몰래 도망을 가버린다.33) 이들이 떠났던 고향은 "노루 멧돼지 쪽제비 이런 것들이 / 앞 뒤 산을 마음놓고 뛰어다니던" 곳이다. 그러나 이러한 고향이 "지금은 아무도 살지 않는 집"이 되어 버렸고, "꽃피는 철이 와도 가도 뒤울안에 / 꿀벌 하나 날아들지 않"는 곳이 되어버렸다. 우리에겐 고향은 삶의 뿌리이다. 삶의 뿌리가 억압받는다는 것은 곧 현실의 비극이다. 만주 사변 이후 중국 대륙의 침략을 위한 병참 기지화와 세계의 침략 전쟁을 위해 〈찻길〉이 놓인 일제의 수탈 시대에 "털보네는 또 아들을 봤다우 / 송아지래두 불었으면 팔아나 먹지"하는 삶의 빈궁을 얘기하고 있다. 이러한 얘기는 이용악 자신의 체험적 소산일 뿐 아니라, 털보네 나아가 일본치하에서 겪는 민족 수탈의 일부분이기도 하다. 「낡은 집」은 이러한 의미에서 민족 비극을 표현한 이야기시의 역할을 하게 되는 것이다. 여기서 주목해야 될 것은 궁핍한 일제 수탈 속에서 군이 "북쪽을 향한 발자국만 눈 우에 떨고 있었다"고 하는 문제이다. 이는 대륙에서의 삶의 희망을 암시하는 것이다.

　이용악 시에 있어 대륙성의 의미를 새롭게 인식할 필요가 있는 것이다. 그것은 바로 '대륙지향의 모티프'34)를 획득한 것이라 할 수 있다. "더러는 오랑캐령 쪽으로 갔으리라고 / 이웃 늙은이들은 / 모두 무서운 곳을 짚었다"(「낡은 집」에서)는 것이다. 이러한 예감이 바로 이용악 시에 있어 대륙 지향의 모티브인 것이다. "깊어 가는 대륙의 밤- / 未久에 먼동은 트려니 햇살이 피려니" 하는 아련한 정조, 국권상실과 이어지는 망국민적 애상, 기약없는 기다림과 민족의 장래, 이와 같은 연상으로 해서 이런 단어들은 차라리 하나의 비명처럼 쓰였다고 볼 수 있다.35)

　　어디서 호개 짖는 소리 / 서리 찬 갈밭처럼 어수성타 / 깊어가는 대륙의 밤-(1연) / ···중략··· / ····그럴 때마다 네 머리에 떠돌 / 悲劇의 郡傷을 알고 싶다 〔2연〕 / ···중략··· / 고인의 말몰이 고

<hr>

33) 김용직, 앞의 책, 160쪽.
34) 오양호, 앞의 책, 120~124쪽.
35) 오양호, 앞의 책, 121쪽.

함 - / 뼈자린 채쭉소리 / 젖가슴을 감어 치는가 / 너의 노래가 漁夫의
자장가처럼 애조롭다 / 너는 어느 凶作村이 보낸 어린 犧牲者냐 (5연)
‥‥(「分水嶺」)

우리에게 대륙은 강 건너 기름진 땅이었다. 그러나 어느 농촌에 흉년
이 들어먹고 살지 못해 강 건너로 팔려간 소녀가 살아가는 땅이 되었다.
이러한 이미지를 노래한 시 「제비 같은 소녀야-강건너 酒幕에서-」를 보
면 확연히 우리 민족이 현실적 삶의 불안으로 인하여 새로운 공간을 갈망
하고 있음을 알 수 있다. 이것이 이용악 시가 갖는 대륙 지향의 세계인
것이다. "북에서도 북쪽 / 그렇습니다 머나먼 곳으로 와 버린 것인데"(시
집 『이용악집』)하는 애탄, 이러한 애탄은 한반도의 내 고향을 상실한 채,
대륙에서의 고통을 드러낸 것이라 할 수 있다. 대륙의 풍성함이 아닌 대
륙으로 팔려간 소녀의 슬픔을 담은 정조, 그 정조를 안고 있는 곳이다.
즉 이용악은 대륙에 뿌리를 내리지 못한 민족의 슬픔을 소녀를 통해서 읊
조리고 있는 것이다.

Ⅲ. 맺는 말

본고는 1930, 40년대 망명 유랑 이민 시대와 정책 이민 시대에 있었
던 우리 민족의 고통을 한 젊은 시인의 눈에 투영된 대륙의 이미지를 살
폈다. 작가의 치열한 시각이 당시대의 대륙을 모두 담을 수는 없으나, 이
용악 시에 나타난 대륙 이미지의 연구는 1930, 40년대의 대륙 공간의
문학적 의미를 알고자 하는데 귀중한 것이 될 것이다. 이데올로기로 인한
상당 부분 한국문학사의 단절된 시점에서 대륙성의 의미를 하나씩 엮어
간다면, 한국문학사에서 대륙의 의미를 파악하게 될 것이다. 따라서 19
30, 40년대 한 젊은 시인의 눈에 투영된 대륙의 이미지를 고찰한 결과
다음과 같다.

첫째, 「풀버렛소리 가득차 있었다」라는 시를 통해서 일본치하의 암울한 시대의 비극을 아버지의 죽음으로 비유하여 노래했다.

둘째, 시인은 일제 강점기의 한반도내의 유아기적 나약함을 절실히 깨달았다. 그래서 "季節風과 싸우면서 凍土帶를 지나 / 北極으로 다시 南極으로 돌진할 때 / 거기선 확확 타오르는 삶의 힘을 발견"하려고 했지만, 결국 안주할 수 없는 대륙 공간으로 자리했다. 이러한 대륙 지향은 이용악 시가 갖는 현실적 삶의 불안으로 인한 새로운 공간의 찾기는 실패하고 만다. 이것이 이용악에 있어 대륙 지향의 딜렘마인 것이다..

참 고 문 헌

권두정담(김열규·허세욱·오양호), 「대륙문화, 어떻게 정립할 것인가」, 《전망》, 1989. 10.

김열규, 「대륙문화 이해를 위한 패러다임-잔인한 땅의 강인한 목숨들」, 《전망》, 1989. 12.

______, 「대륙의 원천적 의미를 노래한 시인-윤동주」, 《전망》, 1989. 8.

______, 「민족의 정서와 역사의식 깃들인 북방이미지-김동환의 대륙시론」, 《전망》, 1989. 11.

권영민, 『민족문학운동연구』, 서울대출판부, 1986.

______, 『한국민족문학론연구』, 민음사, 1988.

______, 「식민지 문화 잔재의 청산문제」, 《문예중앙》, 1983. 가을호.

김용직, 「해방기 한국시 문학사」, 민음사, 1989. 8.

김윤식·정호웅 편, 『한국근대리얼리즘 작가연구』, 문학과 지성사. 1988. 2.

김 현·김윤식, 『한국문학사』, 민음사, 1973.

구 상, 「북한의 시」, 『현대시 창작 입문』, 현대시학사, 1988.

고형진, 「구체적 삶의 세목들과 서정적 슬픔」, 《현대시학》, 1988. 9.

김명인, 『한국근대시의 구조연구』, 한샘, 1988.

김상선, 「이용악론」, 《시문학》, 1989. 6.
김종철, 「용악-민중시의 내면적 진실」, 《창작과 비평》, 1988. 가을호.
박철석, 『한국현대문학사론』, 민지사, 1989.
박병채, 『일제치하의 문화운동사』, 고려대 아시아 문제연구소, 1970.
백 철, 『조선신문학사조사』, 백양당, 1949.
서정주, 「광복직후의 문단」, 《조선일보》, 1985. 8. 25.
손보기, 「대륙은 우리에게 무엇인가」, 《전망》, 1989. 7.
오양호, 「퇴영적 역사논리와 대륙지향 모티프-이용악론」, 《전망》, 1989. 12.
______, 『한국문학과 간도』, 문예출판사, 1988. 4.
이병현, 「경계인- 그 고뇌의 시적 역정-이용악론」, 《현대시학》, 1989. 11.
임종국, 『친일문학론』, 평화출판사, 1966.
유 정, 「암울한 시대를 비춘 외로운 시혼-향토시인 이용악의 초상, 『이용악시전
        집』, 창작사, 1988.
윤영천, 『일제 강점기 한국 유이민시의 연구』, 서울대 박사학위논문, 1987.
윤지관, 「영혼의 노래와 기교의 시-이용악론」, 《세계의 문학》(49호), 1988.
        가을호
장영수, 『오장환과 이용악의 비교연구』, 고려대 박사학위논문, 1987. 7.
장덕순, 『한국문학사』, 동화문화사, 1980.
최동호, 「북의 시인 이용악론 - 신성한 역사의 빛을 찾아서」, 《현대시학》,
        1989. 4.
최하림, 「30년대의 시인들」, 《문예중앙》, 1989, 봄호 / 가을호.

포효(咆哮)와 침잠(沈潛)의 이중주

차한수론

I. 서 론

본 논의는 차한수(車漢洙)[1] 시에 표출된 시세계를 탐색하는 글쓰기이다.
차한수는 1977년 《현대시학》에 「새떼」, 「木魚」 등으로 등단하였고,
몇 권의 시집을 상자한 바가 있다.[2] 그의 시집 말미에 붙여진 평자들의
언급이 이미 그의 시적 역량을 가늠했기에, 본 논의는 그야말로 재탕의
의미로 전락될 위험이 도사릴 수도 있다. 그래서 본 글은 그의 시세계를
밝히는 방법과 주제를 새롭게 모색하지 않으면 안되는 고민이 필자에게
주어져 있다.

차한수 시에 대한 기존 평가를 정리하면 다음과 같다.

그의 첫 시집 『신들린 늑대』의 〈서문〉을 쓴 김요섭(金耀燮)은 "車漢洙
시세계는 동양적인 그윽한 아름다움과 幽玄으로 삼고 있다"고 하면서 "원

---

1) 1936년 1월 28일(음 8월 29일) 경남 통영군 사량면 양지리 361번지 출생(「운대 차
   한수 선생 해적이」, 『한국 문학의 새로운 인식』, 세종문화사, 1996. 참고).
2) 『신들린 늑대』(예문관, 1977), 『손가락 끝마다 내리는 비』(문장, 1982), 『버리세요』
   (영언문화사, 1988), 『해질무렵』(빛남, 1992), 『손』(시와 시학, 1996) 등이 있다.
   저서로는 『조병화의 문학세계(공저)』(일지사, 1986), 『비극적 삶과 시적 상상력』(지
   평, 1992), 『이상화시연구』(시와 시학사, 1993), 『신문예사조사(공저)』(우리문학사,
   1994), 『눈물벼랑』(세종출판사, 19965) 등이 있다.
   〈편운 문학상〉 수상(1993), 제16회 〈윤동주 문학상〉 수상(한국문인협회, 2000).

색의 색감이 주는 동양적인 환상과 엉뚱하게 만들어내고 있는 이미지는 우리로 하여금 때로 당황케 한다"고 평가하였다.3)

두 번째 시집의 해설을 쓴 김준오는 "그의 시에 대한 관심의 대부분은 고통의 질보다는 고통이 예술적 정서로 변용시키는 방식에 집중된다. 그의 시에서 서구의 신비적 상징주의의 시학으로 수용된 연금술을 연상하게 되는 것도 이 때문이다"고 하면서 "그의 시를 고통으로 수렴한다면 그의 대부분의 시가 음산하고 비인간적 풍경으로 되어 있는 것은 지극히 당연하다"4)고 평가하였다.

세 번째 시집의 해설에서 김재홍은 "이 시집에는 울음과 눈물, 어둠과 추위의 이미지들이 지속적으로 나타남으로써 시인이 세계를 바라보는 기본 시선이 비관적인 색채로 물들어 있음을 말해준다"5)고 주목하였다.

네 번째 시집에서 정한용은 "이 시집의 작품들을 읽으면서 필자는, 차 시인의 시세계를 떠받치고 있는 두 개의 기둥이 바로 삶의 겸손함과 투명함이라는 것을 쉽게 확인할 수 있었다"고 하면서 "이 시집을 흐르는 중심은 서정성"6)이라는 데 주목하였다.

그리고 시집 『손』의 해설을 쓴 이숭원은 "차한수 시인의 시집 『손』은 우리들이 그냥 지나쳐 버리기 쉬운 〈손〉이라는 소재를 명상의 중심에 놓고 자신이 체념한 여러 가지 일들에 대한 사색의 실마리를 풀어 놓았다"7)고 전제하면서 '손이 지닌 의미의 세 가지 층위'에 대해서 언급하였다. 박철석은 "시인이 개인사를 마치 참회록이나 자서전을 쓰듯 아주 진지하게 가식 없이 진술하고 있음으로써 이 시집의 무게를 한층 더"8)한다고 시집 『손』을 주목하면서 "대체로 자신을 비롯한 그가 겪었던 주변의

---

3) 김요섭, 『신들린 늑대』의 〈서문〉, 예문관, 1977.
4) 김준오, 「苦痛의 詩的 變容」, 『손가락 끝마다 내리는 비』, 101쪽.
5) 김재홍, 「삶의 고단함과 자유에의 갈망」, 『버리세요』, 83쪽.
6) 정한용, 「꿈과 일상- 그 사이를 잇는 서정의 공간」, 『해질무렵』, 84쪽.
7) 이숭원, 「삶의 비극성과 생명의 인식」, 『손』, 시와 시학사, 1996, 103쪽.
8) 박철석, 「원숙한 시적 체험- 차한수 시집 〈손〉을 읽고」, 『한국현대시인론』, 민지사, 1998, 422쪽.

인물들을 통하여 결국 삶이란 무엇인가 추구하려 한 것이 이번 시집의 주된 목적인 것 같다"9)고 평가하였다.

시 연구는 한국시사의 거점을 정하는 일이기도 하기 때문에 시사적 관점 위에서 지금까지 쌓인 차한수의 시 정신을 검토하고자 한다.

Ⅱ. 포효(咆哮)와 침잠(沈潛)의 이중주

1. 포효(咆哮)와 그로테스크

1970년대는 공업화, 도시화의 물결 속에서 도시민이나 농민이나 다 같이 국가 발전의 논리 속에 함몰되어야 했다. 그렇기 때문에 70년대의 문학적 의미는 공업화 내지 도시화의 소외 계층에 대한 심도있는 문학적 성과를 이룩한 것이 사실이다.10) 또한 이 시대를 지배하는 방향성이 민족문학임은 새삼 말할 것도 없다.11) 그럼에도 불구하고 도시화, 산업화 내지는 민족문학과는 달리 한쪽 켠에서 나름대로 치열한 삶을 시화했던 시인이 바로 차한수이다. 일찍이 1970년대 문학적 현실에서 벗어나 있음에 대해 김준오는 차한수의 두 번째 시집의 해설에서 "그의 시는 R. P 블렉머가 분류한 것처럼 소수의 계층에만 향수되는 일종의 귀족예술이다. 문학에서 리얼리즘이 절실히 요청되고 民衆이 문학적 가치로 대두되

---

9) 박철석, 앞의 책, 431쪽.
10) 조세희의 『난장이가 쏘아 올린 작은 공』의 경우와 백낙청으로 대표되는 민족문학론에 대한 논의 등이 이에 속한다. 이에 대한 참고는 아래와 같다.
　　김윤식, 「10. 조세희」, 『한국현대문학사』, 1976, 246~248쪽.
　　권영민, 「제3장 산업화 과정과 문학의 사회적 확대」, 『한국현대문학사: 1945-1990』, 민음사, 1996.
　　서경석, 「민족문학론의 반성과 전망」, 『1970년대의 문학연구』, 예하, 1994.
　　서준섭, 「현대시와 민중- 1970년대의 민중시에 대하여」, 위의 책, 예하, 1994.
11) 김윤식, 「4. 1970- 민족문학의 시각」, 앞의 책, 278쪽.

고 있는 오늘의 주류적 경향으로부터 그는 멀리 소외되어 있다. 이것은 그가 현실의 삶에서 체험한 고통과 더불어 또 하나의 그의 고통이 될 것이다"12)라고 단언 한 바가 있다. 본고의 문제는 바로 한쪽 켠에서 보여 준 그의 시세계가 어떤 정점을 이루는지를 밝히는 것이다.

그의 첫시집인 『신들린 늑대』는 치열한 삶에 대한 원시적 본능을 보여 주고 있다. 치열한 삶에 대한 원시적 본능을 보여 주는 시작으로는 「신들린 늑대」, 「살무사」, 「새떼」, 「石塔」, 「靑蛇」, 「流星」, 「도마뱀」, 「食人種」 등이다. 표제작인 「신들린 늑대」를 통해 삶에 대한 원시적 본능을 확인할 수 있다.

<blockquote>

탈을 쓴 표적
가늠쇠 구멍으로 육박하고
낡은 괘종시계는
正午를 亂刺한 言語
일어서는 등성이
屠殺場 어깨를 抱擁한 채
박살난 달을 쓸다
분꽃 목에 건 메아리
불똥티는 山神堂 石塔속으로
딩굴고 있었다.
- 「신들린 늑대」

</blockquote>

『신들린 늑대』 시집을 주목한 윤석산은 "언어와 시적 대상의 결합이라던가, 정서의 변용이 너무 충격적이었기 때문"에 "접근하기 어려운 작품"이라고 평가했다.13) 이는 현대시에서 흔히 말하는 난해성의 한 근거이다. 그래서 시의 의미의 해석에 대한 명확한 구성을 파악할 필요성이 있다. 위의 시에 대해서 시의 의미 전달의 체계를 간추려 보면, 1과 2행, 3

---

12) 김준오, 앞의 책, 1982, 109쪽.
13) 윤석산, 「現代意識의 幻想的 精華- 차한수 시집 『신들린 늑대』」, 《현대시학》, 1978. 7, 50쪽.

과 4행, 5와 6, 7과 8, 9 행으로 나누어 볼 수 있다. 이를 토대로 의미를 구성해 보면, 사냥꾼들이 표적을 잡았을 때 가늠쇠의 구멍으로 들여다 보는 눈은 그야말로 원시적 본능이다. 그래서 "가늠쇠 구멍을 육박"한다는 것이다. 이 때 벌어지는 순간은 "亂刺, 屠殺場, 박살난, 불똥티는" 상황이다. 그러나 여기서 언뜻 이해되지 않는 것은 "正午를 亂刺한 言語"라는 점과 "불똥티는 山神堂 石塔속으로 / 딩굴고 있었다"는 대목이다. 정오는 한 낮의 가장 뜨거운 태양이 불타오르는 시점이다. 태양은 주지하다시피 생명의 근원이다. 이런 생명의 근원의 상징인 태양을 향해 던지는 시인의 언어는 생명이 난자 당하는 모습이다. 그리고 태양의 불꽃이 파편으로 불똥 티는 순간, 그것은 접신하는 산신당의 석탑 속으로 뒹군다는 것이다. 뒹군다는 행위는 접신의 몸부림이라고 본다면, 이는 분명 접신의 행위는 원시적 행위라 할 수 있다. 그래서 이 작품은 원시적 생명에 대한 본능적 몸부림인 것이다.

　첫시집의 표제작인 「신들린 늑대」는 그 제목이 암시하듯이 이는 원시적 생명에 대한 시인의 강한 몸부림이라 판단된다. 이러한 판단의 근거는 앞에 열거한 몇몇 작품에서도 확인할 수 있기 때문이다.

　　　　목이 타는 안개
　　　　毒草를 씹는다
　　　　심장을 씹는다
　　　　심장을 가린 網膜
　　　　폭풍을 몰고
　　　　납빛 肖像
　　　　물속을 凝視한다
　　　　빛은 어둠으로
　　　　살아나고
　　　　옷을 벗은 도마뱀
　　　　비를 맞는다.
　　　　　　－「도마뱀」

차한수 시는 낯설게 하기라는 종래의 러시아 형식주의자들이 말하는 언어에 대한 조직적인 폭력의 형태를 넘어 이미지의 당돌한 결합이라는 초현실주의, 다다적인 요소가 자리 잡고 있다. 이는 1930년대 신비평가인 리차즈(Richards)의 배제의 원리(exclusion of poetry)를 연상케 한다. 그래서 위의 시는 당돌한 결합을 통해 테이트(A. Tate)가 말하는 긴장(tension)이 파생된 작품이다. 가령 "목이 타는 안개"라든지 "심장을 가린 망막"이라는 시어는 독자로 하여금 상당한 시적 긴장을 야기한다. 이는 시인의 의도적인 당돌함의 연출이라 할 수 있다. 목이 타는 절명하는 순간에 독초(毒草)를 씹는다. 그리고 생명의 상징인 심장을 찾지 못한 상황 속에서 그의 표정은 납빛의 초상일 수밖에 없다. 그래서 찔끈거리며 태초의 생명의 부활을 위해 비늘(옷)을 벗는 도마뱀. 그 앙징맞고 징그러운 원시의 모습으로 부활하는 비의 세례를 맞는 도마뱀. 이 도마뱀의 부활이 곧 시인이 지향하는 원시적 생명의 본능에 대한 열망인 것이다. 원시적 생명에 대한 본능은 「食人種」에서 더욱 두드러지게 표현된다.

> 손마디 하나 먹고
> 고깔 쓴 돌밭으로
> 낙지발 기어간다
> 녹쓴 칼자루에 흩어진
> 웃음 쓸어 모으는
> 염라왕 무릎에
> 쏟아진 천둥 깔고
> 冬雪梅 피고 있다
>   -「食人種」 중에서

시인은 "손마디 하나 먹고" 자기 희생을 통해 "낙지발 기어가"는 끈질긴 모습으로 원시적 생명력을 노래하고 있다. 원시적 생명력이 부활할 때는 아름다운 〈冬雪梅〉로 피어난다. 꽃이 지는 추운 겨울에 피는 매화처럼 선명한 생명의 부활을 노래하고 있다. 이 선명한 생명의 부활은 원시적 생명에서 나는 포효의 목소리이면서, 1970년대 문학적 현실에서 분명 차한수의 그로테스크한 시세계라 할 수 있을 것이다.

2. 몸부림과 진혼(鎮魂) 의식

첫시집에서 차한수는 원시적 본능의 삶을 포효와 그로테스크한 목소리를 보여 주었다. 그리고 그 포효의 몸짓이 진정되면서 시인은 삶의 내면적 응시의 자세로 돌변하게 된다. 이 돌변하다라는 언어가 가지는 무게는 차한수 시의 시적 변모를 달리 표현한 것이다. 그래서 차한수 시집 『손가락 끝마다 내리는 비』에 나타난 정신적 내면 세계를 응시를 하는 것이다.

두 번째 시집인 『손가락 끝마다 내리는 비』에서는 연작시를 제외한 나머지 작품에 대해 시평을 썼던 김준오는 "그의 시에 대한 관심의 대부분은 고통의 질보다는 고통이 예술적 정서로 변용시키는 방식에 집중된다. 그의 시에서 서구의 신비적 상징주의의 시학으로 수용된 연금술을 연상하게 되는 것도 이 때문이다"고 한 점과 이영걸은 "차한수 씨의 시는 현실을 변용시키는 성격의 것이다. 이미지의 상징적 운용, 이미지의 당돌한 결합 또는 竝置는 상징주의 및 초현실주의를 거친 많은 현대 시인들의 방법이다"14)고 한 것은 오히려 첫시집에 대한 평가가 아닌가 판단된다. 왜냐하면 그의 첫 시집이 생경한 이미지의 충돌과 그로테스크한 시의 기법이 이를 뒷받침한다고 볼 수 있기 때문이다. 다만 "그의 시가 고통으로 수렴"된다는 의미는 그의 시 전체적인 정서로 받아들일 수 있을 것이다.

그러나 필자는 그의 두 번째 시집의 지배적인 정서를 파악하는데 연작시에 주목하고자 한다. 왜냐하면 특히, 이 시집에서는 연작이 눈에 띄는데, 이 연작은 금방 씌여지는 것이 아니라, 지속적인 관찰과 고뇌에서 창작되어지기 때문에 그만큼 시인이 집착한 것이고, 그 집착을 통해 시인이 할 말이 많다는 뜻으로 이해되기 때문이다. 그 할 말이란 바로 시인의 정신 세계라 할 수 있기 때문이다. 그래서 두 번째 시집 『손가락 끝마다 내

---

14) 이영걸, 「현실과 상상- 차한수의 시」, 《현대시학》, 1983. 5. 72쪽.

리는 비』의 「鎭魂祭 1- 5」와 「透視圖 1- 10」을 통해서 그의 내면 응시의 시 세계를 감지할 수 있다. 우선 그의 「透視圖 1- 10」을 통해서 시인이 응시한 대상을 가늠해 보자.

목이 마른 나무여
이 아픔이 다한 시원함이
얼마나 행복한가
                    -「透視圖- 1」 중에서

각설이 타령
                    -「透視圖- 2」 중에서

억새의 아우성이
벌판으로 흩어진
十字架를 멘 砲聲의 기억으로
바다를 따라가고
남으로 누운 墓地에
낮게 뜬 초승달이
몰려오는 폭풍을 향해
서 있다
                    -「透視圖- 3」

피가 밴 하늘에 취한
지평선이여
손바닥이 터진 호수의 간절한 입술로
펄펄 날리는 모래의 몸부림을
그대는 아는가
                    -「透視圖- 4」 중에서

뼈만 남은
긴
손가락 끝의 恐怖가 얼어 버린

섣달 그믐
      - 「透視圖- 5」중에서

      1
오동나무 가지를 타고 펑펑 함박눈이 쏟아진다. 삽시간에
묻히는 시간, 책상 위에서 나의 詩는 골똘히 호두알을 깨고
있다.

      2
神의 눈을 닮은 글자가 꼬불꼬불 하늘로 오르면 하나하나
별이 되어 빤짝일 수 있을까
꽁꽁 언 三冬의 허리,
강아지풀이 시든 들판은 온통 그 별빛으로
취할 수 있을까.
나는 지금 술을 마시고 있다.
      - 「透視圖- 6」

   연작 「透視圖 1- 6」에서 〈1〉은 "목이 마른 나무"를 통해 고통을 희열로 받아들이는 매저키즘을 응시하고 있다. 〈2〉는 삶의 애환을 그리고 있고, 〈3〉는 억새의 아우성이 들리는 묘지의 바다에서 폭풍 소리를 듣는다. 그리고 〈4〉는 "음산하고 비인간적인 풍경"(김준오)을 통해 몸부림치는 고통을 노래하고 있다. 뼈만 남은 손가락 끝의 고통을 읊은 〈5〉는, 〈6〉에 와서는 시인 자신이 응시한 구체적인 부분을 제시하고 있다. 그것은 곧 "책상 위에서 나의 詩는 골똘히 호두알을 깨고 있는"것이다. 호두알은 손으로 깨기 위해서는 순간의 힘의 충격이 요구된다. 이런 힘의 충격을 시인은 매일 찾고, 그 충격의 힘은 곧 시어를 찾고자 하는 시인의 육체의 몸부림이다.

   가슴을 헤쳐도 찾을 수 없는 메아리
손톱이 자라는 時間쯤
병이 난 다리를 바라보는

        이 딱한 하루
                  - 「透視圖- 7」 중에서

  그러나 〈7〉에서처럼 자신이 찾고자 하는 세계는 이루어지지 않고 딱한
하루를 보내고 있다.

        수 많은 크로바의 행운을 꿈꾸는
                  - 「透視圖- 8」 중에서

        광대의 굿거리 장단
                  - 「透視圖- 9」 중에서

        서방 죽고 자식 죽어 〈가가〉 울다가
        정월 대보름 鳶이 오른
        堂山에 뒷축이 무너지는 해안의 절망을 보고
        모래의 내장을 핥은
        저 거대한 눈물로 부서지는
        이 간장을
        다시는 찾을 수 없는 것을.
                  - 「透視圖- 10」 중에서

  연작 「透視圖 7- 10」에서는 서방과 자식이 죽은 한국 여성 특유의 비
극적 삶의 모습을 벗어나고자 하는 시인의 강한 열망을 표현하고 있다.
그 열망은 「透視圖- 8」에서처럼 〈행운의 크로바〉를 꿈꾸는 시인의 절규
에서 찾아진다. 다시 찾을 수 없다는 절망에 사로잡힌 그의 내면 응시는
바로 혼(魂)이 떠도는 구만리 장천의 공간이다. 그 공간의 현실적 자리
매김은 곧 허무이다. 이 허무의 공간은 인간이 가진 원천적인 목소리이면
서, 원천적인 삶이다. 그래서 차한수의 시는 「鎭魂祭」에서는 아이의 등장
과 결혼하지 못한 원한에 사무친 몽달귀신까지 등장하게 된다.

새들은 가고 있다
점점이 떼를 지어
하늘 끝에서 하얗게 울었다
징소리
놀 속으로 묻어 가고,
꽃들의 指紋이 춤을 추는 무덤엔
불길이 올랐다
불길 속에서 꽃을 인 아이가
빨갛게 익히고 있었다
　　　　　－「鎭魂祭－1」

　이 시에서 아이는 시인에게는 선명한 원천적인 회귀이면서 동시에 기억의 디딤돌이 되는 인물이다. 그러한 기억이 "불길 속에서 꽃을 인 아이가 / 빨갛게" 익고 있는 만큼 선명한 이미지로 제시되고 있다. 「鎭魂祭－2」에서도 역시 선명한 이미지를 제시하고 있는데, 선명한 이미지에는 항상 시인의 고독과 슬픔과 고통이 늘 함께 있다.

구름 속에서
옷이 젖은 아이는
빗속을 걸었다.
하늘과 땅을 잇는 맥박이
돌돌 굴렀다.
무서움도 잊어버린
아이는
神들의 울음을
울고 있었다.
　　　　　－「鎭魂祭－2」

나무는 서 있었다.
황금빛 비늘을 세우고
뻔뜩이는 바다를 향해
揖을 하고 있었다.

비늘에 감긴
수평선이 팽팽하게 늘어지고
상사꽃 한 떨기가 불타고 있었다.
뜨거운 바다엔
열병으로 죽은 몽달귀신이
흔적도 없이
흘러가고 있었다.
　　　　　　- 「鎭魂祭 4」

　위의 시는 몽달귀신으로 구만리 장천의 "허공중에 산산히 헤어진 이름" 처럼 산산조각으로 영혼이 갈라져 있는 시인의 모습을 그리고 있다.

　「鎭魂祭」 연작에서 주목해야 할 것은 〈꽃, 불길, 하늘, 새, 울음〉의 결합이다. 「鎭魂祭 1」에서 새들이 떼지어 하늘 끝까지 하얗게 울고 있고, 「鎭魂祭 3」에서는 지상의 낙원으로 비유되는 꽃의 세계조차도 "재가 된 꽃들이 / 斜線을 꺾으며 / 어둠을 수 놓고 있었다"고 시인은 노래하고 있다. 「鎭魂祭 5」에서는 "울음은 / 가지마다 돋고 있고", 또 돋아나는 순환 속에서 "아이는 / 神들의 울음을 / 우는"것이다. 여기서 시인은 〈새〉로 변신하여 "끝 없는 / 하늘을 나는 / (그) 새의 울음"으로 절규하고 있다. 이는 퇴행적 사고의 극복이며, 동시에 현실의 처절한 슬픔에 대한 오버- 랩의 현상이다. 이는 시인이 갖는 유아적 콤플렉스(극단적인 예는 그의 세 번째 시집에 수록된 「해질 무렵」이다)이며 이의 극복을 진혼제(鎭魂祭)로 규정할 수 있다. 그리고 이러한 진혼제는 그의 시집 군데군데 표백되어 있다.

3. 무욕(無慾), 침잠(沈潛)과 관조(觀照)

　그의 세 번째 시집은 『버리세요』이다. 표제작이면서도 시집의 대표작인 「버리세요」는 이 시집 전체를 관통하는 주제를 암시한다. 그 주제란 것은 바로 무욕의 삶이라 할 수 있다. 시인은 무욕의 삶을 자신의 일상 생활에서 찾았다.

> 차표 한 장을 쥐고 차를 탔다
> 안전벨트를 맬 때 떠난다는 마음은 앞서 갔다
> 모두가 허수아비다
> 산도 들도 말이 없다
> 뚫인 길을 달릴 뿐
> 어둠의 몸부림에 비는 장대같이 쏟아졌다
> 차표 한 장을 꼭 쥐고
> 너울너울 춤추는 수숫대가 되어
> 잠만 잤다
>   ─「수숫대가 되어」

　위의 시는 일상의 시간 속에서 움직이는 행위를 포착하여 표현한 시작이다. 움직이는 행위는 시간 위에 놓여지고 그 행위의 연속이 인생이다. 그래서 삶이 지나가는 행위는 떠나가는 기차와 같은 것이다. 어쩌면 인생은 "차표 한 장을 쥐고 차"를 타는 것일 수도 있다. 인생의 목적이 구체적일 때 인생의 여행은 낭만과 행복이 교직되면서 생의 무늬를 만들게 된다. 그래서 여행 도중에 삶의 멋을 낼 수 있도록 갖가지 일이 벌어지게 되고, 그러한 일들이 삶의 모자이크로 되는 것이다.

　시인은 "산도 들도 말이 없는" "뚫린 길을 달리는" 기차처럼 "너울너울 춤추는 수숫대가 되어 / 잠만 자는" 여행의 길을 간 것이다. 이는 생활에서 얻어지는 "안전벨트를 맬 때 떠난다는 마음이 앞서는" 행위를 초탈하는 일상에서의 연습이다. 그의 이러한 연습은 「버리세요 -1」에서 적나라하게 보여준다. 더불어서 인연에 대한 「지워버리기」도 병행하고 있다.

> 때마다 밥을 먹어도 배가 고프다
> 배가 고파 양껏 먹어 치운
> 찌꺼기가 이빨 사이에 끼어 날 괴롭힌다
> 이치개로 이빨 사이를 공들여 헤쳐도 껄끄럽기만 하다

눈물이 나고 피가 나고
옹몸을 활활 태워 버렸으면 싶다
내 머리 속의 그 자질구레한 지식과
그물코같은 생각을 바라보면
어느 곳 하난 찌꺼지 없는 곳 없고
태가 낀 내벽엔 벌써 굳어 버린
신경으로 어둠이 피고 있다
가슴이 막막한 이 찌꺼지의 욕망을
어서어서 버리고 싶다
　　　　- 「버리세요 1」

　위의 시작은 1행에서 6행까지, 그리고 7행에서 나머지 행까지 두 단락
으로 절연시켜 볼 수 있다. 앞의 내용은 육체적인 욕망이고 뒤의 내용은
정신적인 욕망을 버리고 싶다는 무욕을 말하고 있다.

　세상은 불교에서 말하는 색계(色界)이다. 이 색계가 공계(空界)로 전
환된다는 의미를 그는 생활 속에서 직접적으로 언급하고 있다. 그렇다면
생활에서 오는 집착을 끊는 행위는 무소유의 상태이다. 그런 상태는 자연
의 순리이다. 그 순리를 터득하게 되고, 그러한 순리는 자연스럽게 그의
시에 녹아들게 된다. 자아와 타인과 관계에서도 흔적이 지워지듯이 인연
도 자연스레 지워져버린다는 철리(哲理)를 터득하게 된다. 그래서 그는
애써 소중하게 간직했던 〈작은 수첩〉에서 인연을 지워버린다. 그의 인상
에서 지워버리기는 자아의 육과 영의 병행선에서도 동반하고 있다.

　　전화번호 하나를 지웠다. 내 작은 수첩에서 삭제된 23,3320의
　　숫자는 슬금슬금 제 갈 곳을 가버렸다. 그 주인의 성명 잠자도 사
　　인펜의 검은 색채로 지워졌다. 호적도 지워지고 주민등록증도 쓸
　　모가 없어졌을 것이다.
　　　　　　- 「지워버리기」

　현대인의 각인된 자화상은 〈호적〉과 〈주민등록증〉이다. 현대인의 삶의
고리는 만남보다는 수첩에 적힌 〈전화번호〉일 것이다. 현대인의 자화상

은 사라지고 지워졌다는 것은 바로 현실적 삶의 〈벗어버리기〉일 수 있다. 〈벗어버리기〉는 일종의 작위적인 행위이다. 이러한 작위적인 행위는 나머지 인연에 대한 〈지워버리기〉이다. 그런데 시인은 이 〈지워버리기〉를 통해 자연의 순리를 따르고자 한다. 시인은 인위를 벗어나야만 순리에 도달하게 된다는 것을 알고 있기 때문이다. 「벗어버리기」는 시인이 자연 순리의 한 면인 무욕의 세계를 발견하여 시로 표현하고 있다.

> 바람은
> 머리카락을 흔들고
> 옷자락을 흔들고
> 손가락을 흔들고
> 팔을 흔들어 놓고
> 한바탕 웃고 나더니
> 내 마음을 흔들어 놓았다.
> 흔들린 내 마음은
> 몸을 벗어 버리고
> 손가락을 벗어 버리고
> 팔을 벗어 버리고
> 옷을 벗어 버리고
> 머리카락을 타고
> 한 줄기 바람으로
> 땀같은 짠 웃음을 웃고 있다
>   - 「벗어버리기」

바람이 부는 것은 자연의 섭리요, 섭리의 흐름에 〈머리카락, 옷자락, 손가락, 팔, 온몸〉으로 점차 확장되면서 결국은 인위를 지배하는 궁극적인 마음까지 흔들어 놓는 것이다. 그 흔들린 마음이 다시 〈몸, 손가락, 팔, 머리카락〉으로 전이되면서 대칭적인 순환을 통해서 완전히 〈벗어버리기〉를 시인은 갈구한다. 그러한 갈구가 얼마나 힘드는 고행인지를 시인은 시를 통해서 전달하고 있다. 그 전달이란 바로 "땀같이 짠 웃음"이다. 고행의 과정에서 오는 땀에서 자연 순리의 도달점인 웃음이 표현된 것이다. 이는 세속과는 거리를 두고 시인 자신에 대한 고요한 침잠이면서 동시에 삶의 관조라 할 수 있다.

그의 네 번째 시집 『해질 무렵』에 와서는 이러한 그의 정신적 면모가 일시 멈춘 듯하다. 왜냐하면 그의 시집이 3권까지는 변모를 거듭했지만, 그의 네 번째 시집에서는 자신을 한번쯤 되짚고 가고자하는 어떤 열망이 자리하고 있음을 알 수 있기 때문이다. 되짚어 가고자 하는 그 열망이란 바로 시인이 그의 두 번째 시집 『손가락 끝에 내리는 비』에서 드러난 〈유아적 콤플렉스〉와 세 번째 시집인 무욕의 삶에 대한 재현을 뜻한다. 이는 그의 시의 연장선상에서 논의되어야 한다. 그래서 통시적인 흐름의 변화를 탐색하는 의도인 까닭에 어떻게 재현되었는지 들여다 볼 필요가 있을 것이다. 특히 이를 보여준 작품은 「해질 무렵」, 「박달나무1」, 「박달나무 3-어머니」, 「박달나무-7」, 「세월」 등이다. 그리고 일상에서 무소유는 바로 「떠나가기」, 「해질 무렵」 등에서 보여 주고 있다.

「해질무렵」은 유아적 콤플렉스와 무욕의 삶을 동시에 보여주는 이중주라고 볼 수있다. 즉 일상의 삶과 과거의 퇴행적 구속에서 벗어나야 한다는 새로운 시점을 적은 것이다. 앞선 시작이 생활의 무욕을 보여 주었지만 여기서는 유아적 콤플렉스에서 벗어나고자 하는 극복의 대상으로서 〈벗어나기〉이기 때문이다.

1990년대 와서 차한수는 〈손〉에 대한 강한 집착을 보이고 있다. 〈손〉에 대한 그의 시작은 꾸준히 진행되어 왔지만 1990년대에 와서는 시인 자신의 〈손〉에 대해 깊이 몰입했다는 의미이다. 그래서 연작시의 결집편으로 시집 『손』을 간행했던 것이다. 연작시는 이미 두 번째 시집 『손가락 끝마다 내리는 비』의 「鎭魂祭1- 5」와 「透視圖1- 10」, 세 번째 시집 『버리세요』, 네 번째 시집 『해질무렵』에서도 보여 주었고, 그 가운데 시 「손가락 끝마다 내리는 비」, 「손가락」에서는 그의 손에 대한 무게를 이미 암시 받을 수 있다. 이는 그의 다섯 번째 시집의 지배적인 시 세계를 어떻게 관통하는지를 보여 준다. 이러한 양상은 시인이 한 사물에 대한 강한 집념을 통해 자신의 세계를 구축하는 행위이다. 이는 차한수 시인에게 있어 〈손〉에 관한 연작시는 과거로부터 현재, 미래까지 잇는 염주와도 같은 것이다. 시인의 고행을 통한 삶의 관조라 할 수 있을 것이다. 차한수의 시세계는 〈손〉의 연작을 통해서만이 그의 독특한 시세계를 엿볼 수 있을 것이다. 한 필자의 언급처럼 그는 〈손〉을 그의 시세계의 중심에 놓고 자신과 세계를 들여다보고 있는 것이다.

Ⅲ. 결 론

한 시인에 대한 통시적 논의가 중첩되고, 또한 공시적인 평가가 모래더미처럼 쌓일 때 시문학사는 살찌는 것이다. 본고는 차한수 시의 논의를 시문학사의 관계망에 검토하였다. 따라서 본 논의가 필자의 작품 이해의 부족으로 차한수 시를 시문학사의 관계망 형성에 혼란을 가중시킨 것은 아닌지 자못 걱정이 앞선다. 이제까지 논의한 내용을 정리하면 다음과 같다.

첫째, 첫 시집 『신들린 늑대』는 밀림의 원시적 생명력의 이미지를 일상 생활에서 느낀 정서와 결합시켰다. 여기서 발견할 수 있는 것은 삶에 대한 원시적이고도 치열한 본능을 발견할 수 있다.

둘째, 두 번째 시집인 『손가락 끝마다 내리는 비』에서는 이 원시적 본능이 점차 소멸되면서 사물에 대한 구체적인 집중을 보인다. 그 증거가 되는 것은 연작시이다. 연작시는 한 사물이나 관념에 대한 집중적인 태도이다. 그만큼 시인의 끈질긴 집중력이 뒷받침되어야 한다. 특히 원시적 생명력이 진일보한 육체의 몸부림과 그 몸부림에서 드러나는 처절한 진혼 의식으로 발전하게 된다.

셋째, 그의 시에는 일상에서 삶의 무욕과 침잠의 시세계를 보여 준다. 철학적 담론이 아니라 시인의 일상 생활에서 철학의 세계를 발견했다는 의미이다. 그런만큼 시인은 일상 생활에서 치밀한 모습을 엿볼 수 있는 것이다.

그리고 1990년대 이후 〈손〉에 대한 시인의 집착이 그의 시세계에 어느 정도 정점을 말해 주는 것이다. 이는 이후 시인의 정신 세계의 변모를 갖추었을 때 논의가 진행될 수 있는 것이다.

참 고 문 헌

1. 관련 저서

박철석, 「원숙한 시적 체험- 차한수 시집 〈손〉을 읽고」, 『한국현대시인론』, 민지사, 1998.

오세영, 「차한수의 '도깨비'」, 『한국현대시의 행방』, 종로서적, 1988.

하치근, 「시 해석의 기호학적 접근 시론(1)- 차한수의 〈도깨비〉, 〈천둥소리〉, 〈함박눈〉을 대상으로 하여」, 『한국문학의 새로운 인식』, 세종문화사, 1996.

2. 잡지 및 신문

강남주, 「차한수의 〈가로수〉」, 《국제신문》, 1991. 6. 29.

______, 「共感帶 이루는 사투리」, 《부산일보》, 1981. 4. 25.

김규동 외, 「현대시, 어디로 가고 있는가」, 《시문학》, 1983. 4.

김석규, 「잃어버린 〈詩의 맛〉을 찾아」, 《부산일보》, 1983. 4. 28.

김준오, 「두 가지 疎外」, 《부산일보》, 1982. 4. 26.

김재홍, 「이 달의 시」, 《중앙일보》, 1987. 6. 27.

______, 「'땅내음' 물씬한 생명력 표출」, 《스포츠 서울》, 1987. 5. 14.

______, 「다시 읽어 보는 현대시- 술 또는 물과 불의 상상력」, 《현대시학》, 1989. 11.

구재기, 「이미지의 擴散과 그 凝集」, 《현대시학》, 1981. 10.

박이도, 「관조의 시선과 달변의 이야기꾼」, 《월간문학》, 1996. 11.

박현서, 「1월의 시」, 《부산일보》, 1987. 1. 26.

성찬경, 「詩와 氣魄」, 《한국문학》, 1984. 4.

오세영, 「현대 삶을 표상한 은유들」, 《한국문학》, 1991. 7. 8.

윤석산, 「現代意識의 幻想的 精華- 차한수 시집 〈신들린 늑대〉」, 《현대시학》,
　　　1978. 7.
이건청, 「시적 정체성과 자아 인식- 차한수의 시 〈낙엽(현대시학, 1998. 2)〉」,
　　　《현대시학》, 1998. 3.
이시환, 「상상력을 요구하는 간결한 심상의 나열- 차한수의 〈天刑〉」, 《동방문
　　　학》, 1984. 4.
이영걸, 「현실과 상상- 차한수의 시」, 《현대시학》, 1983. 5.
임종성, 「삶의 깊이 서정시의 미적 가치- 〈손〉 차한수 시집」, 《예술부산》,
　　　1997, 창간호.
전봉건, 「아름다움과 아픔」, 《현대문학》, 1979. 5.
정영자, 「차한수의 〈내 허리에는〉」, 《국제신문》, 1990. 8. 28.

멀리 뛰어서 본 세상

신진론

I. 멀리 뛰려는 욕망

본고는 신진의 『멀리뛰기』(민음사, 1986)의 시집을 대상으로 그의 시 세계를 검토한다. 즉 시인이 현실에서 멀리 뛰어서 본 세상의 풍경을 읽는 것이 목적이다. 신진(1949~)은 「誘惑」, 「薔薇園」, 「멀리 계시는 하느님」 등의 작품으로 《시문학》(1974. 5~1976. 6)으로 등단하였다. 이후 그는 『木笛이 있는 풍경』(아성출판사, 19 78), 『장난감 마을의 연가』(태화출판사, 1981), 『멀리뛰기』(민음사, 1986), 『江』(시와 시학사, 1994) 등의 시집과 『우리 시의 상징성 연구』 외 몇 권의 저서를 출판했다. 그의 시집 가운데 「멀리뛰기」는 그의 시의 방향을 가늠하는 지렛대이기 때문에 이 시작을 인용하여 그가 바라 본 세상의 풍경을 읽는 것이다.

> 산위에 올라
> 멀리뛰기를 한다.
> 두 다리를 모아 구부리고
> 개암 씹던 힘까지 다리에 뻗어
> 어엿사, 땅을 친다
> 구름은 흘러서 어디로 가나?
> 가을잎 흩어져 어디로 가나?
> 어디 나도 멀리 한 번 뛰고 싶구나

먹은 것도 없는데 천근 만근 몸은 무겁고
어엿사 차차
멀리 뛰어도
두 다리는 제자리서 떨어질 줄 모른다.
옷이 젖는다, 땅이 젖는다.
두 다리를 모은다
아아, 꼭 한 번
뛰고 싶구나
화근내 나는 지구 밖까지,
한 자 더 뛰고 싶구나.
　　　　－「멀리뛰기」

1930년대 초현실주의자 이상은 「날개」에서 분열된 자아를 인식하고 진정한 자아를 찾기 위해서 "날개야 다시 돋아라. 날자. 날자. 날자. 한 번만 더 날자꾸나. 한 번만 더 날아보자꾸나."라고 외쳤다. 그래서 이상은 1930년대 혼란과 억압된 사회 구조를 탈피하려고 하였다. 그렇다면 신진은 날고 싶은 이상의 욕망처럼 왜 뛰고 싶은 것일까? 뛰어서 그가 본 것은 무엇일까?

시인은 속세와는 떨어진 산위에 올라 멀리 뛰려고 한다. 이상처럼 시인은 "아아, 꼭 한 번 / 뛰고 싶구나"라고 절규한다. 시인이 뛰면서 본 것은 "구름은 흘러서 어디로 가나? / 가을잎 흩어져 어디로 가나?"라는 존재(구름, 가을잎)의 근원의 물음이다. 이는 우리들이 일상에서 삶의 무의미 혹은 허무의 의미로 내뱉는 말들이다. 이처럼 일상에서 느끼는 생활의 화두가 사실은 우리들에게는 삶의 본질을 깨닫게 할 때가 많다. 또 한편으로는 궁극적으로 구름이 흘러서 가는 곳, 가을잎이 흩어져 가는 곳처럼 존재의 근원을 찾을 수도 있다. 그러나 시인은 "먹은 것도 없는데 천근 만근 (무거운) 몸"을 가지고 뛰려고 한다. "어엿사 차차 / 멀리 뛰어도 / 두 다리는 제자리서 떨어질 줄 모른다."는 현실을 알지만 포기하지 않고 옷이 젖을 만큼 열심히 뛰려고 한다. 그가 뛰려는 상승적 욕망은 어떤 의미가 있을까? 아마도 시인은 구름과 가을잎에서 본 것처럼 존재의 근원에 대한 의미를 본 것은 아닐까? 이처럼 그의 시세계는 뛰어서 본 세상의 풍경 속에 있는 것이다.

Ⅱ. 불안한 존재 응시와 존재의 자유

그의 시에는 멀리 뛰는 것처럼 위로 상승하는 대상(자연)의 이미지를 시화한 「겨울까치」, 「종달새는 왜 솟는가」, 「점화」, 「촛불」, 「엘리베이터」, 「담배」, 「갈매기」, 「나비」 등의 시작이 있다. 물론 이는 그의 멀리 뛰기라는 이미지의 연상작용으로 이어질 수 있는 작품들이다. 그는 멀리 뛰기를 통해 인간 존재의 의미와 그로부터 삶의 근원적 불안을 모색하고 있다. 그가 멀리 뛰어서 솟아오르는 종달새를 본 이유는 무엇일까?

> 김햇벌 겨울이 채 녹기도 전에 미칠 것의 작은
> 새 종달새가 솟고 있다. 한 번 솟아올라 날개를
> 펴고 봄이 오나 봄이 오나 봄을 보고 내려 앉는 것
> 이 아니라, 떨어지고 떨어지는 순간순간 다시 솟아
> 오른다, 난다, 솟는다. 아니 그보다 부딪친다. 부
> 숴진다 싶게 솟는다.
> 종달새는 왜 솟는가? 보리 시퍼레 돋고, 과목들
> 도 빨갛게 눈을 떠서 올해도 양식은 메울 것이고,
> 갯버들 가지에도 물이 오르고 철쭉 개나리 서둘러
> 피어 남풍은 소매 끝을 녹이는데, 종달새 작은 새
> 피울음 울며 너는 왜 솟기만 하는 것이냐? 부딪치
> 느냐? 부숴지느냐?
> 털어도털어도 먼지 한 알로 손 바닥에 남는 미
> 칠 것의 작은 새 종달새소리.
>   - 「종달새는 왜 솟는가」

종달새가 솟아오르는 것은 봄이 오는 것을 보려는 것은 아니다. 솟아

올랐다가 떨어지는 순간 다시 솟아오르는 본능의 몸짓을 시인이 본 것이다. 시인은 이 상승하는 종달새를 통해 본능을 응시한 것이다. 본능이라고 할 때 "보리 시퍼레 돋고, 과목들 / 도 빨갛게 눈을 떠서 올해도 양식은 매울 것"이라는 것을 의미하지는 않는다. 이는 종달새에서 느껴지는 불안을 통해 인간의 근원적 불안을 응시한 것이다. 그 불안을 떨치는 인간의 행위를 종달새가 "떨어지고 떨어지는 순간순간 다시 솟아 / 오른다, 난다, 솟는다."는 몸짓을 통해 응시하고 있는 것이다. "종달새 작은 새 / 피울음 울며 너는 왜 솟기만 하는 것이냐? 부딪치 / 느냐? 부숴지느냐?"라고 시인은 절규하고 있다. 또한 솟기만 하는 작은 종달새의 본능인 부딪치며 부숴지는 불안과 공포의 상황을 시인은 응시하고 있다. 시인이 멀리 뛰어서 본 것은 인간 존재의 근원적 불안과 위험스러운 비상에서 느껴지는 공포의 응시이다. 그리하여 시인은 인간의 왜소하며 고독한 존재를 종달새를 통해 응시하고 있는 것이다. 시인은 인간의 근원적 불안이 가장 인간다운 것이라는 키에르케고르의 철학을 인용하고 있다. 이는 시인이 종달새를 통해 불안한 존재를 응시하고 있음을 뜻하는 것이다.

> 키에르케고르는 숫제 원인이나 근거를 명확히 끄집어낼 수도 없는 인간 존재를 〈불안〉 그 자체라 인식하고, 인간다울수록 더욱 불안할 수밖에 없다고 하면서 인간적 한계에 대한 처절한 절망감을 보여준다.
> ─ 「나의 시론·시의 인간」(114쪽)

이처럼 시인은 종달새의 처절한 몸짓를 통해 인간적 한계의 절망감을 본 것이다. 가령 「겨울까치」에서는 이러한 처절한 몸짓의 한 극단을 볼 수 있다.

> 겨울 제방 위 버드나무 여윈 가지에 까치 한 마
> 리 불을 씹으며 스스로 옥살이한다.
> ─ 「겨울까치」 중에서

추운 겨울에 앙상한 버드나무 가지 위에 까치 한 마리가 주위를 두리번거리며 갈 곳을 몰라 사방을 응시하는 모습이 마치 옥살이를 하는 것처럼 보인다. 까치는 자유롭게 날 수 있는 진정 자유인이지만 자유 속에 갇힌 구속의 상태에 까치는 존재해 있는 것으로 시인은 보고 있다. 이는 시인이 겨울 까치가 옥살이를 한다고 응시한데서 파악된다. 이는 곧 인간이 자유로운 것 같으나 사실은 스스로 구속하고 있음을 시인이 냉철하게 응시한 것이다. 불안한 존재의 양상은 그의 시 「촛불」에서도 확인된다.

> 발돋음하다 발돋움하다
> 잦아드는 숨결
> 다시 천 번
> 뒤꿈치를 세우는 여인.
>
> 네가 무수한 손짓으로
> 할퀸 하늘을
> 함께 서서 보고 있자니
> 연기 자욱한
> 나선형의 긴 미로(迷路)-
> 눈이 쓰리다.
>
> 너는 끝내
> 그 험한 길을 가려느냐?
> 여인은 이미
> 한 송이
> 열매가 되어 있다.
>   -「촛불」

이 시는 흔들리는 촛불의 모습을 묘사하고 있다. 초에 매달려 하늘거리는 촛불의 모양은 심지에서 "발돋음하다 발돋움하다 / 잦아드는 숨결" 같아 보여 존재의 불안을 느끼기에 충분하다. 존재의 불안의 극단에서 시인은 결국 "한 송이 / 열매"를 본 것이다. 한 송이 열매는 극도의 불안과 고독의 길을 지나 "끝내 / 그 험한 길을"가려는 인간의 의지와도 같은 것이다. 시인은 불안한 존재의 응시를 통해 사람답게 살기 위한 인간의 의지를 찾은 것이다. 그래서 시인은 불안을 통해서 자유의 길을 모색하고 있다.

> 인간에게 불안의 경험은 불안으로 그치지 않고 사람답게 살기 위한 의지를 일으킨다. 불안은 극도의 고독과 함께 오고, 불안과 고독은 깊은 절망의 수렁으로 빠져들게 한다. 절망의 바닥에서 사람은 저마다 헤어날 길을 심각하게 모색한다. 사람의 절망이란 희망의 표면이요, 사람의 고독이란 화해의 표면인 것이다. 키에르케고르나 하이데거가 인간이란 인간 다울수록 더욱 불안해진다고 하는 것도 바로 자유로 나아가는 길목으로서의 불안인 것이다
>
> — 「나의 시론·시의 인간」(118쪽)

Ⅲ. 종달새의 절규와 시인의 절규

시인이 부르짖는 절규는 〈자유·사랑·평화·정의·침묵〉이다. 1980년대 군사 독재 이데올로기 상황에 대한 진정한 인간의 부르짖음을 절규하는 것이다. 그래서 자유롭게 날고자 하는 종달새가 솟아오르면서 부숴지고 부딪치는 것이다. 종달새의 솟아오름은 곧 인간의 자유의 솟아오름과 맞물려 시대의 족적을 남긴다. 특히 1980년대라는 시대 상황과 결부시킬 때, 종달새의 절규는 곧 시인의 절규와 다름 아니다. 여기서 시인의 절규를 읽어보자.

> 열이렛날 밤에야 냇가에 나가
> 흐르는 냇물 위에 그대 이름을 적습니다
> 자유, 이렇게 써도 그대 눈썹밖엔 쓰지 못하고
> 사랑, 이렇게 써도 그대 손톱밖엔 쓰지 못하고
> 평화, 이렇게 써도 그대 발톱밖엔 쓰지 못했읍니다.

凡川洞 골짜기
사람도 산도 잠든 물에 나가
正義, 이렇게 써도 그대 관절밖엔 그리지 못하고
침묵, 이렇게 써도 그대 피부밖엔 그리지 못했읍니다.
- 「그대의 이름」 중에서

〈자유·사랑·평화·정의·침묵〉 등 인간의 자유로움을 표현한 이상들이 한 인간의 완전한 모습으로 그려지지 못한 상태, 즉 인간의 신체(눈썹, 손톱, 발톱, 관절, 피부 등)로 엉성하게 남게 된다. 이는 곧 시인의 천근 만근 무거운 몸둥이와 같은 것이다.

나는 시적 체험이 현실에 보다 가까이 구현되어 갈 수 있는 실마리로
서,..........
인간을 모든 행위의 주역으로 보고 현실의 불확실성과 두려움을 인간이
반드시 자유롭고 창조적인 능력으로 개선해 나갈 것이란 신뢰감과 책임
감을 동시에 심어 주는 사회사상가들의 의지에서 본다.
- 「나의 시론·시의 인간」(132~133쪽)

"인간은 시시각각 가장 하찮은 자연물에서부터 가장 이상적인 조화의 세계에 걸쳐 부단히 여행하는 존재인 까닭이기도 하다"는 시인의 말처럼 시인은 인간 존재의 불안과 공포를 떨치는 길을 찾기 위해 여행을 떠나고 있다. 그 여행의 쉬는 곳마다 그의 언어는 인간의 삶의 본질을 추구하는 시가 머물 것이다. 1930년대 이상이 자신의 존재론적 이상을 실현하기 위해 날고자 하였던 것처럼 신진은 1980년대 암울한 군사 정권에 대한 개인적 삶과 공동체의 이상을 보고자 멀리 뛰고자 한 것이다. 그러나 그러한 갈망은 쉽게 이루어지지 않는다. 그래서 시인은 또 먼 여행길을 떠난다. 그 먼 여행은 종달새가 수 없이 반복해서 날개짓하는 행위와 같은 것이다.

작으면서도 큰 〈한 또는 하나〉의 깨달음

김종경론

Ⅰ. 허두

울산은 거대한 공업 도시다. 그래서 울산하면 공업 도시라는 등식이 성립되는 도시다. 특히 한국문단의 중앙 집권화와 주변화라는 이분법에 조차 들지 못하는 문학의 불모지라는 생각까지 드는 도시다. 그러나 공업 도시지만 문화의 향기라 할 수 있는 덕망 있는 학자와 시인들이 있음은 자랑거리가 아닐 수 없다. 그래서 필자가 연구해야 할 학자와 시인들이 많은 것이다. 시평을 하는 필자가 굳이 김종경 시를 대상으로 그의 시세계를 들여다보고자 하는 이유는 "등단 27년만에 첫시집"을 낸 그의 시와 시력 때문이다. 그래서 27년의 시력으로 42편의 시를 단 한 권으로만 엮은 『동백섬은 사람을 그리워하지 않는다』(좋은날, 1999)의 시를 읽고자 하는 것이다.

이미 필자는 30년의 시력에 단지 21편의 시를 남긴 「낙타(駱駝)」의 시인 이한직(李漢稷, 1921~1976)의 시를 읽었다(『李漢稷詩集』, 文理社, 1976). 그리고 1930년대 생명파의 시인으로, 「해바라기의 碑銘」의 시인인 함형수(咸亨洙, 1914~?) 시인도 겨우 30여 편의 시를 남겼다(『해바라기의 碑銘』, 문학과 비평, 1989). 그리고 프랑스의 세기적 시인 랭보(Rimbaud, 1854~1891)가 남긴 시도 30여 편 정도이고 보면, 굳이 많은 작품을 남긴 시인이 시사(詩史)에 남는 시인은 아닐 것이라는 생각도 든다. 그렇다고 김종경의 시를 이한직, 함형수, 랭보에 비교하려는 것은 아니다. 적어도 이들과 비교하려면 김종경 시인의 시에 대한 마지막 열정을 본 뒤에야 가능 할 것이다. 함형수와 랭보는 생의 짧음 때문에, 그리고 이한직은 부친의 친일 행각에 대한 속죄 의식으로 시쓰기를 중단했기에 과작이었다. 위의 시인들은 이런 저런 이유로 해서 과작인데, 김종경 시인의 과작은 어떤 의미일까? 과작은 짧다는 뜻인데, 혹시나 이 짧음을 수로 표현한다면, 〈하나〉 정도는 아닐까?

그의 시집 〈후기〉를 찬찬히 읽어보면, 그가 시집을 엮은데에 대한 몇 가지 이유를 찾을 수 있다. 첫 번째는 27년 만에 시심으로 돌아와 시집을 엮는데에 대한 반성 혹은 자괴감이고, 두 번째는 시집 출판 6년 전 사경을 헤매다 부활한 삶에서 느낀 "생명에 대한 경외감", "나와 인연을 맺은 모든 것들의 소중함", "하찮게 대한 일들이 왜 그리도 후회스러운지 가슴이 한없이 고동치는 것"의 느낌들, 세 번째는 경북 안동을 통해 우리나라의 정신사를 읽었던 감동, 네 번째는 경주 남산행의 욕심 등이 그의 시 창작의 밑바탕임을 밝히고 있다.

이 같이 시집 〈후기〉에서 보여 준 시인의 삶과 시적 형상화는 그의 시집을 읽다보면 자연스레 느끼게 되는 감동들이다. 이는 시인의 치열한 삶의 형상화가 작품의 표현론에 충실한 시인임을 반증하는 이유이다. 삶이 문학이고 문학이 곧 삶이라고 할 때, 문학과 삶의, 그 간극의 좁음은 곧 시정신의 치열함을 의미하는 것이다. 특히 그의 시집을 읽다 보면, 그의 시에는 〈하나〉를 뜻하는 〈한〉이라는 시어가 시집 전반에 줄기차게 뻗어 있음을 발견하게 된다. 그래서 필자에게는 그의 시에 지속적으로 반복 혹은 변용되어 표현된 〈한 또는 하나〉가 김종경 시의 지배소(支配素)로 판단되었다. 아마도 그의 시세계를 〈한 또는 하나〉의 시학이라 명명할 수 있을 것이다.

Ⅱ. 광대무변(廣大無邊) 혹은 무소유(無所有)

　김종경의 시에는 〈하나〉의 뜻을 가진 〈한〉이라는 시어들이 많다. 〈하나〉의 뜻을 가진 〈한〉에는 몇 가지 뜻이 담겨 있는데,1) 이 〈한〉은 그의 시에서 삶의 깨달음의 뜻을 담고 있다. 「죽竹」이라는 시작은 이러한 삶의 깨달음을 잘 보여 주고 있다.

　　깔깔
　　간지럼 태워, 바람난 봄바람 꼬드겨
　　죽竹은
　　한 겹 매듭도 풀지 못한 채
　　다리만을 잘도 뻗어 올려
　　평생
　　하늘만 떠받들고 있는구나, 잘코사니.

　　딱도 하지
　　양산도陽山道 가락에 매달려
　　만고강산 휘돌아 오는 피리소리로 남을거나
　　해죽이 **한 번** 웃고 말지.

　　…………………중략…………………

　　살살
　　제 살을 간지럼 태워
　　가려운 데만 골라가며
　　한 번 꽃을 피우고 죽고 마는
　　죽竹의

----

1) ① 관형사: ㉠〈하나〉의 뜻 예) 한 사람 ㉡〈같다〉의 뜻 예) 한 학교에 다닌다. ㉢〈대략〉의 뜻 예) 한 열흘 걸린다. ② 접두사 ㉠〈큰〉의 뜻 예) 한길 ㉡〈가득한〉의 뜻 예) 한사발 ㉢ 공간적으로 〈바로〉의 뜻, 시간적으로는 〈한창〉의 뜻 ③ 고어로 〈많은〉의 뜻.

　　푸른 절개를 아는지 몰라,
　　-우리는.
　　　　　　　　- 「죽竹」(밑줄:필자)

　　이 시에서 시인은 스스로 푸른 절개를 지키는 죽의 모습을 들여다보고 있다. 죽의 모습은 시인의 삶의 이상향이며, 독자들에게 던지고 싶은 삶의 깨달음이다. 그 깨달음을 속세인들은 "아는지 몰라"라고 은근히 깨달음을 이야기한다. 그런데 그 안다는 것을 자세히 보면, 〈한 번〉에 무게 중심을 두고 있다는 것을 알 수 있다. 그래서 시인이 가장 신경을 곤두세운 것은 역시 "한 번 꽃을 피우고 죽고 마는 / 죽竹의 / 푸른 절개를 아는지 몰라, / -우리는."에서 〈한 번〉의 메시지를 강하게 전달하고 있는 것이다. 또 위에 인용한 시에서 죽(竹)의 마디를 겹으로 표현하면서 굳이 여러 마디인 대나무를 〈한 겹〉으로 표현한 것에서도 시인이 〈한〉의 의미를 강하게 표현하고 있음을 알 수 있다. 대나무의 〈한 겹〉의 의미를 표현하자면, 삶의 모순인 "한 겹 매듭"도 풀지 못한 속세인에 대한 비꼼이 담겨 있다고 할 수 있다. 시인은 미운 사람의 불행을 고소하게 여길 때하는 소리인 〈잘코사니〉을 시의 끝행에 덧붙여 세상 사람들에게 질타하고 있는데서도 알 수 있다. "다리만을 잘도 뻗어 올려 / 평생 / 하늘만 떠받들고 있는"인간에 대해 "해죽이 한 번 웃고 말지"라고 비웃어 주는 것이다. 이처럼 시인은 대나무 한 겹을 통해서 세상살이의 들여다보고 있다.

　　이 외에도 〈한 번〉을 뜻하는 시들만 찾아보면, 그의 작품 총 42편 가운데 절반인 21 작품과 〈한 줌〉의 시어가 있는 4 작품을 합하면 모두 25편의 작품이나 된다.2) 그리고 한 작품에 1회 이상 반복되어 나타나는 경

---

2) 〈한 번〉의 메시지를 담고 있는 21편 작품을 살펴보면 다음과 같다.
　　한 순간 / 무한無限 공간이 흔들린다「무늬·2」(4연) // **한** 알 / 모래알 밀어 올려 / **한** / 하늘을 열고 있네「寂·1」(3연)홀연 / 돌부처 **한** 쌍 나타났다. / 사라진다「무늬·2」(2연) // 문득 묵화墨畵 속 대숲으로 / 가치 **한** 마리쯤 / 앉힌다.「소묘素描·1」// 누이야 / 몸뚱이 **하나** 밑천 삼아 / 내 일가를 이루고「호박떡」(2연) // **한** 마을을 이루었다가, 소롯이 물 속에 잠긴 / 단양丹陽「신단양新丹陽 가는 길」(3연) // 그래도 고지식한 우리는 이대로 떠나고 마는 **한** 나그네일 뿐인걸.「신단양新丹陽 가는

우가 대부분이고 보면, 그의 시에서 그 〈한 번〉의 메시지는 시인의 시세계에 중요한 어떤 의미를 지니고 있음을 알 수 있다. 그래서 시인에게는 그 〈한 번〉의 의미는 그만큼 소중한 것이다. 여기에는 삶의 깨달음이 그려지고 있기 때문이다. 그 소중한 의미는 바로 작으면서도 크게 보여 주는 바로 〈한〉에 담긴 의미이다. 가령 "**한** 순간 / 무한無限 공간이 흔들린다"(「무늬·2」)에서처럼 광대무변(廣大無邊)의 세계를 무늬로 시각화하여 그리고 있다. 또한 "**한** 알 / 모래알 밀어 올려 / **한** / 하늘을 열고 있네(「寂·1」)에서처럼 그는 작은 것에서 큰 세계를 열고 있다. 그러나 그의 시에서 그 광대무변한 〈하나〉의 세계가 그에게는 겨우 손에 쥘 만한 "땡볕 한 줌"의 의미로 축소되어 나타난다.3) 그래서 그는 광대무변의 세

길」(6연) // 바다가 끝난 곳에 **외톨이**로 나앉아「동백섬」(1연) // 별빛 **하나** / 팽팽이 당겼다.-「동백섬」(1연) // 순한 새끼 **한** 명을 키울 수 있을지 몰라.-「동백섬」(2연) // 속 깊은 〈말씀〉 **한** 자락-「봄길」//가지산 석남사 돌부처 **한** 쌍-「봄길」// **하나**로만 / 만나야 하는 것을, / 아편처럼 느끼고 / 있을까?-「구슬치기」// 봄날을 딛고 가슴앓이 **한**쪽을 뜯어내고 있어라-「국토의 끝·3」// 물려준 이 땅뙈기 **한** 뼘인들 따라 잡으랴-「국토의 끝·3」// 희미한 **하나**의 경련, 지금 결코-「바람 연가·1」// 나의 질긴 끈을 잡고 있을까, 바람 **하나**가,-「바람 연가·」// 그러한 고요 속에 떨어진 / **한** 원일 뿐.-「바람 연가·2」// 이제는 **하나**의 길만 남아「고향」// **하나** 둘 금 그어 가면-「우리 사는 땅에 가서·2」// 속없는 바람 **하나**「우리 사는 땅에 가서·2」// 몸이 훈훈한 사람 / 그 마음 **하나** 둘 모여서-「우리 사는 땅에 가서·2」// 어찌 알아 **한**쪽 켠으로만-「풀꽃을 위하여」// 하늘 **한** 자락-「봄비」// 뒤집어 **한** 무더기 남을 당을 이루려니-「불매꾼을 위하여」// 들풀 **하나** 모가지 꺾고 서西녘 하늘로 가리.-「불매꾼을 위하여」// **한** 방울 좀 더 방울 방울지는 죄罪 없음을-「일어서는 소리」(1연) //다만 이마를 맞대고 우리는 끝내 **일시**一時에 배반 당할-「일어서는 소리」(3연) // 잠 깨인 그림자 **하나** -「일어서는 소리」(3연) // 언젠가 **한**가지 모습으로 차오르는 얼굴을-「일어서는 소리」(4연) // 그리하여 강江, 산山은 **하나** 세상世上에-「일어서는 소리」(5연)// 이승은 온통 **하나**의 하늘, **하나**의 가슴인가.-「일어서는 소리」(6연) // 바람을 접고 / 강물이 밀고 오는 하늘 사이 / 돌은 **하나**「돌」// **한** 뼘 그늘에도 손닿지 못하니.-「돌」// 그늘에 가려 살아가도 우리는 결국 **하나**로 살아남느니-「그늘 밑에서」// 푸르게 비상하는 / **한** 무리 / 새 떼의 축가祝歌-「새」.

3) 문득 / 잠을 떨쳐버린 옛 사람 두어 명 / 산다화山茶花 **서너 줌** / 몽천蒙泉가에 떨구고 있네-「寂·1」(2연) // 파월 초나흘 한낮 / 땡볕 **한 줌** / 하늘 잡고 솟아 나온 강바람에 실리더니-「소묘素描·2」(1연) // 파일 초나흘 한낮 / 땡볕 **한 줌** / 병산서원屏山

계를 꿈꾸는 욕심을 가졌는지도 모른다. 시인이 그렇게 닮고 싶어하는 그의 안동의 병산서원에서 쥔 것은 겨우 "땡볕 한 줌"뿐이다. 어쩌면 이것은 시인이 삶의 욕심에서 벗어나고자 하는 무소유(無所有)를 지향하는 의식이 깔렸는지도 모른다.

> 늦가을이 다 저물 무렵
> 상채기 투성인 몸을 데불고 허위허위 구름재 넘어
> 산문山門을 두드리는 이, 누군가.
> 짙어 지는 어둠 속 마지막 남은 **한** 방울
> 눈물마저 태워
> 끝내 뒤돌아 가는 이는 누군가.
> 찬 하늘가 **한** 점 조각달 걸려
> 찌르르 육신에 전율이 인다.
> 욕계육천欲界六天 떠돌다
> **한** 뼘 남은 가을볕에
> 잡것 머얼리
> 알몸을 내 맡긴 이, 누군가.
> 눈으로 말하고, 마음으로 전하며
> **한** 십 년 소금으로 닦여
> 선문禪門에 들어선 이, 누군가.
> 우리는
> -하마 색色에 동動할 리 없겠지.
> 그렇지 아마.
>   - 「운문사雲門寺에서」

이 시에서 시인은 삶의 고통에서 벗어나 구름재를 넘어 운문사에 드는 중생을 향해 "산문(山門)을 두드리는 이, 누군가"라고 되묻고 있다. 물론

書院 앞 낙동강洛東江 백사장白沙場을 달구더니-「소묘素描·2」(3연) // 서행西行을 서두는 바람속에 황망히 떠도는 / 생령生靈들 / 새로 깎은 목어木魚 **몇 줌** 들고 / 제 살을 드러내고 섰다-「소묘素描·3」(2연) // 깨어 오른 햇살 **한 줌**「봄길」 // 낮은 곳으로만 가려 앉은 / 그늘만 **한 줌** 떨군 다음-「그늘 밑에서」(1연).

이 되물음은 시인 자신에 대한 반사경의 물음이기도 하다. 이 시에서 긴장된 수사 〈한〉을 보면, 속세의 미련 혹은 삶의 후회를 뜻하는 눈물을 시인은 "마지막 남은 **한** 방울 / 눈물"로 표현하고 있다. 그리고 부유(浮游)하는 생의 모습을 "찬 하늘가 **한** 점 조각달(이)"걸려 있다고 한데서도 시인의 〈한〉의 의미는 짐작된다. 그리고 그는 마치 〈한 뼘〉 남은 가을볕을 노래하고 있다. 여기서는 그의 무소유를 또 한 번 볼 수 있다. 왜냐하면 〈한 뼘〉의 가을볕에 "잡 것을 머얼리" 던져 버리고, "알몸을 내 맡긴 이"를 시인이 갈망하고 있기 때문이다. 이리하여 그의 시에서 삶의 무소유를 읽을 수 있는 것이다. 이처럼 〈하나〉에서 광대무변한 세계를 읽을 수 있고, 또 삶의 무소유를 읽을 수도 있기 때문에 그의 시에 우리들이 깨달아야 할 〈하나〉의 힘인 것이다.

시인은 〈하나〉에만 고집하지는 않는다. 왜냐하면 〈한〉의 의미가 고정된 것이 아니라, 여럿을 뜻하는 〈대략〉의 의미가 있기 때문이다. "눈으로 말하고, 마음으로 전하며 / **한** 십 년 소금으로" 닦는 것은 〈한 번〉의 〈한〉이 아니라 정할 수 없는 〈미정〉의 뜻인 〈한 십년〉이 될 때, "선문禪門에 들어선 이"가 될 수 있는 것이다. 또 시인은 〈한〉의 깨달음을 선문답처럼 크게 이야기하지는 않는다. 우리 곁에서 나지막하게 "하마 색色에 동動할 리 없겠지. / 그렇지 아마."라고 외는 것이다. 이러한 욈은 시인이 바로 작으면서도 큰 깨달음을 아는 이유일 것이다. 〈하나〉라는 작은 것을 크게 생각하는 것은 작은 것이 모든 사물을 이루는 근본임을, 혹은 사물의 시작임을 시인은 말하고 있는 것이다. 이는 그의 시에 삶의 깨달음이 도저(到底)하다는 것을 함유(含有)하는 것이다.

Ⅲ. 맺음말

김종경 시인은 〈한〉의 욕심을 부리고 있다. 그 욕심은 그의 시에서 〈한 번〉이라는 지배소로 빠짐없이 등장한 데서 알 수 있다. 그 〈하나〉를 뜻하는 〈한〉 속에 담긴 의미를 찾는 것이 시인의 시를 이해하는 한 척도이다. 등단 27년만에 낸 그의 첫시집 『동백섬은 사람을 그리워하지 않는다』에 표현된 〈한〉의 의미는 삶의 깨달음을 담고 있다. 그 의미를 평자는 다음과 같이 말하고 싶다.

〈하나〉을 뜻하는 작은 〈한〉은 그의 시에서 광대무변(廣大無邊)의 세계로 닿는 무늬로 시각화되기도 한다. 이처럼 그는 작은 것에서 큰 세계를 열고 있다. 그러나 그의 시에서 그 광대무변한 〈하나〉의 세계가 그에게는 겨우 손에 쥘 만한 "땡볕 한 줌"의 의미로 축소되어 나타나기도 한다. 그래서 〈하나〉에서 광대무변한 세계를 읽을 수 있고, 또 삶의 무소유(無所有)를 읽을 수도 있기 때문에 그의 시를 들여다보아는 이유이다. 우리들이 〈하나〉에서 깨닫는 힘을 그의 시에서 발견하게 되는 것이다.

사랑의 빛과 그늘

정일근론

Ⅰ. 사랑과 추억

정일근은 1984년 《실천문학》(5권)에 「야학일기1」를 발표하면서 한국 시단에 나타난 시인이다. 정일근은 첫시집 『바다가 보이는 교실』(1987)을 비롯하여 『유배지에서 보낸 정약용의 편지』(빛남, 1991), 『처용의 도시』(고려원, 1995), 『그리운 곳으로 돌아보라』(푸른숲, 1994), 『경주 남산』(1998. 3), 시선집 『첫사랑을 덮다』(1998. 5) 등의 시집을 한국시단에 상자했다. 이 가운데 첫시집 『바다가 보이는 교실』의 「야학일기」 연작(1-7)과 「바다가 보이는 교실」 연작(1-10)을 통해서 그는 1980년대의 교육 현실을 진단했다. 그리고 「유배지에서 보낸 정약용의 편지」는 1980년대 군사 정권에 처했던 우리들의 암울했던 시대적 아픔을 정약용의 유배의 아픔으로 은유한 그의 대표작이라 할 수 있다.

1990년대 이후, 그는 새로운 시세계를 모색하였다. 그 모색의 결과, 정일근 시인은 그의 시세계 중심을 그리움과 사랑이라는 곳에 닻을 내렸다. 이 그리움은 공간 지향의 그리움이지만 동시에 인간에 대한 그리움이기도 하다. 그의 공간 지향의 그리움은 경주 남산이다. 그리고 인간에 대한 그리움을 표현할 때는 사랑이란 이름으로 그의 새로운 시세계의 꼭대기에 매달았다. 그래서 그리움을 주제로 한 시집 『그리운 곳으로 돌아오라』와 사랑을 주제로 한 시선집『첫사랑을 덮다』를 세상에 내놓았던 것이다. 사랑과 그리움을 빚은 시집『경주 남산』이 또한 그러하다.

시선집『첫사랑을 덮다』〈서(序)〉에서 시인은 사랑과 시의 관계에 대해서 말하고 있다.

> 사랑이 아니고서야 어찌 내 시가 존재했으리.
> 내 시는 언제나 내 사랑의 힘에 은혜 입었으며 그 사랑의 아픈 흔적이
> 다. 하여 아직도 사랑을 가슴에 품고 사는 그대에게 이 시집을 보내
> 니, 사랑이여, 가서 홀로 추억의 등불을 켜라.

시인은 시 창작의 근원을 사랑과 그 사랑의 아픈 흔적에 두고 있다. 그래서 정일근 시에서 사랑의 의미와 그 사랑의 아픈 흔적이 무엇인가를, 그리고 그의 시에 녹아 있는 추억의 등불을 찾아야 그의 시세계를 이해할 수 있을 것이다. 그의 시세계는 이루지 못한 사랑의 슬픔이 내재하기 때문에 사랑의 아픈 흔적들이 시로 승화되었고, 또한 아련한 그의 추억의 등불을 시로 복원시켰다. 그래서 평자는 그의 시세계를 두 갈래로 들여다보고자 한다.

Ⅱ. 천 년의 사랑

시인들은 안주하는 공간이 있다. 안주라기보다는 시인들의 특별한 애정을 담고 있는 공간이 있다고 말해야 옳을 것 같다. 시인들에게 그 애정의 공간이 곧 시에 등장하기 때문에 시인들이 지향하는 공간을 주목하는 것이다. 정일근은 경주에 대한 애정을 깊게 가지고 있다. 특히 남산이 있는 경주로부터 얻어진 시집『경주 남산』이 그것이다. 이 시집은 본래『紺紙의 사랑』(빛남, 1997. 한정판 300부를 찍었는데, 이 시집은 〈문예진흥기금〉으로 비매품)을 수정 보완하여 출판한 시집이다. 시집을 수정하는 이유는 시상을 고치는 것이 아니라 시인이 처음 가진 시상을 좀 더 적

극적으로 표현하기 위한 욕망에서 비롯된 것이다. 그렇다면『경주 남산』
은 연작 장시집으로 시인이 가장 애착을 가지고 있다는 뜻을 함의하는 것
이다.

　시인은 경주의 남산에서 사랑의 노래를 부르고 있다. 천 년 동안 지속
되는 사랑을 꿈꾸고 있다. 정일근 시의 사랑은 경주 남산에서 천 년을 기
다린다. 여기에서 정일근 시의 사랑이 닻을 내렸음을 알 수 있다. 이전의
시집에서 보여 준 교실과 사회에서, 이제 사랑으로 감싸는 출발지를 경주
남산으로 정했다. 정일근은 천 년의 사랑을 꿈꾸는 시인이다. 시간적으로
천 년은 인간이 존재할 수 없는 시간이다. 그렇기 때문에 정일근 시인의
염원이지만, 그의 사랑은 현실적으로 불가능을 내포하고 있다. 사랑의 불
가능은 결국 이룰 수 없는 사랑이라는, 한편으로는 우리의 고전 시가에
맥이 닿는 공식이다. 정일근 시의 사랑은 「감지(紺紙)의 사랑-경주 남산」
에서 빛을 발하고 있다.

비단 오백 년 종이 천 년을 증명하듯
우리 한지에 쪽물을 들인 감지는 천 년을 견딘다는데
그 종이 위에 금니은니로 우리 사랑의 詩를 적어 남긴다면
눈 맑은 사람아
그대 천 년 뒤에도 이 사랑 기억할 것인가
감지에 남긴 내 마음이 열어주는 길을 따라
경주 남산 돌 속에 잠든 나를 깨우러 올 것인가
풍화하는 산정의 억새들이 여윈잠을 자는 가을날
통도사 서운암 性坡 스님의 감지 한 장 얻어
그리운 이름 석 자 금오산 아래 묻으면
남산 돌부처 몰래 그대를 사랑한 죄가
내 죽어 받을 사랑의 형벌이 두렵지 않네
종이가 천 년을 간다는데
사람의 사랑이 그 세월 견디지 못하랴
돌 속에 잠겨 내 그대 한 천 년 기다리지 못하랴.
　　　　－「감지(紺紙)의 사랑-경주 남산」

초코렛과 같은 일회용 사랑이 우리의 입맛을 젖게 했을 때, 정일근은 천 년을 견디는 사랑의 물감을 들인 〈한지〉를 우리들에게 내어놓는다. 어쩌면 초코렛과 같이 달콤하고 빨리 녹아 버리는 사랑의 시대에 정일근의 시는 천 년 동안의 사랑을 약속하고 싶은 것이다. 그래서 시인은 "내 그대 한 천년 기다리지 못하랴"고 탄식 섞인 애절함을 표현하고 있는 것이다. 시인은 자신의 사랑을 시간의 섭리에 따르고 있다. 시간은 자연 현상을 물리적 개념으로 환산시킨 것이다. 그렇기 때문에 시인은 자신의 사랑을 자연 현상에 기댄다. 그러나 그가 바라 본 자연 현상은 슬픔을 감추고 있다.

　　허락하신다면, 사랑이여

　　그대 곁에 첨성대로 서고 싶네, 잎 없고 귀 없는 화강암
　　첨성대로 서서 아스라한 하늘 먼 별의 일까지 목측으로 환
　　히 살폈던 신라 사람의 형형한 눈빛 하나만 살아, 하루 스물
　　네 시간을, 일 년 삼백예순닷새를 그대만 바라보고 싶네

　　사랑이란 그리운 사람의 눈 속으로 뜨는 별

　　이 세상 모든 사랑은 밤하늘의 별이 되어 저마다의 눈물
　　로 반짝이고, 선덕 여왕을 사랑한 지귀의 순금 팔찌와 아사
　　달을 그리워한 아사녀의 잃어버린 그림자가 서라벌의 밤하
　　늘에 아름다운 별로 떠오르네, 사람아 경주 남산 돌 속에 숨
　　은 사랑아, 우리 사랑의 작은 별도 하늘 한 귀퉁이 정으로
　　새겨

　　나는 그 별을 지키는 첨성대가 되고 싶네

　　밤이 오면 한 단 한 단을 쌓아 하늘로 올라가 그대 고
　　운 눈 곁에 누운 초승달로 떠 있다가, 새벽이 오면 한 단 한
　　단 몸을 풀고 땅으로 내려와 그대 아픈 맨발을 씻어주는 맑

은 이슬이 되는,

- 「연가-경주 남산」

선덕 여왕을 사랑한 지귀, 아사달을 그리워하는 아사녀의 사랑을 정일 근 시인은 빌려 온다. 이들의 공통 분모는 한결 같이 이루지 못한 아픈 사랑을 우리에게 남겨 놓고 있다. 그래서 정일근 시는 한 맺힌 아픈 사랑 으로 시작한다. 그는 이전의 시에서도 아픔을 보여 주었다. 교실에서 보 여 준 것도 아픔이었고, 사회에 대한 것도 역시 아픔이었다. 이런 아픔을 이제는 남녀 사랑에 대한 아픈 흔적으로 연결시켜 놓았다. 정일근 시에는 항상 아픈 흔적들이 도사리고 있음을 발견할 수 있다. 그 아픈 흔적이란 "잎 없고 귀 없는 화강암 / 첨성대로 서서" 아스라히 그대만 바라보는 망 부석의 아픔이다. 그래서 그의 사랑은 아픈 흔적을 가지고 있는 것이다. 시인이 말한 것처럼 그의 시는 사랑의 아픈 흔적들로 승화된 언어들이다.

Ⅲ. 흑백사진 속의 사랑

1980년대 칼라 시대 이후, 특별한 의미를 되새길 때 사람들은 흑백 사진을 들여다 본다. 그는 이런 특별한 의미를 「흑백사진」 연작을 통해 보여 주고 있다. 그의 연작시의 제목이 암시하듯 칼라 시대인 지금, 흑백 은 바로 추억의 시간이다. 그 추억의 시간은 정일근 시에서는 단순히 과 거에만 잠겨 있는 것은 아니다. 어쩌면 그의 시는 이 시대의 여타 시인처 럼 유년의 세월을 떠올리면서 적당히 현실에 대한 비판의 목소리로 옮겨 가면서 자신의 시적 역정을 매꾸어 가는 것처럼 보일 수 있다. 그래서 유 년의 회상이나 가족사적 비극을 확대하면서 당대 현실에 대한 비판의 목 소리를 보여 주는 것처럼 보일 수도 있다. 이런 점에서 자칫 그는 시적 탄력을 잃은 시인일 수도 있다. 그러나 그의 시가 시적 탄력을 잃지 않는 이유는 과거에만 멈추어 선 추억의 기억들을 영상인 〈흑백사진〉 속에 담고, 누구나 이 〈흑백사진〉을 꺼내어 보면 사랑으로 가득한 시간으로 잠겨 들게 한다는 점 때문이다.

그의 시에 유년의 추억(따뜻함, 행복한 기억)들은 「흑백사진-7월」, 「흑백사진-닭국」, 「흑백사진-갈치」, 「흑백사진-가물치」를 통해 유년 시절의 고향 회상을 보여 준다. 그리고 한편으로는 유년의 가족사의 비극을 「흑백사진-그 여자」, 「흑백사진-친구」, 그리고 청년기의 추억을 통해서 첫사랑의 비극을 「흑백사진-배호」로 담았다. 그리고 희망의 메시지를 「흑백사진-불꽃놀이」로 조망했다.

> 내 유년의 7월에는 냇가 잘 자란 미루나무 한 그루
> 솟아오르고 또 그 위 파란 하늘에 뭉게 구름 내려와 어
> 린 눈동자 속 터져나갈 듯 차고 찬물들은 반짝이
> 는 햇살 수면에 담아 쉼 없이 흘러 간다.......중략.....
> ....점점 무거워 오는 눈꺼풀 위로 멀리 누나가 다
> 니는 분교의 풍금소리 쌓이고 미루나무 그늘 아래에서
> 7월은 더위를 잊은 채 깜빡 잠이 들었다.
>
>   - 「흑백사진-7월」 중에서

> 라디오에서나 듣던 유행가 멋들어지게 불렀다. 수업
> 시간에는 엎드려 노래 가사를 적고 오락시간 소풍 때는
> 일어서 창 짧은 교모 비뚜루미 쓰고 나훈아 남진 노래
> 부르며 가수가 꿈이었다...........중략....................
> ...부모 몰래 등록금 들고 서울로 야반도주하는 밤 나
> 를 불러 마을 늙은 고욤나무에 칼금을 그으며 가수가
> 되어 돌아오겠다고 맹세하고 떠난 그 친구.
>
>   - 「흑백사진-친구」 중에서

유년의 7월, 그 무더운 여름날에 흩날리는 미루나무 가지, 갯가의 찬 물들이 반짝이는 햇살 수면 위로 흘러가는 유년 시절. 도시화해버린 세대에게는 느낄 수 없는 아련한 향수를 그의 시는 불러일으킨다. 더구나 마

음씨 고운 누나가 다니던 분교의 풍금소리와 함께 미루나무 그늘 아래에서 깜박 잠들었던 유년의 기억을 그의 「흑백사진」이 아니면 그 추억을 되살릴 수 없을 것이다. 그러나 유년의 기억이 시인에게는 항상 감미로운 것은 아니다. 〈흑백사진〉 속의 그 친구는 나훈아, 남진의 노래를 부르며 가수의 꿈을 꾸었던 친구지만, 결국 아무런 소식도 없이 「흑백사진」속의 아쉬운 기억으로만 박혀 있다.

위의 두 시작에서도 짐작할 수 있듯이 유년 추억과 고향 친구의 모습을 생생하게 보여 주고 있다. 그래서 정일근의 「흑백사진」은 다시 보고 싶은 감정을 불러일으킨다. 적어도 칼라 시대에 울긋불긋한 개성보다는 무채색이나 흑색 같은 분위기 속에서 아련한 추억의 안개를 자욱이 뿜어내는 그런 시작들이다. 그의 시는 이런 추억의 사람들을 추억의 등불인 「흑백사진」속의 사랑으로 우리 주위를 밝히고 있다. 그래서 우리들은 홀로 추억의 등불을 켤 수 있는 것이다.

> 내 첫사랑은 흘러간 유행가 속의 여자, 만남은 없고
> 늘 이별의 뒷모습뿐인 여자, 그 여자를 무작정 사랑했
> 네. 언제나 사랑은 잠시, 사랑하는 사람은 떠나고 나는
> 비에 젖었네. 가로등에 어깨 묻고 비애에 젖었네. 죽
> 은 사람이 부르는 아아득한 목소리, 운명의 목덜미를 잡
> 아 흔들어 달아나기에는 늦은, 반음 늦은 60년대의 사
> 랑법. 한 번은 그런 빛깔 그런 눈물로 사랑하고 싶었네.
> 서글피 찾아왔다 울고 가는 그 사내처럼, 비에 젖어 돌
> 아서는 그 사내처럼.
>
> － 「흑백사진-배호」 중에서

정일근의 사랑은 흔한 유행가 가사의 노래 같다. 그래서 그의 시에서는 클래식보다는 대중성을 지닌 감정을 읽어 낼 수 있다. 이 때문에 그의 시는 우리에게 가까이 다가 올 수 있는 것이다. 「흑백사진-배호」가 우리의 감정을 쉽게 흡인하고 있는 이유이기도 하다.

「돌아가는 삼각지」(작사: 이인섭, 작곡: 배상태)로 유명한 배호(裵湖: 1942~1971)는 29살의 아까운 나이에 요절했다. 작곡가로 유명한 박춘석 씨는 "백 년에 한 번 태어나기 어렵다는 매혹의 저음 가수 배호"라고 극찬한 바 있다. 「돌아가는 삼각지」라는 노래 가사의 내용은 위의 시의 내용을 암시하는 부분이 많다. 가사의 내용을 옮겨 보면, "삼각지 로타리에 굿은 비는 오는데 / 잃어버린 그 사람을 아쉬워 하며 / 비에 젖어 한숨짓는 외로운 사나이가 / 서글퍼 찾아왔다 울고가는 삼각지 // 떠나버린 그 사랑을 그리워하며 / 눈물 젖어 불러 보는 외로운 사나이가 / 남몰래 찾아왔다 돌아가는 삼각지"이다. 정일근의 「흑백사진-배호」는 가수 배호의 「돌아가는 삼각지」에서 사랑을 아쉬워하는 이미지가 중첩되면서 1960년대의 사랑법으로 우리들을 빨아들이고 있다.

그의 시에서 천 년의 사랑을 찾는다는 점에서 빛을 발하지만, 그의 시에서 사랑을 이루지 못한다는 점에서 그늘이 길게 늘어져 있다. 지귀의 사랑이나 아사녀의 사랑도, 1960년대의 사랑법인 배호의 노래 가사에서도 이를 읽을 수 있다. 어쩌면 그는 〈흑백사진〉 속에 모든 기억들을 지우고 싶은 지도 모른다. 더 이상 그는 사랑의 비애라는 그늘을 달가워하지 않을 것이다. 그래서 그는 사랑의 비애에 지치도록 부르며, 목이 쉬도록 사랑의 비애를 불렀기에 더 이상 사랑의 목소리는 내지 않을 것이다. 그래서 아마도 그의 시적 변모(평자의 왜곡된 시각일 수도 있으리라)는 새롭게 시작될 것이다.

Ⅳ. 사랑의 빛과 그늘

정일근 시인은 과거를 세심하게 생각하는 시인이다. 자신의 사랑과 그리움을 아득한 신라시대에까지 거슬러 올라 간 것이 그렇고, 자신의 아픈 추억들을 오래된 〈흑백사진〉으로 담아두었던 점이 또한 그렇다. 과거를 세심하게 생각하는 것은 현실의 부적응일 수도 있으며, 현실의 비판까지 담을 수 있는 태도일 수도 있다. 그렇기 때문에 자신이 안주하고 있는 현실적 생활의 공간인 울산에서 〈처용의 아내〉에 대한 부덕한 사랑 -천 년을 기다리는 사랑이 의미를 상실한 경주에 사는 처용을 등장시킨 것에서도 알 수 있다. 이는 시인 자신이 안주할 수 없었던 울산 생활이 시속에서 묻어난 데서도 확인할 수 있다.

> 술 취한 處容 씨(33세. 울산시 남구 개운동)가 공업탑로
> 터리에서 춤을 춘다. 그의 아내는 일주일째 집에 돌아오지
> 않고 있다. 이 도시의 상징인 푸른 작업복은 누런 때에 찌
> 들었으며 어린 아이와 늙은 어머니는 오늘 저녁도 라면으로
> 끼니를 때웠으리라. 달 밝은 그날 밤 야근을 하지 않고 돌
> 아온 것이 잘못이었을까 疫神같이 건장했던 그 사내를 용서
> 한 것이 잘못이었을까.
>
> 공업화로 일찍 시든 그의 청춘 때문인가. 하루하루 몸은
> 야위어 가고 다달이 월급봉투는 기름져 갔다. 검은 강은 입
> 안부터 썩어 가 구취를 풍기고 떠나간 물고기와 새들은 다
> 시 돌아오지 않았다. 누구든 호텔 나이트클럽에서 전라의
> 춤을 추는 아내를 보았다고 했다. 누구는 노래방에서 노래
> 부르는 아내를 보았다고 했다. 누구는 憲康王을 따라 서라
> 벌로 도망가는 아내를 보았다고 했다.
>
> 處容 씨가 춤을 춘다. 슬픔으로 수그러진 어깨와 탄식으
> 로 늘어진 소매를 가진 處容 씨가 마침내 흐느낀다. 얼굴
> 가득 피어나는 열꽃들을 견디지 못해 흐느끼며 춤을 춘다.
> 자정 지나자 저마다 열병으로 일그러진 얼굴을 한 수 많은
> 處容들이 기다렸다는 듯이 몰려 나와 춤을 추고, 거대한 이
> 도시가 밤마다 기어 나와 어기적어기적 함께 춤춘다.
>
> — 「취재수첩 · 16- 處容의 도시」

공업 도시인 울산에 사는 처용의 아내는 가출하여 "일주일째 집에 돌아

오지" 않고 있다. 가출한 처용의 아내는 호텔 나이트 클럽의 무용수나 노래방에서 노래를 부르는 직업을 가졌거나 헌강왕을 따라 서라벌로 도망갔을 것이라는 추측만 남는다. 처용은 아내를 지독히 사랑하는 사람이다. 처용은 애절한 천 년의 사랑을 그리워하는 시인의 모습이다. 그래서 처용은 천 년의 사랑을 꿈꾸는 시인에게는 사랑의 그늘임이 분명하다.

이 시는 현대 산업 사회에서 붕괴되는 사랑의 풍속도를 보여준다. 그의 시는 사랑의 빛을 발산하지만 가출한 처용의 아내를 통해서, 결국 그늘 속에 함몰되어 사랑의 프리즘을 보여 주지 못한다. 이것이 그의 사랑의 그늘이다.

이 시는 울산의 현실의 한 단면도를 보여 준 시다. 울산의 상징인 〈공업탑 로타리〉라는 현실의 한 단면도를 예리하게 포착했다는 점에서 그의 현실 감각을 엿볼 수 있다. 이는 그의 기자 생활과 무관하지 않을 것이다. 「취재수첩」은 시인이 기자 시절, 사회 현장에서 생생하게 느낀 피부의 언어들이다. 그렇기 때문에 그의 시어들은 살아 움직이는 것 같다. 「감은사지」 연작, 「흑백사진」 연작, 「취재수첩」 연작에서도 그의 시적 대상에 대한 집요함을 새삼 확인할 수 있는 것이다. 그의 기자 시절 썼던 「취재수첩」 연작에서는 현실적인 감각이 더욱 두드러지게 나타난다. 그의 대표작 「유배지에서 보낸 정약용의 편지」에서는 역사 속에서 희생된 개인의 삶을 통해 역사성을 확인했지만, 「취재수첩-어떤 항해」에서는 1990년대의 정치적 현실을 냉소적으로 바라보고 있다. 이는 현실 감각이 도사린 것이라 할 수 있다. 그의 서정성이 사회성 혹은 역사성으로 옮겨 간 것이다. 그러나 이제 그는 시의 서정성에 서성이고 있다. 사랑과 그리움이라는 서정성의 등불을 밝히고 있다.

정일근 시의 빛은 그리움과 사랑이다. 이는 인간의 보편적 정서를 담아내기 때문에 그의 시가 독자들에게는 빛을 잃지는 않을 것이다. 더구나 『경주 남산』에서 사랑의 닻을 내린 그의 시세계는 천 년이라는 불가능의 세계를 가능의 세계로 옮겨 놓으려는 그의 시가 바탕하고 있기 때문에 더더욱 그럴 것이다.

　　정일근 시인이 『경주 남산』의 시집을 냈을 때, 〈서문〉에는 김광균이 보낸 편지글을 실었다. 그 편지글에는 "생애에 한 권의 시집으로 문학사에 남은 랭보의 자세에는 많은 것을 시사하는 것이 있습니다"라고 적혀 있다. 시인은 김광균이 보낸 편지 내용을 알고 있기에 그는 「시인」(91쪽, 『처용의 도시』) 자신의 시 창작 자세에 대해서 "죽음 뒤에도 내 詩는 남아 누추했던 삶을 덮어 주리 / 먼 훗날 내가 떠나고 없는 이 지상에서 / 누군가가 불러 줄 따뜻한 내 이름!"을 기억할 것이다. 그리고 시인이 남긴 시와 자신의 이름이 헐벗은 우리의 영혼에 따뜻함으로 감싸안기를 기다려야 할 것이다.

분단 극복의 전봉준

안도현론

I

분단 극복을 위한 필연적인 출정(出征). 즉 제2의 갑오 농민 봉기(전
봉준이 등장했던 갑오년의 봉기를 제1의 갑오 농민 봉기라고 명명한다
면). 이것은 안도현 시의 출발점이다. 물론 계속해서 그의 시세계가 변모
하고 있기 때문에 그의 시세계의 일관성을 의미하는 것은 아니다. 다만
본 글에서 다루려는 그의 첫시집 『서울로 가는 全琫準』(민음사, 1985)
에 대한 필자의 단정적인 평가일 따름이다. 안도현은 전봉준(全琫準, 18
54~1895)이라는 갑오 농민 전쟁의 역사적 인물을 분단 극복의 선봉장
으로 환치시켜 놓았다. 이후의 글들은 필자의 이 같은 단정적인 평가에
대한 뒷받침되는 수식어들이다. 다시 말하면 이런 수식어들이 그의 시에
대한 필자의 평가를 뒷받침하는 수식어인 셈이다.

II

우리 민족은 수 많은 전쟁을 겪어 오면서 그 전쟁으로 인한 민족의 상
처가 역사·정치·경제의 변화뿐만 아니라 문학 작품에도 큰 영향을 미

쳤다. 그래서 한국 문학에서 전쟁 의식이 반영된 작품들을 볼 수 있다. 전쟁과 관련된 고전의 작품은, 가령 임진난을 다룬 『王辰錄』을 비롯하여 병자호란의 『林慶業傳』, 병자호란을 무대로 하여 전란의 극복과 여성 의식을 다룬 『박씨전』 등을 들 수가 있다. 그리고 6·25 전쟁을 소설의 무대로 한 『남과 북』(홍성원), 『광장』(최인훈), 『空山吐月』(이문구), 『韓氏年代記』(황석영) 등도 있다. 특히 1980년대에는 이러한 전쟁과 이데올로기를 바탕한 작품들이 질과 양에 있어 팽창하였다. 가령 『영웅시대』(이문열), 『태백산맥』(조정래)과 같은 작품이 좋은 예이다.

민족의 수난 중 오늘을 살아가는 현재자(現在者)에게까지 고통의 벽이 허물어지지 않는 사건이 6·25 전쟁이었다. 그래서 1980년대 문학에서는 전쟁이 낳은 분단, 분단 극복이 민족 해방의 첫 디딤돌임을 작가들과 문학론자들은 깊이 인식했다. 그래서 1980년대는 유행가 가사의 일부분이 되어버릴 정도로 〈분단 극복을 위한 노력〉에 한국 문학은 깊이 발을 들여놓았다. 문학이 첨예한 역사의 문제를 다룬다면, 분단 이데올로기 충격을 문학이 수용해야 하는 폭의 모습을 짐작할 수 있다. 이러한 문학적 인식이 자칫하면 독자와 거리를 왜곡시키는 우려가 없는 것은 아니다. 그럼에도 불구하고 첨예한 역사의 문제를 제기하고 나름의 해결 방안을 모색한 문학적 진술은 중요하다. 문학이 역사의 문제를 다룰 경우, 역사 문제의 해결 방안을 모색하는 새로운 열쇠가 될 수도 있기 때문이다. 1980년대는 다소 전쟁 문학에 대한 논의가 많았고, 시보다는 소설에 다소 치우친 감이 없지 않다. 그래서 본 글에서는 소설 논의보다 다소 소홀하게 다루어진 시를 들추어보고자 한다.

시에서는 분단의 첨예한 인식의 작품을 창작했던 김수영과 신동엽, 1970년대는 신경림, 김지하, 유치환, 구상 등 일군의 시인과 1980년대 고은, 전봉건, 김남주 등이 대표적이라 할 수 있다. 전쟁의 문학적 진술, 특히 이 글에서는 안도현의 『서울로 가는 全琫準』에 나타난 분단 인식과 그 극복을 살피고자 한다. 물론 분단 극복의 선봉장으로 전봉준이 등장하게 된 이유도 설명되어 질 것이다. 안도현은 전봉준을 통해서 공간적 분단(휴전)과 분단 극복을 위해 〈필연적인 出征이라는 제2의 갑오 농민 봉기〉를 분단 극복의 대응 양상으로 시화했음을 이 글에서는 다루게 될 것이다.

시의 경우 시인의 자기 감정의 과잉 표현으로 인해 관념의 세계가 노출될 때 독자와 먼 거리를 가지게 되며, 반대로 극명한 역사 인식만을 다룰 경우 이데올로기의 프로화(propaganda) 때문에 소외될 수도 있다. 적어도 이 글에서 다루고자 한 안도현의 『서울로 가는 全琫準』은 위의 두 문제를 극복하고 있는 듯하다. 개인의 서정적 목소리와 첨예한 현실적, 민족적 문제의 고리를 변증법적으로 잘 다듬어 낸 시편들이기 때문이다.

1876년 개항 이후, 일본은 한국에 대한 경제적 침략, 민비 시해 사건으로 내정 간섭, 그리고 급기야 한·일 합방에 이르기까지, 또한 청과 더불어 약육강식(弱肉强食)의 침략과 침탈을 한반도 땅에서 자행했다. 이러한 민족 수난기에 보국안민(輔國安民)의 깃발을 든 녹두장군 전봉준이 등장했다.

몸 둘 곳 찾지 못하고 바라보니
진남포 마산 군산 성진 용암포
나무에 함포사격, 지붕 위에
군대상륙, 무슨 별똥별이 떨어지느냐고
밤하늘 아래 대문 빗장 걸던 사람들의 땅

제 스스로 고름 풀지 못하는 옷
뉘 손에 벗기우고 누웠더냐
우리 이쁜 해변 처녀들이 피를 흘리네
갈매기떼 아으 눈알을 잃고
천 길 바다, 그늘 속으로 뿔뿔이 가네

언제나 닿을까
짠물 젖은 빈 고깃배들
모르는 섬 뒤에 숨 죽여 숨는 동안
나라 안에 나라가 들어서니

國中國
우리 항구, 철 없는 사랑 언제까지 계속될까
보라, 全海域에 걸쳐 구름 같은
물 속 검은 태평양 잠수함 온다.
돛대도 아니 달고 삿대도 없이
                 - 「韓國開港史」 중에서

조선은 양난, 개항 이후 철저한 쇄국주의 정책으로 지탱하였다. 외세는 "함포사격, 군대상륙"으로 국내의 혼란을 가중시켰다. 안도현은 이런 역사적 침탈의 현장을 뛰어들어 "우리 이쁜 해변 처녀들이 피를 흘리며" 바다 주위가 온통 "천 길 바다 그늘 속에" 잠겨 버렸다고 한다. 단순히 해변가에서 우리 누나들만 유린당한 것이 아니라, 유구한 역사의 단절을 가져오게 한 원인을 고발하는 것이다. "나라 안에 나라가 들어서니 / 國中國"이라고 형상화함은 이를 설명하는 극명한 표현이다. 즉 제국주의의 발톱이 들어서는 모습을 "보라, 全海域에 걸쳐 구름 같은 / 물 속 검은 태평양 잠수함이 온다 / 돛대도 아니 달고 삿대도 없이" 그야말로 폭격적인 힘을 가해 온다. 이러한 역사적 함몰의 위기에 대응하여 혁명적 봉기를 한 대표적 인물이 바로 전봉준이다. 안도현은 전봉준의 등장을 통해 역사적 메시지를 가진 인물로 설정하였다. 이러한 설정은 역사적 소재주의를 통하여 전봉준이 외세 대항의 혁명 봉기 인물로 설정한 것이다. 이는 시적 토대로서 전봉준이라는 역사적 인물의 모티프를 설정하여 분단 극복의 대응체로까지 엮어가는 데서 안도현의 역사적 인식폭을 가늠할 수 있는 것이다. 「韓國開港史」는 민족 수난의 모습을 개인 서정적 차원을 넘어서 민중 차원으로 확산하여 형상화했음을 알 수 있다.

그 누가 알기나 하리
겨울이라 꽁꽁 숨어 우는 우리나라 풀뿌리들이
입춘 경칩 지나 수군거리며 봄바람 찾아오면
수천 개의 푸른 기상나팔 불어제낄 것을
지금은 손발 묶인 저 얼음장 강줄기가

옥빛 대님을 풀어 헤치고
서해로 출렁거리며 쳐들어 갈 것을
우리 聖上 계옵신 곳 가까이 가서
녹두알 같은 눈물 흘리며 한 목숨 타오르겠네
琫準이 이 사람아
그대 갈 때 누군가 찍은 한 장 사진 속에서
기억하라고 타는 눈빛으로 건네던 말
오늘 나는 알겠네

들꽃들아
그날이 오면 닭 울 때
척왜척화 척왜척화 물결소리에
귀를 기울이라
                    - 「서울로 가는 全琫準」 중에서

이 땅 겹겹이 어둠 제일 먼저 구름 뚫고
우리 봉선화 푸르른 밤 길 건널 때
흉한 역적 폭풍우도 맑게 잠재우고
솟을 꽃이겠다.
터질 꽃이겠다.
세상 짓이길 꽃이겠다.
                    - 「봉선화」 중에서

"겨울이라 꽁꽁 숨어 우는 우리나라 풀뿌리들이 / 입춘 경칩 지나 수군거리며 봄바람 찾아오면 / 수천 개의 푸른 기상나팔 불어제낄" 선봉에 선 전봉준의 현현한 혁명적 모습을 안도현은 그려내고 있다. 혁명적 모습의 전봉준은 민족의 아픔(풀뿌리의 아픔)을 절연시키고 풀뿌리의 해방적 상징으로 표현되고 있다. "겨울이라 꽁꽁 숨어 우는 우리나라 풀뿌리들"과 함께 전봉준은 "흉한 역적 폭풍우도 맑게 잠재우"는 혁명적 봉기를 한 것이다. 전봉준은 핍박받는 민족 슬픔을 끊으려는 해방의 메시지이다. 전봉준의 이러한 상징적 역할은 민족 수난으로 핍박받는 풀뿌리의 해방 대열에서 나타나며, 안도현은 이 대열 속에 동행하여 독자에게 다가가는 것이다. 이 시를 통해서 시인은 제국주의 힘에 짓눌리는 누나와 백성들의 아픈 모습을 통하여 민족 수난사를 형상화하였다. 그리고 시인은 제국주의에 "척왜척화 척왜척화"하는 대항적 인물로서 전봉준을 이끌어 온 것이다.

안도현은 전봉준을 끌어들임으로써 오늘날 우리들이 인식해야 될 분단 문제에 대한 분명한 행동을 심어 준다. 안도현 자신은 전쟁 미체험 세대이지만 유년과 청년 시절 체험을 통해 분단의 문제로 극화시키고 있다. 이는 분단의 문제를 그의 시 가운데에 놓으면서, 역사적으로 민족 문제 해결의 선봉장이었던 전봉준을 등장시키려는 의도가 깔린 것이다.

> 아아 그때부터였다. 청군 백군 서로 갈라져
> 지금에 이르고 감추어 둔 비둘기와 오색 종이 가루를 찾기 위해서
> 우리가 저 높은 곳으로 돌멩이 같은 것을 던지기 시작한 것은
> 그런데 소식도 없이 기러기 기러기는 하늘에다 길을 내고
> 겨울이 오면 아이들은 변방으로 위문편지를 쓰다가
> 책상 위에 연필로 깎는 칼로 휴전선을 그었다.
> 그 부끄러운 흔적 지우지 못하고 6학년이 되었을 때
> 가슴 따뜻한 고향을 조금씩 벗겨내며 처음으로
> ─「풍산초등학교」 중에서

이 시는 국민학교 유년 시절, 운동회의 청군과 백군으로 나누어졌음을 통해 민족 분단을 인식하는 과정으로 상징화시켰다. 또한 겨울이면 위문 편지를 쓰는 이데올로기 체험을 하게 되며 책상의 금을 통해 단짝과 등을 돌리는 것으로 분단 이데올로기로 설정하는 등, 청년의 시각에서 바라보는 분단의 인식 과정을 체험 형식으로 진술하고 있다. 이러한 유년의 교실 체험을 통한 분단 인식은 시인 자신의 청년 모습으로 확대되면서 총구를 겨누는 아픔의 연장선으로까지 닿아 있다.

> 오래도록 서 있으면 고향이 보인다
> 해와 달 향하여 이 땅에 처음 눈 뜬 뒤
> 노을은 다시 豫感의 푸른 속눈썹 반짝이는

우리 서럽고 팔팔한 스물 두 살이 보인다.

이토록 오래 서 있으면
가장 멀리 있다는 죽음의 땅도 보일까
어둠이 난로 곁으로 근무시간을 바꿀 때,
말할 수 있으리라
우리들 쓸쓸한 監視의 끝에 서성이던 고향에 대해
목숨보다 단단한 총구 매만지며
스물 두 살의 哨兵, 나는
　　　　　- 「哨所」 중에서-

　시인은 분단의 저 쪽을 "죽음의 땅"으로 바라보고 있다. 이는 전쟁 미
체험 세대가 가지게 되는 반공 교육의 상흔을 보여 준다. 반공 교육은 전
쟁 미체험 세대가 바라보는 "죽음의 땅"이라는 인식으로 보여 주고 있다.
분단 이전 꽃 피는 산꽃, 냇물이 졸졸 흐르는 물장구 치는 고향과 운동회
날 금 그어진 책상과 청년의 눈으로 감시의 총구를 겨누는 고향을 대비적
이미지를 구축하여 한국 사회가 겪은 전쟁의 정신적 상흔을 보여 준 것이
다. 또한 시인은 "밤마다 머리에 뿔을 단 빨갱이를 마을로 내려보낸다고
하는" 현장에 위치하여 현대사의 치열했던 빨치산을 시적 무대로 하여 분
단의 상처로 보여 주고 있다. 슬픔의 땅을 바라보면서 시인은 민족의 슬
픔 앞에 섰던 전봉준을 초소에서 연상시키고 있다.

그대의 따뜻한 나라로 쳐들어 가고 싶구나
나는, 우리가 우리라고 스스럼 없이
이름 부르는 그것을 축복이라 생각하며
한 오백년, 물고 있을 담배에 불을 당긴다.
　　　　　- 「신혼일기」 중에서

　「신혼일기」에서 보여 준 것처럼 시인은 혈기 왕성한 소망을 꿈꾸고 있
다. 오늘의 젊은 세대가 인식하지 못하는 너그럽고 여유 있는, 한 오백년
담배를 물고 있을 그런 왕성한 꿈을 가지고 있다. 이런 꿈을 가지고 그는

강원도 땅, 옛고구려 땅, 발해까지 밟고 싶은 것이다. 물론 시인은 전봉준을 선봉장으로 하여 동행하고 싶은 것이다.

> 왜 이리 가 보고 싶은지 강원도 땅
> 어쩌면 옛고구려 사람도 몇몇
> 찔레덤불 속에 이마 밝은 자식 새끼 키우며
> 태평성대 연기 피워 꿈꾸고 있을 땅으로
>   - 「강원도 땅」 중에서

> 거기가 우리 할아버지 사시던 발해인줄 알아라
> 아아 발해 붉은 흙 발목 적시고 싶다
> 나도 너희 편대의 한 마리 기러기가 되자
>   - 「기러기야 발해가자」 중에서

시인은 분단 극복, 오히려 통일의 완결된 꿈을 꾸는 듯 시를 엮어 가고 있다. 그러나 자못 꿈꾼 뒤에 오는 현실적 공허감을 인식한다면, 통일의 완결된 꿈에 따르는 문학적 구축의 에너지가 축적되어야 함에도 불구하고 그의 시에는 그러한 것이 약해 보이는 감이 있다. 그러나 80년대 통일의 유행가 가사가 난무했던 전쟁 미체험 세대의 프로화(propaganda) 논쟁에 비해 안도현은 문학이라는 형식 속에, 특히 시 속에서 보여 준 분단 극복의 노력을 위한 시적 수용력을 감안한다면, 다시 한번 음미해 볼 만한 시작임을 알 수 있다.

이제 전봉준이 서울로 가는 까닭을 풀어야 할 것 같다. 이에 대한 해답은 이 글의 중간중간 핵심을 이루며 써 온 터이다. 재차 줄여 본다면, 역사의 구국 항쟁 봉기로 상징되는 전봉준을 통하여 다시 한번 제2의 갑오 농민 봉기를 통한 분단 극복의 필연적인 출정이라 할 수 있다. 적어도 전봉준이 당시대의 부정부패를 척결하려는 민중으로, 외세의 억압으로 짓눌린 민중의 삶을 적극적으로 옹호하려는 민중 봉기의 혁명의 주인공인 전봉준을 바로 오늘의 분단 극복 에너지로 안도현이 끌어오고자 한 것이다. 서울은 민족의 삶을 이루는 상징이기 때문에- 단순한 행정 수도를 뜻하는 것이 아니라 전봉준은 서울로 간다. 갑오년 때 폐정과 외세에 짓눌린 민중과 조선을 위해 혁명적 봉기가 일어났던 것처럼, 이제는 분단 극복을 위해 반외세, 반봉건의 화신으로써 제2의 갑오 농민 봉기로 전봉준이 서울로 출정하는 것이다. 외세는 조선의 혼란을 야기했던 것처럼, 오늘날 외세의 논리에 그어진 분단 앞에 전봉준을 등장시킨 안도현은 분단 극복의 인물로 끌어온 것이다. 안도현이 분단 극복의 열망을 노래한 대표적 시는 「벽시・2-남북새」이다.

남북 남북
남북새가
남북 남북하고
운다
내 밥 먹을 때
너희 잠 잘 때
까마득히
까마득히 왜 잊어버리냐고
말도 안된다고
두 개의 하늘
조선에 앉을 둥지
없어
남북새가 운다
아무도 보지 못해
잡지 못한 새
내 놀이 갈 때
너의 춤 출 때
남북 남북
남북새가
남북 남북
운다
　　　　- 「벽시・2-남북새」

"새야 새야 파랑새야 녹두밭에……"를 연상케 하는 시작이다. 이는 전봉준을 상징하는 노래 「벽시·2-남북새」는 안도현의 시적 역량을 엿볼 수 있다. 분단 극복을 열망하는 모습을 대단히 짧은 리듬으로 시화했다. 〈남북〉이라는 가상적인 새를 통해 분단의 슬픔을 노래하고 있으며, 통일에 대한 강렬한 열망을 보여 준다. 〈남북 남북〉의 울음이 〈통일 통일〉처럼 환청되는 것 역시 전봉준의 의분에 찬 울음과도 같은 맥락에서 이해되어진다. 민중이 해방되는 그 날까지 전봉준이 봉기했듯이 안도현은 굵게 그리고 힘차게 〈반드시〉라는 필연적인 어감으로 분단 극복을 노래하고 있다. 전봉준이 서울로 가는 까닭은 바로 분단 극복을 위한 또 다른 혁명을 위해 출정하는 것이다. 그래서 전봉준의 출정은 필연적인 혁명인 것이다.

> 아이들아 우린 꼭 닿을 수 있단다
> 밟고 갈 엄두도 내지 못하고
> 머뭇거리는 사람들 앞에서는 그 길이
> 볼수록 멀고 거친 길일 수밖에
> 자기선전에 급급했기 때문에
> 그들은 백두산 가는 길을 잃어 버렸다
> 통일되면 가야지, 그것은
> 앉은뱅이 그리움이다
> 그리움을 일으켜 세워 큰길로 나서자
> 누구나 가야 할 길
> 백두산 가는 길
> 지금 발 딛고 선 자리에서 지금
> 떠나지 않으면 영원히 갈 수 없는 길
> 선생님, 천지 물이 바다같이 깊고 푸르다지요
> 암 그렇고 말고 여러분 속마음과 똑같답니다
> 우리는 오늘도 백두산으로 간다
> ― 「백두산 가는 길」 중에서

분단 극복은 결코 "앉은뱅이 그리움"만으로 되지 않는다. 그래서 시인은 "지금 발 딛고 선 자리에서 지금 / 떠나지 않으면 영원히 갈 수 없는 길"이라고 단호하게 부르짖는다. 그리고 반통일 세력을 형성하는 이들에게조차 "머뭇거리는 사람들 앞에서는 그 길이 / 볼수록 멀고 거친 길일 수밖에" 없다고 말하고, 통일을 향한 혁명적 봉기에 동참할 것을 부르짖는다. 이 부르짖음은 우리 가슴 속에 살아 있는 "껍데기는 가라 알맹이만"을 외쳤던 신동엽의 또 다른 목소리로 들을 수 있다. 분단 극복을 위한 통일의 외침은 단순히 망향의 슬픔을 잊기 위한 가사의 일부분이 아니고 형제임을 인식하는 차원에서 시인이 바라보고 있다는 사실이다. 피를 나눈 형제이고, 그 형제가 사는 곳이기 때문에 "누구나 가야할 길"의 선봉에 전봉준을 내세운 것이다.

Ⅲ

안도현은 80년대 동시대의 젊은 전쟁 미체험 세대들이 행동주의·감상주의 논의를 외칠 때, 찬찬히 문학이라는 형식 속에서 분단의 원인이 외세에 기인함을 포착하였다. 그는 분단이 외세에 기인함을 전봉준이라는 인물을 통해서 역사와 현실을 대비적 차원으로 다루었음이 동시대 시인과 다른 점이다. 그러나 분단과 통일의 숙명적 과제를 제시했으나 그에 대한 실천 지향적 모습이 시 속에 녹아들지 못한 것이 그의 시가 갖는 허점이기도 하다. 그러나 다른 측면에서 그의 시를 한 켞씩 더듬어 가면 통일의 실천 지향적인 전략전술이 노출됨으로써 독자와 거리를 가지게 됨을 염두에 두고 본다면, 시인은 다분히 민족 전체가 느끼는 분단 문제를 시적 구조 속에 용해시켰기 때문에 시의 프로화가 되지 않았을 수도 있다. 시인이 분명히 축구하고자 했던 것은 분단의 원인이 외세에 있음을 드러내 보임으로써 분단과 분단 극복의 문학적 인식을 새롭게 구축하고자 했던 것이다. 그러므로 분단의 인식은 통일이라는 민족적 염원을 담은 전봉준의 혁명적 봉기를 연유시키는 그의 시적 역량을 엿볼 수도 있는 것이다. 외세에 대항하는 건강한 의지의 전봉준이 서울로 간 까닭은 민중과 민족의 염원이 통일을 이루는 화신으로, 또 통일의 선봉장으로 출정한 것이다. 이러한 전봉준과 안도현 시인은 동행하고 있다. 그래서 안도현의 시를 통해서 분단의 시적 전망을 탐색하는 위험스런 흥미를 가질 수 있는 것이다.

끝으로 안도현 시인의 통일에 대한 희원적 갈망을 담은 시 한편을 재 인용하면서 끝을 맺고자 한다.

> 통일 되면 가야지, 그것은
> 앉은뱅이 그리움이다
> 그리움을 일으켜 세워 큰 길로 나서자
> 누거나 가야 할 길
> 백두산 가는 길
> 지금 발 딛고 선 자리에서 지금
> 떠나지 않으면 영원히 갈 수 없는 길

찰나(刹那)의 꽃

김선우론

Ⅰ. 시인의 혀

나는 지금 『삼국유사』의 「경문왕과 복두장이」 이야기를 떠올리고 있다. 내가 시인의 영감처럼 이 이야기를 떠올린 것은 김선우의 『내 혀가 입 속에 갇혀 있길 거부한다면』(창작과 비평사, 2000년)이라는 시집 제목과 유사성이 있다는 점에서이다. 이 이야기는 알려진 것처럼, 복두장이가 경문왕 귀의 비밀을 대숲에서 외친다는 내용이다. 무더운 여름 날 대숲에서 불어오는 바람의 시원함을 느껴 본 사람은 복두장이의 외침을 이해할 수 있으리라.

아마도 시인들도 비밀을 외치는 복두장이일 것이다. 왜냐하면 세상 사람들이 미처 모르는 비밀을 시인들은 자신의 혀로 이야기하기 때문이다. 시인들은 자신의 입 속에 자신의 혀가 갇혀 있는 것을 거부한 자들일 것이다. 그래서 시인의 혀는 삶을 통한 아포리즘(Aphorism)의 언어일 수도 있기에 시인의 혀끝에서 우리들은 삶의 의미를 되새김질할 수 있다. 때로는 대숲에서 불어오는 시의 외침 때문에 우리 영혼에 시원함을 가져 올 수도 있으리라.

복두장이가 〈우리 임금의 귀는 나귀의 귀와 같다〉라고 대숲에서 외쳤 듯이 김선우 시인은 그의 혀끝에서 무엇을 외치고 있는 것일까?

II. 설살생(舌殺生)

　김선우 시인은 자신의 혀를 어떻게 생각하고 있을까? 혀끝의 놀림은 우리들의 길흉화복(吉凶禍福)을 불러온다. 혀의 조절은 인생의 조절과 같은 것이다. 더구나 진실이 아닌 왜곡된 말들은 혀를 가진 인간에게 큰 죄악을 가져 올 수도 있다. 그리고 불가에서는 오계(五戒) 가운데 거짓말을 하지 말라는 불망어계(不妄語戒)라는 계율이 있다. 이처럼 인간은 세 치의 혀를 조심해야 한다.

　김선우 시인은 아예 혀를 살생(殺生)을 하려 든다. "나는 그를 죽이는 중입니다"(「내 혀가 입 속에 갇혀 있길 거부한다면」에서)라고. 시인은 처절하게 자신의 혀를 살생한다. "나는 메스를 더욱 깊숙이 박았지요……" 라고. 그러나 살생은 쉬운 일이 아니다. 살생할 때는 신중해야 하기 때문이다. 그럼에도 불구하고 시인은 자신의 혀를 살생하고자 한다. 앞에서 인용한 시행의 말 줄임표에 담긴 의미를 주목해 보면, 자신의 혀에 대한 살생에 확신이 서지 않는다는 것을 짐작할 수 있다. 그래서 시인은 또 다시 "날마다 그를 죽일 궁리"를 하는 것이다. 그러나 혀는 묘하게도 "언제나 싱싱한, 피냄새가 묻어" 있기에 "오늘 밤 (또 다시) 나(시인)는 그를 죽일" 계획을 세우고 다짐한다.

　여기서 시인은 혀를 제3인칭인 〈그〉로 표현하고 있다. 이는 혀를 주관적인 신체의 일부로 이해했기보다는 객관화시켜 살생해야만 혀끝에서 내뱉는 주관화된 언어의 찌꺼기들을 완전히 살생할 수 있기 때문이다. 그리고 이는 타인에 대한 살생이 아니고, 신중하지 못하고 제 맘대로 내뱉는 혀끝에 대한 살생이기 때문에 "나를 고소할 수 있는 법정은 어디에도 없습니다"라고 하는 것이다. 이는 살생할 때의 우발적인 감정이 아니라 철저한 계획에 의한 살생인지도 모른다.

　사실 시인은 자신의 혀끝으로 무엇인가를 말하는 것을 꺼리는 지도 모른다. 왜냐하면 시인 자신의 혀가 "비굴하게 착하게 갇혀" 있기를 갈망하기 때문이다. 그러나 시인은 오히려 진실을 말하지 않고 "비굴하게 착하게 갇혀" 있는 자신의 혀를 살생하는 쪽을 택하고 있다. 설살생(舌殺生)을 통해서 시인은 진실을 말하고자 했는지도 모른다. 김선우 시인은 설살생(舌殺生)을 하는 찰나(刹那), 비로소 자신의 혀로 무엇인가를 말할 수 있는 모양이다.

Ⅲ. 그 찰나(刹那), 그리고 쉼표

김선우의 시에는 찰나의 상황이 반복되어 나타난다. 이는 단순히 반복적인 의미보다는 복두장이가 대숲에서 외치는 그 찰나와 같은 긴장을 야기한다는 데 주목할 필요가 있다. 몇 대목만 인용하면 다음과 같다.

1) 붉게 언 산수유 열매 하나
   발등에 툭, 떨어진다 - 「대관령 옛길」 중에서

2) 찢어진 날개 허공을 움켜쥐어
   대기권 밖이 찰나, 수런거리는데 - 「꿀벌의 열반」 중에서

3) 흡, 부패의 증거인지도 몰라 - 「애무의 저편」 중에서

4) 어라연 푸른 물에 <u>점점홍점점홍</u> - 「어라연」 중에서(밑줄:필자)

5) 돌의 이마 붉어지네 물 주름지네
   주름 위에 주름이 겹쳐지면서
   아하, 저 물소리
   내 몸에서 나던 바로 그 소리 - 「여울목」 중에서

1)의 시행은 수 없이 많은 산수유 열매 가운데 시인은 단 하나의 산수유 열매에 주목했다. 이는 시인이 찰나적인 상황을 포착하기 위해서 대상을 얼마나 미세하게 관찰하고 있는가를 단적으로 보여 준 예이다. 즉 산

수유 열매가 툭, 떨어지는 찰나적 상황을 포착한 것이다(경문왕이 道林寺 대밭에서 나는 〈우리 임금의 귀는 나귀 귀와 같다〉는 소리가 듣기 싫어서 대를 베어 버리고, 山茱萸 나무를 심었다는 내용을 떠올릴 수도 있으리라). 그리고 2)의 시행은 "꿀벌 한 마리"가 "찢어진 날개" 때문에 허공에 떨어지는 그 찰나에 동시적 상황으로 포착한 것이 바로 석류꽃이 피고, 지면서, 석류알이 생겨난다는 것이다. 석류꽃이 피고, 지면서, 석류알이 맺히는 시간을 찰나(범어-ksana, 어떤 사물 현상이 이루어지는 바로 그 때, 순간)의 동시성(synchronicity)으로 묘사한 것이다. 이런 찰나적 착상은 생의 의미를 깨닫는 순간인데, 시인의 또 다른 시 「선운사, 그 똥낭구」에서 은행 열매의 냄새와 해우소의 인분 냄새를 착각하면서 깨달은 찰나적 현상에서 또 한번 동시성의 심리 변화를 엿볼 수 있다. 3)의 시행에서 〈파리 한 마리〉가 "발가락에 앉았다 젖무덤을 파고"드는 찰나에 "흡" 하고 긴장하면서 "부패의 증거"라고 깨닫는다. 4)의 시행은 〈어라연〉 푸른 물이 점점 붉어지는 찰나를 포착하여 "점점홍점점홍"이라고 표현하였다. 그리고 5)의 시행에서는 여울목에서 나는 물소리를 깨닫는 찰나에 내 몸 속에서 나는 소리에 비유하여 자연과 시인 자신을 일체화시키는 착상은 불가에서 자연과 인간을 일체로 보는 관점과도 상통하는 것이다. 또한 체험을 통해 깨달음을 얻는 선사들처럼 시인은 "내 뼈가 살을 향해 내 살이 뼈를 향해 이토록 부대끼는 시끄러운 싸움"(〈시인의 말〉에서)이라는 내면의 풍경을 통해 시인과 자연의 일체를 본다.

선사들이 자연 현상을 빗대어 선시를 읊곤하는데, 김선우 시인도 자연 현상의 변화를 찰나적으로 응시하여 선취시(禪趣詩)로 적었다. 김선우 시인에게 있어 그의 한 특징은 바로 찰나의 동시성이다. 이것은 자연 현상을 통해서 찰나적으로 인간의 깨달음을 발견한 김선우 시인의 시작법이다.

위의 인용시 1), 2), 3), 5)에서 보듯이 시인은 쉼표를 통해서 찰나적 상황을 의미화하고 있음을 주목할 필요가 있다. 즉 찰나의 상황에서는 시인의 깨달음이 일어나는데 여기에 시인은 하나의 기호인 쉼표를 찍어 놓고 있다. 시인은 이를 찰나의 상황을 의미하는 독특한 시적 장치로 사용하고 있음을 알 수 있다(그렇기 때문에 4)의 시행인 〈점점홍점점홍〉의 한 음절 사이마다 〈점, 점, 홍, 점, 점, 홍〉도 쉼표를 한 개씩을 찍었으면 하는 아쉬움이 남는다. 〈푸른 물〉이 붉게 변화되는 찰나의 현상을 보여 줄 수 있기 때문이다).

찰나의 동시성은 시인에게 깨달음을 불러온다. 시인은 자신이 사는 세상과는 다른 〈도솔암〉에서도 이런 깨달음을 얻는다. 이를 잘 보여 주는 작품은 「도솔암 가는 길」이다.

이상하다 이 길은
어느 곳에서 바라봐도 구부려져 있다

길을 따라 내 몸도 구부러져
두 다리에서 네 발로
온몸으로 길 위에 눕게 되었는데

아름다운 비늘, 날랜 짐승 하나가
내 허리를 감치며 수풀로 사라지고

꿈이었을까
직립하던 슬픔은

스물 아홉에 출가한 불혹의 누이가
내 전신을 스치며
동안거에 든다
                － 「도솔암 가는 길」

시인이 살고 있는 속세에서 〈도솔암〉으로 가는 길은 이상하다. 어느 곳에서 바라봐도 구부려져 있기 때문이다. 길은 흔히 인생의 길에 비유된다. 그래서 길은 인생의 의미를 깨닫는 여정에 비유되기도 한다. 그래서 시인은 "두 다리에서 네 발로" 바뀌면서 "온몸으로 길 위에 눕게" 되는 인간의 삶과 죽음을 두 시행 속에서 응시하고 있다. 삶과 죽음의 문제를 응시하지 않고서는 〈도솔암〉으로 갈 수 없다. 이는 시인이 인간 존재에 대한 의정(擬情)를 가진다는 의미다.

김선우 시인의 시작법은 찰나적 동시성을 연출하기 때문에 「도솔암 가는 길」의 3연에서 "날랜 짐승 하나가" 순식간에 수풀로 사라지는 상황을 동시에 포착하여 표현하고 있다. 불가에서는 자연과 인간을 분리해서 보는 것이 아니라 항상 일체된 것으로 보고 있다. 여기서 자연인 "아름다운 비늘, 날랜 짐승 하나"를 통해서 삶의 순간이 얼마나 찰나적인가를 시적 상황으로 말하고 있다. 그리고 "날랜 짐승 하나"가 "내 허리를 감치며 수풀"로 사라지는 것은, 프레이저(J. G. Frazer)가 말한 일종의 감염주술(感染呪術)이다. 날랜 짐승이 수풀로 사라지듯이 날랜 짐승과 접촉한 〈내 허리〉도 순식간에 길 위에서 사라진다는 것을 암시하고 있는 것이다.

시인은 온몸이 길 위에 누워있는 것을 깨닫는 찰나, 의미 있는 만남이 이루어지는데, 그것은 바로 "스물 아홉에 출가한 불혹의 누이"와 시인의 만남이다. 꿈은 현실 부적응에서 오는 정신의 착란 상태일 수 있다. 그러나 꿈은 깨달음을 위한 참선과 같이 삶의 본질을 깨닫는 평정 상태일 수도 있다. 그렇기 때문에 김선우 시인이 꾼 꿈은 현실 부적응의 착란 상태에서 존재의 본질을 깨닫는 평정의 상태로 이동하는 통로인데, 이 때 안내자가 된 비구니가 바로 "스물 아홉에 출가한 불혹의 누이"이다. 이 누이를 통해서 시인은 현실의 부적응의 혼란에서 평정을 얻었다. 즉 "내 전신을 스치며" 다가 오는 것은 "동안거(冬安居)"에 든 누이를 통해 삶의 의미를 되돌아보는 것이다. 대선사의 깨달음이나 불교의 성전이라 할지라도 선승에게는 어디까지나 참고일 뿐이듯이, 누이의 동안거 역시 바로 시인에게 선의 깨달음에 들기 위한 안내이다. 시인은 궁극적으로 주체적인 체험과 깨달음을 위한 동안거가 필요하다는 것을 깨달은 것이다. 이는 세속과 불가의 경계에 선 시인의 출발선이며, 정지선이다. 아니 인생의 교차점이기도 하다. 이 인생의 교차점에서 시인은 "스물 아홉에 출가한 불혹의 누이"가 옮겨간 〈선운사〉로 발걸음을 옮긴다. 그런데 시인은 왜 〈선운사)로 발걸음을 향했을까?

시인은 불혹의 누이와 달리 분명 속세에 있다. 속세에 대한 어떤 시선이 그로 하여금 〈선운사〉로 향하게 했을까? 시인은 속세에 떠돌다가 머문 곳 —〈목포항〉,〈간이역〉과〈산청여인숙〉,〈포구의 방〉—에서 〈선운사〉로 향한 이유는 무엇일까?

> 돌아가야 할 때가 있다
> 막배 떠난 항구의 스산함 때문이 아니라
> 대기실에 쪼그려앉은 노파의 복숭아 때문에
> — 「목포항」 중에서

> 지금은 가리봉 어디 철공일 한다는
> 출생신고 못한 사내아이도 하나 있다는
> 내 추억의 간이역
> ....중략..........
> 한 아이의 아버지가 가끔씩 생각난다
> 당두마을, 마른 솔가지 냄새가 나던
> 맵싸한 연기에 목울대가 아프던
> — 「간이역」 중에서

〈목포항〉과 〈간이역〉은 떠남과 동시에 만나는 곳이다. 그렇기 때문에 세상의 의미를 읽는데 자주 등장하는 곳이다. 〈목포항〉에서 내린 시인은 또 다른 목적지를 가야하는데 가지 못하고 〈목포항〉으로 돌아가야 된다고 생각한다. 그 이유는 "대기실에 쪼그려앉은 노파"가 팔기 위해 배에 실은, 노파의 생활인 〈복숭아〉 때문이다. 그래서 시인은 배 안에서 "짓무르고 다친" 복숭아들을 고르다가 손에 상처가 난 노파를 보면서 "내(시인) 몸 속의 상처"가 덧나는 것으로 동시성을 체험하고 있다.

이런 동시성의 체험은 시인의 유년 시절까지 닿아 있다. 시인은 유년 시절, 〈당두마을〉을 떠났지만 "맵싸한 연기에 목울대가 아프던" 기억들이 항상 그 자리에 머물고 있다. 그래서 시인은 현실 속에서 〈노파〉와 〈한 아이)를 사랑으로 감싸안지 못했기 때문에 멀리 떠나지 못한 것이다. 〈노파〉와 〈한 아이〉의 삶은 곧 시인 자신의 삶이라 인식하고 있기 때문에 이들의 아픔을 통해서 시인은 자신을 찾고 있다. 시인은 이런 동시성의 체험을 통해서 내면적 성찰의 세계를 몰입하게 된다. 이런 내면적 성찰을 시인은 〈선운사〉에서 찾고 있다.

그런데 이 두 곳과는 달리 지친 몸이 쉬어야 할 〈산청여인숙〉과 〈포구의 방〉은 오히려 불안하다. 〈산청여인숙〉에 묵을 때면, "무료하게 누워 흰 벽을 바라"보면서(「산청여인숙」에서), "생리통의 밤"(「포구의 방」에서)을 포구에서 지새야 한다. 그렇기 때문에 시인은 자신이 살고 있는 속세와 〈선운사〉 사이에서 서성거리고 있다. 이 "두 세계의 끝이며 시작인, 모서리를 통해 한 여자(시인)가 걸어"(「산청여인숙」에서) 나와 〈선운사〉로 발걸음을 향하고 있다.

「선운사, 그 똥낭구」는 시인과 시인의 누이를 통해 얻게 된 삶에 대한 의미의 동시성을 다시 확인할 수 있다.

> 선운사에 와
> 해우소 앞 은행나무 아래 잠시 앉았습니다
> 이상한 냄새에 내 뒤춤을 자꾸 흘끔거렸는데
> 갓 여문 은행열매가 피우는 냄새였습니다
>
> ·····················중략················
>
> 당신 생각이 생각났습니다
> 폐소공포증을 앓는 당신이 지하서울역에서
> 황급히 뛰어올라가 파하, 하던
> 그 계단의 끝에는 무엇이 있었을까
>   - 「선운사, 그 똥낭구 - 불혹의 누이 영덕 스님께」 중에서

시인은 자신의 몸 속에 있는 찌꺼기를 배설해야만 몸이 깨끗해지고, 그런 깨끗함을 우려내고자 선운사의 해우소를 찾았다. 시인은 배설에 대

한 욕망이 늘 도사리고 있었다. 이는 몸 속의 불필요한 것을 살생하는 행위이다. 동시에 자신의 삶 속에 있는 아픔을 벗어나는 길이기도 하다. 이런 동시성의 상황은 은행 열매의 냄새와 해우소의 인분을 구별하지 못했다가 〈선운사〉에서 깨달았다는 이중 구조를 통해서 시인의 강렬한 외침을 담고 있다. 이는 깨달음을 말로 하는 것이 아니라 일상 언어 밖에 존재하는 불립문자(不立文字)에 대한 시인의 혀끝이 통째로 드러난 행동이다. 시인이 이것을 깨닫지 못했다면, 시인은 〈선운사〉의 해우소에서 인분 냄새가 난다고 혀끝을 내밀었을 것이다. 인분 냄새가 〈선운사〉의 해우소에 난다고 말하는 것은 일종의 불망어(不妄語)이다. 그러나 시인은 설살생을 통해서 이미 찰나적인 깨달음을 혀끝으로 말하고 있다. 해우소 인분 냄새의 비밀을 깨달았기에 시인은 "선운사 이 똥낭구가 나를 때립니다"라고 대숲에서 외칠 수 있는 것이다.

도시에 살았던 누이는 〈지하서울역〉에서 폐소공포증(閉所恐怖症)을 앓고 있는 시인에게 삶의 의미가 무엇인가를 던져 주고 있다. 도시에 사는 이들은 한결같이 딱딱한 현실 공간에 갇혀 있다. 이 때문에 현실 공간을 벗어나고자 산으로 바다로 짧은 여행길을 떠난다. 혹은 뒷산의 산보의 길을 떠나기도 한다. 김선우 시인은 대신에 〈선운사〉을 찾았다. 폐소공포증의 공간인 〈지하서울역〉에서 황급히 뛰어올라가 그 계단의 끝 지점에 선 찰나, 물론 김선우 시인이 찰나적 상황을 쉼표로 장치를 한 것처럼 이 시에서도 어김없이 쉼표를 통해서 삶의 의미를 깨닫는 찰나의 동시성을 보여 주고 있다. 폐소공포증을 벗어나기 위해 〈지하서울역〉 계단 끝을 올라 선, "파하"하는 그 찰나에 〈선운사〉의 목어를 떠올리는 동시성의 영적 교감은 그의 독특한 착상이다. 여기에는 시인의 영적 교감과 동시에 삶의 방향에 대한 깨달음을 준 "불혹의 누이 영덕 스님"이 존재하고 있다. 시인에게는 "죽비를 내리치는 나의 누이 영덕 스님"(〈시인의 말〉에서)이 존재하고 있다. 시인은 "불혹의 누이 영덕 스님"을 통해서 심리적이면서 영적인 성장을 하게 된다. 그래서 "불혹의 누이 영덕 스님"은 시인의 고뇌를 해결하는 원형이고, 동시에 세속에서 시인의 삶의 방향을 변화시키는 힘이기도 하다.

Ⅳ. 사음(邪淫), 그리고 꽃의 선취(禪趣)

시인은 불살생계(不殺生戒)을 어겼고, 또 불사음계(不邪淫戒)을 어겼다. 시인은 살생함으로써 자신을 말할 수 있었듯이 사음함으로써 깨달음을 말하고 있다.

불영산 수도암에 갔다가
비로자나 부처님과 한바탕 엉겼네

신랏적 부처들은 왜 그리 섹시하냐고
슬쩍 농을 건넸더니 반개한 두 눈 스르르 드시네
'실라' 라는 발음은 로맨틱해요
허리춤을 간질였더니 예끼, 손을 저으시네
천년 예술의 균형미 따위
선화공주와 서동방은 아랑곳않을걸요
아사달 아사녀의 달아오른 눈빛이
부럽지 않았나요 허허, 웃는 비로자나 부처님
아름다운 귓불이 벌게지셨네

.....................중략.....................

이 뭣꼬!
부처를 범했더니 거기 내가 있네
                    - 「벌집 속의 달마」 중에서

이 시에서 시인과 〈비로자나 부처님〉과의 노골적인 성의 대화는 오계 가운데 불사음(不邪淫)을 염두에 둔 것 같다. 불사음이 아니라 사음(邪淫)함으로써 시인은 깨달음을 얻고자 했다. 시인은 사음했지만 부처님은 이미 인간이 갖고 있는 욕정을 초월해 있기에 시인의 사음을 넘어선 곳에 자리하고 있다. 이 시에서 〈비로자나 부처님〉의 등장은 애욕이 모든 고의 근본임을 설파하여 마음의 해탈을 얻고자 한 시의 주제를 암시하고 있다. 그래서 시의 끝연에 표현된 부처님과 시인의 성적 대화에서 "이 뭣꼬!"하는 찰나에 던진 화두를 통해서 시인은 깨닫는다. "부처를 범했더니 [邪淫] 거기 내가 있네[깨달음]"라고 시인은 혀끝으로 말한다. 불계와 자신을 분리해서 보는 것이 아니라 성속일여(聖俗一如)라는 일치된 시점을 발견한 것이다. 이것은 김선우 시인의 혀끝의 언어이기도 하다.

선사들은 구체적이면서 실재적인 자연 현상-바위, 꽃, 구름, 새 등-을 통해서 선의 세계를 들여다보고 있다. 선사들의 구체적인 자연 현상을 김선우 시인은 자신의 혀끝의 언어로 사용하고 있다. 시인은 자연 현상 가운데 우리 주변에서 흔히 볼 수 있는 〈할미꽃〉, 〈분꽃〉, 〈백목련〉, 〈나팔꽃〉 같은 꽃에 시선이 머물러 있다. 「할미꽃」을 통해 인생무상을 이야기하면서, 「백목련 진다」에서는 전생의 인연설(因緣說)을 들여다보고, 「분꽃」을 통해서는 사바(娑婆)의 세계를 노래하고 있다. 이는 김선우 시인이 선적인 분위기와 선적인 사유의 깊이를 시로 형상화하고 있다[援禪入詩]는 뜻이다. 우선 「할미꽃」부터 읽어 보자.

> 태어나자마자 늙어버리길 소망한 그녀, 바위를 쪼개며 생
> 장하는 뿌리를 거부한 그녀가 어느날 당신에게 말을 걸어올
> 적이네 "잘 봐, 이게 다야!"당신과 나 사이에 피어 있는 할
> 미꽃.
>
> — 「할미꽃」 중에서

시인은 〈할미꽃〉을 통해서 생의 궁극적 지점을 꿰뚫어 보았다. 〈할미꽃〉을 통해서 생과 사의 차이가 찰나임을 전제하여 삶의 속도를 가늠한 것이다. "당신과 나 사이에 피어 있는 할미꽃"에서 생고(生苦)와 노고(老苦)가 우리에게 존재하고 있음을 본 것이다. 그렇기 때문에 시인은 "이 뭣꼬!"에 대한 선문답으로 "잘봐, 이게 다야!"라고 외친 것이다. 선사들의 선문답에 자주 화두의 대상으로 삼는 꽃의 세계를 시인은 자신의 혀끝에서 존재에 대한 화두로 풀었다.

또한 시인은 〈백목련〉을 통해서 깨달음을 자신의 혀끝으로 만들어 가

고 있다.

> 꽃으로 오기 전 너는 무엇이었나
> 거꾸로 선 폭포였나 진흙창 뒹굴던 놋반지였나
> 내 독은 아직 사타구니 뜨거운 희망이라서
> 절망을 멸하러 오는 절망의
> 맨얼굴을 볼 수 없다 네 발목을 잡을 수 없다
> — 「백목련 진다」 중에서

시인은 〈백목련〉을 통해서 선적인 사유의 깊이를 연기설(緣起說)의 선취시로 보여 주고 있다. 그래서 꽃으로 오기 전 "거꾸로 선 폭포였나 진흙창 뒹굴던 놋반지였나"라고 한다. 이는 속세에는 무조건적으로 존재하는 것이 없다는 연기설에 근거한다. 꽃이 폭포나 놋반지로 변화할 수 있는 근거는 분별을 고집하는 속세에서 벗어난 초월의 논리를 담고 있는 연기설이 뒷받침되기 때문이다.

연기설은 삶과 죽음의 문제와도 봉착하게 되는데, 이는 자연 현상에도 연기설이 바탕하고 있다는 것을 전제하고 있다. 〈백목련〉이 진다는 것은 자신의 가득찬 욕심을 버리라는 무아(無我)사상의 다름 아니다. 그래서 "아직 사타구니 뜨거운 욕망"과 독을 끊지 못하는 지점에서 서성이는 시인 자신을 확인하고 있다. 절망을 멸하려고 하지만 멸하지 못한다는 사실을 알고 절망하는 시인 자신을 발견한 것이다. 그래서 시인은 스스로 "절망을 멸하러 오는 절망"인 집(集)에 대한 멸(滅)을 알고 있는 것이다. 이는 무아를 깨닫는 순간이다.

〈백목련〉의 색감은 맨얼굴에 비유하고, 그 맨얼굴은 곧 순수를 뜻한다. 그래서 맨얼굴을 본다는 것은 곧 존재의 순수를 본다는 의미이다. 시인은 집을 멸하지 못했다는 것을 알기에 "맨얼굴을 볼 수 없다"고 생각한다. 왜냐하면 "맨얼굴"은 바로 본래부터 가지고 있는 자신의 존재를 말하는데, 이를 볼 수 없다는 것은 바로 허위, 욕망과 집(集)에 가득한 자신을 보았기 때문이다. 욕망과 집(集)으로 가득 차 있기 때문에 "맨얼굴"을 볼 수 없는 것이다. 이는 시인 자신이 순수를 깨달아야 한다는 또 다른 집(集)을 의미한다. 무아 사상을 통해 자신의 모순과 한계성을 동시에 보인다. 결국 인생에서 고(苦), 집(集)을 멸(滅)하는 것이 바로 순수이며, 도(道)에 드는 것이다. 멸을 한 후에야 순수 상징인 〈백목련〉의 발목을 잡을 수 있는데, 그 고와 집의 상태에서는 "네 발목을 잡을 수 없다"는 것이다. 순수의 상징인 〈백목련〉의 발목을 잡을 수 없다는 것이다. 그렇기 때문에 시인은 아직도 탁세(濁世)의 고에 시달리고 있는 것이다. 이러한 과정을 시인 나름대로 선취의 세계로 보여 준 작품이 「분꽃」이다.

'사바'라는 말 참 예뻐서

사바세계에 살고 싶었지요

'사바'라는 말 참 예뻐서

그 여자 못을 들어 제 가슴 찔렀지요

흰분홍노랑 못들을 박고

그 여자 여무는 까만 눈동자

제 가슴 가만히 들여다보았지요

못들이 이렇게 많으니

곧 꽃이 피겠구나

못자국 깊어진 오후 네시였지요
　　　　　　　　－「분꽃」

시인은 〈도솔암〉과 〈선운사〉가 아닌 사바 세계에 살고 있다. 이 사바 세계는 인간세이면서 탁세이다. 이 탁세에 살면서 시인은 스스로 깨달음을 얻고자 한다. 일찍이 원효는 자신 마음에서 깨달음〔心生故種種法生〕을 얻었듯이 시인이 "제 가슴 가만히 들여다" 본 것도 일종의 원효와 같은 깨달음을 염두에 둔 것이다. 혀끝의 자유로움은 혀끝을 살생하는 것이 아니라 마음임을 시인은 이제야 깨달은 것이다. 그래서 시인은 "못을 들어 제 가슴"을 찌르는 것이다. 제 가슴에 있는 욕망과 집을 멸하는 살생을 행하는 것이다. 그래서 까만 눈동자가 여물게 되고, 마침내는 맨얼굴과 가슴을 들여다 볼 수 있는 것이다. 이것은 바로 심안(心眼)의 세계이다. "못들이 이렇게 많으니", 이 많은 못으로 제 가슴의 욕망과 집을 살생하여 "못자국(이) 깊어" 진 다음에야 마음을 얻을 수 있는 것이다. 이는 곧 욕망과 집을 살생하고 난 뒤, "곧 꽃이 피겠구나"〔一花開五葉〕하는 깨달음을 얻은 것이다.

시인은 중생들이 갖가지 고통을 참고 견뎌야 하는 이 탁세에 머물면서 삶의 깨달음을 찾고자 계속해서 머물고 있다. 이는 시인이 탁세에 대한 따뜻한 시선을 버리지 못하고 있다는 뜻이다. 그래서 〈목포항〉과 〈간이역〉의 〈노파〉와 〈한 아이〉에 마음이 머물고 있는 것이기도 하다.

V. 혀끝에서 꽃핌

어떤 사람이 벼랑으로 떨어졌는데, 벼랑의 끝에서 끊어질 듯한 줄 하나에 의지하고 있다는 불교 설화가 있다. 떨어지면 밑에는 독사가 있기 때문에 죽을 수도 있다. 고개를 돌리면 바로 곁에는 꿀이 가득한 벌집이 있다. 떨어지면 독사에게 죽임을 당하고, 이런 가운데 순간순간 쾌락의 벌집이 눈에 어른거린다는 것은 독사와 벼랑 사이에 메달린 벌집에서 인간의 고통을 상징적으로 말하고 있다. 이를 두고 인생의 일체를 고(苦)라고 한다.

김선우 시에서 벌을 시적 대상으로 삼은 작품들은 「꿀벌의 열반」, 「벌집 속의 달마」, 「나팔꽃」 등이 있다. 「꿀벌의 열반」에서 시인은 생을 관조하면서 죽음의 문제를 꿀벌의 대상으로 전위시켜 놓았다. 김선우 시인은 꿀벌을 통해 강렬하고도 중요한 죽음의 무게를 느낀 것이다. "내 방쪽창 벤자민 화분"에 떨어진 꿀벌 한 마리, 죽음을 맞이하는 찰나에 시인은 "아니었구나 괴로운게 아닌지도 몰라"라고 깨달은 것이다. 그것은꿀벌들이 열반에 든다는 것을 의미하기 때문이다.

　선승들이 흔히 자연물을 대상으로 깨달음을 이야기하듯이 김선우 시인도 탁세에서 이 깨달음을 이야기하고 있다. 이는 선방에만 머무는 것이 아니라 사바 세계에 머물기를 갈망하는 시인의 삶의 태도이다. 시인은 "누대에 걸쳐 이미 죽은 것들이 뒤척이는 날 것의 몸을 끌고 나(시인)는 아직도 아름다운 세속을 꿈꾸고"(〈시인의 말〉에서) 있다. 그래서 김선우 시인은 사바 세계에서 꽃이 피는 것을 보려고 하는 것이다. 불혹의 누이가 있는 〈도솔암〉과 〈선암사〉가 아닌 이 속세에서.

　　　十字路

　　　수벌 한 마리 그 길에 접어들었다
　　　문을 열고 들어가니 나오지 않는다

　　　기다려보자

　　　언젠가 나도
　　　저 문을 통해 나온 적이 있다.
　　　　　　　－「나팔꽃」

　시인은 인생의 십자로(十字路)에 서 있음을 늘 자각했다. 그것은 〈수벌 한 마리〉가 자신을 찾고자 십자로에 들어선 것과 같은 동시성의 모습을 발견한 것이다. 전생에 "언젠가 나도 / 저 문을 통해 나온 적이 있(듯이)"시인은 항상 동시성의 원리로 자신의 모습을 발견하고 있다. 아마도 수벌이 문을 통해 나오는 찰나에 김선우 시인도 문을 통해 나올 것이다. 깨달음이 주체의 확인이라면, 십자로에 선 시인은 삶과 죽음에 대한 존재의 매듭을 풀기 위해 '저 문'을 통해 나오려고 할 것이다.

시인들이 살고 있는 이 시대는 진실보다는, 인생의 깨달음보다는 사이버 공간과 사이버 문화의 극단에서 공허한 정신 세계에 몰입하고 있다. 그래서 〈정신계〉에 대한 부활을 꿈꾸는 시인들이 많다. 이는 당대 사회 현실에 대한 시인들의 집단적 외침이리라. 더구나 디지털의 고속도로 망이 확충되어 현대를 재탄생시키는 이 시대에 정신 세계의 미로망이 늘어나는 지금, 김선우 시는 선의 사유를 빌려 인간의 정신계의 부활을 외치고 있다. 김선우의 시는 이 시대의 답답한 상황에서 잃어버린 자아의 정체성과 모순을 찾는 외침이기 때문에 무더위의 탁세에 대숲에서 외치는 시원한 언어이다. 이 때문에 김선우 시는 독자에게 울림을 가질 수 있다.

현대시에 있어 분명, 김선우 시는 선취시의 한 줄기 속에서 '꽃핌'의 현상일 것이다.

Ⅲ부
—
시와 시론의 간극

모방과 표절 시비
고전시론과 현대시론의 한 접점
시의 난해성과 비유법
21세기 한국 모더니즘 시의 한 전망
현대시와 소외

모방과 표절 시비

1. 모방과 표절의 욕망

　최근 일련의 문화 현상을 점검해 보면, 몇 가지 점에서 눈에 띄는 현상이 있다. 그 가운데 이미 알려진 작품을 모방 혹은 표절하는 작품들이 많아졌다는 사실이다. 그래서 오늘날 문화 현상을 〈모방·표절의 혼돈 시대〉라고 부르는 이유이다.

　세계적인 인상파 화가 고흐 작품을 모방하여 상업적으로 거래한 사실은 널리 알려져 있다. 고미술품을 교묘하게 모방하여 상업적 거래가 이루어지기도 하고, 한 나라의 문화적 위상을 가늠하는 국립 중앙 박물관에 표절작이 소장되어 문제가 된 우리 나라의 경우도 모방과 표절 문제에서 예외가 아니다. 요즈음 소위 신세대 인기 가요 그룹 D J DOC의 노래 「한 잎의 여자」가 이형기 시인의 「한 잎의 여자」의 시를 그대로 표절하여 사회의 물의를 일으키고 있다. 또 정일근 시인은 1980년대 대중 인기 가수인 조용필 씨가 불렀던 「바람이 전하는 말」(1980년 8번째 앨범 〈허공〉에 수록)의 가사가 마종기 시인의 「바람의 말」(『안보이는 사랑의 나라』, 문학과 지성사, 1980)을 표절했다고 밝혔다. 그리고 미국의 팝 가수 마이클 잭슨의 「WILL YOU BE THERE」가 이탈리아 작곡가 알바노의 곡 「발라카의 백조」를 표절했다고 전해지기도 한다.

　작곡가 헨델은 기존의 멜로디를 표절하여 좋은 오페라를 많이 남겼다.

그러나 헨델의 오페라는 그의 음악 세계에 대한 찬사와 달리 창작 태도에서 보인 표절에 대한 양심적 문제는 관객 입장에서 볼 때, 개운치 않는 것이 사실이다. 문학도 모방·표절 문제에서 벗어나 있지 못한 현실이다. 그래서 몇몇 평자들은 작가와 작품을 구체적으로 거론하면서 모방·표절의 근원을 추적·발표하여 문단과 사회의 문제가 되었다. 어쨌든 이와 같은 예들은 모방 혹은 표절이 예술가들의 근원적 욕망임을 반증하는 것이다.

『三國遺事』에는 「興德王과 앵무새」의 설화가 있다. 내용인즉, 홍덕왕이 왕위에 오른 뒤 당나라에 갔던 사신이 앵무새 한 쌍을 가져왔다. 그런데 앵무새 한 쌍 가운데 암놈이 먼저 죽었다. 이 때문에 수놈이 슬퍼하기에 홍덕왕은 거울을 수놈 앞에 걸어 놓았더니, 제 짝인 줄 알고 울음을 그쳤다. 그러나 얼마 뒤 거울에 비친 모습이 자신의 그림자인 줄 안 수놈은 슬퍼서 죽었다.

홍덕왕은 모방의 지혜를 발휘했다. 수놈의 슬픔을 달래기 위해서 수놈 앞에 거울을 걸었던 것이다. 홍덕왕의 모방 방법은 거울을 통한 수놈의 모방이 아니라 암놈의 모방이었다. 그리하여 수놈의 슬픔과 죽음을 구하는 것이 목적이었다(아마도 앵무새 쌍을 곁에 두고, 이들을 감상하고 즐거움을 갖기 위한 것이 궁극적인 목적이 아닐까?). 이는 모방의 방법과 목적의 중요성을 생각하게 한다.

『白雲小說』에는 고려 시대의 명문장가인 정지상과 김부식에 대한 일화가 실려 있다.

世傳知常有 琳宮梵語罷 天色淨琉璃 欲作己詩 終不許.

이 일화는 정지상이 산사의 고요함을 〈琳宮梵語罷 天色淨琉璃〉로 표현한 것을 김부식이 감탄하여 자기 것으로 만들려고〔欲作己詩〕 했지만 정지상이 이를 허락하지 않았다는 내용이다. 또 『於于野譚』에는 서익(徐益)이 구상한 시를 고경명(高敬命)이 중(僧)을 통해 미리 전해 듣고, 고경명이 시를 표절하게 되자 친구지간인 서익이 발길을 돌렸다는 일화가 있다. 이 같은 일화는 우리들에게 작가의 표절 욕망을 보여 준다는 점에서 관심을 끈다. 또한 좋은 시문을 마치 자기 작품인 것처럼 표절하려는 이 일화를 통해 작가의 양심이 무엇인지를 생각하게 한다.

고려 시대 대표적 시화비평집인 이인로의 『破閑集』과 이규보의 『東國李相國集』에 나타난 창작 방법론으로 용사(用事)와 신의(新意) 논쟁은 알려진 일이다. 용사를 주장한 이인로는 표절의 욕망을 재현한 작가라 할 수 있다. 최자가 『補閑集』에서 신의로 높이 평가한 이규보도 이인로 못지 않게 용사했음을 볼 때, 이규보도 역시 표절의 욕망을 재현한 작가라 할 수 있다. 또한 조선 시대 비평집인 서거정의 『東人詩話』에는 많은 부분이 용사에 할애되어 있다. 일찍이 용사를 주장한 중국의 황산곡도 역시 모방과 표절의 정당성을 창작 방법론으로 옹호하였다.

모방에 대한 본능은 플라톤의 『共和國』에서 말한 시인추방론의 부정적 견해와 아리스토텔레스의 『詩學』에서 모방 본능의 의미를 유추해 보더라도 인간은 《모방본능설》이라는 테두리를 벗어날 수는 없을 것이다. 이는 고대뿐만 아니라 현대에 이르러 르네 지라르의 《욕망의 삼각형》에서도 매개체를 통한 모방의 욕망을 엿볼 수 있다.

특정 작품의 소재와 수법을 모방하거나 작가의 특징적인 스타일의 모방을 서구문학론에서는 포스트모더니즘의 한 징후인 패러디(parody)라 하여 긍적적인 측면과 부정적 견해를 동시에 지적하고 있다. 특히 무조건적인 모방을 패스티쉬(pastiche)라 하여 문학의 한 병폐로 보고 있다. 이러한 견해는 한시에서도 언급되어져 남의 좋은 작품을 모방하는 부정적인 태도에 대해 이인로는 〈점귀부〉(點鬼簿)라 하고, 이와 반대로 잘된 시문을 이제현은 〈점화〉(點化)라 하였다. 그리고 조선 시대 연암은 세상에 서로 똑 같은 것을 〈혹초〉(酷肖)라 하고, 진짜에 가까운 것을 〈핍진〉(逼眞)이라 하였다. 이런 용어는 모방·표절의 문제가 옛부터 있었음을 반증하는 것이다.

모방과 표절 문제는 동·서양을 막론하고 과거로부터 줄기차게 논의되어 왔다. 포스트모더니즘에서는 하늘 아래 새로울 것은 없기 때문에 모방과 표절은 끝없이 논의되어야 한다고 한다. 이런 논의를 패러디라 하는데, 이는 동양의 한시 비평론에서 용사에 해당하는 비평 용어이다. 그래서 이 두 접점을 현대시에서도 찾을 수 있다. 가령 1950년대 김춘수의 「꽃」을 1980년대에 오규원이 「'꽃'의 패로디」로, 장정일이 「라디오같이 사랑을 끄고 켤 수 있다면- 김춘수의 꽃을 변주하여」로 작품을 발표하였다. 이후 1990년대에 장경린이 「김춘수의 꽃」을, 최상호의 「'김춘수'의 꽃을 가르치며」로 발표하였다. 이는 오늘날 널리 알려진 시를 원전으로 하여 작가의 의도를 드러내는데 필요한 지배소(支配素)만을 치환하는 형식, 이는 바로 한시에서 말하는 용사론 가운데 환골법(換骨法)의 경우이다. 즉 김춘수의 시에서 중요한 시어만을 바꾸는 환골법이다. 또한 이름난 원전에 대한 시상을 빌려와 작가가 의도한 바를 주제화시키는, 환골법과 대를 이루는 용사론 가운데 탈태법(奪胎法)의 시작 원리가 있다. 가령 1940년대 박목월의 「산이 날 에워싸고」를 1970년대에 신경림이 「목계장터」로, 정희성은 「저 산이 날더러」의 작품으로 탈태한 경우이다. 이처럼 이미 널리 알려진 작품을 모방·표절하여 자신의 시세계를 찾는 것도 현대시에서 빈번히 일어나는 현상이다. 그래서 이를 포스트모더니즘의 한 징후로 이제 받아들이는 경향이다.

『白雲小說』에는 김부식의 시 쓰기에 대한 정지상의 충고 이야기가 앞 내용에 이어 소개되어 있다. 김부식이 봄을 읊은 시 〈柳色千絲綠 桃花萬點紅〉에 대해 정지상은 음귀(陰鬼)가 되어 김부식의 뺨을 치면서 〈千絲萬點紅孰數之也 何不曰 柳色絲絲綠 桃花點點紅〉이라 하여 표현의 진실성 혹은 사물의 관찰을 지적〔孰數之也〕하였다. 연암도 「孔雀館文稿-自序」에서 화공은 평소의 모습을 그대로 그려야 한다는 비유를 통해 표현의 진실성을 강조하였다. 어쨌든 김부식 이야기는 작가적 양심과 함께 표현의 진실성, 사물의 예리한 관찰이 시 창작에 있어 중요하다는 암시를 하고 있다.

박상배는 모방과 표절에 대해 양심 선언을 했고, 그 표절의 스펙트럼을 통해서 새로운 장르의 모색이라는 마찰 운동을 하고 있는 시인이다. 그래서 필자는 그의 시를 읽고자 한다. 이는 박상배 시의 모방과 표절의 방법1)과 목적을 밝히는 것이다. 아울러 대개의 평자들이 현대시를 서구 문예이론으로만 접근하는 경향과 달리 필자는 고전한시론의 방법론으로 접근을 꾀할 것이다. 이는 동·서양의 시론에서 현대시 이해의 공통분모를 찾는 접목이기도 하다.

2. 모방과 표절, 그리고 탈태법의 스펙트럼

2. 1 박상배는 표절을 하나의 창작 미학으로 규정한다. 심지어는 하나의 새로운 장르로까지 규정하려고 한다.

> 모방이냐 예술이냐를 두고 문단이 한창 시끌벅쩍하
> 오 ………… 중 략 …… 오늘 SBS 추석특집프로로 외
> 모·모창대회를 흥겹게 바라다보면서 내 늦게나마 대
> 오각성하여 손뼉을 탁탁 친다오 모창이 음악의 한 멋진
> 장르가 되듯이 표절·모방시도 예술이 될 만큼 잘만 운
> 용한다면야 참 훌륭한 한 상위장르가 되지 않을까 하오
> ─「풀잎頌·7」 중에서

박상배는 "SBS 추석특집프로로 외 / 모·모창대회를 흥겹게 바라다보면서" 모방과 표절을 즐거워하고 있다. 심지어 "대 / 오각성하여 손뼉을 탁탁 친다"고 하면서 표절의 욕망을 즐기고 있다. 그래서 그는 "표절·모방시도 예술이 될 만큼 잘만 운 / 용한다면야 참 훌륭한 한 상위장르"라는 미학으로까지 정립하려고 한다. 여기서 표절·모방시가 잘 운용되려

---

1) 모방은 남의 작품을 전체 혹은 부분적으로 베끼는 것이다. 이에 비해 표절은 남의 작품을 베끼되 그 흔적을 숨기고 마치 자기의 작품인 것처럼 발표하는 것이다. 예술의 모방과 표절은 동전의 앞면과 뒷면의 형태이다. 동전의 화폐 가치는 같을지라도 그 모양의 앞과 뒤가 다른 점이 있다. 이처럼 모방과 표절은 등가성과 차이성을 보인다. 그러나 필자는 본 글에서 사전적 의미보다는 원전(source- text)의 시상을 빌려와 창작하는 박상배의 시적 대도를 한시의 탈태법으로 이해하고자 한다.

면 방법과 목적이 중요하다. 그래서 그의 시에 나타난 〈표절·모방시〉의 방법과 목적을 읽을 필요가 있다. 물론 그 방법과 목적은 시인의 정신성에 근거한다. 시인의 주제 의식은 정신성이다. 그래서 그의 시에 나타난 정신성이 무엇인지를 가늠하게 되는 것이다.

우리 시대의 시인들은 현실의 물질 문명과 정신적 불안을 극복하기 위한 대안으로서 정신의 오솔길을 찾는다. 정신의 오솔길을 찾는다면 그 입구에서 맞는 한 지점은 종교였다. 종교적 지점과 만난 시작(詩作)은 만해로부터 윤동주와 기독교(「팔복(八福)」)에서, 김소월과 무가(「초혼(招魂)」)에서, 그리고 현대시의 미당과 고은 등의 경우에서도 파악된다.

박상배는 정신의 오솔길에서 원효의 「심(心)」을 만난다. 그가 만난 원효의 불심에 대한 표절은 원전을 그대로 베끼는 것이 아니라 원전의 시상을 바탕으로 하는 탈태법이다.

> 마음 안에 마음을 쑤셔넣는다
> 마음은 그런 마음 안의 마음이다
> .... 중 략 ....
> 마음 밖에 마음을 빼어놓는다
> 마음은 그럼 마음 밖의 마음이다
>   - 「戱詩·4- 원효 日記」 중에서

이 시는 원효의 유학 도중에 깨달은 바를 적은 문장 '心生故種種法生 / 心滅故龕墳不二 / 三界唯心萬法唯識 / 心外無法胡用別求'를 원전으로 하여 형상화한 작품이다. 이 시는 마음의 중요성을 원효의 원전에서 선택하여 자신의 정신 세계에 투영한 것이다. 원효의 일대기 가운데 「심(心)」에 관한 이야기는 이미 널리 알려져 있기 때문에 박상배의 표절 스펙트럼에 적합한 것이다. 이런 시작 형태는 다산의 유배지에서 얻어진 일대기를 바탕으로 쓴 정일근의 「유배지에서 보내는 정약용의 편지」도 떠올릴 수 있다. 그런데 여기서 한 가지 주목할 사실은 박상배가 원효의 「심(心)」을 탈태하여 이를 환골한다는 점이다. 「안팎·2」에서 "의미 안에 의미를 쑤셔넣는다 / 의미는 그럼 의미 안의 의미이다 //……// 의미 밖에 의미를 빼어놓고 / 의미 밖에 또 거듭 의미를 빼어놓으면 // 의미는 그럼 의미 밖의 의미 밖의 의미이다"고 하여 탈태와 환골을 통해 스스로 모방과 표절을 한다는 점이다. 즉 「안팎·2」는 원효의 「심(心)」을 탈태한 「戱詩·4- 원효 日記」를 환골한 형태이다. 또 그는 이 「안팎·2」를 「안팎·6」으로 탈태하였다. 즉 "부산 안의 사람들이 / 부산 밖의 사람들을 미워할 때 / 부산은 크지 않는 법"이라는 시작을 창작한 것이다. 그리고 「안팎·6」을 환골하여 "안산 안의 사람들이 / 안산 밖의 사람들을 미워할 때 / 안산은 크지 않는 법"이라는 「戱詩·2」에서도 탈태와 환골하는 동시적 기법을 보여 준다. 이는 자신의 작품이 다시 패러디의 대상이 될 수 있다는 셀프 패러디 현상이다. 그런데 이런 셀프 패러디(self- parody) 현상인 탈태법과 환골법을 통하여 박상배가 말하고자 한 잠언(箴言)은 무엇인가.

원효는 당 유학을 포기하고, 진속의 경계를 허무는 실천적 행동으로 불이(不二)의 세계를 보여 주었다. 원효의 실천적 행동은 바로 「심(心)」에 있음을 알 수 있다. 「戱詩·4- 원효 日記」로부터 탈태한 「안팎·6」, 「戱詩·2」는 우리 생활권이 도시화되면서 경계가 생기고, 그 도시 경계는 단절을 가져왔기에 이를 해체하여 큰 사람들이 사는 세계를 만들고자 하는 시인의 의도가 깔린 시작이다. 부산과 안산의 경계를 무너뜨리는 것, 즉 일상사에서 일어나는 안팎의 의미를 허물어 버리고자 하는 목적이 뚜렷한 탈태법의 시적 표현이다. 어쩌면 한국 사회의 병폐인 지방색과 정치색의 경계를 허물고자 하는 의도가 깔린 것은 아닌지? 지방색과 정치색의 경계를 무너뜨리는 것이 역시 대중들의 마음에 있는 것이라면, 박상배가 대중 속에 파고 든 원효의 「심(心)」을 탈태한 또 하나의 목적일 것이다. 이는 바로 대중을 생각하는 대승적 삶의 자세를 보였던 원효의 가르침을 그가 잠언으로 빌린 것이라 할 수 있다. 원효의 원전과 박상배의 창작적 표절시가 "좋은 의미에서 서로 마찰을 일으켜 공존(박상배, 「표절의 미학」에서)"하는 세계를 보여 주는 것이다.

2. 2 박상배는 이방원과 정몽주를 만나 우리 시대, 우리의 모습을 비추고 있다. 그래서 그는 베끼기의 즐거움인 이문위희(以文爲戲)를 통하여 우리 생활의 잠언을 담는 이문위교(以文爲敎)의 시작을 만들어 낸다.

> 우리는 늙었거니 / 서서 간들 / 어떠리
> 곧 누워 / 편히 쉴 우리이기에 / 한창 일하는 / 젊은이들
> 앉아 간들 어떠리
> 공부할 / 책가방 듬뿍 들고 / 어깨 무거운 / 소녀 소년들
> 앉아 간들 어떠리
> 청춘남녀 / 어젯밤 / 테이트하고 / 힘없이 서 있겠는가
> 앉아서 뽀뽀 / 하도록 두고서 / 우리는 이제 / 늙었거니
> 서서 간들 어떠리
> 서 있을 / 날도 / 얼마나 남았다고
>
> - 이 텍스트는 전철 속에 붙어 있는 표어 〈우리는 젊었거니 서서 간들 어떠리〉를 읽고 단숨에 쓴 것임. 5분 내에.
>
> — 「어떠리」

박상배는 "전철 속에 붙어 있는 표어 〈우리는 젊었거니 서서 간들 어떠리〉를 읽고 단숨에 쓴 것임. 5분 내에."라고 이 시작의 모티브를 밝히고 있다. 「어느 두 기사님의 결론」이라는 시에서도 "시내버스 기사석 옆 표어에서 그대로 인용했"다고 밝히고 있다. 이는 작가적 양심으로 자신의 창작 방법론을 당당히 표절 미학으로 밝힌 것이다. 이 시대의 작가적 양심은 소멸된 지 오래다. 그래서 오늘날 우리들은 작가적 양심을 부르짖는 것이다. 이런 현실 상황 속에서 박상배를 들여다 볼 수 있는 이유는 바로 그의 작가적 양심 때문이다.

「어떠리」는 통해 권력을 잡기 위한 권력 화해적인 의미로 쓴 이방원의 「何如歌」를 바탕으로 한다. 정몽주의 「丹心歌」, 이방원의 「何如歌」와 「어떠리」는 상호 텍스트성의 성격을 가지고 있기 때문에, 이 세 작품의 이해를 바탕으로 해석되어야 할 것이다. 권력에 대한 상징적 행위를 보인 이

방원과 정몽주를 박상배가 만난 이유는 무엇인가. 우선 「어떠리」는 우리 시대의 화해될 수 없는 세대간의 갈등과 그러한 갈등이 내재한 오늘날 사회의 풍조를 비판함으로써 시대 화해적인 의미의 「何如歌」와 대비되는 시적 성취를 이룬다. 또한 임금에 대한 충성이 어떤 부귀와 권력이 주어진다 할지라도 인륜의 불변함을 노래한 「丹心歌」를 통해서 시대의 변화에도 지켜져야 할 인간의 도리가 있음을 박상배는 「어떠리」를 통해 노래하고 있다. 이방원의 「何如歌」는 권력의 욕망을 위해 화해적인 차원에서 "이런들 저런들 어떠리"라고 한 것처럼, "젊은이가 앉은들 늙은이가 앉은들" 무슨 문제인가라고 박상배도 말하는 것일까? 그래서 청춘 남녀가 테이트하는 것과 뽀뽀하도록 전철의 자리를 비켜준들 어떠리라는 것일까? 어쨌든 목적지가 정해져 있기에 아무렇게나 전철을 타기만 하면 될 것이 아닌가. 박상배 시의 의도는 늙은이로서 젊은이에게 자리를 양보하는 것이 사회의 갈등 화해와 평화로움을 가져온다는 의미는 아닐 것이다.

　전철은 오늘날의 우리들 생활 풍속도다. 현대화의 속성을 가진 집적물이라 할 전철이 가지는 속도감과 내면 풍경은 오늘날 우리들의 초상을 예각적으로 보여 준다. 이런 속도감과 내면 풍경을 〈단숨에 / 5분 내에〉 형상화한 작품이 「어떠리」이다. 전철은 찌들고 복잡한 "삶의 일상성이 작품에 투영될 수 있는 귀중한 토대"(「표절의 미학」에서)가 된다. 전철의 좌석에는 인륜이라는 저울이 한쪽으로만 기울어질 수 있는 경박성이 도사린 공간이다. 그래서 「어떠리」의 시는 오늘날 우리 시대의 찌든 삶에서 안락함의 상징인 전철의 의자와 개인주의를 갈구하는 시대상을 한 눈에 보여 준다. 늙은이와 젊은이는 우리들의 초상화이다. 이 초상화는 일그러진 우리들의 모습이다. 그래서 박상배는 전철의 내면 풍경을 통하여 우리들의 일상 생활의 풍속도를 그리면서 시대의 도덕성을 연관시켜 형상화하였다. 더구나 산업 사회의 개인주의가 팽배하고, 평등주의가 대두된 사회가 되면서 세대간의 지켜야 할 인륜은 점점 사라져간다. 그래서 늙은이와 젊은이로 상징되는 오늘날 사회 구조에서는 인륜이 더 중시되어야 함을 「어떠리」는 역설하고 있는 것이다. 이는 박상배가 「何如歌」와 「丹心歌」

에서 임금과 신하라는 상하 질서의 개념을 오늘날에 신·구세대의 장유유서(長幼有序)라는 인륜 개념으로 치환하여 「어떠리」로 표현한 것이다.

오늘날 도시화가 집중된 전철을 통해서 우리 시대의 안락함의 욕망을 「어떠리」에서 들추어 보여 주듯이, 「1번지」에서도 우리 시대의 상업적 욕망을 그는 비추고 있다. "어제도 오신 손님/ 오늘도 오셨네 // 내일도 오시면 / 얼마나 좋을까"는 '부산대 앞 어느 스낵코너의 광고문을 그대로 인용'하여 상업적 욕망인 "모레도 또 오신다면"을 덧붙여 작품으로 만들었다. 이와 같이 박상배의 시작 과정이 진지하지 못하다고 하여 그의 시작에 대한 경박성이 문제가 되기도 한다. 그러나 그는 이런 경박성에만 빠져 있는 것은 아니다. 왜냐하면 그는 현대시의 주류를 형성한 윤동주(「마흔 다섯 개의 별과 하늘과 바람」)·김수영(「詩야 침을 뱉지 말아라–故金洙暎님께」)과 전봉건(「안팎·4–全鳳健님의 『속의 바다』에 붙여」)·김춘수(「水夫–金春洙님께」)·서정주 등의 시를 모색하여 자신의 모습을 찾는 표절의 스펙트럼을 분사하기 때문이다.

2. 3 박상배가 만난 서정주는 적어도 "어느 불량한 삼류 시인의 존재론적 고뇌"를 보여주는 시인이 아니다. 왜냐하면 서정주는 이미 한국시사에서 '서정주 미학'을 가진 시인이기 때문이다. 그래서 그의 서정주에 대한 시 쓰기는 무분별한 베끼기의 경박성이 아니다. 즉 "바르게 앉아 있는"(「座法」에서) 서정주의 자태를 그는 "좀 비틀게 앉아 있는" 자신의 모습으로 그려내고자 한 것이다.

> 내 누님 같이 생긴 꽃아 너는 어디로 훨훨 나돌아 다
> 니다가 지금 되돌아와서 수줍게 수줍게 웃고 있느냐 새
> 벽닭이 울 때마다 보고 싶었다 꽃아 순아 내 고등학교
> 시절 널 읽고 천만번을 미쳐 밤낮없이 널 외우고 불렀
> 거늘 ....오공과 육공 사이에서 민주와 비민주
> 보통과 비보통 사이에서 잘도 빠져 나가고 있단다 그럼
> 또 만나자 꽃나비꽃아
>
> — 「戱詩·3」 중에서

이 시는 인구에 회자되는 서정주의 「국화 옆에서」의 시상을 바탕으로 적었다. 그리고 그의 시제였던 「꽃나비꽃」을 탈태했고, 「꽃나비꽃」 가운데 "꽃에게로 가서/ 그녀의 나비가/ 되고 싶다"는 시의 표현은 김춘수의 「꽃」을 환골한 경우이다. 「戲詩 · 3」에서 박상배가 「국화 옆에서」의 시상을 빌려와 시작한 이유는 "블룸의 이론을 구태여 끌어 들이대지 않더라도 후배는 어차피 선배들의 영향권 내에 있고, 좋게 말해서 그들의 텍스트와 공방전을 벌일 수밖에 달리 도리가 없다"는 입장이다. 그의 시 쓰기 방법이 선배들의 좋은 작품에서 시상을 빌려와 주제를 형상화시키는 탈태법의 미학을 보여 준다는 것을 알 수 있다. 두루 아는 바와 같이 엘리어트가 "그(시인)에게 바람직하다고, 실감되는 선대 창작의 주제와 방법"을 찾고자 했다는 점을 상기해 볼 필요성이 있다. 이와 같은 박상배의 창작 방법론은 "바르게 앉아 있는" 서정주의 불교주의와 성숙주의를 벗어나 "좀 비틀게 앉아 있는" 시인 나름의 계산법이 깔린 것이다. 그래서 위의 시는 서정주의 불교주의와 인간의 성숙주의가 보여 준 예술성과 달리 정치적인 풍자성을 깔고 있다는 점을 주목해야 한다. 즉 "천만번을 미쳐 밤낮없이 널 외우고 불렀/ 거늘....오공과 육공 사이에서 민주와 비민주/ 보통과 비보통"은 「국화 옆에서」의 원전을 탈태하여 시대 의식을 보여 준다는 것이다. 1980년대의 오공 시절, 민주와 비민주의 이데올로기는 우리들이 "천만번을 미쳐 밤낮 없이 널(민주) 외우고 불렀던"시대였다. 주지하다시피 육공 시절엔 '보통'과 '비보통' 사이에서 우리들이 혼란스러움을 가졌던 시대였다. 서정주 시를 줄기차게 외웠던 시인의 열망을, 1980년대의 시대 상황에 초점을 맞춘다면, 우리들이 갈망했던 '민주'와 '보통'의 시대를 환치시키는 그의 시작은 단순히 서정주 시의 표절에만 머문 것이 아님을 알 수 있다. 미치도록 밤낮으로 보고 싶었던 우리들의 '꽃'과 '순이'는 바로 '민주'와 '보통'의 의미로 전이시켜 우리 시대의 열망으로 환치되었음을 알 수 있다. 그래서 박상배의 시가 상업적이고, 도시적 경박성에만 머무는 것이 아니라 시인이 가지는 시대의 투철한 의식망을 가지고 있다는 점에서 그의 표절 미학이 점화되었다고 볼 수 있는 것이다. 표절 미학의 점화는 시인의 시어에 대한 실험성도 간과되어서는 안 된다. 그래서 그의 시어에 대한 검색도 아울러 이루어져야 한다.

2. 4 30년대 이상, 50년대의 조향, 60년대의 송욱과 80년대의 박남철의 시에서 확인할 수 있는 시어의 실험성에 대한 고뇌를 박상배는 보여 주고 있다. 그래서 그의 시가 갖는 언어의 고유성에 대한 실험성이 어떤 지점에서 탈태되었는지를 들여다 볼 필요성 있는 것이다. 특히 자음과 모음의 논리 위에서 시를 구축한 시인의 고뇌를 탐색하는 것은 한국어가 시어로 승화된 지점을 발견하는 것과 같을 것이다.

이상은 시에서 띄어쓰기를 무시하는 기법을 한국시사에서 보였고, 송욱은 'ㅁ'과 'ㅂ'의 음운을 통한 시작의 모습을 보여 주었다. 이들처럼 박상배도 띄어쓰기 무시와 음운으로부터 실험성을 시도한다. "ㄱ이 거꾸로 앉아ㄴ을낳고"로 시작되는 「자음頌」에서 음운의 탐색과 띄어쓰기를 무시한 탈태법을 보인다. 이상 시의 띄어쓰기는 이미 현대시 기법의 한 형태로 굳어져 있다. 그래서 한국시사에서 주목되는 탈태 양식의 기법이다. 이상과 송욱 시에 나타난 시어의 예민함이 박상배 시에서는 표절의 빛깔로 묻어난다.

　　　　ㅁ은 그대로함구무언
　　　　ㅂ은 입살에보살
　　　　　　 - 「자음頌」 중에서

자음의 제자 원리에 따르면 'ㅁ'과 'ㅂ'은 다 같이 순음이다. 순음은 입술과 관련되기 때문에 입과 관련된 일상적인 담화를 자연스럽게 끌어들일 수 있다. 그래서 그는 'ㅁ'의 네 구석이 갇혀 있다는 뜻에서 함부로 말하기보다는 함구무언해야 된다는 잠언(箴言)을 담았다. 또한 'ㅂ'과 관련하여 "입살에 보살"이라는 뜻은 세속사의 입조심이라는 경구의 뜻을 담았다. 이는 세상사에서 회자되는 '세 치의 혀를 조심하라', '말이 씨가 된다', '농담이 진담된다(弄假成眞)'는 잠언과도 같은 것이다. 박상배의 시가 한국어의 음운으로부터 얻은 시상을 빌려 탈태했다는 점에서 시어의 실험성을 엿볼 수 있다. 그래서 그의 표절시는 대중과 상업적으로 영합하여 양산된 키취(kitsch)가 아니다. 그는 나름대로 시 쓰기의 진지함을 가진 시인이다.

> 시를 쓰려면 반짝하지 말아야 한다 반짝했다가는
> 그야말로 밤하늘의 스타가 될지언정, 어느 가수의 인생처
> 럼 밤무대의 王이 될지언정, 시의 스타는 정녕 되
> 지 못한다 똥별이 된다
> 시를 쓰려면 높이 뜨지 말고 낮게 포복할진저 이등병
> 처럼
> — 「이등병처럼」 중에서

"시를 쓰려면 반짝하지 말아야 한다"고 박상배는 스스로를 경계하고 있다. 물론 이 시는 박상배가 스스로의 시 쓰기에 관한 시라고 명명한 메타시(metapoem)의 한 전형이다. 모방의 한 방법론인 르네 지라르의 《욕망의 삼각형》을 염두에 둔다면, 시인의 이상향인 '시의 스타(詩神)', 이상향에 도달하기 위한 매개자인 '이등병', 현실은 반짝 시를 쓰는 '시인' 자신으로 비유될 수 있다. 오늘날 시인들의 시 쓰기는 반짝반짝할 뿐 시신을 꿈꾸지는 않는다. 그래서 박상배 스스로도 이런 현실적인 시 쓰기에 함몰되어 있지 않은가라는 자기 반성적인 태도를 가진 것이다. 유행에 젖어 "밤무대의 王"처럼 잠시 조명을 받는 시를 쓰는 시인들에게 박상배는 경고하는 것이기도 하다. 그래서 시창작의 진지함을 그는 '이등병'의 포복으로 비유한다. 장애물을 무사하게 통과할 수 있는 방법은 낮은 포복이다. 그는 이등병의 낮은 포복을 알기 때문에 반짝하는 시 쓰기를 하지 않는다. 이는 그의 표절 미학의 주장이 단순한 표절이 아니라는 역설이 담겨 있다는 뜻이다. 그래서 그는 이등병처럼 언어의 처음인 음운으로부터 진지한 언어 탐색을 시작한 것이다.

3. 시 쓰기와 시론 쓰기의 모색

다산의 시는 백성의 아픔을 바탕으로 시대 비판성을 담고 있다. 백성의 굶주림을 노래한 「飢民詩」, 「田間紀事」 등은 알려진 작품이다. 특히 백성들의 생활 모습과 권력의 대립적 형태를 두보의 세 작품 「三吏」에서 시상을 빌려 묘사한 「龍山吏」, 「派池吏」, 「海南吏」는 유명한 시이다. 다산은 중국 한시에서 탈태하여 우리 한시를 남겼다. 송욱은 중국 한시에서 시상을 빌려 현대시를 창작했다. 송욱은 이백의 한시에서 시상을 직접 빌려와 현대시로 탈태하는 시작법을 가진 시인이다. 가령 이백의 「望廬山瀑布」와 송욱의 「瀑布-李太白을 위하여」가 그 대표적이다. 그런데 박상배는 다산처럼 두보에서, 송욱처럼 이백에서 시상을 빌리지 않았다. 그의 표절과 모방시론은 우리 시에 근거를 두고 있다. 그 대상이 원효·이방원과 정몽주·서정주 등인 점을 비교해 보면, 시작의 원전이 우리 나라의 유명한 일화를 바탕으로 하면서 우리 문학을 원전으로 한다는 것을 알 수 있다. 이런 탈태법이 "예술이 될 만큼 잘만 운용한다면야 참 훌륭한 한 상위장르가 되지 않을까"하는 시도이기도 하다. 그는 "예술의 정당한/ 자기 개척(「풀잎頌·1」에서)"을 위해, "시가 보다 다양/ 화되(「풀잎頌·6」에서)"기 위해 원전을 창작적으로 탈태한다. 그 탈태를 점화하여 그는 잠언시(箴言詩)를 보여 준다. 그래서 표절의 스펙트럼을 통한 탈태법의 잠언시는 그가 주장하는 한 장르가 될 수 있는 것이다.

일상 생활에서 경계해야 할 삶의 표현, 즉 잠언 같은 시는 문학이 사회에 끼칠 수 있는 영향력이라는 면에서 그의 탈태법의 잠언시는 의미가 있다. 그렇기 때문에 박상배의 시는 "모창이 음악의 한 멋진 장르가 되듯이 표절·모방시도 예술이 될 만큼 잘만 운용한다면야 참 훌륭한 한 상위장르가 되지 않을까"라는 문학적 의미를 지닌 그의 미학을 곰곰히 생각해 볼 수 있다. 이는 장르 경계의 해체라기보다는 장르 선택의 가능성과 다양성을 현대시에서 고전시학으로 접근할 수 있는 증거인 것이다.

끝으로, 오늘날 작가들이 자기의 목적에 맞는 구상을 창의적으로 표현하기보다는 무분별한 표절을 통한 우월주의로 빠져들고 있는 경향이 짙다. 이 때문에 원전을 표절·모방하는 방법과 목적을 왜곡하는 3류 작가의 집단이 형성되고 있다는 비판도 만만찮다. 그래서 작가란 표절 천국의 시민권을 가진 것처럼 비판받기도 한다. 그렇기 때문에 박상배는 자신의 표절·모방시가 하나의 상위장르가 되기 위해서는 원전을 창작하는 것(바르게 앉아 있는 것)과 원전을 파괴하는 동시에 적확하게 탈태(좀 비틀게 앉아 있는 것)하는 욕망(시창작)을 '잘 운용'해야 할 것이다. 물론 이 두 가지 일이 모두 시인의 몫임을 그도 알고 있으리라……

고전시론과 현대시론의 한 접점

Ⅰ. 문제제기

현대시가 길을 잃고 있는 느낌은 지울 수 없다. 더구나 현대사회가 산업화되면서 점차 정보화, 디지털화되면서 이런 현상은 더욱 짙어진다.[1] 이런 틈바구니에서 진정한 창작은 점차 소멸되고 있다. 그리고 작가의 진정한 창작 정신이 소멸된지도 오래된 이야기다. 최근 일련의 작품을 보면 한 시대에 주목된 작품을 대상으로 새롭게 모방하여 창조적 모방이라는 창작 방법을 동원하고 있다. 그래서 이를 두고 창작 정신의 고갈이니, 새로운 창작이니 하는 식으로 논쟁이 있었다.[2] 이와 같은 창작의 방법에 대한 모색과 이해가 필요하다. 그 모색과 이해의 열쇠가 바로 패러디이다. 이는 주목된 작품을 대상으로 새롭게 모방하여 창조적 모방이라는 창작 방법을 동원하는 이른바 패러디라는 기법이 생겨난 것이다. 그래서 패러디는 현대시를 점검하는 중요한 비평 용어이다. 이런 패러디가 과연 의미가 있는가?

일찍이 이인로는 『破閑集』에서 좋은 시문을 지나치게 인용하는 행위를

---

1) 빌렘 플루셔(윤종석 옮김), 『디지털 시대의 글쓰기- 글쓰기의 미래는 있는가』, 문예출판사, 1998 참고.
2) 이는 표절 시비까지 야기한다. 그래서 '문인들 사이의 껄끄러운 화제인 〈剽竊〉을 작가 실명까지 내버 거론'하는 지경에 이르렀디(《동아일보》, 1997. 5. 29).

'斧鑿之痕'이라 하여 〈點鬼簿〉로 비판하였다.3) 이규보도 『東國李相國集』에서 '載鬼盈車體'4)라 하여 부정적인 견해를 드러내고 있다.5) 이처럼 모방에 대한 논란은 오늘날의 문제만이 아니었음을 알 수 있다. 이런 문제에 대한 논의는 오늘날 포스트모더니즘이라 하여 논란거리가 되었다. 그래서 포스트모더니즘의 한 징후인 패러디를 연구하여 그 가치에 대한 논의가 상당히 진척되었다.6) 물론 이에 대한 작품들도 많이 쏟아져 나왔다.7)

---

3) 이인로(柳在泳 역), 『破閑集』, 일지사, 1994 .
　·斧鑿之痕: 도끼나 글로 다듬은 흔적. 전의되어 시문이나 서화를 만드는 데 자연스럽
　　지 않고 添削 의 흔적이 있음을 말함(『破閑集』 卷中(五), 103 쪽).
　·點鬼簿: 죽은 사람의 이름을 적은 책, 전의되어 시문 속에 고인의 이름을 넣는 병폐
　　를 말함(『破閑集』 卷下(四), 174 쪽).
4) 이규보는 『白雲小說』(東國李相國集附)에서 시에 마땅하지 못한 시체를 9 가지로 나
　누었다.
　詩有九不宜體: 載鬼盈車體(한 편의 시 속에 옛 사람의 이름을 많이 사용하는 것), 拙
　盜易擒體(옛 사람의 뜻을 몰래 가져다 쓰는 것은, 도둑질을 잘 한다고 해도 오히려 도
　둑질하는 것이 옳지 않는 데, 여기다 또 잘못을 저질렀음), 挽弩不勝體(强韻으로 押韻
　을 하되 근거가 없음), 飮酒過量體(재주 는 헤아리지 않고 지나치게 압운함), 設坑導
　盲體(險僻한 글자를 쓰기를 좋아하여 사람으로 하여금 迷惑되기 쉬운 것), 强人從己
　體(말이 순하지 않으면서도 다른 사람에게 이걸 쓰도록 강요하는 것), 村夫會談體(일
　상용어를 많이 쓰는 것), 凌犯尊貴體(공자와 맹자와 같은 성인의 이름을 범하기를
　좋아하는 것), 稂莠滿田 體(글이 거칠고 다듬어지지 않은 것) 등으로 나누었다. 비록
　이규보가 개인적으로 생각해서 체득했다(是余之所深思而自得之者也)고는 하지만 깊이
　관심을 기울일 만하다.(홍만종, 허권수. 윤호진 역주, 「백운소설」, 『시화총림』, 까치,
　1993, 53쪽 참조).
5) 변종현, 『고려조한시연구』, 태학사, 1994, 293쪽.
6) 권택영, 「패러디, 패스티쉬, 그리고 독창성」, 『다문화 시대의 글쓰기』, 1997.
　김준오 편, 『한국현대시와 패러디』, 현대미학사, 1996.
　송경빈, 『한국현대소설의 패러디 연구』, 충남대학교대학원 박사학위, 1996.
　장경렬, 「작가의 죽음과 독자의 탄생- 모방, 글쓰기, 글읽기, 그리고 보르헤스」, 『문학
　　의 새로운 이해』, 문학과 지성사, 1998.
　정끝별, 『패러디 시학』, 문학세계사, 1997.
　정효일, 『한시문학비평론』, 집문당, 1994.
　린다 허천(김상구. 윤여복 옮김), 『패러디 이론』, 문예출판사, 1993.
　퍼트리샤 워(김상구 역), 『메타픽션』, 열음사, 1989.
7) 소설에 대한 패러디의 의미를 린다 허천(김상구. 윤여복, 『패러디 이론』, 문예출판사,

작가들의 창조 정신이 때로는 독자들에게는 잠꼬대라는 소리로 들리기도 한다. 또한 작가 정신이 고갈된 상태가 오히려 독자들에게 작가 자신들의 작품을 이해하기 바라는 권력남용까지 하는 것이 아닌가라는 의구심마저 든다. 그리하여 독자들은 점점 시를 외면하게 되고, 이러한 외면에 대하여 시인들은 〈독자놈들 길들이기〉를 강요한다. "내 詩에 대하여 의아해 하는 구시대의 독자 놈들에게 ―〉 차렷, 열중쉬엇, 차렷."8)이라 하여 독자들에게 저자의 보복적인 태도까지 보이고 있다.

본고에서는 작가의 창조적 정신이냐 고갈된 정신세계의 극단인 모방이냐라는 문제를 짚고자 한다. 이 문제는 고래로부터 현재에 이르기까지 끊

1993, 202 쪽)의 논의를 참고하면 다음과 같다.

"작가 자신의 담론에 의해 만들어진 작품 속의 하나의 기교로서의 낯설게 하기는 소설의 흐름에서 볼 때 전통 소설 속에서의 기법과는 달리 고정된 소설의 틀을 해체한다든지, 어떤 한 기법에 대해 그것과는 상반되는 기법을 병치한다든지, 또는 소설을 환상적으로 구성했다가 다시 파괴하여 작가가 의도하는 작품 속의 긴장 또는 상충의 효과를 동시에 최대한 증폭시키는 메타소설류에서 흔히 발견되고 있다."

ㄱ) 소설 작품에서 찾아보면 다음과 같다.―김만중, 『구운몽』 // 최인훈, 『구운몽』, 박태원, 『소설가 구보씨의 일일』 // 최인훈, 『소설가 구보씨의 일일』 // 최인석, 『소설가 구보씨의 하루』, 박지원, 『허생전』 // 이광수, 『허생전』 // 채만식, 『허생전』 // 이남희, 『허생의 처』 // 최시한, 『허생전 배우는 시간』, 이 상, 『날개』 // 신이현, 『숨어 있기 좋은 방』.

이해조, 『자유종』, 창비교양문고, 1996 // 김수경, 『ㅈ유종』, 열음사, 1990.

이청준, 『놀부는 선생이 많다』, 열림원, 1996.

윤영수, 『자린고비의 죽음을 애도함』, 창작과 비평사, 1998 등이다.

ㄴ) 시 작품에서 찾아보면 다음과 같다

삼국유사, 「처용랑 망해사조」 // 김춘수, 「잠자는 처용」, 「처용」, 「처용삼장」 // 「처용단장」, 『전집(3)』, 문장, 1983 // 『박재삼 시선, 민음사, 1990.

황동규, 「견딜 수 없이 가벼운 존재들」 // 밀란 쿤데라, 「참을 수 없는 존재의 가벼움」 // 원효 설화.

8) 내 詩에 대하여 의아해 하는 구시대의 독자 놈들에게 ―〉 차렷, 열중쉬엇, 차렷, // 이 좆만한 놈들이........ / 차렷, 열중쉬엇, 차렷, 열중쉬엇, 정신차렷, 차렷, 00, 차렷, 헤쳐모엿! // 이 좆만한 놈들이....... / 헤쳐모엿, // (야 이 좆만한 놈들아, 느네들 정말 그 따위들로밖에 정신 못 차리겠어, 엉 ?) // 차렷, 열중쉬엇, 차렷, 열중쉬엇, 차렷........(박남철, 「독자놈들 길들이기」, 『지상의 인간』, 문학과 지성사, 1994).

임없이 제기된 문제인 만큼 고려해 볼만 하다고 판단된다. 따라서 고래로 부터 현재까지 이 문제와 관련된 고전시론의 한 방법인 용사와 현대시 이해의 핵이라 할 수 있는 패러디에 대한 검토 작업을 하고자 한다. 문학 작품의 새 기법은 작가 정신 혹은 작품의 주제를 찾는 중요한 도구인 만큼 이 도구에 대한 검토 작업과 동시에 실천 비평을 통한 방법론은 계속적으로 검토되어야 한다. 이는 고전시학의 용사9)를 검토하여 현대시학의 접점으로써 패러디와 어떤 관련이 있는지를 검토함과 동시에, 용사와 패러디를 기능적으로 분류하여 작성한 다음, 그러한 뒷받침이 되는 현대시를 대상으로 검토하고자 한다.

본고의 연구 대상은 김춘수와 송욱, 그리고 현대시인의 작품을 pre-text로 하여 target-text의 작품을 대상으로 한다. 이런 연구는 현대시를 이해하는 한 방법인 패러디 기법과 고전시론인 용사를 통하여 어떤 접점이 형성되며, 그 가능성의 검토이다. 연구 과정에서 김춘수와 현대시인의 작품, 송욱의 시집 『詩神의 住所』를 대상으로 삼은 연유도 아울러 밝혀질 것이다. 문예비평의 기법이 궁극에는 시정신의 규명에 있다면, 시 기법 찾기의 중요성은 부언할 필요성이 없다.

II. 용사(用事)와 패러디(PARODY)의 이론적 접근

용사에 대한 어의를 살펴보면, 용사는 경서나 사서 또는 제가(諸家)의 시문이 가지는 특징적인 관념이나 사적(事迹)을 둘셋의 어휘에 집약시켜 원관념을 보조하는 관념의 소생이나 관념 배화(觀念倍化)에 원용하는 수사법이다.10) 즉 5, 7자의 짧은 싯구 속에서 서사성이라든가 또는 미묘

---

9) 용사에 관련된 문헌의 기록을 편집한 책은 이종은 · 정민의 공편, 『한국역대시화류편』, 아세아문화사, 1988, 397~399쪽.
10) 최신호, 「초기 詩話에 나탄난 用事理論의 양상」, 고전문학연구(제1집), 1971, 117쪽.
　　· 用事의 대상: 文 - 六經, 三史 詩 - 文選, 李白集, 杜甫集, 韓愈集, 柳宗元集
　　· 用事의 내용: 古人名, 官名, 古人語, 古人事, 姓名

한 감정을 표하기 위한 수사법의 하나이다. 이는 보편적인 용사의 개념이
라 할 수 있으나 학자마다 다소 차이가 있다. 『破閑集』, 『補閑集』, 『白雲
小說』, 『東人詩話』 등에서 용사의 문제를 매우 중요하게 다루고 있다. 그
러나 이들 책에 사용된 용사라는 용어가 명확히 정의된 개념으로 쓰여진
것 같지는 않다.11) 그럼에도 불구하고 용사는 한시에 있어 매우 중요한
개념으로 자리 잡았다.

　한시의 경우, 패러디 양상은 특정 시대의 시풍을 모범 삼아 특정 작가
의 작품을 용사하는 것이다.12) 이는 무조건적인 모방의 문제가 될 수도
있고, 창조적인 모방이 될 수 있다. 이에 대한 문제는 일찍이 『破閑集』과
『櫟翁稗說』에서 언급하고 있다. 이제현의 『櫟翁稗說』에서 점화라는 것
은 "남의 시문을 글자나 글귀를 군데군데 고쳐서 아름답게 꾸미어 제것
으로 만들어" 13) 사용하여 성공적일 때 쓰이는 기법이다. 그런데 기준이

　　예) 茶山 시에서 「龍山吏」, 「波池吏」, 「海南吏」의 삼부작←두보의 「新安吏」, 「潼關吏」,
　　　「石豪吏」의 삼부작 (특정한 작품에서 운, 어조, 가치관, 표현까지도 빌림, 〈詩學
　　　講義序〉)
　　이병한 편저, 『중국고전시학의 이해』, 문학과 지성사, 1993, 178쪽.
　　"用事란 시문 창작에 있어서 典故나 사실을 인용하고 활용하는 것을 말한다. 시문 창
　　작에서 신화, 전설, 역사 속의 이야기 및 經書, 子書, 민요, 속언 중의 어구를 활용
　　하여 내용을 효과적으로 전달 하고, 이미지를 선명하게 하는 방식을 말한다.………
　　적절하고 합당한 用事를 하면 '적은 문자로 많은 뜻을 포괄하게 되는(以少總多)' 효
　　과를 내게 된다. 또한 독자들도 인용된 사실고 전고를 통하여 풍부한 상상 작용을
　　전개할 수 있다."
11) 송재소, 「한시용사의 비유적 기능」, 한국한문학연구(제8집), 1985, 292쪽.
12) 강명관(「고전시학과 패러디- 한시. 한시비평을 중심으로」, 『한국현대시와 패러디』,
　　현대미학사, 1996, 293~294쪽)은 고전문학에 나타난 패러디의 현상 가운데 ....
　　패러디보다는 한시문학에 있어서 패러디적 양상을 다루었다. 이는 고전시학과 현대
　　시학의 접맥을 한시를 중심으로 논의한 점에서 주목된다. 한시에 있어서 패러디는
　　다양한 차원에서 일어난다. 그 이유는, 첫째는 특정한 시대의 시풍을 패러디하는 경
　　우가 있다. 둘째는 약간의 범위를 좁혀 특정한 작가의 작품을 모범으로 삼고 패러디
　　함으로써 자신의 예술적 성취를 보장받으려는 경향도 있다. 셋째, 구체적인 특정 텍
　　스트를 패러디하는 경우이다.
13) 《한국한자어사전》, 동국대학교 동양학연구소, 1996, 1028쪽.

무엇이냐라는 문제점은 안고 있다. 이와는 달리 용사를 잘못하게 되면 점귀부(點鬼簿)라 하였다. 이 점귀부는 "작품이 용사에 지나치게 경도되어 작품 이해를 위해 원작자를 찾아야 되니 이는 이미 죽었기 때문에 귀신을 불러내야 한다는 의미"(즉 귀신을 點考하는 帳簿란 의미)로 비판을 받는다. 이 점귀부는 이인로(1152- 1220)가 『破閑集』에서 용사에 대한 한 병폐를 지적한 것이다. "본격적인 비평은 고려 후기에 이르러 비로소 나타났으며, 이인로의 파한집을 그 첫 예로 들 수 있다"14)는 점에서 『破閑集』을 눈여겨볼 만하다. 여기에서 이인로는 임춘(耆之)이 참으로 용사를 잘하였다는 소개를 하고 있다.15) 이 문제는 이미 고려 시대까지 거슬러 올라가 문제가 되었다. 일찍이 고려시대에 당송의 시문(특히, 동파의 시)을 지나치게 모방하려다 표절까지 시비가 되어 신의(新意)의 문제까지 대두되었다. 우리나라 비평사에서 신의를 처음으로 언급한 사람은 이인로이며 신의를 즐겨 쓴 사람은 최자(崔滋)다.16) 그래서 최자의 『補閑集』과 이인로의 『破閑集』에서 신의를 주장하였다. 최자의 『補閑集』에서 이규보, 이인로, 임춘의 작품을 표절 중심으로 분석하여 표절하지 않는 이규보의 작품이 동파 수준의 문학이라고 평가한 데서 신의가 생겼다. 그렇다면 왜 높은 평가가 이루어지는가? 당시 무신정권의 시대적인 분위기가 많은 작용을 했다는 것이다. 최자 자신이 이규보의 은고(恩顧) 때문에 이와 같이 평가했다는 것이다.17) 그러나 이규보도 이인로 못지 않게 용사를 많이 씀으로로써 자기 모순에 빠졌다.18) 특히 용사에 대한 문제는 조선

---

14) 조동일, 「6. 2 비평 의식의 성장」, 『한국문학통사』(2), 지식산업사, 1992, 37쪽.
15) 詩家作詩多使事 謂之**點鬼簿** 李商隱用事險僻 號西崑體 此皆文章一病 近者蘇黃崛起 雖追尙 其法 而造語益工 了無斧鑿之痕 可謂靑於藍矣 如東坡見設驥鯨遊汗漫 憶曾捫虱話悲辛 永夜 思家在何處 殘年知爾爾來情 句法如造化生成 讀之者莫知用何事 山谷云 語言少味無阿堵 氷雪相看只此君 眼看人情如格五 心知世事等朝三 類多如此 吾友耆之 亦得其妙 如 歲月屢驚羊胛熟 風騷重會鶴天寒 腹中早識精神滿 胸次都無鄙吝生 皆播在人口 眞不愧於古人(이인로, 柳在泳 역, 『破閑集』 卷下(四), 일지사, 1994, 174쪽).
16) 민병수, 「이규보의 신의에 대하여」, 『이규보 연구』, 새문사, 1986, 82쪽.
17) 신용호, 『이규보의 의식세계와 문학론 연구』, 국학자료원, 1990, 200쪽.
18) 신용호, 앞의 책 참조.

시대 서거정의『東人詩話』의 태반이 용사에 할애하고 있다. 그리고 다산
은 용사를 주장하여 두보시가 전고(典故)를 쓰되 흔적을 남기지 않아서,
자작인 듯 하지만 자세히 보면 모두 출처가 있는데, 이것이 그로 하여금
시성(詩聖)이라는 칭호를 얻게 한 까닭이라고 하였다. 또한 시를 쓰면서
전혀 용사를 하지 않고, 음풍농월(吟風弄月)이나 하고 바둑이나 술을 노
래하면서 겨우 운자(韻字)나 다는 것은 시골의 고루한 훈장들이나 하는
것이다. 그래서 용사를 하더라도 대상은 마땅히『三國史記』,『高麗史』,
『國朝寶鑑』,『新增東國輿地勝覽』,『懲毖錄』,『燃藜室記述』등 우리 나라
문헌들에 그 사실을 취하여야 한다고「寄淵兒」에서 주장하였다.19) 용사
의 정신은 부분적인 인용이나 전고(典故)의 인용을 가장 접근하기 쉬운
수사 방법이다. 그래서 자연스러운 전고의 인용은 오히려 시의 의취(意
趣)를 풍부하게 하기도 한다는 긍정적인 측면도 있다. 이는 새로운 쟝르
의 변화를 가져 올 수도 있음은 긍정적인 측면이 있다.20) 그러나 신의의
정신이 개성적인 표현임을 강조하는 현대문학에서도 그 중요성이 부각된
다고 판단된다.

　여기서 현대시에 나타난 패러디를 통해서 용사의 두 갈래인 환골법과
탈태법의 접점을 살펴보자. 본고의 한시와 현대시의 접근 시도와는 달리
한시론으로 영불시(英佛詩)를 접근한 논의가 이미 진척되었다.21) 그렇
기 때문에 본고도 한시와 현대시의 한 방법론적인 양상을 이루는 것이다.
　패러디의 연원적 특징은 '대부분의 문학이론가들은 패러디를 희랍어의
〈parodia＝countersong〉라는 명사에서 그 어원을 찾는다. 패러디의 문
맥상 본질은 노래를 의미하는 낱말인 〈odos〉에서 연유하고, 〈para〉는
텍스트 사이의 대조 또는 상반을 뜻하는 것 외에 일치 또는 친숙의 두 개

---

19) 정약용(박석무. 정해렴 편역),『다산문학선집』, 현대실학사, 1996, 482~483쪽.
20) 이해조,『자유종』(창비교양문고, 1996)과 김수경,『ㅈ유종』(열음사, 1990)의 작품
　　이 좋은 예이다.
21) 다니엘 A. 카스터(라종혁 옮김),「중국 시론으로 본〈황무지〉와〈네 사중주〉의 시학」,
　　『포스트 모던- T. S. 엘리엇』, 서울대학교출판부, 1996.
　　신재상,『노장적 시각에서 본 부들레에르의 시세계』, 살림, 1995.

넘을 가지고 있다.22) 이러한 어원적 특징에 대하여 권위있는 견해를 가진 린다 허천(Linda Hutcheon)의 패러디 개념을 본고는 적절하게 활용할 것이다.

패러디의 개념에 대해서 린다 허천은 어느 특별한 작품의 진지한 소재와 수법을 모방하거나 어느 특별한 작가의 특징적인 스타일을 모방하여 그것을 저속하게 하거나 조야하게 조화되지 않는 주제에 적응시키는 것이다고 했다. 이와는 달리 pre-text(source-text)와 target-text의 형식, 구조, 어조의 긴장을 통해서 〈차이〉냐 혹은 〈반복〉이냐의 강조점에 따라 달라질 수 있다(차이를 둔 반복)고 말한다. 이와는 반대로 "패러디가 창조적 재능과 독창성에 대한 교양 없는 敵이라는 신념"(Leavis)이라고까지 비판한다. 또한 "티니아노프가 패러디를 문학 진보의 새로운 출발로 보는 견해와 쉬클로프스키가 패러디를 문학형식의 새로운 인식에서 보는 견해 사이에는 다소 차이는 있지만 본질적으로는 패러디란 변화를 속성으로 가지고 있다고 하는"23) 점도 주목해야 한다. 그래서 이를 두고 창조성의 고갈이냐? 문학의 쇄신이냐? 라는 이중고를 독자와 작가까지 고민하게 되었다.

본고가 의도하는 용사와 패러디의 관련성을 검토할 차례이다. 한시비평 중에 원류비평(源流批評, 특정 작품 혹은 특정 작가의 작품 세계가 과거의 어떤 텍스트나 작가의 작품 세계에서 착상과 수사적 방법을 차용하고 있는가를 검토)이 있다. 즉 패러디의 원전 작품(source-text)과 패러디한 작품(parodied-text)의 관계를 따지는 패러디 비평이다.24) 이는 한시론 가운데 용사론의 환골탈태론(換骨奪胎論)과의 관련성으로 짚어 볼 수 있다.

용사론의 가운데 환골탈태론의 주장이 있다. 이는 시 작품 자체를 한정하여 패러디를 축약적으로 제시한 경우는 송대에는 상당히 추종하였다.

---

22) 린다 허천(김상구. 윤여복 공역), 『패러디 이론』, 문예출판사, 1993, 200쪽.
23) 린다 허천(김상구. 윤여복 공역), 위의 책, 201쪽.
24) 강명관, 앞의 책, 286쪽.

그래서 중국의 서강시파(江西詩派)가 우리나라의 경우 해동강서파(海東江西派)까지 형성하게 되었다. 본고에서는 환골탈태론의 두 형태인 환골법(換骨法)은 "특정 작품의 시상을 그대로 두고 다른 어휘를 사용하는 방법 즉 동일한 통사 구조에 어휘만 바꾸어 놓은 것"이다.25) 이는 김춘수 「꽃」과 장정일 「라디오 같이 사랑을 끄고 켤 수 있다면」 등이다. 그리고 탈태법(奪胎法)은 '시상 자체만을 빌려 오는 것'이다. 탈태론으로 볼 수 있는 작품으로는 널리 알려진 소월의 「예전엔 미처 몰랐어요」와 송욱의 「달을 디딘다」(『月精歌』, 113쪽), 원효의 〈一體唯心造〉와 관련된 〈唯心〉지 창간호에 실린 만해의 권두시 「心」, 박상배의 「戲詩-원효 日記」26), 이방원과 정몽주의 「何如歌」와 「丹心歌」의 패러디인 박상배의 「어떠리」27),

─────────────

25) '換骨奪胎論'의 주장은 송나라의 황산곡으로부터 전수 받은 이인로의 주장은 상당히 주목된다. 그래서 이를 인용하면 다음과 같다. "黃庭堅의 전례에 따라 이인로도 換骨奪胎를 거론했는데, 의도 한 바는 조금 다르다. 황정견은 詩意는 무궁하다면서 시로써 나타낼 수 있는 바는 얼마든지 있지만 시 짓는 사람의 재주가 모자라기 때문에 함부로 지으면 공교로운 표현을 얻지 못하므로 고전의 규범을 익혀 활용할 필요가 있다고 했다. 그러므로 환골탈태에 의해 용사를 하는 것이 권장할 만한 창작 방법이다........ 그런데 이인로는 황정견이 말한 함부로 시도한 조잡한 독창을, 묘한 표현까지 갖춘 독창으로 대치해서 가치의 서열이 달라지게 했다. 어찌 보면 황정견보다 앞서서 독 창을 더욱 존중한 것 같다. 그러나 이인로는 황정견을 모범으로 해서 시 짓는 지혜를 터득했다고 했다."(조동일, 「13세기 詩論에서 문제된 心과 物」, 『문학사와 철학사의 관련 양상』, 한샘, 1992, 19쪽).
  서거정의 『東人詩話』에서 用事의 방법론에 대해서 두 갈래로 나누었다. 이는 다소 차이를 보인 기법이라하겠다. 가. 直用法 : 패러디 대상 작품과 패러디 작품과의 관계가 그대로 원용됨 예) 茶山 시와 杜甫 시의 경우, 나. 反用法 : 주제상 혹은 어조상 반대의 관계에 놓이는 것(조종업, 『東人詩話 연구』, 대동문화 연구(제2집), 1966 참조).
26) 박상배의 불교적 차원과 달리 『마태복음』 5장(3-12)을 시화한 윤동주의 「八福」이나 처용, 바리데기 무가를 시화한 작품들도 종교적인 차원에서 본고의 방법론으로 접근해 볼만하다고 판단된다.
27) 김준오, 「패러디시와 희극적 거리」, 『잠언집』, 세계사, 1994, 108쪽.
  "그의 시는 패러디시다........ 연작시 「잠언집」과 「戲詩」는 제목부터 전통장르 내지 기존 장르들을 패러디한 것이며 「풀잎頌」은 자연 예찬의 테마와는 전연 무관한, 제재 선택의 패러디다. 조선 조 후기 김삿갓의 희시가 전통 한시의 패러디 시이듯이 언

「프로메테우스 신화」와 「龜兎之說」의 〈肝〉을 패러디한 윤동주의 「肝」 등
이다. 그리고 송욱의 이태백 시의 시상을 빌려와 창작을 한 경우도 이에
속한다. 이 외에도 현대시에서 방대하게 찾을 수 있다. 그리고 탈태론의
성격 가운데 풍자적인 특징도 있음을 주목해야 한다. 신의론을 주장하였
지만 용사를 많이 한 이인로의 『破閑集』에도 이러한 풍자적 특징을 엿볼
수 있다. 『破閑集』 가운데 「朴君公襲居貧嗜酒」에서 이백, 두보의 시에서
특정 부분을 용사하여 풍자적 특징을 잘 보여 준다.28) 이 외에도 고려조

어골계를 구사한 그의 시문체도 패러디화에 기여하고 있다"
28) 朴君公襲居貧嗜酒 客至無以飮 求酒於靈通寺僧 用皤腹山罇 盛以泉水 封纏甚牢固送之.
   朴公 初見喜曰, "此器可受二斗許. 昔陳王 '**斗酒十千宴於平樂**.', 杜子美亦曰, '**還須相
   就飮一斗**, 恰有三百靑銅錢.'. 今吾二人不費一錢而 得美酒 各飮一斗 則酣適之興不減於
   古人." 開視之乃水 也. 恨眼目不長落老胡計中 作詩寄之曰,
   "有客來相過 /囊中欠一錢. / 分爲廬岳酒 / 浪得惠山泉. / **似虎林中石** / **如蛇壁上弦**
   / **屠門猶大嚼**"(손님이 오셨는데 / 주머니 속엔 돈 한 푼 없어서 / 여악廬岳의 술을
   나누어 달랬더니 / 혜산惠山의 샘물만 헛되어 얻었네 / 범인줄 알았더니 역에 걸린
   활이었네 / 도문屠門에서도 오히려 대작大嚼하였거든 / 하물며 어찌 술동이 앞에서
   랴) 何況對樽前. 僧見詩更以美酒酬之.(이인로, 柳在泳 역,『破閑集』, 일지사, 1994,
   卷下(12), 191쪽).
   이인로의 〈朴君公襲居貧嗜酒〉에서 '斗酒十千'은 이 백의 〈將進酒〉의 한 구절(陣王昔
   時宴平樂/斗酒十千恣권謔)을 용사했음을 알 수 있다. '還須相就飮一斗'는 두보의
   시 〈偪人行贈畢曜〉의 끝 구절을, '似虎林中石'과 '如蛇壁上弦', '屠門猶大嚼'도 역
   시 용사이다.(이의 나머지 해석은 위의 책 참고).
   위의 시에서 朴君公襲이 시를 적어 보내었기에 靈通寺僧이 글을 보내는 데서 이 용사
   의풍자적인 태도를 엿볼 수 있다. 이런 풍자적인 태도는 패러디의 특징이기도 하다.
   패러디와 풍자의 관계를 설명하면서 린다 허천(Linda Hutcheon, 75~76쪽)이 인
   용한 시인과 시 작품을 보면 다음과 같다. "아폴리네르(Apollinaire)가 베를렌느
   (Verlaine)의 이유없는 정신적 고통을 실제적인 육체적 불편의 견지에서 풍자하기
   위해 형식상의 패러디를 사용했다. 랭보(Rimbaud)의 시 〈도시 위로 부드럽게 비가
   내린다(Il pleut doucemennt sur la ville)〉는 베를렌느의 시의 題詞를 형성했다.
   베를렌느의 시는 다음과 같다. '내 마음에 눈물이 흐른다 / 마치 도시에 비가 내리듯.
   / 내 마음을 적시는 / 이 번민은 무엇인가?'
   아폴리네르의 패러디는 다음과 같다. '내 장화 속에 물이 새들어간다 / 마치 도시에
   비가 내리듯. / 내 장화를 뚫고 들어간 / 그 물을 귀신이나 업어가라!' 이와 같이 보
   다 전통적인 종류의 패러디에서는 패러디도 풍자도 그다지 오묘하지 않다.

한시에서 중국 고사를 원용하는 용사의 경우가 많았다.29)

Ⅲ. 기법으로써 시정신 찾기의 두 유형

1. 김춘수의 「꽃」과 target- text

김춘수의 「꽃」을 pre(source)- text로 정한 다음에 오규원의 「「꽃」의 패러디」, 장정일의 「라디오같이 사랑을 끄고 켤 수 있다면-김춘수의 「꽃」을 변주하여」, 장경린의 「김춘수의 꽃」, 최상호의 「김춘수의 '꽃'을 가르치며」 등의 작품을 target- text하여 검토하고자 한다. 위의 작품은 바로 한시론에서 말하는 '특정 작가의 작품을 모방하는' 용사 가운데 주요뼈대만을 인용하는 환골법이라 할 수 있다.

⟨pre(source)- text⟩

내가 그의 이름을 불러 주기 전에는
그는 다만
하나의 몸짓에 지나지 않았다.

내가 그의 이름을 불러 주었을 때,
그는 나에게로 와서
꽃이 되었다.

내가 그의 이름을 불러 준 것처럼
나의 이 빛깔과 향기(香氣)에 알맞은
누가 나의 이름을 불러 다오.

---

29) 저자와 작품만을 간략히 인용하면 다음과 같다(변종현, 『고려조한시연구』, 태학사, 1994, 294~299쪽). 이인로의 「山水友趙亦樂」, 임춘의 「謝人見訪」, 김극기의 「草堂書懷」, 郭預의 「壽康宮觀獵」 등이다.

그에게로 가서 나도
그의 꽃이 되고 싶다.

우리들은 모두
무엇이 되고 싶다.
너는 나에게 나는 너에게
잊혀지지 않는 하나의 눈짓이 되고 싶다.
          -김춘수의 「꽃」(《현대문학》, 1952)

    pre- text라 볼 수 있는 김춘수의 「꽃」에 대한 시정신을 파악한 다음, target- text가 어떤 형태로 변모되었는 지를 검토하고자 한다. pre- text인 김춘수의 「꽃」은 한국현대시에서 널리 알려진 바대로 자기 존재에 대한 확인이 주제다. pre- text는 "꽃의 아날로지로서의 어떤 이데아의 세계, 즉 內包로서의 관념세계가 두드러지고 있다"는 것으로, 즉 "人間存在의 원래적 고독성이라고 할까, 그것을 서로가 인식함으로써 전개되는 어떤 連帶意識(도덕관) 같은 것을 이 시는 형상화하려고 했음"30)을 알 수 있다. 물론 1950년대라는 시대 상황과 외래 사조의 실존주의가 바탕이 되고 있음은 주지의 사실이다. 이런 바탕 위에 패러디가 된 것은 아니지만 어쨌든 이의 유사한 작품이 패러디라는 명목으로 쏟아져 나왔다. 이를 target- text 1, 2, 3, 4로 하여 검토하고자 한다.

    target- text- (1)

내가 그의 이름을 불러 주기 전에는
그는 다만
왜곡될 순간을 기다리는 기다림
그것에 지나지 않았다.
내가 그의 이름을 불렀을 때
그는 곧 나에게로 와서

---

30) 김춘수, 「오독된 나의 시」, 《현대시학》, 1991. 9. 105~107쪽.

내가 부른 이름대로 모습을 바꾸었다.

내가 그의 이름을 불렀을 때
그는 곧 나에게로 와서
풀, 꽃, 시멘트, 길, 담배꽁초, 아스피린, 아달린이 아닌
금잔화, 작약, 포인세치아, 개밥풀, 인동, 황국 등등의
보통명사나 수명사가 아닌
의미의 틀을 만들었다.

우리들은 모두
명명하고 싶어했다.
너는 나에게 나는 너에게.

그리고 그는
그대로 의미의 틀이 완성되면
다시 다른 모습이 될 그 순간
그리고 기다림 그것이 되었다.
  - 오규원, 「「꽃」의 패러디」[31]

　오규원의 시는 김춘수의 시가 가진 인구회자(人口膾炙)의 덕택을 고스
란히 보고 있다. 그래서 쉬운시를 지향한다는 비판을 모면하기 위해 통사
구조 혹은 어구, 어휘를 적절히 변용하는 데포르메시옹(deformation)의
기법을 사용하고 있다.[32] 형태적으로는 김춘수의 4연을 전체 5연으로
구성하고 있다. 이는 용사의 기법인 환골탈태론 중에 환골법은 특정 작품
의 시상을 그대로 두고 다른 어휘를 사용하는 방법, 즉 동일한 통사 구조
에 어휘만 바꾸어 놓은 것이다. 위의 작품은 바로 이와 같은 기법과 다름
이 아님을 알 수 있다. 이처럼 현대시에서도 용사를 발견할 수 있다. 문
제는 오규원의 시가 갖는 주제가 김춘수가 말하는 '꽃의 아날로지로서의

---

31) 『이 땅에 씌어지는 抒情詩』, 문학과 지성사, 1981.
32) 이상의 「거울」 작품과 오규원의 「거울」이 이에 해당한다. (김치수, 「경쾌함 속의 완만
　　함」, 『이 땅에 씌어지는 抒情詩』, 114~115쪽).

인간 존재의 고독성에 대한 서로의 인식'과 어떤 거리가 있는가이다. 오
규원의 시는 '꽃의 아날로지'를 염두에 둔 것은 아니지만, 너와 나의 존재
혹은 인간 존재의 관계에서 왜곡되지 않는 '의미의 틀'로 자리 지워지기를
갈망하는 세계를 노래했다고 판단된다. 그렇다면 린다 허천이 말하는 차
이를 둔 반복인가? 아니면 창조적 재능과 독창성에 대한 교양 없는 적
(敵)이라는 리바이스의 견해인가? 이는 용사의 장단점과 같은 맥락이다.

target- text- (2)

내가 단추를 눌러 주기 전에는
그는 다만
하나의 라디오에 지나지 않았다.

내가 그의 단추를 눌러 주었을 때,
그는 나에게로 와서
전파가 되었다.

내가 그의 단추를 눌러 준 것처럼
누가 와서 나의
굳어 버린 핏줄기와 황량한 가슴 속 버튼을 눌러 다오
그에게로 가서 나도
그의 전파가 되고 싶다.

우리들은 모두
사랑이 되고 싶다.
끄고 싶을 때 끄고 켜고 싶을 때 켤 수 있는
라디오가 되고 싶다.
  - 장정일의 「라디오같이 사랑을 끄고 켤 수 있다면-
    김춘수의 〈꽃〉을 변주하여」33)

---

33) 『길안에서 택시잡기』, 민음사, 1988.

　　장정일의 시는 오규원의 시와는 달리 전체 4연으로 구성되어 pre (source)- text인 김춘수의 시 형식을 그대로 따르고 있다. 물론 따른다고 해서 행의 구성이 동일하다는 것은 아니다. 김춘수 시에서 〈이름〉이라는 고유명사 대신에 라디오의 버튼인 〈단추〉로서 〈라디오〉가 가지는 정물화된 개체를 언급하고 있다. 이는 김춘수의 시에서도 하나의 몸짓이라는 정물화된 개체와 동일하다. 이를 비교해보면, 〈이름 / 단추- 몸짓 / 라디오 - 꽃 / 전파- 하나의 눈짓 / 사랑〉이라는 동일선을 이루게 된다. 이는 "굳어 버린 핏줄기와 황량한 가슴"이라는 물질문명화된 사회구조 속에서 의미있는 소식을 전해 주는 라디오 전파처럼 진정한 우리들의 사랑을 자유롭게 구가하고 싶은 욕망일 것이다. 그렇다면 pre- text와 target- text (1)과는 다소 거리가 있다. 그렇더라도 오규원, 장정일의 작품은 각기 다른 시세계를 보여주고 있기에 이제현이 말하는 점화(點化)로 볼 수 있는 성공작인 것이다.

target- text- (3)

나와 섹스하기 전에
그는 다만
하나의 꽃에 지나지 않았다.

나와 섹스를 하고 난 후
그녀는 더 이상 꽃인 체하지 않는
利子가 되었다.

내가 그녀와 섹스를 한 것처럼
세일즈맨이든 경찰이든 꽃이든 망치든 컴퓨터든
무엇이든 내게 와서
나의 떨리는 가슴에 온몸을 비벼다오
그와 한몸이 되어
나도 그로부터 자유로운 利子가 되고 싶다.

우리들은 모두
한 송이의 利子가 되고 싶다
나는 녀의 利子가 되고 싶고
너는 나의 利子가 되고 싶다
우리들은 서로에게
꽃보다 아름다운 利子가 되고 싶다.
                    - 장경린의 「김춘수의 꽃」34)

　장경린의 시는 4연으로 구성되어 있으면서 동시에 target- text인 오규원, 장정일과 같이 패러디했음을 시제에서 밝히고 있다. 하나의 순수 표상인 〈꽃〉이 섹스라는 제의를 통해서 물질문명의 대명사인 이자가 된다. 그래서 순수의 표상인 꽃이 아니라 차라리 "꽃보다 아름다운 利子가 되고" 싶다는 시대 비판적인 목소리를 담고 있다. 장정일과 같이 물질문명의 사회를 비판하지만 장정일은 진정한 사랑을 갈구한다는 점에서 일직선상의 시세계를 엿볼 수 있다.

　　target- text- (4)

나는 너에게 너는 나에게
의미있는 존재가 되자고
가르치지만 애들아

네 쪽으로 걸었던 내 발자국은 몇 걸음이지?

다가가서는
색깔 있는 눈짓이나 그래서 얼마큼 향기나는
이름이나 나누었던가
너희 웃음도 모르고 너희 노래도 모르고
아버지의 직업, 어머니의 학력, 그렇고 그런 것
너의 점수, 너의 석차, 그렇고 그런 것

---

34) 『사자 도망간다 사자 잡아라』, 문학과 지성사, 1993.

애들아, 꽃은 도대체 무엇이니?
　　　　　　- 최상호의 「김춘수의 '꽃'을 가르치며」[35]

　target- text- 1에서 3까지와는 다소 거리가 있는 작품이 바로 최상
호의 시다. 〈의미있는 틀〉을 시인이 갈구하면서 학생들에게 외치는 내용
이다. 그래서 김춘수가 꽃에서 고독한 존재의 확인을 하듯이 시인이 진정
고독한 존재 확인을 하지 못하는 상황을 설정하여 자신의 생활의 괴로움
을 읊고 있다. target- text- 4는 일선 학교 교사로서 국어시간에 가르
치는 김춘수의 〈꽃〉의 작품을 패러디하여 "책임과 의무가 수반되는 역사
의식, 현실에 대한 결백에서 오는 부끄러움", 즉 "한 사람의 시인으로서
지식인으로서 느끼는 자괴감과 완전치 못한 교사로서의 부끄러움"[36]을
표현한 작품이다.
　패러디가 노리는 것은 재현과 동시에 파괴적 창조라는 기능을 수행하
는 것이다. 그래서 패러디가 갖는 "텍스트의 주제는 물론 그 주제를 다루
는 방법과 그 과정에 있어서까지 변화를 주기 때문에 어떤 대상의 진실을
재현하는 데 있어 파괴와 동시에 창조라고 하는 양면성의 심미적 기능을
본질로 가지고 있다"[37]는 것을 확인 할 수 있다. 이에 대한 원전(pre-
text)과 대상 작품(parodied- text)의 각 연의 구성과 주제가 어떻게
다른지를 간략히 도표화시키면 다음과 같다.

---

35) 최상호, 『김춘수의 '꽃'을 가르치며』, 시와 시학사, 1997.
36) 김우종, 「역사와 현실에 투영된 애정」, 『김춘수의 '꽃'을 가르치며』, 132~133쪽.
37) 린다 허친(김상구. 윤여복 역), 앞의 책, 201쪽.

	〈pre- text〉 (김춘수)	target- text- 1 (오규원)	target- text- 2 (장정일)	target- text- 3 (장경린)	target- text- 4 (최상호)
연(聯)구성	4	5	4	5	5
支配素 (Dominant)	이름 몸짓- 꽃 하나의 눈짓	이름 명명- 의미의 틀	단추 라디오- 전파 사랑	섹스 꽃 利子	의미있는 존재- 이름 - 꽃
주 제	인간 존재의 고독성에 대 한 서로의 인식	인간 존재의 관 계에서 왜곡되 지 않는 '의미의 틀'로 자리 지 워지기를 갈망	진정한 '우리들 의 사랑'을 자 유롭게 구가하 고 싶은 욕망	물질문명의 사 회 비판과 진 정한 사랑을 갈구	한 사람의 시인 으로서, 지식인 으로서 느끼는 자괴감과 완전 치 못한 교사로 서의 부끄러움

위의 내용을 통해 내릴 수 있는 결론은 다음과 같이 정리할 수 있겠다.

첫째, 입력된 의도를 위해 시인은 시적 구성(연 또는 행)의 변화를 시도하고 있다.

둘째, 독자로 하여금 작가의 의도를 추론할 수 있도록 중요 모티브의 변화를 시도하고 있다.

셋째, 작가의 의도된 결과는 다소 거리를 둠으로써 창작적인 패러디를 보여주고 있다.

넷째, 용사 가운데 환골탈태론이 있다. 이는 시 작품자체를 한정하여 패러디를 축약적으로 제시한 경우이다. 환골탈태론 중에 환골법은 특정 작품의 시상을 그대로 두고 다른 어휘를 사용하는 방법, 즉 동일한 통사 구조에 어휘만 바꾸어 놓은 것이다. 물론 pre- text와 parodied- text 사이의 거리는 다소 존재하지만 위의 작품들은 바로 환골법과 같은 기법과 다름이 아님을 알 수 있다. 여기에서 본고가 의도하는 고전시론과 현대시론의 한 접점을 확인할 수 있다.

본고의 연구와 관련하여 박상배의 「戲詩.4- 원효 日記」나 박상배의 「어떠리」는 김춘수의 패러디와 환골법과는 다른 형태이다. 이를 현대시의 패러디와 고전시론의 한 접점인 탈태법이라 볼 수 있다. 이는 본고 연

구의 한정과 관련이 있기에 차후에 논의를 할 것이다.[38)]

이제까지 한 작가의 작품을 여러 시인들이 패러디한 점을 검토했지만 송욱은 중국 시인 이백의 한시를 여러 작품으로 패러디하는 특이한 양상을 보인다. 이에 대한 검토 작업을 하겠다.

2. 송욱의 『詩神의 住所』와 target- text

송욱 문학에서 마지막으로 남긴 유작이 『詩神의 住所』(일조각, 1981)이다. 유작의 가치도 있겠지만 시적 변모의 종착역이라는 점에서 눈여겨볼 필요성이 있다. 본고와 관련하여 이태백에 관한 시편이 그러하다.[39)] 이는 한시에 있어 용사와 현대시의 패러디(parody)의 표현 장치라고 할 수 있다. 그래서 한시에 있어 용사와 관련성을 검토할 수 있는 것이다. 특히 송욱이 한 작품을 여러 번 패러디 혹은 탈태하는 경우를 검토할 것이다.

본고의 target- text인 「瀑布- 李太白을 위하여」, 「瀑布의 造化- 李太白을 위하여」, 「瀑布水가 하는 말씨- 李太白을 위하여」의 작품들을 과연 시작으로 볼 것인가 아닌가에 대한 것부터 밝혀야 할 것이다. 왜냐하면 위의 작품들이 이백의 「望廬山瀑布」의 특정 대목을 인용하고 있기 때문이

---

38) 원효의 시 〈心生故種種法生/ 心滅故龕墳不二/ 三界唯心萬法唯識/ 心外無法胡用別求 (김상현, 『역사로 읽는 원효』, 고려원, 1994 참조)〉와 박상배의 「戱詩.4- 원효 日記」의 원문(마음 안에 마음을 쑤셔넣는다/ 마음은 그럼 마음 안의 마음이다// 마음 안에 마음을 쑤셔넣고/ 마음 안에 또 마음을 쑤셔넣으면/ 마음은 그럼 마음 안의 마음 안의 마음이다// 마음 안에 마음을 빼어놓는다/ 마음은 그럼 마음 밖의 마음이다// 마음 밖에 마음을 빼어놓고/ 마음은 밖에 또 거듭 마음을 빼어 놓으면/ 마음은 그럼 마음 밖의 마음 밖의 마음이다)을 패러디했는데, 이는 한시의 탈태법이라 할 수 있다. 또한 「何如歌」와 「丹心歌」을 연상케하는 「어떠리」작품 역시 이와 같다. 김 준오는 이를 패러디로 규정(앞의 책 참조)하고 있다.

39) 이태백에 관한 시편: 「天地와 萬物은....李太白을 위하여」, 「瀑布-李太白을 위하여」, 「계수나무는 이미 섶나무- 李太白을 위하여」, 「瀑布의 造化-李太白을 위하여」, 「毛細管 속을-달아 달아 밝은 달아 李太白이 죽은 달아」, 「李太白의 詩學- 變奏曲」, 「瀑布水가 히는 말씨- 이태배을 위하여」.

다. 「望廬山瀑布」를 연구해야될 당위성은 송욱의 정신 행위를 표현한 작품이기 때문이다. 그러나 문제의 출발은 과연 이 작품을 시로 볼 것인가에 대한 것이 가장 근본 문제이다. 비교적 개인적인 친분이 있었던 작고 비평가 김현은 송욱의 시작으로 판단하여 유고 시집을 엮었다.40) 이는 다분히 김현의 판단이다. 김현 자신이 이백에 대한 조예가 있었는지 판단할 길이 없다. 따라서 이를 시작인지 아닌지의 판단을 위한 논리적인 해명을 할 수가 없다. 다만 그가 왜 시로 판단하여 편집했는지 알 수 있는 간접적인 자료가 있다. 유고시집 제2부의 서문에 해당하는 내용을 통해서 짐작할 수 있다.41) 이를 작품으로 인정한다면 어떻게 이해할 것인가?

이백의 시를 패러디했다면, 이 시에 대한 연구 가치는 주어질 것이다. 따라서 본 장은 김 현의 판단에 따라 위의 시를 송욱의 작품으로 보고, 이를 패러디의 한 양상으로 송욱의 시를 이해하고자 한다. 우선 이백의 「望廬山瀑布」작품을 구체적으로 어떤 부분에서 패러디했는지를 검토하겠다. 물론 연구 과정에서 한시의 탈태법과 패러디의 접점이 형성되는 것이 해명될 것이다.

송욱의 세 작품이 이백의 「望廬山瀑布」를 단순히 번역하였다면 당연히 시 전체를 한다거나 순서대로 했을 것이다. 그러나 위의 작품에서 구체적인 부분을 살펴보면 각기 다름을 알 수 있다. 이는 송욱이 입력한 의도된

---

40) 이는 서울대(영문학과) 홍기창 교수의 면담을 통해 들었다. 물론 불문학자였던 정명환 교수도 친분이 두터웠다는 이야기를 들었다.(1996. 8. 23, 서울대 연구실).

41) 시인은 78년 3월부터 80년 4월까지 거의 매일 단장을 적었다. 그 단장에는 일상적인 삽화는 거의 없으며 한시, 영시, 方言사전, 李珥 등의 인용이 아니면 거기에서 촉발된 느낌이 실려 있다. 그 느낌이 시인의 시의 모체가 되고 있음을 단장은 여실히 보여준다.

> 「시인은 시가 완성되면, 그것과 관련된 것들에 X표를 해, 그것들을 지워버렸다. 시인의 한 독특한 버릇이다. 시인은 시가 완성되면, 또 그것을 원고지에 옮겨 적었다. 원고지에 옮겨지지 아니한 것은 완성되지 않은 것이라고 시인이 판단한 것이다. 시인이 쓴 글 중에서, 확실하게 표기가 잘못되어 있는 것은, 편자가 판단하여 고쳤음을 밝힌다. - 〈Ⅱ 日記 및 詩作노트 〉-」

위의 인용에서 밑줄 그은 부분에서 알 수 있듯이 적어도 앞의 작품들은 송욱의 시작으로 판단 할 수 있다.

모방이다.42) 따라서 이를 패러디의 한 양상으로 볼 수 있다. 이는 현대시에서도 흔히 쓰이는 시적 장치이다.43) 린다 허천(Linda Hutcheon)이 패러디를 차이를 둔 반복이라고 말했듯이 「望廬山瀑布」와 세 작품은 pre- text(source- text)와 target- text의 관계이다. 시집 제2부의 서문에 "그 느낌이 시인의 시의 모체가 되고 있음을 단장은 여실히 보여준다"고 한 김 현의 글은 송욱의 시세계를 이해하는 축이 된다는 판단이다. 따라서 제2부의 일기에 「李太白을 打倒하기 위하여」라는 글에서도 단순한 반복이 아니라 차이를 강조한 것으로 판단된다. 「瀑布- 李太白을 위하여」는 이백의 시를 패러디한 상태에서 다시 변형시켜 패러디하고 있음을 알 수 있다.

---

42) 본고는 표절로 보지 않는다. 왜냐하면 다분히 의도된 모방이기 때문이다. 그래서 이를 패러디로 파악하고자 한다. 이 논의에 참고가 될만한 내용은 다음과 같다.(Linda Hutcheon, 김상구. 윤여복 옮김, 『A Theory of Parody』, 문예출판사, 1993, 67~68쪽).
　〈그레이(Alasdair Gray)는 그의 소설 『래너크(Lanakr:1981)』에서 독자에게 이 소설의 패러디적인 「표절 색인(Index of Plagiarisms)」을 제공함으로써 이러한 논쟁 전체를 조롱하고 있다. 이 책에는 세 종류의 문학적 도둑질이 있다는 사실을 알게 된다. ㉠ 덩어리 표절(BLOCK PLAGIARISM): 타인의 작품이 뚜렷한 인쇄상의 단위로 인쇄된 곳 ㉡ 끼워넣기 표절 (IMBEDDED PLAGIARISM): 훔친 말들이 이야기의 몸체 안에 감추어진 곳 ㉢ 흩어진 표절 (DIFFUUSE PLAGIARISM): 배경, 인물, 줄거리나 소설의 아이디어들이 그들을 묘사하는 원작의 말들 없이 훔쳐진 곳......... 패러디와 표절을 구분할 필요가 있는 것은 단지 이들이 동의어로 사용되고, 또한 의도의 문제(비평적 거리를 가지고 모방하려는 의도인지 아니면 속이려는 의도를가진 모방인지)가 복잡하고 규명하기 어려운 것이기 때문이다. 이점에서 나는 패러디를 논함에 있어 입력된 의도나 추론된 의도에 한정시키려는 것이다.〉
43) 송욱의 「달을 디딘다」(『月精歌』, 113쪽)에서도 패러디의 양상을 발견할 수 있다.
　pre- text:김소월의 「예전엔 미처 몰랐어요」와 pre- text: 太白이여 素月이여 / 달이 이처럼 가까울 줄은 / 달이 그처럼 서러울 때도 / 달이 그처럼 즐거울 때도 / 미처 몰랐다.
　김준오, 「문학사와 패러디 시학」, 『한국 현대시와 패러디』, 현대미학사, 1996, 참고. 다만 본고의 의도를 좀 더 분명히 제시하고자 김춘수의 「꽃」을 패러디화한 작품을 에로 제시하였다.

target- text-(ㄱ)

1행: 太陽은 香爐峯을 비추기에
2행: 향로처럼 보라빛 연기를 피운다.
3행: 아득히 보니 앞설려는 개울물을 폭포가 달아맺다
4행: 날을 듯이 흐르며 곧장 밑을 三千尺이다.
5행: 어쩌면 銀河가 하늘 끝에서 쏟아졌으리라.
*
太陽은 우주에게 香을 피우는 향로이리라.
폭포는 개울물을 한뭉음을 묶었다가 하늘을 쏘며 달린다.
폭포는 나른다 그리고 곧장이다!
폭포에서는 개울물이 銀河로 다다르련다.
곧장 쏟아지기에 !

위의 작품이 어떻게 패러디되었는지 pre- text을 비교해 보면 다음과
같다.

(1행) 日照香爐(2행)生紫烟
(3행) 遙看瀑布挂長川
(4행) 飛流直下三千尺
(5행) 疑是銀河落九天44)
  -「望廬山瀑布」

「瀑布- 李太白을 위하여」의 경우, 1연은 이백의 시 「望廬山瀑布」의 전
문을 패러디하면서 2연에서는 변형시켜 패러디하고 있음을 알 수 있
다.45) 단순한 반복이 아니라 '패러디는 어떤 식으로든 차이를 표시'해야

____

44)「해는 향로봉을 비추니 자주빛 연기가 솟아오르고 / 멀리 보이는 폭포는 장천에 걸려
    있다 / 날아 흐러내림이 삼천척은 됨직하니 / 구천으로 떨어지는 은하수가 아닐까.」
    이백은 "여산의 노래를 侍御 여허주에게 부치다(廬山謠寄廬侍御虛舟)"라는 시에서
    여산의 아름다움을 노래했다.(金元中 評釋, 『唐詩鑑賞大觀』, 까치, 1993, 209~
    211 참고).
45)「瀑布- 李太白을 위하여」의 1연과 2연이 다르다. 1연을 단순히 인용(인유)로 볼 수

한다는 린다 허천(Linda Hutcheon)의 주장으로 파악한다면 이는 패러디이다. 이러한 패러디 방법을 통해서 target- text-(ㄱ)은 廬山瀑布에 대한 경탄을 주제로 한 것이다. 또한 「望廬山瀑布」와 이백의 「友人會宿」의 일부분을 패러디한 「瀑布의 造化- 李太白을 위하여」를 살펴보자.

target- text-(ㄴ)

1행: 불꽃처럼 번개처럼 솟는 폭포가
2행: 으젓하게 새하얗게 무지개진다
3행: 처음에는 은하가 쏟아지더니
4행: 하늘과 구름만을 반쯤 바쳐 수놓는다.
5행: 우러러볼수록 기운은 우렁차서
6행: 장하다 造化가 이룬 功이여
7행: 구슬이 날리면서 안개가 가벼워라
8행: 물거품이 크나큰 돌을 때린다!
9행: 名山을 즐겨보니 사람이 싫다!
10행: 잠들고 싶은데서 잠을 자고서……

1행에서 8행까지는 「望廬山瀑布」의 패러디이고, 9행과 10행은 「友人會宿」의 일부분이다. 「友人會宿」의 원문은 "醉來臥空山 / 天地卽衾枕"이다. 이를 다시 패러디하여 작품을 적었다. "名山을 즐겨보니 사람이 싫다! / 잠들고 싶은데서 잠을 자고"자 하는 소요유의 경지를 말하고 있다.

도 있다. 그러나 본고는 이를 패러디로 파악하여 연구하고자 한다. 인용(인유)로 보지 않는 이유는 린다 허천에 따른다(앞의 책, 72 쪽). 〈패러디는 단순한 인용이나 인유보다 강력한 양 텍스트적(bitextual) 결정성을 지닌다. 즉 패러디는 패러디된 특정 텍스트의 기호뿐만 아니라 일반적으로 종적(縱的)인 패러디의 기호의 특성까지 모두 지닌다. 내가 여기서 인유를 포함시킨 것은 인유 역시 패러디와 혼동될 수 있는 쪽으로 정의되어왔기 때문이다. 인유는 '두 텍스트의 동시적 활성화를 위한 하나의 방법'이긴 하지만 이는 주로 상응을 통해서 이루어진다는 차이를 통해 이루어진다는 점에서 패러디와는 다르다. 그러나 아이러닉한 인유는 보다 패러디에 가까울 것이다. 일반적으로 인유는 패러디보다 덜 제한적이거나 덜 예정되어 있으며 패러디는 어떤 식으로로든 치이를 표시해야한다.〉

즉 폭포의 흐름을 통해 무위자연과 자유평등의 경지인 무하유향(無何有鄕)46)을 주제로 표현한 작품이다. 좀더 발전된 형태의 target- text를 본다면 「瀑布水가 하는 말씨- 李太白을 위하여」이다.

target- text-(ㄷ)

瀑布水가 날은다 안개가 낀다 꿈을 꾼다 구름을 갚는다
百尺을 열 곱절한 하얀 명주을 瀑布水여!
제 무게에 갈갈이 갈기갈기 찢어져 내린다
四方을 에워싼 山봉우리는 붉은 바윗돌을 병풍처럼 펴들었다
(이 바람에…… 이 바람에…… 무슨 바람결일까?)
龍이 못물 속에서 내뿜는 숨결이여!
밤낮할 것 없이 바람이 일고 우레가 운다
여기서는 해도 달도 모두가 鬼神 눈동자!
空中을 나는 샘물, 치솟는 물보라는 虛空을 채우려고 안간힘 軌跡을 쓴다
아아 소나기 銀河…… 銀河가 장마처럼
큰 섬 작은 섬이 어울리어 골고루 손가락을 펴면서
검푸른 물결이 물감처럼 솔질한 눈썹, 이름모를 풀잎이여!
초록빛 연지가 어디 있는가?
해묵은 이끼가 두 볼처럼 상기한다 함치르르 윤이 오른다……
아아 안개가 날으고 꿈이 낀다!

---

46) 장자의 「逍遙遊」편에 나오는 개념이다. 이를 인용하면 다음과 같다.
莊子曰: 子獨不見狸狌乎 ? 卑身而伏, 以候敖者, 東西跳梁, 不辟高下, 中於機辟, 死於罔罟. 今夫斄牛, 其大若垂天之雲. 此能爲大矣, 而不能執鼠. 今子有大樹, 患其無用. 何不樹之於**無何有之鄕**, 廣漠之野, 彷徨乎無爲其側, 逍遙乎寢臥其下 ? 不夭斤斧, 物無害者. 無所可用, 安所困苦哉? (김달진 역해, 앞의 책, 31쪽).
무하유향에 대한 의미를 살펴보면, "莊子의 修養의 目標는 人間의 一切活動을 정지하고 無爲自然에 一任하여 是非善惡의 관념을 버리고 名利와 形骸를 떠나서 逍遙自適하여 절대 無差別의 境地에 이르는데 있다. 이런 상태에 도달한 者를 至人 神人 聖人 또는 眞人이라고 부른다. 至人은 自己를 모르고 神人은 功을 모르고 聖人은 名을 모르고 眞人은 無何有와 鄕과 廣漠野의 境에 노는 者이다. 이와 같은 目標를 達成하려면 일체의 偏見을 버리고 無爲自然과 自由平等이 되지 않으면 안된다는 것이다. (김능근, 「장자」, 『중국철학사』, 백영사, 1971, 121쪽).

꿈을 꾸면서 안개가 낀다
구름을 갚으면
꿈을 꾸어 준다.....

target- text-(ㄴ)의 무위자연과 자유평등의 무하유향을 target- text-(ㄷ)은 구체적인 언급을 통해 구현하고 있음을 알 수 있다. 구체적 언급이란 만물 변화의 혼돈을 통해 역설적인 침잠의 세계를 그리고 있다는 뜻이다. 그 침잠의 세계라는 것은 무위자연과 자유평등의 무하유향을 지향하는 시인의 세계를 말한다. 이는 시집 『詩神의 住所』 전반에 흐르는 시세계이기도 하다. 이처럼 여러 번 패러디한 목적이 무엇인가? 이백의 「望廬山瀑布」는 글이 거칠고 다듬어지지 않는 것(稂莠滿田體)으로 판단한 송욱의 불만 태도에서 패러디했다고 볼 수 있다. 물론 이는 이인로가 말한 '斧鑿之痕'에 대한 반발이기도 하다. 어쨌든 「望廬山瀑布」을 pre-text로 하여 패러디한 작품이다.

여기서 한가지 주목해야 할 사실은 폭포에 관한 작품의 패러디이다. 폭포와 관련된 작품은 「瀑布의 造化- 李太白을 위하여」, 「毛細管 속을- 달아 달아 밝은 달아 李太白이 죽은 달아」, 「瀑布水가 하는 말씨- 李太白을 위하여」 등이다. 그렇다면 왜 폭포의 패러디에 관심을 가졌는가. 폭포는 물의 의미이기 때문에 송욱이 물에 대한 태도를 어떻게 인식하느냐에 관련성를 찾을 수 있다. 이를 알 수 있는 것은 『文學評傳』의 「Ⅲ. 제3장의 九. 鄭知常의 눈물」에서 암시를 받을 수 있다.

송욱은 바슐라르 시론을 상당히 긍정적으로 평가하였다. 단적으로 말해서 "그의 哲學的 詩論은 詩의 批評이나 鑑賞뿐만 아니라, 詩의 創造力과 詩興까지 북돋아 주는 놀라운 힘을 지니고 있다"47)고 하면서 바슐라르 시론의 보편성을 통해 鄭知常(?- 1135)의 작품(「大洞江」)48)을 실천

---

47) 『文學評傳』, 226쪽.
48) 雨歇長堤草色多 / 送君南浦動悲歌 / 大洞江水何時盡 / 別淚年年添綠波(증보『海東詩選』, 151면).
「비 그치사 긴 방죽에 / 풀빛이 무성하다 / 南녘 浦口에서 그대를 보내녀 / 슬픈 노래

비평한 것이다. 그래서 정지상 작품의 가치를 평가하였다. 작품의 가치를 평가하면서 「大洞江」의 결구 부분에 주목하면서 그의 완성된 동기를 기술하였다.49) 정지상 시의 결구인 〈別淚年年添作波〉을 귀화한 중국인 梁載(이제현과 동시대 인물)가 〈別淚年年漲綠波〉로 고쳤고, 이를 다시 李齊賢(고려말 시인. 성리학자, 1287~1367)이 〈添綠波〉로 고쳤다는 것이다. 이러한 개작은 물결의 빛깔을 표현해야한다는 점에서 모두 〈綠波〉로 고친 것을 송욱은 높이 평가했다. 그렇다면 송욱이 이태백의 「望廬山瀑布」를 개작하여 패러디한 작품을 쓴 것과, 특히 물과 관련된 작품을 고친 것은 낭유만전체, 부착지흔을 비판하는 그의 시작 원리라 할 수 있을서이다. 그래서 송욱 시작의 방법적 미학은 패러디라 할 수 있고, 패러디의 원천적인 수용 태도는 바로 바슐라르 시론을 통한 개작의 당위성에서 찾을 수 있는 것이다.

"패러디는 그 원작보다 높은 의미론적 권위를 가지려 한다는 것과 패러디의 해독자는 자신이 동의할 것으로 패러디스트가 기대하는 목소리를 항상 확실하게 알고 있다는 개리 솔 모손의 견해에 대해 대부분의 이론가들이 암암리에 동의한다"는 린다 허천(Linda Hutcheon)의 논의는 이를 잘 뒷받침해준다. 한시작법상 자신의 문학적 권위를 위하여 용사하는 경우가 있다. 시 창작과정상 좀 더 좋은 작품을 짓기 위해 명작을 탐독하여 베끼기하는 방법을 통한 자신의 창작 단계에 나아가는 방법론이다. 패러디를 통한 송욱의 시세계를 탐색해야 할 부분은 역시 그의 시에 나타난 폭포(물)에 관한 정신세계의 반영을 추적해야 할 것이다. 즉 이는 송욱이 과학적 시론이라 명명한 바슐라르의 사원소론 가운데 특히 물에 관한 주도적인 이미지를 바탕으로 패러디한 작품이다. 송욱의 시작은 이백에 근원을 둔 "동양의 전통정신에 열광"의 태도이다. 그렇기 때문에 송욱의 이백에 대한 시작이라는 측면에서 "동양정신의 열광"50)이지만 형식적으로

가 일고 동한다 /大洞江 흐르는 물이 / 언제 다할까 / 헤어진 눈물은 해가 갈려도 / 푸른 물결을 넘실 더한다.」
49) 『文學評傳』, 247쪽.
50) 송욱은 이태백에 관한 패러디와 함께 장자에 관한 패러디-「莊子의 詩學」: 장자 〈內

는 패러디라 할 수 있다. 이 외에도 송욱은 이백에 관한 지대한 관심을 패러디화하였다. 그래서 송욱이 동양정신을 모색한 방법론적인 미학은 패러디라 할 수 있을 것이다.51) 정지상 시의 진정한 작품의 가치를 개작을 통하여 인정하였듯이 이런 개작 과정의 당위성을 통하여 송욱은 이백을 비롯한 동양문학의 패러디를 시도했다. 이는 용사에 있어 시상을 빌려 자신의 세계를 완성하는 일종의 탈태법이라고 볼 수 있다. 여기에서 본고가 의도하는 한시론과 현대시론의 한 접점을 확인할 수 있다.

Ⅳ. 결 론

현대사회가 산업화되면서 점차 정보화, 디지털화되어 진정한 글쓰기는 사라진 듯한 느낌마저 든다. 그래서 대중매체를 비롯한 다양한 장르에서 방대하게 모방과 표절, 왜곡이 확산되고 있다. 이런 문제의 심각성은 문학 또한 예외가 아니다. 본고는 특히 모방과 표절, 왜곡 등에 관한 한 점검으로부터 시작했다. 이 점검의 방법은 작가의 창조적 정신이냐 고갈된 정신세계의 모방이냐라는 문제를 짚고자 했다. 이 문제는 고래로부터 현재에 이르기까지 끊임없이 제기된 문제인 만큼 고려해 볼만 하다고 판단했다. 그래서 고전시론의 한 방법인 용사와 현대시 이해의 핵이라 할 수 있는 패러디에 대한 검토 작업을 했다. 문학 작품 속의 새 기법은 작가

篇〉의 〈應帝王〉과 外篇의 〈天地〉을 패러디, 「王과 造物者- 莊子을 위하여」: 莊子의 〈應帝王〉과 〈大宗師〉, 〈齊物論〉의 '胡蝶夢 우화'를 패러디-를 통해서 자신의 정신세계를 표현했다. 장자에 관한 패러디를 통해서 정말 훌륭한 시와 정신 세계를 담고자 했다. 그 가운데 무하유향의 경지에 도달하고자 했음을 알 수 있다.

51) 『詩神의 住所』에 나타난 송욱 시의 방법적인 미학인 패러디의 형태를 유형화시키면 다음과 같다. 즉 산문〉 시(「春夜宴桃李園序」-〉「天地는 萬物을……李太白을 위하여」), 한시-〉 시와 변이형, 혼합형(「望廬山瀑布」-〉「瀑布- 李太白을 위하여」: 변이형「瀑布의 造化- 李太白을 위하여」: 혼합형「瀑布가 하는 말씨- 李太白을 위하여」, 「李太白의 詩學」), 산문, 시의 변이형-〉 시 등으로 나눌 수 있다. 이는 송욱의 방법적인 미학을 통해서 동양정신에 탐닉한 것임을 알 수 있다.

정신 혹은 작품의 주제를 찾는 중요한 도구인 만큼 이 도구에 대한 검토 작업과 동시에 실천 비평을 통한 방법론은 계속적으로 검토되어야 한다. 이는 고전시론과 현대시론의 한 접점의 연구임과 동시에 작품 주제를 찾는 한 방법이다. 이런 전제에서 연구한 본고는 다음과 같이 주목하고자 한다.

첫째, 고전시론인 용사의 한 갈래인 환골법은 현대시의 패러디 기법과 동일한 점을 밝혔다. 그 확인은 특정 어휘만을 변환, 굴곡시켜 새로운 형태의 시 창작을 한 김춘수와 현대시인의 시작품에서 찾을 수 있었다.

둘째, 용사의 한 갈래인 탈태법은 현대시의 패러디 기법 가운데 송욱이 이백 시의 시상을 빌려와 창작을 한 경우에서 확인할 수 있었다.

셋째, 이런 점검을 통해 작가의 창작적 태도와 독자의 작품 이해라는 이중적 측면을 고려해 볼 수 있었다.

넷째, 고전시론과 현대시론의 용사와 패러디가 작품 이해의 한 방법이라는 한 접점임을 확인할 수 있었다.

본 연구를 통해서 가지게 된 연구자의 몇 가지 상념에 대해서 적고 글을 맺고자 한다.

문학이 창조적 정신을 바탕으로 하지 않는다면, 문학의 고유한 영역은 소멸된다고 판단된다. 더구나 현대시는 창조적인 세계를 무기로 삼는다. 그럼에도 불구하고 창조적인 정신을 담는 용기로 창조적인 모방을 한다면 이는 어디까지나 한 기법일 뿐 부정되어서는 안된다. 이런 창조적인 모방은 현대시의 패러디와 한시에 널리 퍼져 있는 용사의 방법이다. 그러나 새로운 의취(意趣)를 담는 기법으로서가 아니라 지나친 상용으로 인해 패러디와 용사가 지닌 본질을 훼손시키는 것은 심각한 문제이다. 가령 용사의 기법인 환골탈태가 지나쳐서 표절로 변한다면 이의 문제를 심각하게 판단해야 한다. 여기에 바로 작가의 창조성 고갈이라는 족쇄를 끼게 된다. 지나치게 용사하다 보면 작가가 지향하는 독창성, 창의성이 점점 소멸되기 마련이다. 따라서 이에 대한 불안을 작가는 항상 가져야 한다. 또한 패러디가 주제를 다루는 방법이 지나치게 재현에 의존하다 보면 모방과 표절이 갖는 불안을 떨칠 수가 없다.

용사의 경우 기존의 작품과 작가에게서 영향이 비롯된 것이라고 볼 때, 패러디의 동일 선상에서 이야기되어야 할 것이라 판단된다. 자연스러운 전고(典故)의 인용은 오히려 시의 의취를 풍부하게 하기도 한다는 긍정적인 측면도 있다. 이는 새로운 쟝르 변화를 가져 올 수도 있는 긍정적인 측면이다. 이는 단순히 시 뿐만 아니라 소설에서도 기대되는 새로운 기법이다. 가령 이해조의 『즈유종』과 김수경의 『즈유종』을 예로 들 수 있다.52)

참 고 문 헌

1. 현대소설과 패러디

김현실 외, 『한국 패러디 소설 연구』, 국학자료원, 1996.
장경렬, 작가의 죽음과 독자의 탄생- 모방, 글쓰기, 글읽기, 그리고 보르헤스, 『문학의 새로운 이해』, 문학과 지성사, 1998.
권택영, 「패러디, 패스티쉬, 그리고 독창성」, 『다문화 시대의 글쓰기』, 1997.
송경빈, 『한국현대소설의 패러디 연구』, 충남대학교대학원 박사학위, 1996.
퍼트리샤 워(김상구 역), 『메타픽션』, 열음사, 1989.

---

52) 이 논의는 다음과 같은 관점에서 차후에 이루어 질 것이다.
　　1)장르상의 문제: 신문기사, 일기, 편지, 시, 희곡 등의 장르 혼합은 새로운 장르로 점검의 대상이 된다(김수경). // 토론체 형식(이해조), 2)고소설 -〉신소설(이해조) -〉신신소설(김수경), 3)1910년대의 사회 억압 구조(여성등장, 이해조) // 1970-80년대의 억압구조, 4) 작가가 소설 속의 작가 김명자가 『즈유종』을 쓰는 과정(meta- fiction/ sur- fiction, 김수경) 등의 관점에서 패러디는 논의될 수 있다.

2. 시와 패러디

김준오 편, 『한국현대시와 패러디』, 현대미학사, 1996.
남송우, 「소위 포스트모던시, 문제는 없는가」, 시와 시학사, 1998, 가을.
임문혁, 『한국현대시와 설화』, 계명문화사, 1996.
정끝별, 『패러디 시학』, 문학세계사, 1997.
린다 허천(김상구. 윤여복 옮김), 『패러디 이론』, 문예출판사, 1993.
헤롤드 블룸(윤호병 편역), 『시적 영향에 대한 불안』, 고려원, 1991.

3. 한시비평론

변종현, 『고려조한시연구』, 태학사, 1994.
송재소, 『다산시연구』, 창작과 비평사, 1992.
______, 「한시용사의 비유적 기능」, 한국한문학연구(제8집), 1985.
신용호, 『이규보의 의식세계와 문학론 연구』, 국학자료원, 1990.
원행패(박종혁외 옮김), 『중국시가예술연구』, 아세아문화사, 1990.
이병한, 『한시비평체례연구』, 통문관, 1974.
______ 편저, 『중국고전시학의 이해』, 문학과 지성사, 1993.
이인로(柳在泳 역), 『破閑集』, 일지사, 1994.
이종은·정 민의 공편, 『한국역대시화류편』, 아세아문화사, 1988.
장덕순 외, 『이규보 연구』, 새문사, 1986.
정대림, 「新意와 用事」, 『한국문학사의 쟁점』, 집문당, 1990.
정약용(박석무·정해렴 편역), 『다산문학선집』, 현대실학사, 1996.
정요일, 『한문학비평론』, 집문당, 1994.
전형대 외, 『한국고전시학사』, 기린원, 1989.
조동일, 『문학사와 철학사의 관련양상』, 한샘, 1992.
______, 『한국문학통사』(2), 지식산업사, 1992 .
조종업, 「東人詩話 연구」, 대동문화 연구(제2집), 1966.
최신호, 「초기 詩話에 나탄난 用事理論의 양상」, 고전문학연구(제1집), 1971.
최 자, 『보한집』, 계명대학교출판부, 1984.
홍만종, 허권수(윤호진 역주), 「백운소설」, 『시화총림』, 까치, 1993.

시의 난해성과 비유법

Ⅰ. 들어가기

　다매체 시대가 도래하면서 문자 매체가 점점 소멸되어 가는 현실이다. 더구나 정서적 기능마저 마비되는 현실 앞에 인간이란 무엇인가라는 회의감까지 들게 한다. 그래서 기계화, 획일화되면서 인간의 개성까지 상실되는 현실이 눈 앞에 닥쳤다. 이러한 때일수록 인간의 정서와 감정을 풍부하게 하는 문학이 절실하게 요청되는 시점이다. 예술의 장르 가운데 문자 매체가 가진 문학에 대한 이해와 감상은 다매체 시대와 인간 감정의 소멸 같은 문제를 해결하는 길일 수도 있을 것이다. 그러나 문학에 대한 이해와 감상이 결코 쉬운 것은 아니다. 더구나 고도로 압축된 시의 경우는 더 그렇다.

　독자들은 대체로 시는 어렵다고 한다. 도대체 무슨 소리인지를 모르겠다는 것이 보통 독자들의 공통된 이야기다. 그러나 시를 공부하고 연구한 필자의 입장에서도 이러한 공통된 이야기에 예외일 수 없었다. 사실 지금도 이해가 되지 않는 유명한 시들도 많다. 그러나 필자가 갖고 있는 생각은 그 작품을 이해하기 위한 이론이 반드시 있다는 점이다. 그렇기 때문에 아무리 난해한 시도 이론을 알면 그 시에 대한 일반적인 이해를 할 수 있다는 생각이다. 특히 현대시는 시인들이 끊임없이 자신의 정신 세계를 창조하기 위해 난해성과 신비성을 더해 가고 있다. 이는 시인들의 독창성과 관련이 있기 때문에 창작자들에게는 필수적이라 할 수 있다. 그렇더라도 시인들이 무절제한 방법론을 도용(盜用)하지는 않을 것이다. 여기에 바로 이론이 내재(內在)할 수 있는 근거인 것이다.

본 글에서는 현대시를 중심으로 하여 시 이론과 시 이해를 위한 실제 분석을 동시에 검토하고자 한다. 특히 이론 부재의 무조건적 감상법을 지양하고, 현대시에 보편적으로 적용되는 비유를 중심으로 작가의 작품을 검토한다. 주지하다시피 시의 특징 가운데 중요한 것은 비유이다. 비유의 기초는 직유(直喩)와 은유(隱喩)이다. 이를 토대로 하여 현대시를 이해할 수 있는 방법을 시도해 보겠다. 물론 이 두 방법론이 현대시를 이해하는 절대적 가치 기준이 아님을 전제하고 이야기를 전개하겠다. 그리고 시의 논리성에 근거한 실제 분석도 아울러 하겠다.

Ⅱ. 시 분석의 세 방법

1. 직유법과 이수복의 「봄비」, 함형수의 「해바라기 비명(悲鳴)- 청년 화가 L을 위하여」

현대시론 가운데 뉴 크리티시즘(New-Criticism)의 논의는 빠뜨릴 수 없다.[1] 뉴 크리틱 논자 가운데 리챠즈(I. A. Richards)의 『The-

---

1) 뉴 크리티시즘(New-Criticism)에 대한 이해는 다음 글을 참고.
　김용권, 「뉴 크리티시즘」, 《문학예술》, 1967. 4~6.
　＿＿＿, 「뉴 크리티시즘과 한국비평문학」, 《자유문학》, 1960. 10.
　구인환, 「신비평의 양상」, 『한국 문학과 그 양상과 지표』, 삼영사, 1978.
　백　철, 「뉴 크리티시즘에 대하여」, 《문학예술》, 1956. 11.
　＿＿＿, 「클리언스 브룩스- 비평정신의 모색」, 《사상계》, 1957. 11.
　＿＿＿, 「I. A. 리챠즈와의 문학대화」, 《사상계》, 1958. 5.
　＿＿＿, 「뉴크리티시즘의 제문제」, 《사상계》, 1958. 11.
　＿＿＿, 「뉴 크리티시즘의 행방」, 《세대》, 1966. 2.

Philosophy of Rhetoric』에서 직유와 은유에 대한 기본적 개념인 원관념(原觀念, Tenor)과 보조관념(補助觀念, Vehicle)을 설명하고 있다. 여기에서는 원관념과 보조관념 사이에는 유사성(類似性, similarity)이 존재할 때 직유법이 발생한다고 한다. 보통 직유법(直喩法)을 원어로 simile라고 쓰는데, 여기서 명사형인 similarity가 파생할 때의 뜻이 유사성(類似性)이다. 따라서 시에 있어 원관념과 보조관념 사이의 유사성을 전제로 하여 직유가 이루어진다고 할 수 있다. 시에 이런 직유의 형태를 찾는 것은 시의 주제를 찾는 데 대단히 유용한 방법론이다.

직유법은 단순히 시를 이해하는 공식처럼 보일지 모르지만 사실은 시인이 직유를 통해서 우주 만물의 변화를 감지하여 표현한다. 이런 만물의 변화는 어린이들에게서 이미 발견된다. 이는 우리들이 어린 시절 즐겨 불렀던 동요에서 이 직유법의 원리를 찾을 수 있고, 우주 만물의 변화에 대한 감지와 사물에 대한 예리한 통찰력을 발견할 수 있다. 어린이들이 동요를 부르는 것은 우주와 사물에 대한 새로운 인식을 터득하는 방법이다. 우선 동요 몇 구절을 인용하여 살펴보자.

> 달 달 무슨 달
> 쟁반 같이 둥근 달
> 어디 어디 떴나
> 남산 위에 떴지

여기서 시인이 노래하고자 한 것은 달(원관념)이다. 그런데 이 달을 무엇으로 비유할까 고민한 시인은, 결국 우리 생활 주변에 있는 쟁반으로

브룩스(이경수 역), 『잘 빚어진 항아리』, 홍성사, 1983.
_____(이영걸 옮김), 『숨은 신』, 명문당, 1994.
이상섭, 『뉴 크리티시즘』, 민음사, 1990.
_____, 『언어와 상상』, 문학과 지성사, 1991.
_____, 『자세히 읽기로서의 비평』, 문학과 지성사, 1988.
Grant Webster(정태진 역), 『뉴 크리티시즘-신비평의 이론과 실제』, 원광대학교 출판부, 1989.

비유했다. 왜 하필 쟁반이냐하면 달과 쟁반이 둥글다는 유사성(類似性) 때문인 것이다. 사실 달의 모양이 시시각각으로 변화하여 우리에게 둥근 모양을 보여 준다는 사실을 이미 시인은 감지하여 유추(類推, analogy) 했기에 달의 모양이 쟁반과 같이 둥글다는 비유를 한 것이다. 또한 남산 에 떴다는 사실을 통해서 우주의 변화를 확인할 수 있는 것이다. 이는 달 이라는 대상을 통해 우주의 변화를 본다는 통찰력 의미한다. 이러한 변화 에 대한 통찰력은 우리가 어린 시절 배웠던 「무엇이 무엇이 똑같은가」로 시작되는 동요에서도 확연히 찾을 수 있다.

　　무엇이 무엇이 똑같은가
　　젓가락 두 짝이 똑같아야요

　　무엇이 무엇이 똑같은가
　　윷가락 네짝이 똑같아야요

　이 동요에서도 직유의 원리를 통해서 무엇이 똑같은가에 대한 사물을 관찰하는 통찰력이 숨어있음을 알 수 있다. 그리고 청록파로 유명한 박목 월이 중학교 시절에 적은 창작시 「송아지」 노래 가운데 "송아지 송아지 얼룩 송아지 / 엄마소가 얼룩소 엄마 닮았네"라는 동요 속에서도 이 직유 원리를 찾을 수 있다. 또 이 원리는 기성 세대가 널리 애창했던 가수 남 진이 불렀던 「마음이 고와야지」라는 노래 가사 속에 "마음이 비단같이 고 와야 여자지 정말 여자지"라는 구절이 있다. 이는 여자의 마음이라는 추 상적인 원관념을 통해서 비단이라는 구체적인 보조관념으로 유추하여 비 유한 것이다. 물론 여기서 발견할 수 있는 것은 원관념이 반드시 구체적 인 것만이 아니라 추상적일 수 있다는 사실이다. 한 걸음 더 간다면 「송 아지」 노래를 통해서 농경 사회를, 「마음이 고와야지」라는 노래는 남성 이 보는 여성의 이미지를 규정한 것이라 할 수 있다. 이처럼 직유법을 통 해서 사물의 통찰력과 삶의 의미까지를 읽을 수 있다. 그래서 시인들은 자신이 바라 본 사물의 세계와 삶의 의미를 직유법을 통해서 표현하고 있는 것이다. 시에서 직유법을 제대로 읽어 낸다면 시인의 시세계를 이해하는 방법이 될 것이다. 이제 이수복의 「봄비」을 직유법으로 분석하여 주제를 찾아보자.

> 이 비 그치면
> 내 마음 강나루 긴 언덕에
> 서러운 풀빛이 짙어 오것다.
>
> 푸르른 보리밭길
> 맑은 하늘에
> 종달새만 무어라고 지껄이것다.
>
> 이 비 그치면
> 시새워 벙글어질 고운 꽃밭 속
> 처녀애들 짝하여 새로이 서고,
>
> **임 앞에 타오르는**
> **향연(香煙)과 같이**
> **땅에선 또 아지랭이 타오르것다.**
> — (시집 『봄비』, 1969)

　이 시는 이수복 시인의 초기 시세계를 대표하는 작품이다. 이 시에서 먼저 원관념인 아지랑이, 보조관념인 향연(饗宴)을 주목하여 보자. 직유법은 두 개념 사이에 유사성이 존재해야 한다. 우선 아지랑이와 향불이 똑 같이 피어오른다는 형태상의 유사성을 주목해야 할 것이다. 봄에 강환 햇살을 쬔 지표면에서 투명한 불꽃처럼 피어 오르는 아지랑이는 생의 감각을 느끼게 한다. 그러나 향불은 인위적으로 피운 불꽃에서 죽음에 대한 엄숙함 혹은 애도의 감각을 느낄 수 있다. 보편적 삶의 질서에서 느끼는 생의 감각과 달리 시인은 죽음이라는 삶의 통찰력을 꿰뚫어 보고 아지랑이와 향불을 비유한 것이다. 이는 곧 임이 존재하지 않음을 보조 관념인 향연을 통해서 보여 주고 있다. 시가 아닌 직설법의 경우는 〈임이 존재하지 않는다〉고 말할 것이다. 그러나 이 시는 직유법을 통해 삶의 관조를 옮긴 것이다. 직유법을 통해서 임의 부재를 생생하게 전달한 것이다.

이 시는 한 편의 풍경화를 연상시키듯이 봄비가 그친 뒤의 세상을 생생하게 묘사하고 있다. 특히 생의 감각을 불어넣은 아지랑이로부터 긴 강나루 풀빛, 푸른 보리밭길, 고운 꽃밭에서 느껴지는 봄날의 싱싱한 이미지와는 대조적으로 임의 부재에서 오는 애상적 정서를 향불을 통해 표현하고 있다. 각 연에서 봄의 생명력을 노래하지만, 그것은 오히려 임의 부재를 더욱 강렬하게 부각시키는 자유 모티브(free-motive)이다. 이 시에서 아지랑이와 향불의 비유를 통해서 시인은 삶의 관조를 읊었다는 것을 알 수 있다. 또 한 편의 시를 인용하여 직유법과 주제의 관련성을 찾아보자.

> 나의 무덤 앞에는 그 차가운 비(碑)ㅅ돌을 세우지 말라.
> 나의 무덤 주위에는 그 노오란 해바라기를 심어 달라.
> 그리고 해바라기의 긴 줄거리 사이로 끝없는 보리밭을 보여 달라.
> **노오란 해바라기는 늘 태양같이 태양같이** 하던 화려한 나의 사랑이라고
> 생각하라.
> 푸른 보리밭 사이로 하늘을 쏘는 노고지리가 있거든 아직도 날아 오르는
> 나의 꿈이라고 생각하라.
>
>   – 함형수의 「해바라기 비명(悲鳴) – 청년 화가 L을 위하여」
>   (『시인부락』 창간호, 1936. 11)

이 시는 함형수가 생명파로 분류된 그의 시세계를 보여 주는 대표작이다. 함형수는 서정주, 김동리, 오장환과 함께 『시인부락』을 창간하였으며 시작 활동을 했던 1930년대 시인이다.[2] 불행히도 함형수(咸亨洙)[3]는

---

2) 김용직, 「제6장 《시인부락》 시대」, 『한국현대시사』(2), 한국문연, 1966, 29~48쪽 참고.

3) 1914년 함북 경성 출생. 1940년 《동아일보》에 「마음」이 당선. 시집으로는 『해바라기 碑銘』(문학과 비평, 1989)이 있음. 그의 대표작인 「해바라기 碑銘」이 "일반적으로 유명해 진 것은, 해방 훨씬 뒤인 1950년에 이봉구(李鳳九)라는 작가가 월간 『문예』지

30여 편의 시를 남기고 심한 정신 착란증에 시달리다 해방 직후 30세로 요절하였다. 그의 독특한 시세계를 은유법으로 분석해 보겠다.

이 시에서는 원관념인 노오란 해바라기와 보조관념인 늘 태양같이 태양같이를 주목하여 보자. 이 시의 4행을 주목해 보면, 노오란(색깔) 해바라기와의 공통점(유사성)이 노오란 태양임을 알 수 있고, 또한 해바라기와 태양의 둥근 형태상의 이미지에서도 그 유사성을 발견할 수 있다. 그래서 노오란 해바라기는 태양같다는 직유가 성립하는 것이다. 만물의 형상인 태양과 식물인 해바라기는 전혀 이질적일 수 있다. 그러면서도 태양이 갖고 있는 상징적 의미인 생명력이 첨가되면, 내 무덤 앞의 노오란 해바라기는 곧 생명력를 가진 이미지로 나타난다. 따라서 내 무덤 앞에 해바라기를 심어달라는 것은 강한 죽음의 부정이면서 동시에 생명에 대한 강한 집착이라 할 수 있다. 이는 생명파의 한 특징을 뚜렷이 보여 준 것이다.

2. 은유법과 김춘수의 「나의 하느님」

은유법인 Metaphor는 Meta와 phor(a)의 합성어이다. Meta는 beyond 혹은 over의 뜻(초월, 넘어서서)이고, phor(a)는 carrying의 뜻(이동, 옮김)이다. 이를 정리하면 원관념을 보조관념으로 이동시킬 때, 일상적인 언어를 초월해서 표현하는 비유법이라는 뜻이다. 우선 우리가 익히 들었던 시 김동명의 「내 마음은 호수요」를 통해서 은유법의 원리를 알아보자.

> 내 마음은 호수요
> 그대 노 저어 오오.

에 「도정(道程)」이라는 실명소설을 쓰면서, 그 속에서 시인의 비참하고도 로맨틱한 생활을 얘기하고 「해바라기 碑銘」 전문을 소개하면서부터였다고 기억됩니다"(함형수의 「해바라기 碑銘」, 『우리 시의 이해』, 한길사, 1986, 170쪽).

이 시에서 원관념은 내 마음이고, 보조관념은 호수이다. 일상적인 언어로 볼 때, 성립될 수 없는 표현이다. 왜냐하면 마음은 어떤 규정할 수 없는 추상적 개념이고, 호수는 구체적 자연 현상으로 어떤 관련성이 있지는 않기 때문이다. 그런데 시인은 이 둘의 관계를 은유법으로 사용하였다. 이는 마음(T)이 가지는 여러 성격 가운데 마음의 고요함에 상응하는 것을 잔잔한 호수(V)에 비유한 것이다. 이는 맥스 블랙(Max Black)이 말하는 상호작용론(interaction)이다. 이처럼 은유의 방법론이 시를 이해하는 틀이므로 시에 대한 이해의 선행 조건으로 알아두어야 한다. 또 휠라이트(Philip Wheelwright)에 따르면, 마음(T)을 호수(V)에 비유한 것은 구체적이며 포착하기 쉬운 이미지를 석연치 않는 낯선 것으로 이동하여 표현한 치환 은유(epiphora)로 설명될 수 있다. 이처럼 은유법은 일상적 언어로 표현될 수 없다는 사실을 알아야 한다. 이 때문에 비일상적 언어의 비유를 통해서 시가 창작되고, 이 때문에 현대시의 난해성이라는 문제와 부딪히는 것이다. 그러나 이 은유를 이해함으로써 시의 주제를 찾을 수 있는 것이다.

인간의 감정은 희노애락애오욕(喜怒哀樂愛惡慾)이다. 시인은 이 가운데 호수가 지니고 있는 잔잔하고 고요함의 속성을 인간의 감정에다 비유한 것이다. 추상적인 원관념을 보조관념으로 이동하여 표현하면서 일상적인 언어 논리를 넘어선 것이다. 은유법은 이처럼 이질적인 비유를 통해서 새로운 표현을 창조한다. 누가 추상적인 인간의 마음을 호수에 비유했겠는가? 여기에 우리가 일상 생활에서 경험할 수 없었던 시적 긴장(Tension, A. Tate)을 느끼는 것이다.

물론 "내 마음은 호수요"와 같은 표현은 그 표현 자체가 진부하다는 사실을 우리는 안다. 그래서 휠라이트(P. Wheelwright)는 『Metaphor and reality』에서 이를 사은유(死隱喩, Dead-Metaphor)라고 명명하는 것이다. 이러한 예들은 이미 생활 깊숙이 자리하고 있기 때문에 이를 눈치 채지 못한 상태에서 우리는 살아가고 있는 것이다. 가령 병 머리 모양을 유추해서 교통 체증의 현상을 병목(瓶-)현상이라고 하는 경우다. 책상다리도 동물의 다리에서 유추했음도 마찬가지다. 이처럼 은유는 두 사물 사이의 인접성(隣接性, contiguity) 혹은 접촉성(接觸性)을 가진다.

다음은 김춘수의 「나의 하나님」을 통해서 은유법과 주제와의 관련성을 찾아보자.

> 사랑하는 **나의 하나님**, **당신은**
> 늙은 **비애(悲哀)**다.
> 푸줏간에 걸린 커다란 **살점**이다.
> 시인(詩人) 릴케가 만난
> 슬라브 여자(女子)의 마음 속에 갈앉은
> **놋쇠 항아리**다.
> 손바닥에 못을 박아 죽일 수도 없고 죽지도 않는
> 사랑하는 나의 하나님, 당신은 또
> 대낮에도 옷을 벗는 여리디 여린
> **순결(純潔)**이다.
> 삼월(三月)에
> 젊은 느릅나무 잎새에서 이는
> 연두빛 **바람**이다.
>
> ─(시집 『처용』, 1974)

이 시는 원관념이 하나인데, 보조관념이 여러 개임을 알 수 있다. 휠라이트는 이를 두고 치환(置換) 은유와 병치(竝置) 은유로 설명하고 있다. 치환 은유는 T = V인 경우(simple- Metaphor)이고, 병치 은유는 T = V1, V2, V3, V4....인 경우(mixed-Metaphor)이다. 이 시는 원관념인 하느님에 대해 보조관념인 〈비애, 살점, 놋쇠 항아리, 순결, 바람〉이 된다. 이는 원관념 하느님이 여러 형태의 이미지로 변환 병치된 은유이다. 병치 원리에 의해 만들어진 은유는 새로운 의미를 탄생하게 된다. 그래서 하느님이 "푸줏간에 걸린 커다란 살점"이라는 새로운 의미 탄생이 가능한 것이다. 이는 일상적인 논리를 초월해서 보조관념이 되는 것을 통해 하느님의 절대 권능의 이미지를 보여 주기 위함이다. 즉 하느님의 이미지가 〈비애, 살점, 놋쇠 항아리, 순결, 바람〉 등으로 변화할 수 있는 것이다. 여기서 테이트(A. Tate)가 말한 시적 긴장(tension)이 일어나는 것이다.

3. 시의 논리성과 김소월의 「진달래꽃」

시는 상상력의 산물이지만 알고 보면 가장 견고한 건축물처럼 체계적이고 논리적으로 구축되어 있다. 왜냐하면 시적 장치란 항상 인간의 논리적 사고 위에 언어를 사용하기 때문이다(비록 순간적, 즉흥적일지라도). 그래서 시는 시인이 언어로 표현한 논리적 장치이기 때문에 시는 논리적인 물음으로 접근이 가능한 것이다. 이런 전제에 맞는 작품은 우리에게 널리 알려진 김소월의 「진달래꽃」을 통해서 시의 논리성에 대해서 알아보자.

나 보기가 역겨워
가실 때에는
말없이 고이 보내 드리오리다.

영변(寧邊)에 약산(藥山)
진달래꽃
아름 따다 가실 길에 뿌리오리다.

가시는 걸음 걸음
놓인 그 꽃을
사뿐히 즈려 밟고 가시옵소서.

나 보기가 역겨워
가실 때에는
죽어도 아니 눈물 흘리오리다.
-(『개벽』 25호, 1922. 7)

　한과 애수의 한국 고유 정서(「공무도하가(公無渡河歌)」, 「가시리」, 「서경별곡(西京別曲)」)와 7·5조의 대중적 리듬과 이별과 그리움, 체념의 미학을 극대화한 시인으로 평가 받는 김소월의 대표작 중의 한 편이다. 이 시를 필자는 논리적인 방법으로 시를 분석하고자 한다. 이 시에서 왜 나는 임을 고이 보내야 하는가에 대한 논리적인 물음부터 시작해야 한다.4) 님과 헤어지는 이별의 원인이 나에게 문제가 있음을 암시하는 것이다. 어떤 문제인가? 그것은 임이 나를 보기가 역겹다고 한 이유를 1연에서 제시하고 있다. 그래서 임은 떠나는 것이다. 왜 역겹냐에 대한 물음은 짐작일 뿐, 타당한 이유를 찾기는 힘들다. 통념상 남녀 이별에 뚜렷한 이유를 가지고 있는 경우보다 비이성적 태도의 순간적 행동이 지배하기 때문이다. 그러나 그렇게도 사랑하는 임을 그냥 말없이 보낼 수 있는가? 그래서 말 대신에 행동으로 임이 떠나는 것을 막는 것이다. 그 붙잡는 행동은 고향 평북 영변의 약산에 그 만발한 진달래꽃을 보고 과거의 추억 속에 잠기면 임을 떠나지 않을 것이라는 고도의 전략이 깔린 것이다. 즉 사랑했던 과거의 추억 때문에 임이 다시 돌아 올 것이라는 강한 소망을 담고 있는 것이다.

　진달래꽃을 살짝 눌러 밟고(혹은 힘껏 밟고) 가라는 것은 바로 빨리 지나가 버리면 임과 사랑을 나누었던 진달래꽃에 얽힌 추억을 생각하지 않고 떠나버릴 것을 알기 때문에 시적 화자는 이렇게 요구하는 것이다. 그래도 임은 빨리 진달래꽃을 지나가 버리고 만다. 무정하게, 그래서 엄청 울겠다는 반어적인 표현에서 임에 대한 강한 불만과 동시에 슬픔을 깔고 있는 것이다. 여기에 시의 주제라 할 인종(忍從)의 비애와 사랑이 배어 있는 것이다.

---

4) 「신경림론 – 현실 부정화와 긍정화의 두 진락」 참고.

Ⅲ. 은유론의 흐름과 이해

1. 서구의 이해

여기서는 은유에 대해 좀 더 깊이 있게 다루고자 한다. 은유(meta
phor)는 전통적으로 비유언어(figurative language)의 가장 기본적인
형태이다. 일반적으로 언중이 사용하는 문자상(literal)의 언어가 아니라,
한 사물에 대한 언어를 다른 사물의 언어로 전이(轉移, transfe rence)
시키는 수사법이 은유이다. 은유는 단순히 일차적인 언어의 의미를 초월
해서 새로운 의미를 창출하는 것에만 머무는 것이 아니라, 새로운 형태의
은유가 시대의 흐름에 따라 계속해서 만들어졌다. 은유에 대한 이론적 기
반을 정리하여 현대시 해석의 한 유용한 틀로 사용하고자 한다.

은유에 대한 여러 학자의 견해를 모두 수용할 수 없지만, 여기에서는 철
학적 기반으로 시작된 Aristoteles의 『詩學』을 근간으로 하여 Hawkes,
Todorov와 20세기 은유에 대한 이론적 체계를 세운 Richards, Black,
Wheelwright, M. H. Abrams 등, 그리고 언어학과 시학의 관계를 제
시한 Jakobson을 중심으로 서구의 은유에 대한 흐름을 살펴보고, 국내
의 시론가 중에서 정한모, 문덕수, 김준오, 이승훈, 이형기의 은유론을
중심으로 한국의 은유에 대한 흐름을 검토하고자 한다.5)

---

5) 본 논의의 참고문헌은 다음과 같다.
  1. 번역서
    Aristotle(천병희 역), 『詩學』, 문예출판사, 1989.
    Terence Hawkes(심명호 역), 『Metaphor』, 서울대학교출판부, 1986.
    TZventan Todorov(신진 · 윤여복 역), 『상징과 해석』, 동아대학교출판부, 1987.
    Mukarovsky(김성곤 · 유인정 공역), 『Poetics』, 현대문학사, 1987.
    P. Wheelwright(김태옥 역), 『Metaphor and Reality』, 문학과 지성사, 1991.
    C. D. Lewis(강대건 역), 『Poetry for You』, 탐구당, 1992.
  2. 관계 도서
    이정민 외, 『언어과학이란 무엇인가』, 문학과 지성사, 1991.
    신문수 편역, 『문학 속의 언어학』, 문학과 지성사, 1989.

　은유는 고대 철학적 개념의 논의로서 Aristoteles의 관심사 중 하나였다. 그는 『詩學』 21장에서 명사를 단순 명사와 복합명사로 나누었고, 모든 명사를 8가지 유형으로 하위 분류하여 그 가운데 세 번째 유형을 은유로 규정하였다.6) 그리고 은유에 대하여 4가지 유형으로 나누어서 설명하고 있는데, 이를 간단히 도식화시켜 예시하면 다음과 같다.

　　・Ⅰ형 : 類 → 種 : (예) 여기에 배가 <u>서 있다.</u>(정박하고 있다)
　　・Ⅱ형 : 種 → 類 : (예) 오뒤세우스는 실로 <u>만</u>(다수를 뜻하는 種) 가지
　　　　　　　　　　　　 선행을 행하였다.
　　・Ⅲ형 : 種 → 種 : (예) 청동으로 생명을 <u>푸면서</u>(=청동의 말로 베어
　　　　　　　　　　　　 피를 흘리게 하면서)
　　　　　　　　　　　　 불멸의 청동으로 <u>베면서</u>(=청동으로 만든 그
　　　　　　　　　　　　 릇으로 물을 푸면서)7)
　　・Ⅳ형 : 類推에 의하여 : (예) A : B = C : D 일때, B와 D의 관계가
　　　　　　　　　　　　 서로 B ↔ D인 경우
　　　　　　　　　　　　 (예) A(酒神인 디오뉘소스) : <u>B(잔)</u> = C(軍
　　　　　　　　　　　　 神인 아레스) : <u>D(방패)</u>일 때,
　　　　　　　　　　　　 B(잔)는 A+D(디오뉘소스의 방패), D(방패)
　　　　　　　　　　　　 는 C+B(아레스의 잔)8)

　　김재홍, 「한국 현대시 은유 형태 분석론」, 『시와 진실』, 이우출판사, 1984.
　　정한모, 『현대시론』, 보성문화사, 1983.
　　김준오, 『시론』, 이우출판사, 1989.
　　이승훈, 『시작법』, 문학과 비평사, 1988.
　　오규원, 『현대시작법』, 문학과 지성사, 1994.
　　이형기, 『시란 무엇인가』, 한국문연, 1995.
6) Aristotle(천병희 역), 『詩學』, 문예출판사, 1989, 114~116쪽.
　　Aristotle의 명사의 8가지 하위 분류는 다음과 같다. ① 일상어, ② 방언, ③ 은유,
　　④ 장식어, ⑤ 신조어(新造語), ⑥ 연장어(延長語), ⑦ 단축어(短縮語), ⑧ 변형어.
7) 제거한다(類 개념) = 벤다(種) + 푼다(種).
8) 아리스토텔레스(천병희 역), 앞의 책, 주7) 참고.
　　A(꽃) : <u>B(들)</u> = C(별) : <u>D(하늘)</u>
　　　　　A+D(꽃의 하늘)　C+A(별의 들)

Aristoteles는 위와 같이 어떤 사물에다 다른 사물에 속하는 이름을 전용(轉用)하는 것을 은유법이라고 생각한 것이다. Aristoteles가 제시한 은유에는 세 가지 측면에서 검토할 수 있다.9) 첫째로 문장 단계가 아닌 어휘 단계로 이루어진 은유이고, 둘째로 일상 언어 사용에서 벗어난 것이고, 셋째로 두 사물의 유사성에 바탕을 둔 것으로 볼 수 있다.

Terence Hawkes는 Aristoteles의 견해를 수용하면서 은유에 대한 개념을 통시적으로 고찰하고 있다.10) Aristoteles가 말한 4가지 유형에서 Ⅰ~Ⅲ형은 서로 긴밀히 관련되어 있고, Ⅳ형은 '가장 마음을 끄는' 은유의 종류로 설명하고 있다.

　　・Aristoteles의 Ⅰ, Ⅱ, Ⅲ형 → Hawkes의 Ⅰ형(단순한 은유)
　　・Aristoteles의 Ⅳ형 → Hawkes의 Ⅱ형(복잡한 은유, 유추의 사용 때문)

Hawkes는 Aristoteles가 사용한 유추(類推)라는 용어를 '比例的'인 유형으로 설명했다. 그리고 제Ⅳ형이 '발랄함'을 보여 주는 유형이라고 하였다. 이는 일견 타당한 것으로 보인다. 왜냐하면 전술한 바와 같이 어휘적 차원에서 비례적인 용법으로 은유를 설명하고 있기 때문이다. Aristoteles가 구분한 은유의 유형을 다시 체계적으로 정리한 Tzvetan Todorov는 나머지 세 개(Ⅰ~Ⅲ형)와 전반적으로 대립되는 것처럼 보이는 유추의 관계(Ⅳ형)를 제외한다면, '류에서 유'로가 빠져 있음을 알 수 있다.11) Todorov가 설정한 은유를 Aristoteles의 은유론과 결부시켜 보면,

---

아리스토텔레스, 앞의 책, 115쪽 참고.
　A(날) : B(저녁 때) = C(인생) : D(노령)
　　　　A+D(날의 노령)　　　　C+A(인생의 저녁 때)
9) 이익환 저, 『의미론 개론』, 한신문화사, 1989, 260쪽.
10) Terence Hawkes(심명호 역), 『Metaphor』, 서울대학교 출판부, 1986.
11) Tzvetan Todorov(신진·윤여복 역), 『상징과 해석』, 동아대학교 출판부, 1987,
　　　97쪽.

· Aristoteles의 Ⅰ형 : 類 → 種 ⇒ Todorov의 유 → 종 = 특별한 제유
· Aristoteles의 Ⅱ형 : 種 → 類 ⇒ Todorov의 종 → 유 = 일반화된
　　　　　　　　　　　　　　　　　　　　　　제유
· Aristoteles의 Ⅲ형 : 種 → 種 ⇒ Todorov의 종 → 종 = 은유
　　　　　　　　　　　　　　　⇒ Todorov의 류 → 유 = 환유

이처럼 Todorov는 Aristoteles의 은유론을 세분화시켜 제유, 환유, 은유로 발전시켰다. 그러나 Todorov는 은유는 공통자질(유)을 가진 두 용어(종)를 포함하는 경우로, 예를 들면 '사랑'과 '불꽃'은 모두 '타는 것'으로 설명하고 있다. 이는 유사성(similarity)에 근거한 것으로 흔히 말하는 직유의 개념을 은유론의 속성으로 포함시킨 것이다. 은유에 대한 개념이 Aristoteles 이후 현대에 이르기까지 변화되고 형성되어 왔다. 그러나 포괄적 은유의 개념이 1930년대 이후부터는 좀 더 세분화되어 은유의 유형이 따로 독립되어 설명되어지고 있다.

　M. H. Abrams는 은유의 두 용어(Tenor와 Vehicle)를 체계적으로 설정한 I. A. Richards의 비평 용어를 빌려서 은유를 설명하고 있다.[12] Abrams는 은유에 대하여 세 유형으로 갈래를 지어 놓았다. 이를 간략히 살펴보자.

① 함축적 은유(implicit metaphor) : 취지(Tenor)가 상세히 설명되지 않고 축어적인 문맥에 의해 암시되는 경우 (예)저 (V)갈대(T:인간)는 너무도 약해 그 슬픔의 폭풍을 견디어 살아 남을 수 없다(명사적 은유). 기존의 은유가 단순히 명사적 은유였으나, 동사적 은유와 형용사적 은유의 범위를 확대시켰다.
· 동사적 은유 : (예) 달빛(T)이 얼마나 달콤하게 이 강둑에서 잠을 자는가(V)
· 형용사적 은유 : (예) 그녀는 우리의 여왕, 우리의 장미, 우리의 별(그

---

12) M. H. Abrams(장영규외 공역), 『문학용어 해설집』, 대구대학교 출판부, 1985, 114~116쪽.
　(T : Tenor와 V : Vehicle를 각각 뜻함).

녀의 아름다운 혹은 여인의 사랑을 나타내는 하
나의 표상- 그 의미가 그 자체의 특징과 서술적
환경에 의한 확정되는 대상).

② 혼합 은유(mixed metaphor) : 두 개 혹은 그 이상의 다양한 은유
적 매개어를 결합한다. 은유 속에 은유를 복잡하게 사용하는 수사법.
③ 죽은 은유(dead metaphor) : 너무도 진부한 용법이 되어 우리가
매개 언어와 취지 사이의 모순을 알아채지 못하는 은유 (예) 책상다리.

전술한 바와 같이 Aristoteles 이후 보편적으로 받아들인 수사법의 4
가지 유형 중에서 환유(metonymy)와 제유(synecdoche)를 Abrams는
함축적 은유의 아류로 포함시킨 것이 특징이다.

I. A. Richards의 문학적 공과는 혼란스러운 은유의 용어를 정리하였
고, 전통적으로 내려왔던 Aristoteles의 비교이론(comparison theory)
의 단순함을 지적하여 주의(Tenor)와 매체(Vehicle) 사이에서 일어나
는 상호작용(interaction)의 중요성을 강조하였다. 이러한 논의를 바탕
으로 하여 은유의 이론을 체계화시킨 Max Black는 은유를 세 가지로
분류하여 놓았다. 이를 간략히 살펴보면 다음과 같다.13)

① 대치이론(substitution view) : A is B의 형태, A is C일 때
(예) 인간은 늑대다
② 비교이론(comparison view) : 기저의 닮음(analogy) 및 유사성
(similarity)을 표현
(예) A is B의 형태인 '인간은 사자다'의 경우, A is like B의 형
태인 '인간은 사자와 같다'의 축약형
③ 상호작용이론(interaction view) : A is B가 쓰였으면, A와 연합된

---

13) 이익환 저, 앞의 책, 262~263쪽.
　　Max Black(권두환 역), 「은유」, 『언어학이란 무엇인가』, 문학과 지성사, 1989,
　　　　264~278쪽.
　　Black는 철학가로서 은유에 대한 관심을 가졌고, 〈상호작용 이론〉을 고집하였다
　　(279쪽).

일반 성격의 조직이 B의 그것과 상호작용하여 은유적 의미가 도출되
게한다.
　(예) 철수(T)는 돌(V)이다.(T는 철수가 가지는 여러 가지 성격 중
　　　 에 우둔한 개체를 지시함)

　Black의 비교이론은 Aristoteles로부터 전하는 은유의 전통적 이론이
며, 대치이론의 특수형태이다. 또한 은유를 유사성에 근거를 두었기 때
문에 축약된 직유이다. 상호작용이론은 Black이 새롭게 주장한 은유론
이다. 그래서 Black은 7가지 주장을 근거로 하여 〈상호작용〉을 내세웠
다.14)

　Philip Wheelwright는 언어가 살아있는 것은 긴장성(緊張性)을 띠
고 있기 때문이다고 하였다. 그래서 살아있는 언어의 긴장성은, 시인이
사물을 관찰하고 언급하는 순간에 어떤 한 관점을 선택하는 긴장감 이상
의 의미를 갖는다고 하였다. 그러나 그 정도의 최소한도, 상용되는 언어
라면 늘 있게 마련이라는 것이다. 그리고 어느 각별한 의미론적 행위로서
긴장어가 더욱 뚜렷한 성격을 띠게 되는 경우가 있다고 하였다. 이를 긴
장의 또 하나의 차원으로 시에서 표출된 상황이나 제시된 일련의 이미지,
그리고 I. A. Richards가 사용한 매개(媒介, Vehicle)와 취의(趣意,
Tenor)가 잘 적용되는 은유, 긴장어의 단위 혹은 유사 단위로 상징을 제
시하여 각각 장단점을 적고 있다.15) Wheelwright는 대부분의 독자들
의 머리에 문법학자가 정의한 은유적 지식 때문에 은유에 대한 이해의 적
절성이 부족해 보인다고 말한다. 은유란 낱말을 문법적 의미보다는 훨씬
광범위하고 깊은 의미로 사용되기 때문에 살아있는 언어와 살아있는 사
색으로서의 시에서는 본질적으로 중요하다는 것이다. Wheelwright는
종래 문법학자들이 말해 오던 은유와 직유의 낡은 식별법을 무시하고, 어
떤 표현이 본질적으로 은유인가 아닌가의 문제를 문법적 형태의 법칙 문

---

14) Max Black(권두환 역), 앞의 책, 278쪽.
15) P. Wheelwright(김태옥 역), 『Metaphor and Reality』, 문학사상사, 1991, 63~
　　66쪽.

제가 아니라 이에서 발휘되는 의미 변환(semantic transformation)의 질에 관한 문제로 은유론을 정립하였다. 은유 과정의 본질적 성격으로 의미의 탐색 작용을 통해서 시에 나타난 확대 작용(치환은유, epiphora)과 병치(juxtaposition), 합성 synthesis(병치은유 diaphora)로 나누고, 그리고 이 둘의 결합형을 가장 훌륭한 은유로 보았다. 이를 간략히 살펴보자.

　① 치환은유(epiphora) : phora(동작, movement)는 하나의 구체적이며 포착하기 쉬운 이미지로부터 좀 더 모호하고 더욱 석연치 않은 낯선 것을 epi(향 하여 이동)하는 것이 특징이다.
　　　(예) 인생은 꿈이다.

　치환은유는 하나의 어휘나 구절로 지시됐을 때 그 매체가 가지고 있는 이미지나 개념이 쉽게 이해될 수 있어야 한다는 것을 전제로 한다. 예시에서 보듯이 흔히 일상에서 우리는 인생은 꿈이다라고 비유할 때가 많다. 그래서 자칫 잘못하면 치환 은유가 오히려 사은유가 되어 버리기 십상이다. 그래서 시인이 오히려 서로 상이한 대상을 선택하여 하나의 독창적인 은유가 되도록 해야만 독자에게 긴장감을 줄 수 있다.

　② 병치은유(diaphor) : phora는어떤(실제적 또는 상상의)특정 경험들을 참신하게 dia(통과)한다는 것이다. 이때 병치의 원리에 의해서 새로운 의미가 탄생된다.
　　　(예) 군중 속에 낀 이 얼굴들의 환영 / 비에 젖은 검은 나뭇가지에 걸린 꽃잎들 (에즈라 파운드, 『지하철역에서』).
　③ 치환과 병치의 결합형 : Wheelwright는 비유의 대표적인 형태들을 예를 들어 설명하고 있거니와 그의 설명을 요약하여 치환·병치의 결합 구조를 4가지로 유형화하고 있다.16) 그 가운데 네 번째형을 치

---

16) 첫째, '치환·병치의 분할형'이라 할 수 있는 것으로서 시의 세부적 구조에 있어 치환비유와 병치비유 또는 그 둘의 구조가 제가끔의 기능을 하는 기능 분담형이다.
　　둘째, '치환의 비약형'이라 할 수 있는 것으로 여러 개의 다양한 치환적 비유가 병치

환·병치의 용해형이라 가장 훌륭한 비유 형태라 했다. 치환 병치가 구분할 수 없이 상호 융합되어 작용하는 형태를 말한다. 이는 단어들이 말하는 것 이상의 어떤 것을 의미하며 심층적인 힘을 느끼게 하고 치환적 비유가 개입하지만 병치비유의 번역 불가능성이 용해되어서 독자에게 취사 선택적 해석의 가능성만 열어주고 있는 구조를 말한다.

그리고 wheelwright는 액자식 은유(enclosed epiphor)에 대해서 흥미를 가졌다. 액자식 은유는 은유 속의 은유 또는 그 삼중적 현상을 말한다. 예를 들면 다음과 같다.

(예) 어떻게 여름날 달콤한 꿀벌들 숨결이 / 난타하는 나날의 참혹한 포위에 견딜 것인가 → 청춘은 여름, 여름(T)은 꿀벌들의 숨결(V), 꿀벌(V)들의 숨결(T)

Wheelwright는 눈에 보이지 않는 손가락이 모호하게 가리키는 의미가 곧 치환적 의미이고 모든 은유에 대하여 취사선택의 가능성 자체가 병치적이라는 것이다. 그리고 치환의 기능은 의미를 암시하는 데 있고 병치의 기능은 존재를 창출하는 데 있다고 하면서 각별히 두 요소의 결합을 강조했다. 그리고 은유론은 언어가 가지는 기능 가운데 하나이므로, 언어학에서 말하는 시의 기능과 관련성이 있다. 그래서 언어학과 시학의 관련성을 검토할 필요성이 있는 것이다.

Roman Jakobson은 의사 전달을 가능케 하는 여섯 가지 요소를 설정한 다음 어떤 요소를 강조하느냐에 따라 언어의 기능이 다름을 밝혔다.[17]

적으로 나열되어서 특정의 주지를 표현하는 형태인데 비교적 자주 볼 수 있는 형태이다.

셋째, '문맥적 비약형'이라 할 수 있는 것으로 낱낱으로는 치환적인 것이 시 전체와의 관련속에서 병치적인 것으로 판단되거나 또는 그 역인 경우이다. 치환적, 병치적 구조가 시적 문맥에 따라 다른 의의로 비약하는데 아이러니컬한 충격, 도치적 문맥 등이 쓰이기도 한다.

17) Roman, Jakobson(신문수 편역), 『문학 속의 언어학』, 문학과 지성사, 1989.
_______________(김태옥 역), 「언어학과 시학」, 『언어학이란 무엇인가』, 문학과

Jakobson이 밝힌 언어의 여섯 가지 요소를 설정하면 다음과 같다.

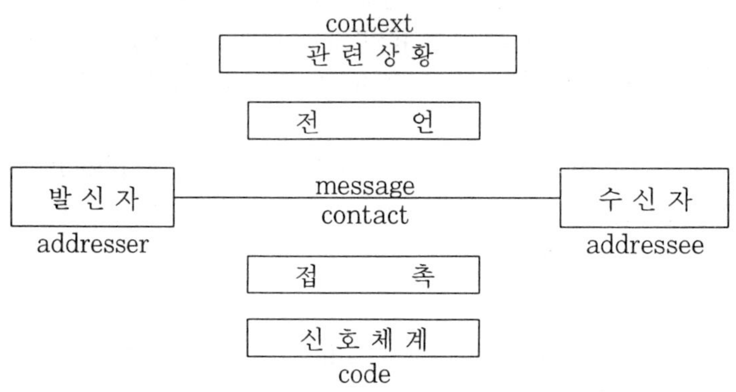

　모든 언어 전달 행위는 위에서처럼 여섯 가지 요소에 의하여 성립된다. 발신자가 수신자에게 전언을 보내며, 전언이 전언으로서 발동되기 위해서는 관련 상황, 곧 지시물이 필요하며, 관련 상황은 반드시 언어 형식, 곧 신호 체계로 나타나야 한다. 뿐만 아니라 언어 전달 행위에 있어서는 신호 체계가 발신자와 수신자 사이에 개시되고 지속되는 것을 확인할 필요가 있다. 그리고 접촉이란 발신자와 수신자 사이의 물리적 회로 및 심리적 연결로서 의사 전달을 시작하고 지속케 한다. 이상 여섯 가지 요소는 언어 전달 행위에 섞여 나타난다. 그러나 이렇게 섞여 나타난다고는 해도, 그들 사이에는 위계적 순서가 존재한다. 다시 말하면 어떤 요소가 지배적인가에 따라 언어 구조는 달라지며 따라서 언어의 기능도 달라진다는 것이다.18) 특히 언어학과 시학의 관련성을 논할 때 종종 언급되는

지성사, 1991.
18) 로만 야콥슨(신문수 편역), 앞의 책, 61쪽.
　　　　　　　　지시기능
　　　　　　　　시적기능
　감정표시 기능　　　　　　　　　　　　능동적기능
　　　　　　　　친교기능
　　　　　　　　메타언어적 기능

'전언'에 대해 살펴보자.

발언이 전언을 지향하면 언어는 시적 기능을 나타낸다. 여기서 시적 기능이라고 하는 것은 광의로는 예술적 기능에 해당된다. 결국 예술 작품이 예술적 기능을 나타낼 수 있는 것은 발언, 혹은 예술 행위가 발신자·수신자·관련 상황·접촉·신호 체계를 배경에 두고 발언 행위 자체, 예술 행위 자체를 전경에 둘 때 가능하다. 야콥슨은 그것을 기호의 명료성에 대한 지각이라고 했지만 러시아 형식주의자들은 "낯설게 만들기(ostrarenie)", 체코 구조주의자들은 "전경화(foregrounding)"라는 용어로 해명했다.19)

F·de·Saussure가 주목한 언어의 특성인 계열관계와 통합관계가 야콥슨의 전언 message에서는 어떤 관련을 맺는지 살펴보자. 여기서 혼동해서는 안되는 문제가 바로 일상적인 발언과 시적 기능에 있어서 계열과 연합, 즉 선택(selection), 결합(combination)에 대한 올바른 이해이다.20) 이 문제에 대해서 이승훈은 하나의 보기를 제시하여 설명하고 있다.21)

   (1) 나는 꽃을 꺾었다.
   (2) 꽃처럼 붉은 울음을 밤새 울었다.

라는 두 개의 문장을 선택과 결합의 표로 나타내면 다음과 같다.

---

19) 「이승훈론-시의 체계에 갇힌 절대 고독」 참고.
20) 로만 야콥슨(신문수 편역), 앞의 책, 61쪽.
   예) 화자는 어린이 child, 아이 kid, 젊은애 youngster, 꼬마 tot 등에서 한 단어를 선택하여 이 단어를 설명할 수 있는 단어 즉, 자다 sleeps 졸다 dozes 끄덕끄덕 졸다 nods, 낮잠자다 naps 중에서 선택하여 결합됨으로써 발화가 이루어진다.
21) 이승훈은 "모든 일상적인 발언은 계열적 관계와 통합적 관계가 서로 넘나들지 않을 때 가능하다. 그러나 시적 발언은 그렇지 않다. 계열적 관계인 선택의 축, 통합적 관계인 결합의 축이 헝클어질 때 시적 발언이 태어난다"고 한다.(이승훈, 「구조주의 시론」, 『한국시의 구조 분석』, 28쪽).

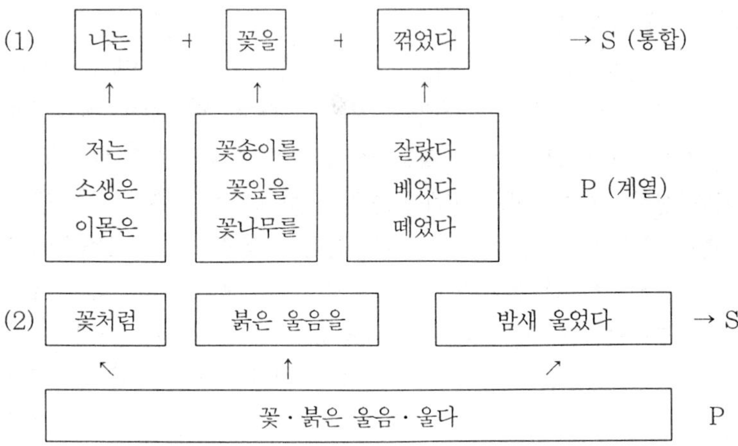

(1)의 경우는 일상적인 언어의 발화 현상인데 반하여 (2)는 표면적으로는 하나의 계열체에서 세 개의 기호(꽃 / 붉은 울음 / 울었다)를 선택하는 것 같지만, 통합되기 전의 기호들은 각각 하나의 계열체에서 선택된다고 이승훈은 설명하고 있다. 즉 선택의 축이 결합의 축으로 투사되었다고 할 수 있다.22) 이러한 구조적인 선택과 결합이 바로 은유의 원리와 상통하는 점이 있기 때문에 창조적인 은유의 표현은 언어학의 기초 위에서 이루어진다는 점을 간과해서는 안된다. 이는 구조주의와 언어학에 대한 관계를 잘 보여 준 것이다. 그리고 언어학 연구와 관련지어 본다면, 체코의 언어학자 Jan Mukarovsky가 크게 기여하였고, 20C의 의미론도 은유에 대한 이해에 크게 도움을 주었다. 이들에 대한 검토도 시를 이

---

22) 로만 야콥슨은 「시적 기능은 등가의 원리를 선택의 축에서 결합의 축으로 투사한다」고 하였다(The poetic function projects the principle of equivalence from the axis of selection into the axis of combination).(야콥슨은 선택의 축을 은유, 결합의 축을 환유의 개념으로 이해한다. 은유의 원리는 상사성 혹은 등가성, 환유의 원리는 접촉성이다. 물론 접촉성은 논리적인 인접성을 의미한다. 결국 모든 시는 그에 의하면 등가성의 원리를 선택의 축에서 결합의 축으로 투사한다는 것이다. 등가성의 원리는 모든 시를 전개하는 수법이 된다. 곧 시인들이 낱말을 결합시키는 방법은 환유의 원리가 아니라 은유의 원리라고 할 수 있다. 따라서 시에서는 계열적 관계와 통합적 관계가 융합되고 치환된다).

해하는 은유론의 유용한 방법론이다. 다음은 한국시론에서 은유론을 어떻게 수용하여 발전시켰는지 살펴보자.

2. 한국의 이해

국내 수사학으로서 은유론은 앞에서 검토한 대개 서구의 이론적 토대에서 파생시켜 나간 경우가 많다. 이는 시를 평가하는 척도보다는 시에 있어서 하나의 수사적 장치로 시의 주제를 부각시키는데 적절한 시어가 구사되면서 시적 긴장을 불러일으키느냐를 따져볼 수 있는 틀로 가치가 있다. 그래서 국내의 수많은 시론가들이 관심을 기울였다. 여기에서는 다만 국내의 은유론의 흐름을 정리하여 한국시론의 반성과 흐름을 짚는데 중점을 두겠다.

정한모는 Aristoteles의 『詩學』과 미국의 신비평가 I. A. Richards의 이해를 간략히 기술하고 있다. 수사학의 중요성을 강조하면서 특히 은유의 시적 가치를 강조하였다.[23] 그래서 은유는 현대시에서 창조적인 세계를 형성하는 근본 동인으로서 의미를 지니게 된다고 하였다. 또 정한모는 Wheelwright의 기본 구조의 두 양상, 즉 치환은유와 병치은유만을 선정하여 소개하고 있다.

> ① 치환은유 : 은유의 기본양식으로서 원관념과 보조관념 상호간의 유사성 혹은 관련성을 토대로 하여 의미변화와 시적 초월을 획득할 수 있는 근원적 힘을 제공한다. 여기에 휠라니트의 은유론에는 없는 공감각적 은유(synaesthetic metaphor)를 포함시켰다.
> (예) 내 마음은 호수요.

> ② 병치은유 : 이질적인 두 요소가 병치(juxtaposition＝next, aside)됨으로써 새로운 의미를 획득하는 방법을 말한다. 병치은유는 일상적으로 생각할 수 없던 것을 돌발적인 은유적 병치를 통해서 새롭고 역

---

23) 정한모, 「제2장 은유」, 『현대시론』, 보성문화사, 1989, 85~93쪽.

동적인 의미 혹은 이미지 세계를 변화시키는데 참된 의미가 놓인다.
(예) 사랑하는 나의 하느님, 당신은 / 늙은 悲哀다 / 푸줏간에 걸
린 커다란 살점이다 / 詩人 릴케가 만난 / 슬라브 女子의 마
음속에 갈앉은 / 놋쇠항아리다(김춘수, 『나의 하나님』중에서)

위에서 살펴보았듯이 정한모는 자신의 개성적인 은유론을 내세우지는 못했다.

문덕수는 언어는 그 수나 그 의미에 있어서 한계가 있으나, 비유에 의하여 무한한 의미를 표현할 수 있다고 하였다. 어떤 사물을 보고 그 사물이 있는 그대로의 한계에 머무르지 않고, 그 사물에서 새로운 의미나 느낌을 창조할 수 있는 것, 새로운 사물을 창조할 수 있는 것은 비유 때문이라는 것이다.24) 문덕수는 비유가 성립될 수 있는 근거 혹은 조건을 세 가지로 정리하고 있다.

첫째, 비유에는 두 가지 사물, 두 가지의 의미의 비교가 있어야 한다.
(예) 꽃 같은 얼굴(○), 남자 같은 남자(×)
둘째, 비유가 성립하기 위해서는 본의(Tenor)와 유의(Vehicle)는 '이질
적'이어야 한다.
셋째, 이질적인 두 개의 사물에서 어떤 유사성, 또는 관련성이 있어야 한다.

위에서 살펴보았듯이 문덕수는 은유와 직유의 경계를 설정하지 않고 묶어서 이해하고 있다. 이는 앞에서 언급한 서구의 은유론에서 크게 벗어나지 못했다.

김준오는 『詩經』에서 동양시학의 비유를 소개하고 있다.25) 『詩經』의 3대 수사법인 賦(비유하지 않고 "사물을 바로 진술하는 것"), 比(현재의 失政을 비유한 것, '~ 같다'라고 말하는 것, 한 사물을 다를 사물에 견주는 것, 드러나는 것), 興(좋은 점을 비유한 것, 다른 사물을 끌어와서 자

---

24) 文德守, 『詩 쓰는 법』, 동원출판사, 1983, 166쪽.
25) 김준오, 『시론』, 이우출판사, 1989, 101쪽.

신의 마음을 일으키는 것, 숨어있는 것) 등으로 나눈다. 여기서 비(比)를 직유, 흥(興)은 은유 내지 상징으로 정리하였다. 그러면서도 김준오도 정한모처럼 치환과 병치의 두 수사학 용어를 설정하였다.

① 치환은유 : 은유는 명명행위이고 명명행위는 인식행위이다. 즉 우리가 어떤 새로운 사물을 경험했을 때 이것을 기술할 새로운 언어가 없어서 이와 '유사한' 그리고 우리가 이미 잘 알고 있는 다른 사물의 이름을 여기에 부여하는 것이 은유다라고 설명한다. 그리고 은유를 크게 2가지로 나누었다.(예) 光化門은 차라리 한 채의 소슬한 宗教(서정주,「광화문」중에서)
　　㉠ 단순은유 : 한 원관념에 한 보조관념
　　㉡ 확장은유 : 한 원관념에 2개 이상의 보조관념
　　㉢ 액자식 은유 : 은유 속에 은유가 있는 2중 3중의 현상

② 병치은유 : Wheelwright의 용어를 빌려서 설명하고 있다. Wheelwright는 이 은유형태에 조합(組合, combining)이라는 용어를 사용하고 있다. 조합이란 치환은유처럼 사물들 사이에 유사(類似)·등식(等式) 같은 상호 모방인자가 있는 것과는 달리 서로 다른 사물들이 당돌하게 병치됨으로써 빚어지는 '새로운 결합' 형태이다.

이는 김준오가 고전시론과 현대시론의 접목을 시도한 것으로 볼 수 있다. 어떤 지점에서 그의 이론이 유용한지 검토해 볼 필요성은 있다.

오규원은 비유의 범위를 '의미의 비유'와 '말의 비유'로 나누었다. 의미의 비유로는 직유·은유·상징·환유·제유·활유·풍유·인유·성유 등을 들었고, 말의 비유로는 도치·과장·대조·열거·반복·영탄·반어·역설·모순어법으로 구별하였다.26) 이는 한국시의 비유론을 독자적으로 정립해 보려는 시론가로서 노력을 엿볼 수 있다. 물론 이에 대한 그의 입

---

26) 오규원, 『현대시작법』, 문학과 지성사, 1994, 270쪽.
　　·의미의 비유 : 맺힌 한처럼(직유), 별은 당신의 뼈(은유) → 문덕수, 비유법
　　·말의 비유 : 나는 <u>남쪽의 노래</u>를 위한 / <u>북쪽의 노래</u>를 불렀다(대조) → 문덕수, 비유 없는 수사법.

론의 적절성 여부도 검토의 필요성이 있을 것이다. 김준오와 마찬가지로 그는 Wheelwright의 은유론을 소개하고 있다.

오규원은 은유의 형태를 Wheelwright의 논의에 따르고 있다.

> ① 치환은유에 원관념(A)과 보조관념(B), 보조관념(C) …와 같은 형태의 확장은유와 한 시구에 하나의 비유적 표현이 다시 다른 비유의 보조관념 형태로 된 액자식 은유를 들고 있다.
> ② 병치은유는 시구와 시구를 병치함으로써 그 시구와 시구가 창출하는 독특한 의미론적 전이의 형태를 말한다.

이외에도 이승훈·이형기도 은유에 대한 이론적 기반를 서구의 은유론에서 크게 벗어나지 않는다.27) 국내의 시론가들이 소화한 은유에 관한 이론들의 거개가 Wheelwright의 치환과 병치은유를 소개하고 있었다. 물론 여기에는 Wheelwright의 결합형에 대한 논의는 빠졌다. 은유는 단순한 원관념(Tenor)과 보조관념(Vehicle)의 결합이 아니라, 새로운 언어의 창조이다. 그래서 은유는 신선한 생명력을 지니게 된다. 이러한 생명력이 있는 언어 창조를 한국 현대시의 작품에서 확인할 수 있을 것이다.

---

27) 이승훈, 『시작법』, 문학과 비평사, 1988, 185~195쪽.
　　이형기, 『시란 무엇인가』, 한국문연, 1995, 155~160쪽.

21세기 한국 모더니즘 시의 한 전망

I. 실마리 찾기

모더니즘(Modernism)은 한국시단의 한 분수령이었음은 자명하다. 그 분수령에서 쏟아진 분수는 아름다운 문양을 그리면서 계속해서 21세기까지 흘러갈 것이다. 물론 시대와 사회구조에 따라 구조주의, 페미니즘, 포스트-모더니즘 등과 같이 큰 흐름이 없었던 것은 아니지만 현대시의 분수령인 모더니즘이 21세기인 오늘날에도 마르지 않았음은 분명한 사실이다. 물론 역사의 격변기에 새로운 문학의 패러다임을 갈망하는 혹자들에게는 아직도 모더니즘이냐라고 화를 내는 것도 무리는 아니다. 그러나 문학사 기술에 있어 한 분기점인 모더니즘은 현대문학사 기술의 전초단계인 까닭으로 반드시 짚고 넘어가야 할 문제임은 분명하다. 그래서 앞으로 전개될 21세기 모더니즘 논의는 재론의 여지가 있는 것이다.

송현호(宋賢鎬)는 "한국시문학사에 있어서 모더니즘의 문학사적 위치 재정립의 문제와 현대시의 기점 재설정 문제 등은 한국문학사를 올바로 정리 기술하기 위하여 짚고 넘어가지 않으면 안될 대단히 중요한 작업의 하나로 사료된다"[1]고 한 바 있다. 특히 모더니즘이 정치적, 사회적 배경과 사상적 배경 및 문단적 배경과 관련성이 있다는 점을 감안한다면, 이에 대한 검토도 필요하리라 생각된다.[2] 이러한 검토는 모더니스트 시인이라

---

1) 송현호, 『문학사 기술 방법론』, 새문사, 1985, 6쪽.

일컫는 대표적 시인인 정지용, 김기림, 그리고 집단으로서 〈九人會〉3), 프롤레타리아 문학이 지닌 편내용주의(偏內容主義)를 부정하고 대두했다는 점에서 카프(KAPF)에 대한 논의도 살펴볼 수 있을 것이다. 모더니즘의 제반 문제와 현대시의 기점의 문제는 정지용(鄭芝溶)의 작품으로 시작한다고 볼 경우(정한모, 한계전, 문덕수, 송현호 등), 정지용에 대해 일별해 둘 필요성이 있고,4) 당대에 누구보다도 모더니즘과 현대시의 흐름을 정확히 파악하고 있었던 김기림(金起林)에 대한 논의도 빠뜨릴 수가 없다.5) 물론 김기림과 정지용 등이 모더니즘 자체를 이해하지 못했다고 보는 측면도 검토되어야 한다.6) 뿐만 아니라 모더니즘 자체의 성립을 부정하는 논자도 있다.7)

본고에서 논의될 문제는 21세기의 모더니즘의 전망을 가늠하는 것이다. 현재 한국 모더니즘 시의 논의는 1990년대까지 접근하고 있다. 물론 1970-1990년대까지의 논의는 현재진행형으로 볼 수밖에 없지만, 일단의 학자들에 의해 연구 성과물이 제시되고 있다.8) 문학사조가 문학만의 문제가 아니라 문학 주변과 관련을 맺는다는 점에서 21세기 모더니즘도 이런 맥락 속에서 지속성을 찾을 수 있는 것이다. 물론 본 논의가 한국시

---

2) 원명수, 『모더니즘 시 연구』, 계명대학교 출판부, 1987, 121~190쪽 참고.
　전홍실, 『영미 모더니스트 시학』, 한신문화사, 1994, 참고.
3) 1930년대 모더니즘은 1933년 〈九人會〉결성과 함께 활발히 전개되었다(서준섭, 『한국 모더니즘 연구』, 일지사, 1993, 35-49쪽). 〈九人會〉의 일원들이 모더니즘을 동시대의 문단 중심에 올려놓음으로써 중심적인 단체로 부각하게 되었다. 따라서 모더니즘과 〈九人會〉의 역할관계를 통해 모더니즘의 성격을 어느 정도 규명할 수 있으리라 여겨진다.
4) 문덕수, 『한국 모더니즘 시 연구』, 시문학사, 1992, 63-152쪽 참고.
　신 진, 『정지용 시의 상징성 연구』, 성균관대 대학원 박사학위, 1991.
5) 원명수, 앞의 책, 121-190쪽 참고.
　김유중, 『한국 모더니즘의 세계관과 역사의식』, 태학사, 1996.
6) 송 욱, 「제7장 한국모더니즘 비판」, 『시학평전』, 일조각, 1963, 178~206쪽.
　졸 저, 『송욱문학연구』와 『송욱평전』참고.
7) 민병기, 「편석촌의 시세계」, 《마산대학 논문집》(제5권 제1호), 1983.
8) 기 획, 「한국 모더니즘 시 60년」, 《현대시사상》, 고려원, 1995. 가을호.
　이승훈, 『한국 모더니즘 시사』, 문예출판사, 2000.

문학사의 거대 담론인 모더니즘에 대한 전반적인 논의보다는 기존 모더니즘에 대한 기본적인 성격 규명과 함께 변모 양상의 흐름을 짚으면, 21세기 모더니즘의 한 전망이 가능하리라 여겨진다. 그래서 한국 모더니즘의 시사적 검토를 통해 모더니즘의 징후들을 가늠해 볼 수 있을 것이다. 그러나 여건상 소론의 형태를 띨 것이고, 필자와 이견이 있는 논자들에게는 논쟁을 불러 올 수 있는 생산성을 기대할 수 있으리라 여겨진다.

본고에서 필자는 21세기 한국 모더니즘 시의 전망을 크게 세 가지 관점으로 접근하고자 한다. 그 하나는 미디어 시대에서 창안된 여러 예술의 장르 때문에 상대적으로 모더니스트들의 목소리가 작아질 수 있다. 이 때문에 모더니스트의 제목소리 찾기가 두드러질 것이다. 두 번째는 정보 산업 사회에서 작가들과 독자들의 관계를 생산와 소비의 주체로 파악된다는 점, 세 번째는 지적 빈곤의 한 전형으로서 논문시와 장르 경계의 해체시가 가속화될 전망이다. 따라서 필자는 이 세 가지 관점에서 21세기 한국 모더니즘 시를 전망하고자 한다. 또한 21세기 모더니즘 시가 나아가야 할 방향을 제시한다는 전제가 함께 내포되어 있다.

Ⅱ. 모더니즘 시의 지속과 변화

1. 작가, 독자의 과다노출증

서구 모더니즘이 구시대에 대한 새로운 도전이었듯이 한국 모더니즘도 전통 사회에 대한 일종의 새로운 도전이었다. 가령 1920년대 낭만주의와 이데올로기라는 편내용주의 문학을 지향한 작가들에 대해 1930년대 모더니즘 시인들의 시의 미학적 반란이 있었듯이 1930년대는 작가들에 의해 주도된 것이라면 즉 작가-〉작가의 축이라면, 1980년대에는 작가가 독자들에게 던진 비판적 목소리가 생성되었다는 점에서 작가-〉 독자에게로 바뀌었다는 점이다. 이는 21세기 모더니즘 시의 전망의 관점에서 볼

때, 특히 1980년대는 한국 사회가 비약적으로 변화했고 뉴 미디어 시대
가 획기적으로 발전했기에 독자층의 입장에서도 큰 변화가 있었다는 점
을 주시해야 한다. 그래서 필자는 독자층의 폭을 중요시한다. 그 대표적
양상을 짚어 볼 수 있는 시가 바로 박남철의 「독자놈들 길들이기」이다.

> 내 시(詩)에 대하여 의아해하는 구시대의 독자 놈들에게-)차
> 렷, 열중쉬엇, 차렷,
>
> 이 좆만한 놈들이……
> 차렷, 열중쉬엇, 차렷, 열중쉬엇, 정신차렷, OO,
>
> 차렷, 헤쳐모엿!
>
> 이 좆만한 놈들이……
> 헤쳐모엿,
>
> (야 이 좆만한 놈들아, 느네들이 정말 그 따위로들밖에 정신
> 못 차리겠어, 엉?)
>
> 차렷, 열중쉬엇, 차렷, 열중쉬엇, 차렷……
>   -박남철의 「독자놈들 길들이기」(『지상의 인간』,
>   문학과 지성사, 1984)

위의 시는 "시의 위기를 실감하게 할 만큼 너무나 과격하고 급진적인
전통시의 해체 현상을 보임으로써 80년대 이후 한국 시단에 「황야의 무
법자」라는 평을 듣고 있는"9) 박남철의 작품이다. 류근조는 이런 박남철
의 시에 대해 "비속어, 악담, 야유, 욕설, 선언, 비시적 일상언어 등을 구
사한 해사체"10)의 모더니즘 시로 보고 있다. 이상의 「오감도」가 잠꼬대

---

9) 류근조, 「1980년대 한국시의 도시적 감수성 연구」, 《한국시학연구》, 한국시학회,
    2000, 93쪽.
10) 류근조, 위의 책, 97쪽.

의 시로 여겨졌듯이 박남철의 시도 일종의 잠꼬대처럼 보인다. 적어도 박남철은 독자들에게 직격탄을 쏘았기 때문에 독자들에게 잠꼬대일 수 있다. 서정시 본령에서 본다면, 21세기 모더니스트 시인들이 독자들의 이해를 앞질러 갈 것이다. 이는 분명 작가들의 의식의 변모를 엿볼 수 있을 것이다.

　1930년대의 식민지 모더니즘이라는 명명 하에 태동한 것처럼 1980년대는 군사적 모더니즘이라는 명명 하에서 터져 나온 것이다. 박남철의 시는 1980년대의 군사적 모더니즘의 상황 하에서 독자의 문제를 끌어들였다. 이는 두 가지을 생각해 보아야 한다. 그 첫째는 모더니즘 시의 이미지, 주지적 경향 등과는 다른 각도에서 들여다 볼 필요성이 있다는 점이다. 왜냐하면 모더니즘은 시대의식의 한 흐름을 제외할 수 없는 문예사조이기 때문이다. 그리고 두 번째는 작품 속에 숨겨진 독자의 모습을 파악했다는 점이다. 이것은 모더니즘의 변두리로 취급되었던 문제이지만 독자의 각성(수용미학에서 말하는 독자 중심 비평과 롤랑 바르트가 말하는 저자의 죽음을 말하는 것과는 다르다)을 촉구하는 모습이다. 그렇다면 1980년대 이후, 이러한 21세기 모더니즘 시의 징검다리로서 박남철의 시에서는 좀더 적극적인 노출의 야유와 욕설이 터져 나올 것이라는 전망을 해 볼 수 있다. 가령 박남철의 시 (　) 괄호 표시에 숨겨진 욕설이 노골화될 것이다. 물론 생태, 성 담론, 사이버 시대의 여러 징후들을 다루게 될 것이다. 그렇다면 21세기 모더니즘의 한 징후는 21세기의 거대 담론인 생태, 성 담론, 사이버 시대의 흐름과 함께 시인들의 목소리가 직접적으로 드러날 것이다. 이에 대한 논의는 대단히 조심스럽다. 아직 이를 본격적으로 다룬 어느 시인을 들먹일 개제가 못되기 때문이다. 더구나 시사적 평가의 축에 드는 시인들을 쉽게 단안할 수 없는 것도 그 이유이다.

2. 모더니즘 text에서 생산자와 소비자의 관계

20세기 모더니즘이 상업 자본주의에서 태동되었다는 논의[11]에서 작가와 독자가 이제 생산자와 소비자로 환치되어 나타날 것이라는 점을 필자는 주시하고자 한다. 이런 점에 소비 문화의 한 양상을 보여 준 장경린의 시는 주목할 필요성이 있다. 서구 모더니즘이 자본주의를 바탕으로 이루어짐에 비추어 본다면, 독자는 일종의 소비자 계층을 형성했다고 볼 수 있다. 그래서 작가 혹은 저자의 죽음과 관련한 독자의 부활을 이야기하는 것이 아니라 오히려 상업적 가치를 지닌 독자층으로 이해되어야 한다는 점을 새삼 강조할 뿐이다. 이는 전통적인 문학 장르에서 볼 때 〈작가〉[12]의 고유한 영역이 탈신성화(脫神聖化)된다는 의미를 담고 있다.

> 현대시는 현대에 쓴 시인가
> 현대시는 현대에 대하여 쓴 시인가
> 현대시는 현대인이 쓴 시인가
> 현대시는 현대를 소재로 쓴 시인가
> 현대시는 현대에 인기있는 시인가
>
> 2
> 오규원 1990   현대시작법   값 8,000원
> 1990년 9월 15일   초판 발행
> 1992년 5월 20일   5쇄 발행
>   저 자   오 규 원
>   발행인   김 병 익
>   발행처   文學과 知性社
>   서울시 마포구 서교동 363- 12
>   등록번호 10-34(1975. 12. 12)

---

11) 모더니즘의 기본적 성격과 논의는 김성기 외, 『모더니티란 무엇인가』(민음사, 1994)와 김용직 편집, 『모더니즘 연구』(자유세계, 1993) 참고.

12) 〈작가〉의 개념 및 역할에 대해서는 박인기 편역, 『작가란 무엇인가』(지식산업사, 1997) 참고.

조 판   홍익전자출판(주)

3

현대시는 현대에 잘 팔리지 않는다
현대시는 현대인에게 감동을 주지 못한다
현대시가 현대를 외면한다
현대시를 현대인이 쓰지 않는다
　　　　　　－ 장경린, 「전골과 찌개 14」(『사자 도망간다 사자 잡아라』,
　　　　　　문학과 지성사, 1993)

　　위의 시에서 1연은 현대시에 대한 궁극적인 물음, 즉 "현대시는 현대에 대하여 쓴 시인가"를 제기하고 있다. 2연은 5쇄까지 발행한 〈시 이론서〉를 상업적 가치로 표시한 것이다. 그런데 이론서는 5쇄까지 인쇄되어 팔리지만, 3연에서처럼 현대시는 팔리지 않는다는 상업 자본주의와 현대시의 관계를 설명하고 있다. 팔리지 않는 현대시에 대해 이미 박남철은 독자들에게 굵은 목소리로 항변(욕설)했던 점을 상기해 볼 필요가 있다.

　　그런데 이 시는 '전골과 찌개'라는 잡탕의 음식을 제목으로 삼았다. 이는 시를 생산품으로 보는 태도에서 소비해야 한다는 상업 자본주의의 유통 과정에서 시인이 살아 남지 못하는 어두운 전망을 하고 있다는 뜻이다. 이는 21세기의 새로운 문학 담론인 생태, 환경, 성 문제와는 동떨어지게 될 것을 암시하는 것으로 볼 수 있다. 그렇다면 21세기 모더니즘 시는 현대 문학 사조에서 화석화되어 버릴 가능성도 없진 않다.

　　1930년대 정지용과 김기림이 보여주었던 시 세계와는 달리 이상의 「오감도」가 당대의 반란이었듯이 현대시는 현대에 외면 당한다는 전제에서 21세기 모더니즘이 지속되리라는 점과같은 맥락이라 할 수 있다. 1930년대 모더니즘의 시가 독자들에게 충격을 주었던 것처럼 21세기에도 이러한 충격은 지속될 것이다. 왜냐하면 모더니즘이 갖고 있는 기본적 성격이 실험성에 있기 때문이다. 그것은 송재학의 시(『살레시오네 집』, 세계사, 1992)에서, 혹은 박순업의 시(『1차원의 나라』, 세계사, 1992)에서도 21세기 모더니즘 시의 실험성의 시도를 확인할 수 있다.

3. 지적 빈곤의 대안으로 장르 해체시

소설과 시의 관계(「난장이가 쏘아올린 작은 공-풍장(風葬)·1 패로디」
(『누가 두꺼비집을 내려놨나』, 민음사, 1989), 희곡과 시의 관계(함민
복, 「궁중 섹스 약전」, 『우울 氏의 一日』, 세계사, 1993) 등도 지적 빈
곤에서 벗어나려는 21세기 모더니즘 창작의 새로운 장르로 볼 수 있다.
물론 앞에서 언급한 송재학의 시도 지적 기반을 바탕으로 한다는 점에서
공통점이 있다.

이미 1960년대에 로브 그리예나 테리 이글턴은 장르의 경계가 의미가
없다고 지적했지만, 한국의 문학적 상황에서는 아마도 21세기에 가속화
될 전망이다. 이미 그 단초를 장경린의 시에서 암시 받을 수 있다.

<blockquote>

내 불현듯 세상에 나가면,
장관보다 높은 거 있으면
바로 그걸 시켜다오.
모직으로 위 아래 쫙 빼입고
장미희보다 예쁜 여비서와 함께
우라나라 자동차 중에서 제일 좋은
富貴榮華型 타고
워커힐에 가서
(눈치 보이면)
홍콩이나 멀리 하와이로
나를 모셔다오.

비행기 속에서 양다리 앞 좌석에 걸치고
(그게 불편하다 싶으면)
비행기 밖으로 다리 뻗어가며
해발 1억 피트 상공에서도
세상 굽어보며
트림을 격 거어억하게 해다오.
　　　-장경린 「난장이가 쏘아올린 작은 공-풍장(風葬)·1 패로디」
　　　　　(『누가 두꺼비집을 내려놨나』, 민음사, 1989)

</blockquote>

위의 시는 이미 주지하다시피 1970년대 대표작 조세희의 소설『난장이가 쏘아올린 작은 공』을 시로 패로디했다는 창작 의도를 밝히고 있지만, 이는 포스트-모더니즘의 한 계열로 파악할 수 있다. 이를 모더니즘의 연장선상에서 본다면, 일종의 장르 경계의 해체라고 볼 수 있다. 물론 더 이상 창작의 용기(容器)가 발달할 수 없는 상황이라는 지적 빈곤이 이러한 양상으로 변모되었다고 판단된다.

1930년대의 도시성과 일상성을 보여 준 이상과 박태원의『천변풍경』으로 대변되는 일상성, 도시성은 1980년대 오규원으로 대표되는 도시의 비판과 풍자가 자리하게 된다. 이들 모더니즘이 작품 장르의 경계 속에서 도시화, 산업화라는 모더니즘의 속성을 반영했지만, 21세기에는 장르 경계의 해체를 통해서 도시화 문제가 다루어질 것이다. 그 근거는 앞에서 언급한 것처럼 더 이상 창작의 용기(容器)가 발달할 수 없는 상황이라는 지적 빈곤이 자리하기 때문이다. 그래서 도시화, 산업화는 장르 경계의 해체 양식을 통해서 이루어질 것이다.

그리고 도시의 일상성의 시에서 철학적 사유 체계를 물질 세계와 정신 세계에 대한 답으로 이승훈과 정현종의 시에서 모더니즘의 한 형태를 엿볼 수 있다면, 이러한 징후들이 21세기에 나타날 수 있는 변모 방향이고, 새로움을 지향하는 모더니즘 시의 양상이라 할 수 있다.

4. 지적 빈곤에 대한 반성시로 논문시

20세기와 21세기의 접경 지대에 서 있는 포스트-모더니즘의 경우, 패로디로 대표되는 미학적 특징을 적극 옹호한 시인이 박상배이다. 박상배의 시가 안고 있는 문제점이 없는 것은 아니다. 소위 표절 시비에 휘말린다는 점 때문이다. 박상배의 시는 포스트 모던 시대의 한 전형을 보여 준 선두주자라고 판단된다.[13] 포스트-모더니즘이 안고 있는 문제점의 대안

---

13)「모방과 표절 시비」참고.
　　「고전시론과 현대시론의 한 접점」참고.

으로 시인의 시적 고뇌의 한 전형으로서 송재학이나 박순업 시를 주목할 수 있다.

특히 20세기 포스트-모더니즘의 꽃이라 할 수 있는 패로디14)에서 한 발짝 나서서 진행된 시가 일종의 논문시(필자가 편의상 명명함)라고 할 수 있다. 필자는 지적 빈곤에서 발상된 시인들의 시적 고뇌를 논문시로 본다. 이는 전통적인 관점에서 볼 때, 시인들의 영역이 탈신성화된 상태에서 시인 자신들의 영역을 되찾고자 하는 일종의 신성화의 노력이라 볼 수 있다.

권위를 부정하고 그것과 싸우는 자는 누구나 아나키스트(1)다.-세바스찬 폴

작업중에는 늘 위가 쓰라린다 케일러브(2)의 몸과 머
리를 흙으로 빚을 것인가, 철사로 엮어갈 것인가 흙의
붉고 무거운, 철사의 앙상하고 차가운, 우울증 어디를
거칠 것인가 오랜만의 겨울비가 불면 두들기고 지나
갔다 그는 새벽이 오면 보리 이랑이 파랗게 솟는 것을
보아야겠다고 생각했다 삶의 한켠에…… 그는 중얼거렸
다 위통이 간헐적으로 다가왔다 革命史 아래 작은 註(3)
하나에 적힌 삶의 가파름, 얼마나 많은 사람이 불을
거쳐 사라지는가 검붉은 흙무더기 속에 묻혀 그의 손과
절망으로 솟아오를 괴로움의 인간들, 고드윈(4)은 일생
을 화살로 쏘아보냈지
…………………………중략…………………………

그가 원하는 것은 고뇌보다도 누군가(8) 읽어갔던 신념이다, 아
니다 고뇌와 신념(9)에 이어지는 필생의 삶이다 위벽이
쓰라리고 구토와 현기증이 다시 시작되었다 마른 번개

---

14) 패로디를 창의성이 결여되었기 때문에 일종의 〈지적사기〉로 본다(앨런 소칼·장 브
리크몽, 이희재 옮김, 『지적사기』, 민음사, 2000 참고).
「고전시론과 현대시론의 한 접점」 참고.

가 모든 얼굴을 흑벽으로 분명히 갈라버렸다 부서지고
망가진(10) 무수한 아나키스트 흉상 위로 그는 쓰러졌다

1) 기존 사회에 대하여 비판을 제기하며, 자기 스스로 자기의 주인이 되
   고자 하는 사람, 그 궁극의 목표는 언제나 사회 변혁에 있다. 당면의
   태도는 비록 그것이 인간성에 대한 개인주의적인 견해일지라도 사회
   적 비난에 있다.그 방법은 폭력적 또는 비폭력적인 사회적 반란이다.
   - 조지 우드코크

2) 고드윈의 소설 『케일러브 윌리암즈』. 하나의 추악한 비밀을 알게 된
   주인공 케일러브가 사회의 모든 적대하는 힘에 의하여 쫓기는, 박해
   의 두려움을 통하여 사회 비판을 시도하는 추적의 이야기다.
   아나키스트적인 우화소설.
   　　　　　　- 송재학, 「아나키스트를 위하여」 중에서
   　　　　　　　(『살레시오네 집』, 세계사, 1992)

　송재학의 시에는 딱딱한 논문에서나 볼 수 있는 각주(시의 괄호 안의
숫자는 각주 번호임:필자)가 달려 있다. 각주라는 것은 필자가 주장하고
자 하는 바를 뒷받침하는 참고 문헌이다. 이는 학문적 논의를 가진 논문
에 필요한 것이다. 시에 이러한 현상이 나타나는 것은 일종의 지적 빈곤
에 대한 반성시로 볼 수 있다. 이는 부정적 입장에서 본다면 패로디라는
표절 양상이 빚어낸 것이지만, 독창성을 맥으로 하는 창작에서는 나름대
로 시인이 고뇌한 창작 형태이다. 따라서 이는 21세기 모더니즘의 한 징
후라 할 수 있다.
　사실 모더니즘은 아나키즘과는 상반되는 개념이다. 그래서 이 시는 아
나키즘 시의 미학적 특징을 정리한 것과 부합한다.15) 아나키즘 시의 미
학적 특징 가운데 "시인 자신의 일상적 삶과 분리되어서도 안된다. 인간
성과 일상적 삶 자체를 침범하는 크고 작은 제도를 뜯어내야 한다"16)고

---

15) 구승회 외, 『아나키즘, 환경, 공동체』, 모색, 1996, 260쪽.
16) 위의 책, 260쪽.

한다. 위의 시는 이러한 아나키즘 시를 보여 주고 있다. 그러나 모더니즘과 아나키즘의 교집합의 공통 분모를 장경린의 시에서 찾을 수 있다. 물론 송재학은 이 시에서 아나키즘을 주창하듯이 그가 의도하는 또 다른 실험시의 형태라는 측면에서 21세기 모더니즘의 한 징후를 점검할 수 있다.

그렇다면 21세기는 모더니즘의 지적 기반을 바탕으로 하는 징후가 드러난다는 것이다. 그러나 정작 본 논의에서는 작가(생산자)와 소비자(독자)의 관계를 더구나 시인 자신이 소멸한다는 사실이다. 즉 "시인이 시를 쓰다가, 구체적으로 말해 상징을 만들려다 흔히 놓치게 되는 것이 시인 자신의 삶"17)이라는 사실이다. 그럼으로써 시인 자신을 잃어버리게 되는 경우이다. 그것은 김영승의 「반성」, 박순업의 「1차원나라」 시에서 엿 볼 수 있다. 작가란 추방되지 않으려는 축에서 끝없이 창의성을 보여 주어야 한다. 그렇다면 지적 기반을 통한 지적인 21세기 모더니즘 시를 전망할 수 있을 것이다.

Ⅲ. 마무리

본 논의는 20세기 모더니스트의 대표작을 임으로 선정하여 21세기 한국 모더니즘 시의 전망을 검토하였다. 전망이라는 단어가 갖는 개념 속에 불확실성이 내포되어 있듯이 21세기의 모더니즘의 전망 역시 불확실의 전망이 될 것이다. 이런 불확실의 전망 때문에 모더니즘이 갖고 있는 정체성의 논란이 있을 수 있을 것이다. 그렇기 때문에 관심있는 문학 비평가 혹은 연구자들의 신경망을 자극할 수 있을 것이다. 이는 본 논의에 도움을 줄 것이라 믿기 때문에 질의와 질책을 기대한다. 이제까지 논의한 내용을 요약하면 다음과 같다.

첫째, 21세기의 모더니즘 시는 폭설과 야유와 같은 과다노출증의 한 양상의 목소리가 크질 전망이다. 이는 뉴 미디어 시대에 새롭게 창안된

---

17) 앞의 책, 260쪽.

양상의 목소리가 크질 전망이다. 이는 뉴 미디어 시대에 새롭게 창안된 예술 장르 때문에 상대적으로 모더니스트들의 목소리가 작아질 수 있다는 위기감의 반발이 내재되어 있다는 것이다.

둘째, 20세기 자본주의 바탕으로 모더니즘이 태동된 점으로 보아, 21세기는 정보 자본화가 가속됨으로써 독자층이 소비자로 등장하는 단계로 발전하였다. 물론 이는 시인이라는 고유 영역이 무너지면서 탈신성화된다는 것을 포함한다. 그래서 시인들은 정보 자본화의 공간에서 비판과 풍자가 이루어질 것이다.

셋째, 모더니즘의 특징인 도시성과 일상성의 비판이 장르 해체의 형태로 발전되었다. 이는 시 분야에서 지적 빈곤이 바탕한 현실의 대응적 전략으로서 모더니즘 시 쓰기이다. 따라서 21세기 모더니즘 시는 장르 경계의 변화를 통해서 도시성과 일상성의 비판이 이루어질 전망이다.

넷째, 작가들의 창의성 빈곤에 대한 신뢰감을 회복하기 위해서 시인들은 논리적인 시 쓰기를 시도하고 있다. 이는 논증이나 논거를 바탕으로 하는 학문적 시 쓰기의 경향으로 나타난다. 앞으로 가상 현실 앞의 시 쓰기가 가속되기 때문에 앞으로 확산될 기미가 보인다. 사이버 시대의 스피드한 인간의 욕망에 대응하는 시인의 고뇌이기도 하다. 따라서 이는 현대시에서 나올 수 있는 전망이기도 하다.

20세기는 모더니즘의 거대 담론이 새로운 국면의 모더니티를 형성하고 있다. 모더니즘 시가 독자들에게 충격이었듯이 21세기의 모더니즘 시들이 새롭게 사랑을 받을 수 있으려면 역시 앞선 모더니스트들이 보여 주었던 시대적 고뇌, 시어의 새로움, 정신적 확장 등이 기본적으로 요구된다고 하겠다. 그리고 21세기는 텍스트 중심의 시 읽기에서 사이버 시 읽기로 전환되었다는 점도 주목해야 한다. 그래서 사이버 문학의 시 읽기는 계속되리라는 것은 쉽게 전망할 수 있다. 이 또한 시인들의 창작 의식과 사이버-모더니즘의 관계를 설정하여 볼 수 있을 것이다.

참 고 문 헌

강은교, 「1930년대 김기림의 모더니즘 연구」, 『한국근대문학비평사 연구』, 세
　　　계, 1989.

김기림, 「길」, 『깊은 샘』, 1993.

______, 「시론」, 『앞선 책』, 1994.

김경린, 『알기 쉬운 포스트 모더니즘과 그 주변 이야기』, 문학사상사, 1994.

김성기 外, 『모더니티란 무엇인가』, 민음사, 1989.

김윤식. 정호웅, 『한국문학의 리얼리즘과 모더니즘』, 민음사, 1989.

김용직, 『모더니즘 연구』, 자유세계, 1993.

김진석, 「빈말하는 텍스트」, 《작가》, 1999, 여름호.

김학동, 『김기림 연구』, 새문사, 1988.

구승회 외, 『아나키즘, 환경, 공동체』, 모색, 1996.

류근조, 「1980년대 한국시의 도시적 감수성 연구」, 《한국시학연구》, 한국시학
　　　회, 2000. 11

문덕수, 『한국모더니즘시연구』, 시문학사, 1992.

박인기, 『한국현대시의 모더니즘 연구』, 단대출판사, 1988.

박인기 편역, 『작가란 무엇인가』, 지식산업사, 1997.

박상천, 『한국현대시의 비평적 성찰』, 국학자료원, 1990.

박종석, 『송욱문학연구』, 좋은날, 2000.

______, 『송욱평전』, 좋은날, 2000.

서준섭, 『한국모더니즘 문학 연구』, 일지사, 1993.

송현호, 『문학사기술방법론』, 새문사, 1991.

오세영, 『20세기 한국시 연구』, 새문사, 1991.

이승훈, 『모더니즘 시론』, 문예출판사, 1995.

______, 『포스트 모더니즘 시론』, 세계사, 1993.

______, 『한국 모더니즘 시사』, 문예출판사, 2000.

임규찬 엮음, 『일본 프로문학과 한국문학』, 연구사, 1990.

원명수, 『모더니즘시 연구』, 계명대학교 출판부, 1987.

전홍실, 『영미 모더니스트 시학』, 한신문화사, 1994.

최유찬, 「1950년대 비평연구(1)」, 『1950년대 남북한 문학 연구』, 평민사, 1991.

황종연 외, 『90년대 문학을 어떻게 볼 것인가』, 민음사, 1999.

M. 칼리니스쿠(이 영욱 외 옮김), 『모더니티의 다섯 얼굴』, 시각과 언어, 1993.
유진 런(김병익 역), 『마르크시즘과 모더니즘』, 문학과 지성사, 1993.
앨런 소칼·장 브리크몽(이희재 옮김), 『지적사기』, 민음사, 2000.
Chris Weedon(이화 영미문학회 옮김), 『포스트 구조주의와 페미니즘 비평』,
        한신문화사, 1994.
찰스 젱크스(신수현 옮김), 『포스트 모더니즘』, 열화당, 1993.

현대시와 소외

I. 들어가기

소외(疏外, Alienation)는 현대 사회를 살고 있는 우리에게 가장 근접해 있는 일상적인 개념이다. 이는 이미 철학과 경제학, 심리학, 사회학뿐만 아니라 문학에서도 이 개념을 자연스럽게 사용하고 있다. 그러나 "소외를 논의하는 많은 논저가 소외에 대한 이렇다 할 개념 규정도 없이 소외라는 용어를 전가(傳家)의 보도(寶刀)처럼 휘두르는가 하면, 또 다른 경우, 소외를 나름대로 규정하고 논의를 전개하는 경우에도 그 주장하는 바가 서로 달라 이를 체계적으로 정리하기란 결코 쉬운 일이 아니다."1) 라는 점을 주시하게 되면, 문학에서 소외의 개념을 정의하기란 더욱 어려운 문제가 아닐 수 없다.2)

---

1) 정문길, 「소외를 보는 시각」, 『소외』, 문학과 지성사, 1984, 11쪽.
　　그래서 정문길은 소외라는 개념의 사용 여부를 둘러싸고 4가지 접근 방법을 제기하고 있다. ① 소외 개념의 사용을 포기하는 방법, ② 엄정한 과학적 용어로만 사용하는 방법, ③ 가치내재적인 철학적 용어로 사용하는 방법, ④ 현재의 개념의 모호성과 사용상의 혼란을 방치해 두는 방법(「제4장 소외의 사회학적 논의와 그것이 갖는 몇 가지의 문제점」, 『소외론 연구』, 문학과 지성사, 1978, 199쪽).
2) 철학적 의미에서는 이 말은 19세기 초에 피히테(Fichte)와 헤겔(Hegel)에 의해 처음으로 사용되었다. 비록 당시에는 그 영향은 그들의 제자들의 작은 집단에 한정되었지만, 마르크스(Marx)가 자기 소외라는 개념을 중심으로 자본주의 시대를 해석하려고 한 때인 1840년대에 이르러 이 말은 사회학 이론에 도입되었다.(프리츠 파펜하임, 정

　　1930년대 모더니즘 시를 연구하면서 소외 의식과 불안 의식을 다룬 원명수도 서구의 여러 학자들의 소외 개념을 소개하면서도 문학에서의 소외 개념을 정의하지는 못했다. 다만 소외 개념보다는 모더니스트 시인인 정지용, 김기림, 이상, 김광균의 시에 나타난 소외 의식 양상과 극복을 다루었다.3) 또 이대영은 "인간 소외를 소설적 주제로 하면서도 존재 성찰과 휴머니즘의 재건이라는 실존주의적 입장을 견지하고 있는" 최상규의 소설을 검토하였다.4) 문학 작품과 관련하여 비교적 간명하게 소외의 개념을 정리한 김병익은 "자아 획득의 근원상황 혹은 인간의 기본적인 존재상으로서의 고전적인 고독이 문제되는 것이 아니라 사회로부터, 타인으로부터, 혹은 자기 자신으로부터 느껴야 하는 사회적 소격감·열등감·낙오감을 대상으로 하고 있다"5)고 하면서 최인호의 「타인의 방」을 현대 문명으로부터의 소외 현상, 황석영의 「객지」에 등장하는 노무자들, 조해일의 「아메리카」와 조선작의 「영자의 전성시대」에 나타나는 창녀들의 뿌리뽑힌 소외 집단을 반영한 작품들을 꼽았다. 또 시대 상황과 관련하여 소외를 다룬 신동욱은 1930년대 이상의 「날개」, 1940년대의 윤동주의 「자화상」, 1950년대 손창섭의 「비오는 날」·「신의 희작」·「인간동물원초」, 1960년대 최인훈의 「광장」 등의 작품을 꼽았다.6) 이처럼 문학과 관련한 소외 문제를 집중적으로 논의한 것은 원명수와 이대영 정도로 들 수 있다. 그리고 이외의 논문 대부분이 서양의 철학, 사회학, 심리학에서 사용하는 일상적 개념들을 그대로 빌려다 쓰고 있다.7)

　　문길 옮김, 『현대인의 소외』, 문예출판사, 1974, 8~9쪽).
　　정문길, 앞의 책, 1978, 17~23쪽 참고.
3) 원명수, 『한국모더니즘 나타난 소외의식과 불안의식 연구』, 중앙대학교 박사학위 논문, 1984.
4) 이대영, 「현대문명과 인간 소외」, 『한국전후실존주의소설연구』, 국학자료원, 1998.
5) 김병익, 「소외의 몇 가지 형태」, 《문학사상》, 1976. 3, 250쪽.
6) 신동욱, 「문학과 소외 문제」, 《의맥(醫脈)》(17권), 카톨릭 의과대학 출판부, 1983.
7) 원명수, 앞의 책, 47쪽 참고.
　　김영기, 「시와 소외의 유혹」, 《시문학》, 1972. 11.
　　김병익, 「소외의 몇 가지 형태」, 《문학사상》, 1976. 3.

   특히 우리 나라에서는 1970년대 경제 개발의 상징인 경부고속도로 개통(1970. 7. 7)과 함께 산업화, 도시화로 인해 야기된 도시 빈민의 문제, 노동자와 농민의 문제, 그리고 박정희 정권의 유신 체제(維新體制, 1972. 10. 17 발표) 하의 소외 문제가 큰 줄기를 이루고 있다. 그래서 대개 문학과 관련한 소외는 이런 문제를 다루었다. 가령 황석영의『객지』(1971),『삼포 가는 길』(1973), 조세희의『난장이가 쏘아올린 작은 공』(1976), 윤흥길의『아홉 켤레의 구두로 남은 사내』(1977) 등의 소설 작품과 권력층의 부패, 타락과 거기에 희생되는 힘없는 민중의 이야기를 다룬 김지하의『오적』(1970), 근대화 과정에서 소외된 농촌 주민의 슬픈 사연을 주제로 한 신경림의『농무』(1973), 어두운 역사와 소외 집단의 고통을 노래한 정희성의『저문 강에 삽을 씻고』(1978) 등의 시 작품에서 노동자, 농민, 도시 하층민들이 사회와 역사의 모순으로 인해 소외된 삶을 보여 주고 있다.8) 그리하여 민중시를 포함한 민중문학론, 민족문학론이 문학사의 쟁점으로 부각되었다. 그러나 문학사에서는 소외의 문제를 본격적으로 다루었다기보다는 시대와 사회에 대응하는 민중, 농촌문학론이 득세했다. 어쩌면 이 소외의 문제가 80년대까지 이어지는 민중시와 민중문학, 농민시와 농민(농촌)문학의 한 축이 될 수도 있다.9) 따라서 문학에서의 소외는 한국문학사의 중요한 문제이기 때문에 이에 대한 다각도의 검토가 이루어져야 할 것이다.10) 본고는 이 문제를 논외로 하고 소외의 문제를 다룬 시에 국한하여 검토한다.

   본고에서 다루고자 하는 시는 감태준의 「몸 바꾼 사람들」과 박상배의 「어떠리」, 이승훈의 「당신의 방」을 대상으로 한다. 산업화, 도시화라는

신동욱, 「문학과 소외 문제」,《의맥(醫脈)》(17권), 카톨릭 의과대학 출판부, 1983.
   정재완, 「한국현대시와 소외의 의미-다형 김현승의 후기시 세계를 중심으로」,《용봉논총》(12집), 전남대학교 인문과학연구소, 1982.

8) 서준섭, 「현대시와 민중-1970년대 민중시에 대하여」,『1970년대 문학 연구』, 예하, 1994, 35쪽.

9) 성민엽 편,『민중문학론』, 문학과 지성사, 1984.

10) 가령 신경림의 「농무」는 농민시(농민문학), 농촌시(농촌문학)라는 논의와 함께 농촌 현실의 농민의 소외를 다루었다는 관점과 중첩되기 때문에 이에 대한 검토가 가능하리라 판단된다.

현상에서 빚어진 소외의 입장에서 도심(都心) 변두리와 도심(都心)에서 인간의 소외를 확인할 수 있기 때문에 「몸 바뀐 사람들」과 「어떠리」를, 또 자기 존재 인식으로부터 시작된 소외를 보여 준 「당신의 방」을 대상으로 삼았다. 그리고 필자가 현대시에 나타난 소외 양상과 소외 의식을 밝히는데 있어 〈소외론〉을 언급한 학자들의 견해를 도움 받을 것이다.

Ⅱ. 소외의 양상

1. 도심(都心) 변두리의 소외: 감태준의 「몸 바뀐 사람들」

도시가 비대해질수록 도심의 변두리는 거대 도시에 포함된다. 그래서 도심 변두리의 도시 빈민층은 다시 소외되어 밀려나게 된다. 이러한 도심 변주리의 소외를 감태준의 「몸 바뀐 사람들」은 여실히 보여 주고 있다.

산자락에 매달린 바라크 몇 채는 트럭에 실려가고, 어디서 불볕에 닳은
매미들 울음 소리가 간간이 흘러 왔다
다시 몸 한 채로 집이 된 사람들은 거기, 꿈을 이어 담을 치던 집 폐허에
서 못을 줍고 있었다

그들은, 꾸부러진 못 하나에서도 집이 보인다
헐린 마음에 무수히 못을 박으며, 또 거기, 발통이 나간 세발 자전거를
모는 아이들 옆에서, 아이들을 쳐다보고 한번 더 마음에 못을 질렀다

갈 사람은 그러나, 못 하나 지르지 않고도 가볍게 손을 털고, 더러는 일
찌감치 풍문(風聞)을 따라 간다 했다 하지만, 어디엔가 생(生)이 뒤틀린
산길, 끊이었다 이어지는 말 매미 울음 소리에도 문득문득 발이 묶이고,
생각이 다 닳은 사람들은, 거기 다만 재가 풀풀 날리는 얼굴로 빨래처럼
널려 있었다
- 「몸 바뀐 사람들」 전문

　도시가 개발되면서 도심의 변두리에 사는 그들은 임시로 지은 허술한 집인 바라크(barrack-假建物)가 "몇 채는 트럭에 실려가"면서 "몸 한 채로 집이 된 사람들"이다. 여기에서 도심 변두리의 소외를 읽을 수 있을 것이다. 이들은 마치 "발통이 나간 세발 자전거를 모는 아이들"처럼 불안하지만 즐거운 일상을 보내는 도시 빈민층이다. 철거된 도시 빈민층의 이들은 "꾸부러진 못 하나에서도 집"을 보는 희망을 가지고 있지만, 그런 희망적인 "생각이 다 닳은 사람들은, 거기 다만 재가 풀풀 날리는 얼굴로 빨래처럼 널려"힘 없이 흔들리고 있음을 볼 수 있다.

　사회학자 프리츠 파펜하임(Frits Pappenheim, 1902~1964)은 "소외의 힘의 지배를 받는 사회는 인간의 잠재적 가능성의 실현을 저해하며, 이러한 사회에서는 개인 존중과 인간의 존엄성 존중은 실현되지 못한다"11)고 하였다. 이는 이 시를 이해하는데 유의미한 내용이라 판단된다. 즉 우리나라는 1970년대 산업 발전으로 하여 도시가 개발되면서 소외의 힘의 지배를 받는 우리 사회를 시인은 "몸 한 채로 집이 된 사람들"이 "다시 몸 한 채로 집이 된 사람들"이 되는 소외된 모습을 포착한 것이다. 그리고 파펜하임이 말했듯이 이러한 사회에서는 개인 존중과 인간의 존엄성은 실현되지 못하는 사회이다. 그래서 "꾸부러진 못 하나에서도 집"을 보는 이들의 잠재적 가능성마저 저지되는 사회이다. 그래서 이 시는 도시의 비대화가 빚어낸 도시 빈민층의 삶의 소외를 그리고 있는 것이다.

2. 도심의 소외: 박상배의 「어떠리」

　소외는 산업화, 도시화로만 끝나는 것이 아니라 도심에서도 존재한다. 가령 박상배의 「어떠리」는 과학 기술의 발달이 가져 온 문명의 이기로 인한 세대간의 갈등과 소외를 보여 주고 있다.

---

11) 프리츠 파펜하임(정문길 옮김), 앞의 책, 문예출판사, 1974, 13쪽.

　　우리는 늙었거니

　　서서 간들

　　어떠리

　　곧 누워

　　편히 쉴 우리이기에

　　한창 일하는

　　젊은이들

　　앉아 간들 어떠리

　　공부할

　　책가방 듬뿍 들고

　　어깨 무거운

　　소녀 소년들

　　앉아 간들 어떠리

　　청춘남녀

　　어젯밤

　　테이트하고

　　힘없이 서 있겠는가

　　앉아서 뽀뽀

　　하도록 두고서

　　우리는 이제

　　늙었거니

　　서서 간들 어떠리

　　서 있을

　　날도

　　얼마나 남았다고

　　- 이 텍스트는 전철 속에 붙어 있는 표어 〈우리는 젊었거니 서서 간들 어
　　　떠리〉를 읽고 단숨에 쓴 것임. 5분 내에.

- 「어떠리」 전문

　　박상배는 『전철 속에 붙어 있는 표어 〈우리는 젊었거니 서서 간들 어
떠리〉를 읽고 단숨에 쓴 것임. 5분 내에.』라고 이 시작의 모티브를 밝히
고 있다.12) 현대인들은 도심에 거주하고 있다. 사실 도심의 주변에만 소

외가 존재하는 것이 아니라 도심에도 소외 현상은 드러난다. 그 소외 현상을 우리의 일상 생활의 풍속도를 보여 주는 〈전철〉에서도 엿 볼 수 있다. 파펜하임은 과학의 기술과 사회 구조가 인간 소외를 야기한다고 했다. 이는 과학 기술의 산물인 전철과 산업화, 도시화라는 우리의 사회 구조 속의 소외를 이 시는 잘 보여 주고 있는 것이다.

전철은 찌들고 복잡한 삶의 일상성을 보여 준다. 전철 속의 늙은이와 젊은이는 우리들 도심의 풍경화이다. 이 풍경화는 늙은이와 젊은이로 상징되는 오늘날 사회 구조에서는 인륜이 더 중시되어야 함을 「어떠리」는 역설하고 있는 것이다. 그래서 시인은 오늘날 도심의 소외 문제를 장유유서(長幼有序)라는 인륜 개념으로 회복하려는 길을 암암리에 모색하고 있는 것이다.

3. 자기 인식의 소외: 이승훈의 「당신의 방」

다음에서 인용한 이승훈의 「당신의 방」을 소외의 문제와 결부시킬 때, 논란의 여지가 있을 것이다. 왜냐하면 앞의 두 시작은 독자나 평자들이 읽었을 때 소외를 부각시킨 작품이라 동의할 수 있으나 상대적으로 「당신의 방」은 시를 보는 관점에 따라 소외의 문제와 거리를 가질 수 있기 때문이다. 가령 〈당신〉이라는 존재와 〈당신의 방에 있는 것들〉의 의미에 따라 시의 해석이 달라질 수 있기 때문이다.

당신의 방엔
천개의 의자와
천개의 들판과
천개의 벼락과 기쁨과

---

12) 이 시는 시조 「단심가」나 「하여가」와는 상호 텍스트성이 내재하기 때문에 린다 허천이 말하는 포스트-모더니즘의 한 징후인 패러디(parody) 양상 혹은 모방을 일종의 지적 사기로 보는 앨런 소칼의 견해는 본 논의에서 제외한다. 자칫하면 본 논의가 희석될 수 있기 때문이다.

천개의 태양이 있읍니다.
당신의 방엘 가려면
바람을 타고
가야 합니다.
나는 죽을 때까지
아마 당신의 방엔
갈 수 없을 것 같습니다.
나는 바람을 타고
날아가는 새는
될 수 없기 때문입니다.
　　　　－「당신의 방」

　이 시의 시적 화자는 "천개의 의자 / 천개의 들판 / 천개의 벼락과 기쁨 / 천개의 태양"이 있는 〈당신의 방〉을 가려고 한다. 그러나 〈당신의 방〉엘 가려면, 바람을 타는 새가 되어야 하는데 시적 화자는 새가 될 수 없다는 것과 죽을 때까지 갈 수 없다는 자기 인식self-knowledge을 하게 된다. 즉 타인 지향적 인간형에 나타나는 소외 현상을 보여 준 것이라 할 수 있다. 여기에 인간의 본질적인 자기 확인이라는 소외가 자리하고 있는 것이다. 이는 시적화자가 느끼는 의식 내부의 소외라고 할 수 있다.
　오늘날 사회의 성격을 분석하면서 소외라는 개념을 가장 강조한 에릭 프롬(Erich Fromm)의 소외 개념을 정문길은 다음과 같이 설명하고 있다.

　프롬은 그의 소외 개념을 〈그 자신을 이질적인 존재로서 경험하는 《경험(經驗)의 한 유형(類型)》으로 규정하고 있다. 이는 프롬에 있어서의 소외가 어떤 사태를 의미하기보다는 그것이 인간의 퍼스낼리티나 심리에 미치는 결과. 즉 의식의 내부에서 일어나는 경험 양태를 중요시하고 있다는 점이다. 이러한 사실은 인간의 활동이나 그 결과가 인간으로부터 분리되어 자립적인 것이 됨으로써 마침내는 그것이 인간을 지배하는 사태로 나타나는 마르크스의 소외와는 달리 의식의 내부에서 나타나는 자기 소외를 강조하고 있는 것이다.13)

---

13) 정문길, 『소외』, 문학과 지성사, 1984, 123쪽.

이 시는 시적화자가 〈당신의 방〉14)에 영원히 갈 수 없다는 것을 의식 내부로 느끼는 소외를 보여 준 것이다. 〈당신의 방〉에 영원히 갈 수 없다는 시적화자의 의식 내부에 미친 좌절과 절망감이 바로 소외를 가져온다는 것을 보여 준 시작이라 할 수 있다. 시적화자가 〈당신의 방〉에 가고 싶어하는 이유는 "(내가 사는 방이) / 절망도 없다 / 희망도 없다 / 빨리 빨리 없다 / 비탄도 없다 / 그리움도 없다 / 무슨 요란한 사상도"(「내가 사는 방」 중에서) 없기 때문이다. 그래서 내가 사는 방에서는 〈당신의 방〉에 가고자 하는 것은 "구원"이 있기 때문이다. 그리고 〈당신의 방〉에 가는 것은 곧 "병든 주체에 대한 인식, 병든 주체의 부정, 이 부정을 통하여 만나게 되는 객체의 의미, 주체와 객체의 대립을 극복하는 일"(시집 〈自序〉 중에서)이다. 이는 바로 소외(외롭고, 고통받은 현실 즉, 절망도, 희망도, 사상도 없는 현실에서 직면하게 되는 병든 주체에 대한 인식)를 극복하여 자기 정체성을 확인하는 일이기도하다. 그 소외가 극복된 이상세계가 바로 〈당신의 방〉인 것이다.15)

---

14) 〈당신의 방〉은 '가득함'이 있는 공간이다. 즉 '의자'는 '안락함'을, '들판'은 '드넓은 평온함 · 생명의 싹틈'을, '벼락'은 '기쁨을 낳는 시련 · 고통'으로 하여 '더 큰 기쁨'을 낳고, 그리고 우주 만물을 생성케 하는 '태양'이 있음으로 비유한다면, 첫 째 문장이 갖는 '가득함'의 추상적 표현이 이해될 수 있을 것이다.(졸고, 「이승훈론-시의 체계에 갇힌 절대 고독」참고).

15) 김춘수의 「꽃」은 "인간 존재의 원래적 고독성이랄까, 그것은 서로가 인식함으로써 전개되는 어떤 연대 의식(도딕관) 같은 것을 이 시는 형상화"(김춘수, 「오독된 나의 시」, 《현대시학》, 199. 9. 105~107쪽)했다. 이것은 인간의 원래적 소외를 통해 자기 존재의 확인(어떤 존재가 다른 존재와 구별되는 자기 고유의 지속적 성격을 가지는 자기동일성 회복)하여 소외를 극복하는데 비해 「당신의 방」은 타인과의 관계에서 자기 소외를 극복하고자 하는데 자이들 보인다.

Ⅲ. 맺음말

본고는 소외 양상을 현대시에서 찾았다. 먼저 소외라는 주제를 통하여 현대시를 찾아 그 양상을 찾다보니 소외라는 개념의 정의가 가장 큰 문제였다. 앞에서 언급한 것처럼 그 엄청난 소외 개념을 정의하기란 필자에게 곤혹스럽지 않을 수 없었다. 그래서 필자는 현대시에서 소외의 양상을 보인 작품을 선별하여 여러 학자들의 소외의 개념을 인용하여 필자가 주장하고자 하는 바로 뒷받침하였다. 그 결과 현대시에서 소외 양상을 검토하였다.

첫째, 감태준의 「몸 바뀐 사람들」은 산업화, 도시화가 빚어낸 도심(都心) 변두리에서 인간의 소외를 보여 준 작품이다. 그래서 「몸 바뀐 사람들」은 도시의 비대화가 빚어낸 도시 빈민층의 삶의 비애를 그린 작품이다.

둘째, 박상배의 「어떠리」는 과학의 기술과 사회 구조가 만들어 낸 도심(都心)에서의 인간 소외를 보여 준 작품이다. 전철에서 인간 질서〔長幼有序〕가 무너짐으로 인하여 생긴 소외를 노래한 작품이다.

셋째, 이승훈의 「당신의 방」은 인간 존재론의 입장에서 자기 존재 인식으로부터 시작된 소외와 소외 극복의 사회(공간)를 제시한 작품이다. 이 시를 통하여 문학에서 소외가 철학의 문제와 깊이 연관되어 있음을 생각하게 한다.

물론 필자가 검토한 현대시에서의 소외 양상이 이 갈래에만 국한되지 않음은 언급하지 않아도 알 수 있을 것이다. 그래서 현대시와 소외의 제 양상 검토는 다음의 기회에 필자가 더 천착(穿鑿)할 문제라고 생각된다.

끝으로 남은 문제는 문학적 소외 개념 정의가 필요할 것이고, 한국문학사에서 소외가 크게 대두되었던 1970년대 민중/ 민족문학론에서의 문학과 소외의 관계 등이 검토되어야 할 것이다.

참 고 문 헌

김병익, 「소외의 몇 가지 형태」, 《문학사상》, 1976. 3.

김영기, 「시와 소외의 유혹」, 《시문학》, 1972. 11.

김재홍, 「70년대 시대의 어둠과 삶의 고단함」, 『한국현대시의 사적 탐구』, 일지사, 1998.

박대호, 「근대화의 중층성과 70년대 시의 민중지향성」, 『한국현대시사의 쟁점』, 시와 시학사, 1991.

서준섭, 「현대시와 민중-1970년대 민중시에 대하여」, 『1970년대 문학 연구』, 예하, 1994.

성민엽 편, 『민중문학론』, 문학과 지성사, 1984.

신동욱, 「문학과 소외 문제」, 《의맥(醫脈)》(17권), 카톨릭 의과대학 출판부, 1983.

이대영, 「현대문명과 인간 소외」, 『한국전후실존주의소설연구』, 국학자료원, 1998.

원명수, 『한국모더니즘 나타난 소외의식과 불안의식 연구』, 중앙대학교 박사학위 논문, 1984.

정문길, 『소외론 연구』, 문학과 지성사, 1978.

______, 『소외』, 문학과 지성사, 1984.

정재완, 「한국현대시와 소외의 의미」, 《용봉논총》(12집), 전남대학교 인문과학 연구소.

아놀드 하우저(김진욱 옮김), 『예술과 소외』, 종로서적, 1981.

프리츠 파펜하임(정문길 옮김), 『현대인의 소외』, 문예출판사, 1974.

지은이 소개

박종석(朴鍾錫)

경남 산청 출생
동아대학교 국어국문학과와 동 대학원 졸업 문학박사
현재 : 울산대 강사

졸저 :『송욱문학연구』(2000),
　　　『송욱평전』(2000)
논문 :「고전시론과 현대시론의 한 접점」,
　　　「김수영의 성시론」 외 다수

한국 현대시의 탐색

◆ **인쇄** 2001년 9월 20일　◆ **발행** 2001년 9월 27일
◆ **저자** 박종석　◆ **발행인** 이대현
◆ **편집** 이은희·김민영·정봉구　◆ **표지디자인** 장재호
◆ **발행처** 역락출판사 / 서울 성동구 성수2가 3동 277-17
　　　　　성수아카데미타워 319호(우 133-123)
◆ TEL 대표·영업 3409-2058 편집부 3409-2060 팩스 3409-2059
◆ 전자우편 yk3888@kornet.net / youkrack@hanmail.net
◆ 등록 1999년 4월 19일 제2-2803호
◆ 정가 15,000원
◆ ISBN 89-5556-118-0-93810　◆ ⓒ역락출판사, 2001
* 잘못된 책은 교환해 드립니다.